HEYNE
BÜCHER

Von Heather Graham sind
als Heyne-Taschenbücher erschienen:

Die Geliebte des Freibeuters · Band 04/37
Die Wildkatze · Band 04/61
Die Gefangene des Wikingers · Band 04/71
Die Liebe der Rebellen · Band 04/77
Geliebter Rebell · Band 04/97
Tochter des Feuers · Band 04/106
Irrwege der Liebe · Band 04/116
Spiegel der Liebe · Band 04/118
Triumph der Liebe · Band 04/120
Irrwege der Liebe / Spiegel der Liebe · Band 23/124
Die Normannenbraut · Band 04/128
Der Herr der Wölfe · Band 04/138
Kreuzzug des Herzens · Band 04/143
Die Braut des Windes · Band 04/146
Dornen im Herzen · Band 04/157
Ondine · Band 04/164
Rebell der Leidenschaft · Band 04/182

HEATHER GRAHAM

HAFEN DER SEHNSUCHT

Roman

WILHELM HEYNE VERLAG
MÜNCHEN

HEYNE ROMANE FÜR »SIE«
Nr. 04/188

Titel der Originalausgabe
TOMORROW THE GLORY

Aus dem Amerikanischen
von Eva Malsch

Dieser Band ist bereits beim Cora Verlag
mit dem Titel »Geliebter Rebell« erschienen.

Printed in France 1997
Umschlagillustration: Doreen Minuto / Agentur Schlück
Umschlaggestaltung: Atelier Ingrid Schütz, München
Satz: Fotosatz Prechtl, Passau
Druck und Bindung: Brodard & Taupin

ISBN 3-453-11869-3

PROLOG

Charleston, South Carolina, Dezember 1860

Die Nacht war dunkel, die Luft kalt und feucht, aber an keinem anderen 18. Dezember hatte in Charleston eine so festliche Stimmung geherrscht. Kirchenglocken läuteten, Kanonen donnerten, übermütig wurden Gewehre abgefeuert. Bis zur Battery drang das Freudengeschrei der Menschenmenge hinauf. Soeben hatte sich South Carolina von der Union losgesagt.

Nur wenige Leute weigerten sich, die Sezession zu feiern. Aber auch sie wußten, daß sie nach dem Wahlsieg Lincolns, des Farmersohns aus Illinois, unvermeidlich gewesen war. Schon im Mai hatte der Gouverneur von South Carolina an die Führer der anderen Baumwollstaaten geschrieben und sie gebeten, die Sezession zu erwägen.

Ja, die meisten Intellektuellen hatten mit diesem Tag gerechnet. Aber einige — obwohl den Südstaaten treu ergeben — stimmten nicht in den Jubel der trunkenen Massen ein, denn sie ahnten den Konflikt voraus. Der Bruder würde den Bruder bekämpfen, Blut würde den Boden des geliebten Landes tränken, bevor man eine rechtskräftige Unabhängigkeitserklärung verlautbaren konnte ...

Einer dieser Männer stand am Wall der Battery und blickte aufs Meer hinaus, die kraftvollen, von harter Arbeit aufgerauhten Hände in den Taschen seines Gehrocks. Obwohl er ein Südstaatler war, beklagte er das Ereignis dieses Tages. Weit gereist und politisch versiert, wußte er verdammt gut, daß Präsident Abe Lincoln sich von keinem der Südstaaten mit einer höflichen Verbeugung verabschieden würde.

Vorerst stand South Carolina allein da. Aber auch Mississippi und Florida wollten die Schwingen der Unabhängigkeit ausbreiten. Texas, Georgia, Arkansas — viele würden dem Beispiel des Palmetto State folgen.

Mehrere prominente Südstaatenführer waren bereits an Brent McClain herangetreten. Bald würde man eine Südstaatenkoalition bilden, natürlich auch eine Army, falls die verdammten Yankees Ärger machten. Und eine Navy. Und dann würde man die loyalen Söhne des Südens zu den Waffen rufen.

Die stahlgrauen Augen auf den Atlantik gerichtet, überlegte Brent mit gemischten Gefühlen, daß sein Ruhm als Captain, der den wildesten Stürmen trotzte und sein Schiff sicher durch gefährliche Untiefen steuerte, ihn mitten ins Kampfgetümmel stürzen würde. Wie gutinformierte Kreise wußten, wollte der Norden die südlichen Häfen blockieren. Wenn das geschah, würde man kluge, mutige Männer brauchen, um die Blockaden zu durchbrechen.

Ein Schauer überlief seinen Rücken. Was sich jetzt anbahnte, konnte niemand verhindern. Er fürchtete, nun würde alles ein Ende nehmen, was die einzigartige Schönheit des Südens ausmachte.

Wehmütig dachte er an South Seas, die majestätische Plantage seiner Familie in St. Augustine, an den Garten voller Magnolien und Louisianamoos, den Salon, wo seine Mutter immer auf dem Spinett gespielt und wo er nach der Jagd seinen Brandy genossen hatte, die schlanken georgianischen Säulen, die so anmutig Wache hielten.

Zusammen mit seinem Vater und seinem Bruder hatte er South Seas aufgebaut, die Felder mit der Hilfe freigelassener Schwarzer und Indianer bewirtschaftet. Die

Plantage hatte sie alle Blut, Schweiß und Tränen gekostet. Lieber wollte er sterben, ehe er ...

Brent seufzte. Wenn ein Krieg ausbrach, würde er bereitstehen. Aber er konnte nicht glauben, daß die Yankees erbärmliche Feiglinge waren. Oder daß man die Kämpfe in wenigen Monaten beenden würde. Um sich solchen Illusionen hinzugeben, hatte er zu viele Häfen im Norden angesteuert.

Über der Battery wehte ein eisiger Wind. Brent wußte nicht, warum er hier in der Kälte stand und aufs Meer starrte, statt seine komfortable Kabine auf der *Jenni-Lyn* aufzusuchen. Sicher würde ihm ein doppelter Brandy helfen, die bedrohliche Zukunft zu vergessen.

Plötzlich bemerkte er eine Bewegung an der Nordseite des Walls. Dort stand eine Frau, eine Silhouette, umflossen von den Lichtern des Hafens und bleichem Mondschein. Offensichtlich betrachtete sie das Fort Moultrie, einen Außenposten der Union.

Neugier und eine gewisse Irritation zwangen ihn, zu ihr hinüberzugehen. Um diese Zeit, kurz vor Mitternacht, würde sich keine respektable Frau in die Nähe des Hafens wagen. War sie eine Straßendirne? Nein, dafür wirkte sie zu elegant. Unter einem schwarzen Samtcape trug sie ein schimmerndes perlgraues Seidenkleid mit einer modischen Krinoline. Auch ihre kaskadenähnliche Nackenfrisur entsprach dem neuesten Geschmack. Zweifellos eine Lady — und trotzdem stand sie hier allein im Dunkel, wo sie von betrunkenen Dieben und Wüstlingen überfallen werden konnte.

Wenige Schritte von ihr entfernt, hielt er inne. Sie rührte sich nicht von der Stelle und bebte vor Kälte. Ärgerlich unterdrückte er einen Fluch. Den Reizen des weiblichen Geschlechts konnte er mühelos widerstehen. Er hatte schon zu viele Frauen gekannt, und eine ehrliche Hure war ihm lieber als eine Südstaatenschönheit, die ihn mit großen, unschuldigen Augen in ihr Bett und in den Hafen der Ehe zu locken suchte.

Aber er war im galanten Süden erzogen worden, und er konnte eine Frau nicht allein auf der Battery stehenlassen, während ungebärdige Nachtschwärmer durch die Straßen zogen. Vielleicht würde sie verdienen, was ihr widerfahren mochte, doch — verdammt, er mußte herausfinden, was sie hierhergeführt hatte. Wenn ihr etwas zustieße, würde es sein Gewissen zu sehr belasten.

»Madam ...«, begann er und verstummte sofort, als sie sich zu ihm wandte und erschrocken aufschrie. Offenbar hatte sie geglaubt, sie wäre allein. Sie erschien ihm unglaublich schön. Honigblondes Haar umrahmte ein schmales, aristokratisches Gesicht mit mitternachtsblauen Augen, hohen Wangenknochen und zierlicher Nase. Obwohl sie die Lippen zusammenpreßte, ahnte er, wie voll und hübsch geschwungen sie waren.

»Madam«, wiederholte er. Vom Meer wehte eine starke Brise herauf und bauschte ihre Krinoline. Ehe er weitersprechen konnte, schwankte die Frau. Hätte er sie nicht festgehalten, wäre sie ins eisige Wasser unterhalb des Walls gestürzt. Ihr schlanker Körper erschlaffte, das Blut wich aus ihren Wangen.

»Großer Gott«, flüsterte er irritiert. Hätte er sich doch nicht um sie gekümmert! Nun lag eine ohnmächtige Frau in seinen Armen, und er wußte nicht einmal, wohin sie gehörte. Ein paar Sekunden lang stand er unschlüssig da. Was sollte er tun? Er stammte nicht aus Charleston und konnte sie nur auf sein Schiff bringen. Da sich seine rauhbeinige Besatzung an Bord aufhielt, würde eine wohlerzogene Lady diese Gastfreundschaft wohl kaum schätzen.

Falls sie eine Lady war. Wie auch immer, es blieb ihm nichts anderes übrig, als sie an Bord der *Jenni-Lyn* zu tragen.

Glücklicherweise trieben sich die meisten seiner Leute immer noch auf den Straßen herum. An Deck traf er nur Charlie McPherson an. Ein Blick in Brents zornige graue Augen genügte dem Mann, um sich eine spöttische Bemerkung angesichts der schönen Bürde auf den Armen des Captains zu verkneifen.

»Brandy, Charlie!« befahl Brent, als er zur Kabine ging. »Und Riechsalz!«

»Das haben wir nicht.«

»Dann eben nur Brandy«, erwiderte Brent ungeduldig. »Schnell!«

»Aye-aye, Captain McClain.«

Mit einem Fuß stieß Brent die Tür auf. Vorsichtig legte er die Frau in die Koje. Dann griff er nach einer Wolldecke, um sie über die reglose Gestalt zu breiten. Das verhinderte die ausladende Krinoline. Fluchend griff er unter die üppigen Seidenfalten, löste die Häkchen und entfernte das sperrige Monstrum. Sein Ärger ließ ein wenig nach, während seine Hände über die sanft geschwungenen Hüften, den flachen Bauch und die schlanken Schenkel glitten.

Leise stöhnte sie, kam aber nicht zu sich. Er wickelte sie in die Decke und setzte sie auf seinen Schoß, um sie zu wärmen.

»Wo haben Sie die Lady gefunden, Captain?« fragte Charlie, als er mit der Brandy-Flasche erschien und ein Glas füllte.

»Auf der Battery. Danke, Sie können gehen. Jetzt komme ich allein zurecht.«

Charlie kratzte die grauen Bartstoppeln auf seinem Kinn. Zu gern hätte er erfahren, was das für eine geheimnisvolle Lady war. Der Captain hatte es sicher nicht nötig, die Frauen bewußtlos zu schlagen, um sie gefügig zu machen, weil die meisten dahinschmolzen, sobald sie in seine stahlgrauen Augen schauten. Ob er seine Gefährtinnen auf den Straßen oder den Plantagen auswählte — er musterte sie stets sehr gründlich. Nur wer sich an die Spielregeln hielt, landete in seinem Bett. Mit jener ehrerbietigen Galanterie, die fast alle Südstaaten-Gentlemen auszeichnete, vergeudete er keine Zeit. Aber es war gerade sein etwas rauhes Wesen, das dem schönen Geschlecht gefiel. Von höflichen Schmeicheleien und Zartgefühl hielt er nichts. Deshalb war es erstaunlich, daß er nun eine ohnmächtige Lady betreute. Normalerweise wandte er sich verächtlich ab, wenn einer Frau die Sinne schwanden, und überließ es anderen, sie zu ›retten‹.

Trotzdem war er im Grunde seines Herzens ein Gentleman, ein zweitgeborener Sohn, der sein Vermögen mit Verstand und Muskelkraft erworben hatte, ein Mann, der großen Wert auf Ehre und Rechtschaffenheit legte. Niemals würde er ein unschuldiges Mädchen verführen. Und so bezweifelte Charlie, daß McClain diese Lady mit unmoralischen Absichten in die Kabine gebracht hatte. Aber aus welchen anderen Gründen?

»Charlie!« mahnte Brent.

»Aye-aye«, murmelte der Mann und wandte sich zur Tür. »An Ihrer Stelle würde ich ihr das Korsett ausziehen, Sir.« Als er dem eisigen Blick seines Captains begegnete, verließ er hastig die Kabine.

Brent nahm einen großen Schluck Brandy. Dann hielt er das Glas an die Lippen der bewußtlosen Frau und hob ihren Kopf hoch.

Ein paar Tropfen rannen in ihre Kehle, sie würgte und hustete. Langsam öffnete sie die blauen Augen. Tiefer Schmerz lag darin. Aber dieser Ausdruck verschwand sofort, und Brent glaubte, der qualvolle Blick wäre nur Einbildung gewesen. Sie richtete sich auf und schaute sich um. »Bitte, Sir, wo bin ich?«

»An Bord der *Jenni-Lyn*, Madam.«

»Und Sie haben sich um mich gekümmert?« Zarte Röte

stieg in ihre Wangen. Offenbar merkte sie, daß sie keine Krinoline mehr trug.

»Ja. Sie fielen auf der Battery in Ohnmacht, und ich brachte Sie hierher.«

»Ist das Ihr Schiff?«

»Gewiß, Ma'am.«

Sie streifte die Decke ab und erhob sich. Für eine Frau war sie sehr groß, und ohne die unförmige Krinoline kam ihre schlanke, geschmeidige Figur viel besser zur Geltung. Rastlos ging sie in der Kabine umher. »Verzeihen Sie mir, Captain. Ich habe nie zuvor die Besinnung verloren. Leider vergaß ich über den aufregenden Ereignissen dieses Tages zu essen.«

»Ich verstehe.« Die Arme vor der Brust verschränkt, beobachtete Brent seinen mysteriösen Gast. »Waren Sie zu sehr mit diversen Festivitäten beschäftigt?«

»Nein, Sir, ich feiere diesen Tag nicht.«

»Also sind Sie Unionistin?«

»Nein.« Ihr Blick streifte die Krinoline, doch es schien ihr nichts mehr auszumachen, daß er ihr dieses Kleidungsstück ausgezogen hatte. Ruhig und gelassen akzeptierte sie ihre Situation. »Ich bin eine Einwohnerin von South Carolina. In diesem Staat bin ich geboren.« Ein bezauberndes Lächeln entblößte perfekte, strahlend weiße Zähne. Wer hatte dieser Schönheit gestattet, allein durch nächtliche Straßen zu wandern? »Und Sie, Captain?« Offensichtlich versuchte sie, ihn von ihrer eigenen Person abzulenken. »Feiern *Sie* diesen Tag? Wenn ein Krieg ausbricht, wo werden Sie stehen?«

»Auf der Seite meines Staates«, entgegnete er und stand auf.

»Und der wäre?«

»Florida, Ma'am.«

»Florida«, wiederholte sie und strich mit einem Finger über die Landkarte, die auf seinem Schreibtisch lag.

Dann schaute sie Brent wieder an. »Ich dachte, dort gäbe es nur Sümpfe und Indianer — und Hinterwäldler. Stimmt das, Sir?«

»Nein, Ma'am«, erwiderte er grinsend. »Wunderschöne Plantagen zieren unsere Landschaft. Der Boden ist fruchtbar, das Wetter mild, das Meer leuchtend blau, und die Sonne scheint fast täglich.«

Ihre Wimpern senkten sich. Obwohl sie die Gabe besaß, eine typische Südstaatenschönheit zu spielen, glich sie keiner der Frauen, die ihm bisher begegnet waren. Sie kokettierte nur, wenn sie eine Antwort bekommen wollte, und sie stellte gezielte Fragen. Allem Anschein nach wurde er einer seltsamen Prüfung unterzogen. Neuer Ärger stieg in ihm auf. Wußte sie nicht, wie leichtsinnig sie sich verhalten hatte? Allein ihr Anblick genügte, um sein Blut zu erhitzen. Wäre sie einem anderen Mann über den Weg gelaufen ...

»Genug, Madam. Mir fehlt die Zeit, um Sie zu amüsieren und Ihre Neugier zu befriedigen. Ich will nur wissen, wer Sie sind, damit ich Sie zu Ihrem Vater oder Ehemann bringen kann.«

»Leider habe ich keinen Vater mehr, und ich bin ledig.«

»Und was soll ich mit Ihnen machen?«

»Segeln Sie bald los?«

»Morgen früh, mit der Ebbe.«

»Ich möchte Sie begleiten«, verkündete sie und schaute ihm in die Augen.

Abschätzend musterte er sie von Kopf bis Fuß. Sein Blick blieb an ihren vollen Brüsten hängen. »Wie eine Hure sehen Sie nicht aus.«

Sie zuckte zusammen, fast unmerklich. »Weil ich keine bin, Captain. Ich will nur einen anderen Hafen ansteuern, und ...« Jetzt nahm ihre Stimme einen verführerischen Klang an. »Und ich finde Sie sehr sympathisch.«

Diese Erklärung verblüffte ihn. Skeptisch hob er die Brauen. Irgend etwas an ihren Worten und ihrem Benehmen wirkte unecht. Er setzte sich an den Schreibtisch, legte die Füße darauf und zündete eine schlanke Zigarre an. »Wissen Sie eigentlich, was Sie von mir verlangen, Lady? Ich bin kein Heiratskandidat.«

»Oh, ich beabsichtige keineswegs, Sie vor den Traualtar zu schleppen!« rief sie, empört über sein spöttisches Lächeln. »Ich möchte nur ein Geschäft mit Ihnen abschließen.« Unvermittelt brach sie in melodisches Gelächter aus. »Und kompromittiert bin ich ohnehin schon. Als Südstaatengentleman ...«

»Halten Sie mich bloß nicht für einen Gentleman!« warnte er und sog an seiner Zigarre. Wieder spürte er ein beunruhigendes Verlangen, wollte sie berühren und sehen, wie sich diese rosigen Lippen unter seinen öffneten, wie heiße Leidenschaft die blauen Augen verschleierte. »Was soll das, Lady? Falls Sie planen, einen Liebhaber eifersüchtig zu machen, der mich zum Duell fordern würde — da spiele ich nicht mit. Für die Eitelkeit einer albernen Frau, die Aufmerksamkeit zu erregen sucht, werde ich mein Leben nicht riskieren.«

»In dieser Hinsicht haben Sie nichts zu befürchten. Es gibt keinen Liebhaber.«

»Und welches Geschäft schwebt Ihnen vor?« fragte er kühl. »Nehmen Sie sich in acht! Ich könnte einen hohen Preis verlangen. Nennen Sie Ihre Bedingungen, dann werde ich Ihnen meine mitteilen.«

Endlich schien er eine gewisse Wirkung auf sie auszuüben. Das Blut stieg ihr in die Wangen, und sie wich seinem Blick aus. »Wie ich bereits sagte, ich möchte in einen anderen Hafen segeln.« Sie zögerte nur ein paar Sekunden lang. »Nehmen Sie mich mit, und ich gehöre Ihnen.«

Nach einer kurzen Pause meinte er: »Vielleicht sollten Sie etwas essen.«

»Also nehmen Sie mein Angebot an?«

»Noch nicht«, entgegnete er gedehnt. »Aber was immer ich auch beschließe, ich möchte mich kein zweites Mal mit einer ohnmächtigen Frau herumschlagen. Außerdem brauche ich Zeit, um zu entscheiden, ob Sie die Mühe wert sind.«

Ihre Augen verengten sich. Offensichtlich konnte sie sich nur mühsam beherrschen. Aber dann lächelte sie. »Glauben Sie mir, Captain, es würde sich bestimmt lohnen.«

Er stand auf, öffnete die Tür und rief nach Charlie. Als ein neugieriger McPherson erschien, bestellte Brent eine Mahlzeit und erklärte, danach wünsche er nicht mehr gestört zu werden. Irritiert beobachtete er, wie Charlie die Lady albern angrinste und beinahe über seine eigenen Füße stolperte. Ein strahlendes Lächeln hatte genügt, und er war ihr verfallen.

Nachdem Charlie davongeeilt war, wandte sich Brent zu ihr. »Ich bin Captain Brent McClain. Und wie heißen Sie? Wenn ich Ihnen leidenschaftliche Worte ins Ohr flüstere, muß ich doch zumindest wissen, wie ich Sie ansprechen soll.«

Wieder errötete sie, aber diesmal hielt sie seinem Blick stand. »Kendall Moore.«

Geistesabwesend nickte er und ging zur offenen Tür. »Charlie, wo bleiben Sie denn?«

Der Mann erschien sofort und musterte ihn vorwurfsvoll. In wenigen Minuten hatte er kaltes Geflügel, Brot, Butter und Wein auf einem Tablett angerichtet.

»Sehr schön, Charlie, vielen Dank.« Brent schloß die Tür hinter McPherson, setzte sich wieder an den Schreibtisch und beobachtete, wie Kendall ihm gegenüber Platz nahm. Heißhungrig, aber sehr manierlich begann sie zu essen und nippte erstaunlich oft an ihrem Wein. Versuchte sie, sich in Stimmung zu bringen?

Aber dieser Gedanke lag ihr fern. Sie trank aus reiner Nervosität, denn dieser Captain, der wie ein Goliath gebaut war und sich mit der Geschmeidigkeit eines Panthers bewegte, jagte ihr kalte Angst ein. Obwohl man sein Gesicht nicht hübsch nennen konnte, zeigte es faszinierende Züge, und das kantige Kinn wies auf einen starken, eigenwilligen Charakter hin.

Gewiß würde er sehr viel von ihr fordern, und er konnte gefährlich werden, wenn man ihm in die Quere kam. Seine grauen Augen schienen direkt in ihre Seele zu blicken. Unwillkürlich erschauerte sie. Großer Gott, sie hatte den falschen Mann gewählt. Aber sie mußte Charleston so schnell wie möglich verlassen und ihre einzige Chance nutzen.

Verstohlen betrachtete sie seine breiten Schultern, die kraftvollen Finger, die auf den Schreibtisch klopften. Wie würde ein solcher Mann eine Frau berühren? Um zu verbergen, daß ihre Lippen zitterten, biß sie hastig in ein Stück Fleisch. Dann nahm sie wieder einen Schluck Wein.

Wie soll ich den Captain in Schach halten, fragte sie sich verzweifelt. Wenn ich versage — wenn er mich als Lügnerin entlarvt, wird er mich gandenlos bestrafen. O Gott, irgendwie muß ich es schaffen ...

Wann sie ihren Plan geschmiedet hatte, wußte sie nicht genau. Vielleicht, nachdem sie aus der Ohnmacht erwacht war. Nun hatte sie etwas begonnen, was sie zu Ende führen mußte. Jedenfalls wollte sie so schnell wie möglich aus Charleston verschwinden, bevor die radikalen Ereignisse sie zur Gefangenschaft in einem fremden Land zwangen.

Sie hatte alles aufgegessen und schenkte sich noch etwas Wein ein.

»Sind Sie fertig, Kendall?« fragte Brent, und sie nickte. »Würden Sie bitte aufstehen?« Seine Stimme klang höflich — zu höflich. Und seine Augen schienen sie auszuziehen. Sie war jung, aber über das Alter hinaus, in dem ein Südstaatenmädchen der Gesellschaft präsentiert und verheiratet wurde.

Wie oft trieb sie dieses Spiel? Suchte sie auf diese Weise ihre Liebhaber aus? In ihrem Blick lag eine mysteriöse Unschuld, aber auch die Weisheit einer verführerischen Frau. Irgend etwas veranlaßte ihn, eine grausame Frage zu stellen: »Wieso glauben Sie, die Mühe würde sich lohnen?«

Jetzt wußte sie, wie sich eine Sklavin fühlte, wenn sie auf dem Markt versteigert wurde. Von hellem Zorn erfaßt, antwortete sie, ohne zu überlegen: »Weil ich Ihre Spielernatur erkannt habe, Sie hinterwäldlerischer Bastard!« fauchte sie, sprang auf und eilte zur Tür.

»O nein, Madam!« Mit langen Schritten holte er sie ein und riß sie in die Arme. »Sie haben mich lange genug mit Ihrem kühnen Angebot herausgefordert, mit dem Versprechen in Ihren Augen. Heute nacht werden Sie mir gehören, Kendall Moore. Das Abkommen ist besiegelt.«

»Erst müssen wir einen anderen Hafen erreichen«, erwiderte sie und warf ihren Kopf in den Nacken. »Das ist meine Bedingung.«

»Ihre Bedingung, Madam?« Spöttisch hob er die Brauen. »Bevor ich darauf eingehe, möchte ich wenigstens kosten, was mir offeriert wird.«

Fordernd preßte er seinen Mund auf ihren, seine Zunge zwang sie, die Lippen zu öffnen, und seine kraftvolle Leidenschaft erstickte jeden Widerstand im Keim. Er schlang die Finger in ihr honigblondes Haar, mit dem anderen Arm drückte er sie an sich. Aber dann änderte sich seine Absicht. Eben noch hatte er geplant, sie zu überwältigen, mit der ganzen Glut seiner Begierde. Doch nun löste er seine Lippen von ihren, küßte sie erneut, sanft und zärtlich, sog ihren süßen Atem ein, roch Rosen und Minze.

Abrupt trat er zurück, schlüpfte aus seinem Jackett, zerrte das Hemd aus der Hose, öffnete die Perlmuttknöpfe. Dann hielt er inne und runzelte die Stirn. »Jetzt, Kendall. Wenn du mit mir fahren möchtest, will ich dich *jetzt* haben.«

Sie zitterte am ganzen Körper. Gegen seine Kraft konnte sie sich nicht wehren — und ebensowenig gegen die Wirkung, die sein sanfter Kuß auf ihre Sinne ausgeübt hatte. Irgend etwas weckte er in ihr, ein Gefühl, das sie zwang, ihn zu begehren, so gefährlich er auch sein mochte.

Aber er würde herausfinden, daß sie eine Betrügerin war, und sie davonjagen.

»Jetzt!« verlangte er noch einmal, und sie las unverhohlene Lust in seinen grauen Augen. Sie sah das Hemd zu Boden fallen, starrte seine breite, muskulöse Brust an und schluckte krampfhaft.

»Versprichst du, mich in einen anderen Hafen zu bringen?« In diesem Moment stand alles auf dem Spiel. Er mußte ihr sein Wort geben, ehe sie in Panik geriet und die Flucht ergriff. Anmutig öffnete sie die Häkchen Ihres Kleids und lächelte. Die graue Seide glitt zu Boden, entblößte die nackten Brüste über dem Korsett. Stolz und hoch aufgerichtet stand Kendall da. »Sei versichert, die Mühe lohnt sich«, flüsterte sie verführerisch und löste die Verschnürung des Korsetts, das ebenfalls hinabfiel.

»Ja, das sehe ich«, erwiderte Brent grinsend.

»Gib mir dein Wort!« Durch gesenkte Wimpern beobachtete sie ihn und hoffte, sie würde dieses Spiel meistern, das ihr völlig neu war.

In wachsender Erregung betrachtete er ihre hoch angesetzten, festen Brüste mit den rosigen Knospen. Ihre schmale Taille hätte er mit seinen Händen umfassen können. Er zog an den Bändern ihrer langen, mit Rüschen besetzten Unterhose, sah sie zu Boden fallen, bewunderte lange schlanke Beine, das honigfarbene Kraushaar zwischen den Schenkeln, das einen betörenden Kontrast zu ihrer weißen Haut bildete. Dann trat er zurück. Ohne Kendall aus den Augen zu lassen, setzte er sich auf einen Stuhl, um die Stiefel auszuziehen.

»Dein Wort«, beharrte sie.

»Das habe ich dir bereits gegeben. Vorhin sagte ich, es würde mir nicht schwerfallen, dich in einen anderen Hafen zu bringen.«

Kendall biß sich auf die Lippen. Sicher, seine Mühe würde sich lohnen, aber nur, weil die Fahrt so billig war. Welch eine Demütigung! Da stand sie nackt vor diesem arroganten, faszinierenden Fremden, der ihr immer größere Furcht einflößte, während er sich auskleidete.

Nachdem er aus den Stiefeln geschlüpft war, ging er wieder zu ihr und umarmte sie. Auf seiner Brust spürte er ihre Fingerspitzen. In vollen Zügen kostete er den süßen Geschmack ihres Mundes aus, als sie zögernd ihre Lippen öffnete.

Doch dann riß sie sich plötzlich los und rannte zur Tür. »Verdammt!« fluchte er und packte ihr Handgelenk. »Bist du verrückt? Willst du splitternackt davonlaufen?« Unsanft stieß er sie auf die Koje und streifte hastig seine Hose ab.

Wie sie bereits geahnt hatte, besaß er eine perfekte Figur — breitschultrig, mit muskulöser Brust und schmalen Hüften. Zahlreiche Tage auf hoher See hatten seine Haut bronzebraun gefärbt.

An seinem Verlangen gab es keinen Zweifel. Würde sie schreien? Oder versagen? Aber was für eine Rolle spielte es schon in der schwarzen Hölle ihres Lebens, was während dieser Nacht geschah? Welche Erniedrigung und Scham konnten schlimmer sein als die Ereignisse, die zu diesem Augenblick geführt hatten?

Die Hände zu beiden Seiten ihres Kopfes aufs Kissen

gestützt, neigte sich Brent über sie. Sie begann, wieder zu zittern, aber zu ihrer Verblüffung lächelte er sanft. »Nun, gilt unser Abkommen?«

Die Entscheidung lag immer noch bei ihr. In seinen Augen las sie Leidenschaft, aber auch Mitgefühl. »Ja«, wisperte sie.

»Warum zitterst du dann so heftig? Ich werde behutsam mit dir umgehen.«

Plötzlich spürte sie sein Gewicht auf ihrem Körper, sein brennendes Verlangen zwischen ihren Schenkeln. Doch er hielt sein Versprechen, zähmte seine Begierde, bedeckte ihr ganzes Gesicht mit zarten Küssen. Während seine heiße Zunge ihren Mund erforschte, umfaßte er eine ihrer Brüste. Sein Daumen spielte mit der empfindsamen Knospe, langsam und aufreizend, bevor er daran zu saugen begann. Immer tiefer wanderte seine Hand hinab, über ihren flachen Bauch, die Hüften, zwischen die Schenkel. Ihr Atem stockte, und sie schlang ihre Finger in sein Haar. Leise stöhnte sie, als flüssiges Feuer durch ihren Körper zu strömen schien und alle klaren Gedanken verscheuchte.

Seine Lippen wanderten über ihren Hals, zur anderen Brust, die er mit seiner Zungenspitze reizte. Hin und wieder hob er den Kopf, um ihr in die Augen zu schauen und die Wirkung seiner Liebkosungen zu beobachten. Sie ist für die Liebe geschaffen, dachte er, und allein schon ihr Anblick erschien ihm wie eine berauschende Droge. Auf dem weißen Kissen breitete sich ihr honigblondes Haar aus, in ihren blauen Augen lag ein sinnlicher Glanz, die geöffneten Lippen schimmerten feucht. Um sie zu begehren, brauchte er sie gar nicht zu berühren. Doch er konnte nicht widerstehen, mußte ihre seidige Haut unentwegt unter seinen Händen und Lippen fühlen.

Nun begann er erneut, die zarten Innenseiten ihrer Schenkel zu streicheln, seine Lippen folgten der Spur seiner Finger, und er hielt ihre Hüften fest, als sie protestierend zusammenzuckte. Wenig später wand sie sich umher, von unkontrollierbarer Lust erfaßt. Alles an ihr war unglaublich schön, ihr Gesicht, ihr Körper, ihre anmutigen, sinnlichen Bewegungen.

Als er seine Hüften zwischen ihre Beine schob, spannte sie sich instinktiv an. »Sei ganz ruhig«, bat er. »Du begehrst mich, das weiß ich, denn du bist so warm, so weich ...«

O ja, ich begehre ihn, dachte sie verwundert. Hatte sie von Anfang an geahnt, wie es sein würde, daß er mit jeder Liebkosung wilde Flammen entzünden würde? Und er fuhr fort, sie zu erregen, mit seinen Händen, seinem Mund, bis sie atemlos seinen Namen rief. Wie süß und erotisch ihre Stimme klang ... »Berühre mich«, befahl er heiser, und sie gehorchte mit bebenden Fingern. Sie spürte sein pulsierendes Verlangen, wundervoll und beängstigend zugleich, und sie brauchte ihn, weil er die Sehnsucht stillen mußte, die er heraufbeschworen hatte.

Plötzlich flog die Kabinentür auf. »Ja, das ist der verdammte Rebell McClain!« schrie jemand.

Als Brent herumfuhr, um den Eindringling abzuwehren, drückte sich eine Pistolenmündung in seine Wange, und er erstarrte, die Zähne zusammengebissen.

»Kendall, du raffiniertes kleines Biest!« stieß der Mann hervor. »Da hast du genau den richtigen Südstaatenbastard gefunden!«

Ungläubig starrte Brent in die schönen blauen Augen, dann sprang er auf, um seinem Gegner die Waffe zu entreißen oder zu sterben. Aber obwohl er sich blitzschnell bewegte — er war zu langsam. Der Angreifer war vorbereitet gewesen, während Brent wehrlos in den Armen einer schönen, rätselhaften, verlockenden Frau gelegen hatte.

Er sah seinen Feind nicht — oder seine Feinde. Sicher

waren es mehrere. Der Pistolenlauf traf seinen Kopf, und ein stechender Schmerz durchzuckte ihn. Was für ein Narr bin ich gewesen, dachte er, bevor die Welt schwarz wurde. Ahnungslos war er in eine Falle getappt. Irgend jemand wollte ihn aus dem Weg räumen. Vermutlich ein Yankee-Offizier, der genau wußte, welche Gefahr von Captain McClain ausging — jetzt, wo der Krieg unmittelbar bevorstand. Und eine verführerische Sirene war sein Werkzeug gewesen. Betrügerische kleine Hexe! Gewiß hatte sie inständig gehofft, ihre Spießgesellen würden gerade noch rechtzeitig auftauchen.

Was hatten sie der Besatzung angetan? Großer Gott, was konnte er unternehmen? Ehe die Welt endgültig erlosch, faßte er einen letzten klaren Gedanken. Wenn er überlebte, würde er die Männer finden, die über ihn hergefallen waren. Und *sie*. O ja, sie würde ihre Niedertracht bitter bereuen ...

Und dann plagten ihn keine Gedanken mehr, die scharfe Stimme des Feindes drang nicht mehr in sein Bewußtsein. Er war ein hochgewachsener, attraktiver, dunkelhaariger Mann mit sorgsam gestutztem Schnurrbart und kalten, grausamen blauen Augen. »Elendes Biest! Wahrscheinlich werde ich dich töten.« Er stieß den bewußtlosen McClain, der auf der Koje zusammengebrochen war, zu Boden und schlug so kraftvoll in Kendalls Gesicht, daß ihr Kopf gegen die Kabinenwand schlug.

Kein Schmerzensschrei kam über ihre Lippen. »Ich verachte dich, John. Und eines Tages werde ich dir entkommen.«

Da zerrte er sie aus der Koje, verpaßte ihr noch eine Ohrfeige, und sie brach zusammen. Ehe er sie weiterhin mißhandeln konnte, trat ein anderer Mann vor und berührte seine Schulter. »John, ich habe dir geholfen, Kendall zu finden. Aber ich werde nicht mit ansehen, wie du sie zu Tode prügelst. Verschwinden wir!«

»Erst, wenn ich diesen rebellischen Bastard über Bord geworfen habe, Travis!« erwiderte John und versetzte Brent einen kräftigen Fußtritt.

Schaudernd ging Travis Deland an seinem Jugendfreund vorbei und reichte Kendall eine Decke.

Sie bedankte sich und stand mühsam auf. In die Decke gewickelt, hob sie herausfordernd das Kinn. »Wenn du diesen Mann tötest, John, bringe ich dich vor Gericht. Und ich werde dich hängen sehen.«

»Glaub mir, sie hat recht, John«, fügte Travis beschwörend hinzu. »Es wäre Mord.«

»Das ist ein Rebell!« fauchte John.

»Noch ist der Krieg nicht ausgebrochen«, protestierte Travis.

»Aber bald ist es soweit. Und McClain wird die Kriegsflotte kommandieren, falls diese verräterischen Südstaatler eine Navy zusammentrommeln. Übrigens ...« John wandte sich wieder zu Kendall. »Wenn ich mit dir fertig bin, wirst du so gut wie tot sein. Ob ich einen oder zwei Morde begehe — ich kann nur einmal hängen.«

»John ...«

»Schon gut, Travis, ich werde sie nicht umbringen. Wäre sie ein paar Minuten länger mit ihm beisammen gewesen, hätte ich beide erstechen müssen. Aber so, wie die Dinge liegen ...«

»Travis!« rief Kendall flehend. »Wie konntest du dich an diesem Schurkenstück beteiligen? Wirst du mich jetzt zwingen, mit ihm zurückzukehren?«

Schweren Herzens musterte Travis seinen Freund und las unverhohlene Mordlust in den eisigen blauen Augen.

Dann sah er wieder Kendall an, die ihre Verzweiflung und Angst hinter unerschütterlichem Stolz verbarg. Wie gern hätte er ihr erklärt, John Moore sei früher ein guter, anständiger Mann gewesen. In einer fernen Vergangenheit hätte er sie so zärtlich lieben können, wie sie es verdiente ...

Unglücklich haderte Travis mit dem Schicksal.

Warum war ein Mann wie John von einer Krankheit befallen worden, die seine Manneskraft zerstört und seine Seele vergiftet hatte? Arme Kendall ... Sie kannte nur die Grausamkeit ihres Gemahls, dem sie für ein ›kostbares‹ Stück Land verkauft worden war. Niemand durfte ihr die Flucht verübeln. Aber Travis kannte ihn seit der Kindheit. Unentwegt und erfolglos betete er, alles möge sich zum Guten wenden. Nun hatte er zum erstenmal mit angesehen, wie John seine Frau schlug. Bis jetzt war ihm nicht bewußt gewesen, in welch einer schrecklichen Situation sie sich befand. Traurig schüttelte er den Kopf. »Kendall, er ist dein Mann. Du mußt mit ihm gehen.«

John hob ihre Kleidungsstücke auf und warf sie ihr zu. »Zieh dich an! Schnell! Bevor ich mich anders besinne und dich ersteche, mitsamt deinem Liebhaber!«

Zitternd eilte sie in eine Ecke, begann sich anzukleiden und schaute verstohlen zu dem Captain hinüber, um sich zu vergewissern, daß der Schlag auf seinen Kopf nicht tödlich gewesen war. Verzeih mir, daß ich dich in diese schreckliche Lage gebracht habe, bat sie stumm. Verzeih mir, denn ich werde dich nie vergessen. In deinen Armen durfte ich das einzige Glück meines Lebens genießen, und nun wird mir die Zukunft um so gräßlicher erscheinen ... Entsetzt hielt sie den Atem an, als John den bewußtlosen Mann auf seine Schultern hievte.

»Paß auf, daß sie nicht wegläuft, Travis! Ich bin gleich wieder da.«

Er verließ die Kabine, und Kendall warf sich verzweifelt an Travis' Brust. »Halt ihn zurück! Vielleicht verdiene ich, was immer er mir antun wird. Aber dieser Captain nicht!«

»Beruhige dich, und wenn er zurückkommt, geh widerstandslos mit ihm. Später werde ich mich um den Rebellen kümmern. An Deck wird John von fünf Männern erwartet. Sie konnten die Besatzung mühelos überrumpeln.«

In diesem Augenblick flog die Tür wieder auf, und John packte Kendalls Arm. »Folge mir, teure Gemahlin! Die schöne Mrs. Moore!« Er brach in bitteres Gelächter aus. »Die grandiose Südstaatenhure!«

Wortlos senkte sie den Kopf und schloß die Augen. Lieber Gott, wie ich diesen Mann hasse, dachte sie. Aber in ihrer Angst um den Captain ließ sie sich widerstandslos aus der Kabine führen.

»Brent McClain!« rief John spöttisch. »Sie weiß, welche Männer sie sich aussuchen muß, was, Travis? Vielleicht hat sie der Union soeben einen verdammt großen Gefallen getan.«

»Sicher, John«, murmelte Travis und blieb zurück, während John Moore mit seiner Frau an Land ging. Hastig suchte er das Deck ab, dann atmete er erleichtert auf. Auf den Planken lagen einige Besatzungsmitglieder, aber alle atmeten noch. Wo steckte McClain? O Gott — war er über Bord geworfen worden?

Travis rannte zur Backbordseite und sah, wie der nackte Mann im eiskalten Wasser mit dem Strick kämpfte, der seine Handgelenke umschlang. Ehe Travis über die Reling sprang, zog er nur die Stiefel aus. In den kalten Wellen verlor er fast die Besinnung. Aber er erreichte den Captain und zog ihn zum Dock.

»Diese Hexe!« murmelte der Rebell. »Eine verdammt schöne Hexe, die mich in eine Falle gelockt hat. Bald werde ich sie aufspüren ...« Brent starrte den Fremden an, der ihn gerettet hatte. »Danke.«

Dank mir nicht, dachte Travis, denn ich war an diesem traurigen, häßlichen Zwischenfall beteiligt. Und mach Kendall keine Vorwürfe. Du verstehst nicht ... Schmerzlich lächelte er. »Eines Tages sollten Sie dran denken, daß nicht alle verdammten Yankees schlechte Menschen sind.«

»Eher irgendwie grau«, murmelte der Rebell.

Travis hörte Schritte auf dem Schiffsdeck, wo einige Besatzungsmitglieder zu sich gekommen waren. Bald würden sie ihren Captain auf dem Dock finden.

Zitternd vor Kälte, stand Travis auf und schaute den Rebellen ein letzes Mal an, dann rannte er die Battery hinunter.

Irgendwie grau . . . Verwundert dachte er über diese seltsamen Worte nach. Ja, nie wieder würde das Leben einfach nur schwarz und weiß sein.

1

November 1861

An manchen Stellen schimmerten die Wellen im hellen Sonnenlicht aquamarinblau. Und weiter draußen leuchtete die Meerenge dunkelviolett, geheimnisvoll wie die Nacht. Herausfordernd. Faszinierend. Nahe dem Ufer war das Wasser kristallklar. In durchscheinenden Tiefen tummelten sich winzige, glänzende Fische. Wenn Kendall die Augen ein wenig zusammenkniff, so daß sie sich verschleierten, wirkte die Schar der Fische bunt und magisch wie ein Regenbogen, ein mystisches Versprechen.

Seufzend öffnete sie die Augen. Nein, im Wasser und in der hypnotisierenden Schönheit der Fische lag kein Versprechen. Mochte die Hitze, meilenweit südlich von der Mason-Dixon-Linie*, auch mitten im Winter flimmern — dieses Land gehörte immer noch der Union. Kendall stand auf dem Grund und Boden des dritten Staates, der sich von der Union abspalten wollte. Aber obwohl er zur Konföderation gehörte, waren das Fort Taylor und deshalb die ganze Insel Key West ein Teil der Union.

Die Bewohner der kleinen Insel konnten die Unionstruppen nicht bekämpfen, aber die meisten betrachteten sich als Konföderierte. Das tröstete Kendall, wenn sie das Fort auch nicht verlassen durfte. Wenigstens konnte sie träumen. Eines Tages würde die Wachsamkeit der Soldaten nachlassen, und dann wollte sie fliehen. Freundliche Konföderierte, die wußten, daß sie aus South Carolina

---

* Grenzlinie zwischen Staaten mit und ohne Sklaverei

stammte und der Union zu entkommen suchte, würden ihr helfen. Ganz bestimmt, wenn sie ihnen erzählte, sie sei zur Ehe gezwungen worden ...

Tränen trübten ihr den Blick, und sie wischte ungeduldig mit ihrem Handrücken über die Augen. Nach so langer Zeit war es lächerlich zu weinen. Und nachdem sie letztes Jahr zur Weihnachtszeit ein so ungeheuerliches Bravourstück gewagt hatte, leider ohne Erfolg, mußte sie froh sein, daß sie noch lebte.

Sie wandte sich wieder zum Wasser, verengte die Augen, sah flimmernde Regenbogenfarben. Das Leben wäre erträglich gewesen, hätte John sie nicht von Anfang an gehaßt. Warum war er trotzdem so versessen auf diese Heirat gewesen?

Immer wieder versuchte Travis, ihr einzureden, John würde sie lieben und jeden Abend beten, er möge von seiner Krankheit erlöst werden, damit er die Ehe endlich vollziehen könne. Aber daran glaubte Kendall nicht. John behielt sie nur bei sich so wie seine blaue Unionsuniform, seine Schwerter und Gewehre. Für ihn war sie ein Symbol. John Moore ist ein Mann, verkündete die Anwesenheit seiner Frau, ein Mann, ein Mann ...

Wäre er jemals freundlich gewesen, hätte sie versucht, seine Probleme zu verstehen. Aber vielleicht hatte sie den Haß selbst heraufbeschworen. Wie hätte sie ahnen sollen ...?

Sie schloß die Augen, erinnerte sich an jenen Tag auf Cresthaven, vor drei langen Jahren. Damals hatte sie John Moore zum erstenmal gesehen.

Cresthaven ... Von Rechts wegen sollte es ihr gehören. Ihr Vater hatte die Plantage aufgebaut. Als Kendall und Lolly kleine Kinder gewesen waren, hatte William Tarton sie auf seinen breiten Schultern überall herumgetragen, von morgens bis abends.

»Wozu brauche ich Söhne?« hatte er lachend gefragt.

»Kendall, meine kleine Schönheit, du besitzt einen messerscharfen Verstand. Eines Tages wird Cresthaven dir gehören. Und du wirst die Männer beschämen, denn ich will dir alles beibringen, vom Baumwollanbau bis zum Kochen. Und du sollst dir deinen künftigen Ehemann selber aussuchen, meine teure Tochter, einen Mann, der eine starke Frau lieben kann. Klug und geistreich muß er sein, charakterfest und zärtlich.«

Neue Tränen rannen über Kendalls Wangen. Verdammt, Vater, dachte sie unglücklich, zwölf Jahre lang hast du mir diesen Traum gestattet. Dann bist du gestorben. An mich hast du die Liebe zu deinem Land und dein Wissen weitergegeben. Aber nicht an meine Mutter.

Sie stöhnte gequält. Wie sehr hatte sie den Vater geliebt, auch die Mutter, ungeachtet aller Probleme ... Elizabeth Tarton war dazu erzogen worden, einen Salon zu schmükken. Sie konnte auf dem Spinett spielen, großartige Parties veranstalten, aber kein Geld zählen. Trotz Kendalls Widerstand hatte sie George Clayton geheiratet und ihm erlaubt, die Plantage zu verwalten — und zu ruinieren.

Und so war der New Yorker John Moore in Kendalls Leben getreten, im Fort Moultrie stationiert, ein Soldat vom Scheitel bis zur Sohle. Zusammen mit einigen Freunden besuchte er die Pferderennen, die außerhalb von Charleston stattfanden, und lernte Clayton kennen, der ihn nach Cresthaven einlud. Dort begegnete er Kendall.

Die Moores waren unermeßlich reich. Ohne seine Stieftochter zu informieren, hatte Clayton sie dem Yankee angeboten, für eine enorme Summe.

Nur zu gut erinnerte sie sich an jene Szene, an den Streit im Salon. »Nein!« hatte sie entsetzt gerufen. »Ich heirate keinen Yankee. O George, du bist ein Narr! Jeder kann doch sehen, welche Zukunft vor uns liegt. Dieses Land wird sich spalten.«

Grimmig runzelte er die Stirn. »Schrei mich nicht an,

du arrogantes Ding! Von Anfang an warst du meine erbitterte Feindin. Aber das stört mich nicht. Ich bin dein Pa und ...«

»Das bist du nicht. Du hast meine Mutter geheiratet, aber du wirst nie mein Pa sein. Und du kannst mich nicht zu einer Heirat zwingen, nur weil du das Vermögen meines Vaters verspielt und mit deinen Huren durchgebracht hast.«

»Freches Biest!« Wütend öffnete er seinen Hosengürtel. »Ich schlage dich grün und blau!«

Das war keine leere Drohung. Oft genug hatte er seine beiden Stieftöchter verprügelt.

Aber Kendall zuckte nicht mit der Wimper. Sie war groß und stark, George von seiner Trägheit und Trunksucht geschwächt. »Wenn du mich anrührst, du mieses Schwein, reiße ich dir das Herz aus dem Leib.«

Als er ihre kühle, ruhige Stimme hörte und ihren eisigen Blick sah, zögerte er. »Also gut.« Er wandte sich ab, um eine seiner teuren Havannazigarren anzuzünden. »Vielleicht sollte ich dich nicht schlagen, weil du schon zu alt dafür bist. Und deshalb überlasse ich's lieber deinem künftigen Ehemann, dich zu demütigen.«

»Ich werde deinen Yankee-Freund niemals heiraten, auch keinen anderen, den du anschleppen könntest. Sollte ich eines Tages vor den Traualtar treten, dann nur mit einem Mann, der's nicht nötig hat, seine Frau zu mißhandeln.«

Grinsend drehte er sich zu ihr um. »Oh, du wirst John heiraten. Wenn nicht ...«

»Nein! Er ist unhöflich und widerwärtig. Jedesmal, wenn er mich anschaut, habe ich das Gefühl, er würde mich mit den Augen ausziehen. Außerdem werde ich keine Ehe eingehen, nur um dir einen Gefallen zu tun.« In diesem Moment sah sie den Yankee in der Tür stehen. Furchtlos erwiderte sie seinen kalten Blick. »Mr. Moore, ich bedaure, daß Sie — ein Gast in unserem Haus — diesen häßlichen Streit mit angehört haben. Aber ich werde Sie nicht heiraten.«

Sie dachte, diese entschiedene Erklärung würde beide Männer zur Vernunft bringen. Aber John starrte ihren Stiefvater an, der in gellendes Gelächter ausbrach. »Wenn du bei deiner Weigerung bleibst, Kendall, bringe ich deine geliebte kleine Schwester Lolly zu Matt Worton. Dem wird's egal sein, ob sie vor irgendeinem Altar ja oder nein sagt. Er weiß Jungfrauen zu schätzen, vor allem blauäugige Mädchen mit weizenblondem Haar.«

»Aber sie ist erst vierzehn!« schrie sie in verzweifeltem Zorn. »Das wagst du nicht! Mutter würde dich umbringen.«

Seelenruhig schnippte George die Zigarrenasche auf den polierten Holzboden. »Schätzchen, deine arme kranke Mutter würde dir nicht glauben, was immer du ihr auch erzählen magst. Sie braucht einen Mann, an den sie sich klammern kann. Und sie wird's nicht erfahren, wenn Matt sich mit Lolly amüsiert.«

Sekundenlang schloß Kendall die Augen. Die zierliche, ätherische Lolly glich der Mutter und ließ sich widerstandslos von ihrem Stiefvater herumkommandieren. Dieses zarte, schwache Mädchen sollte Matt Worton ausgeliefert werden, der seine Sklavinnen ankettete und auspeitschte? Zwei Ehefrauen hatte er bereits unter die Erde gebracht, aber man konnte ihm keinen Mord nachweisen.

»Wenn du diesen Yankee heiratest, Miss Hochmut«, fuhr George fort, »wird deiner Schwester nichts zustoßen. Das gebe ich dir schriftlich. Außerdem darfst du sogar einen Ehemann für sie aussuchen.«

Seit sie John Moore zum erstenmal gesehen hatte, wußte sie, daß er sie verachtete. Trotzdem erlitt sie in der Hochzeitsnacht einen schweren Schock. Sobald er die

Tür geschlossen hatte, schleuderte er sie quer durchs Schlafzimmer und befahl ihr, sich auszuziehen. Widerstrebend gehorchte sie, und ihre Finger zitterten so heftig, daß es eine halbe Ewigkeit dauerte, bis sie aus dem steifen Brautkleid ihrer Mutter geschlüpft war. Aber er starrte sie nur an, die blauen Augen voller Abscheu und Leid. Dann schlug er mit seiner Faust gegen die Wand und stürmte hinaus.

Im Lauf der Ehe sollte sich diese Szene noch mehrmals wiederholen. Travis erklärte Kendall, sein Freund habe sich bei den Indianerkämpfen in Florida mit einer schweren Krankheit angesteckt und sei 1856 fast gestorben. Niemand außer Travis — und jetzt Kendall — wußte, daß John nur ein halber Mann war. So sehr sie sich auch bemühte, die Dämonen zu verstehen, die ihn plagten und seine Grausamkeit heraufbeschworen hatten, es fiel ihr schwer, weil er sie unentwegt mit seinem Haß verfolgte.

In ruhiger Würde überstand sie das erste Jahr in New York. Wenn er in Zorn geriet, schlug er sie, war aber stets bestrebt, keine Spuren zu hinterlassen. Ihr Stolz half ihr, die Schmerzen zu verkraften. Um so unerträglicher erschien ihr die Einsamkeit, obwohl sie viele seiner Freunde liebenswert und die große Stadt faszinierend fand. Die Fassade einer normalen Ehe wurde aufrechterhalten.

Anderthalb Jahre nach Kendalls unseliger Hochzeit verliebte sich Lolly und schrieb ihr schwärmerische Briefe. Obwohl die kleine Schwester erst fünfzehn war, erlaubte ihr Kendall, den Sohn eines angesehenen, wohlhabenden Pflanzers aus Charleston zu heiraten. Gene McIntosh repräsentierte alles, was die galante Kultur der Südstaaten ausmachte, ein intelligenter, warmherziger, gebildeter Mann, der seine Frau stets auf Händen tragen würde.

Sobald sie Lolly in Sicherheit wußte, erwachte Kendalls Freiheitsdrang. Begierig lauschte sie den Nachrichten, die nach New York drangen. Nachdem man John Brown gehängt hatte, der für die Abschaffung der Sklaverei eingetreten war, rechnete sie mit einem Bürgerkrieg. Sie wollte nicht im Norden bleiben, wenn sich South Carolina von der Union trennte. Mit Travis' Hilfe erwirkte sie John Moores Erlaubnis, trotz der wachsenden Spannungen ihre Mutter zu besuchen.

Doch sie hätte wissen müssen, daß John ihr mit seinen Freunden von der Navy folgen würde.

»O Gott!« stöhnt sie und vergrub das Gesicht in ihren Händen. Welch sträflicher Leichtsinn! Durch ihre Schuld wäre beinahe ein Mann gestorben. Aber wie hätte sie ahnen sollen, daß sie an einen Südstaaten-Captain geraten würde, den die Navy des Nordens schon jetzt fürchtete und haßte? Wäre Travis nicht so energisch dazwischen getreten, hätte John seine Frau und auch Brent McClain getötet. Später hatte Travis ihr versichert, der Mann sei am Leben.

Wie oft hatte sie seit jener verhängnisvollen Nacht schon an Brent gedacht ... Sie konnte ihn nicht vergessen, seine tiefe, heisere Stimme, die grauen Augen, die silbrig schimmerten, wenn sie von Leidenschaft verdunkelt wurden, den muskulösen nackten Körper ... Doch es gab noch ein anderes Bild, das immer wieder vor Kendalls geistigem Auge auftauchte, das ungläubige Entsetzen, den kalten, bedrohlichen Zorn in Brents Blick, als der Pistolenlauf seinen Kopf getroffen hatte.

Den Südstaaten kam es zugute, daß Brent McClain jenen Zwischenfall überlebt hatte. In den Kasernen der Union flüsterten sich die Soldaten ehrfürchtig seinen Namen zu. Jede Unionsblockade vermochte er zu umgehen. Er transportierte Vorräte von den Inseln nach Florida, Georgia und Louisiana. Unbemerkt segelte er an den Unionsschiffen vorbei. Jeff Davis, der Präsident der Konföderierten, hatte Brent McClain ein Navy-Kommando übertragen. Das las Kendall in den Südstaatenzeitungen, die

Travis zu ihr schmuggelte. Schon zweimal war der Captain für seine Tapferkeit ausgezeichnet worden.

Lieber Gott, beschütze ihn, betete sie stumm, und laß ihn niemals hierherkommen ... Trotz der Hitze fröstelte sie. Sicher würde er Mittel und Wege finden, um sich an ihr zu rächen — wenn John ihn nicht in seine Gewalt brachte. Er war wütend gewesen, als er erfahren hatte, McClain würde noch leben, und er hatte erbittert mit Travis gestritten.

Trotzdem hatte Travis um seine Versetzung ins Ford Taylor angesucht und John hierher begleitet, um Kendall zu beschützen, so gut er es vermochte. Welch ein ehrenwerter Mann, obwohl er ein Yankee war. Nein, ermahnte sich Kendall, so durfte sie nicht denken. Es gab viele anständige Yankees. Die Farben der Uniform hingen nicht mit dem Charakter zusammen.

Obwohl Kendall in einer Unionsfestung lebte, blieb sie im Grunde ihres Herzens eine Rebellin. South Carolina war ihre Heimat, der leise Gesang der Sklaven, die auf den Baumwollfeldern arbeiteten, die Musik, die sie am besten kannte.

»Kendall!«

Lächelnd drehte sie sich um. Es war nicht ihr Mann, sondern Travis, der entlang der Festungsmauer zu ihr eilte. Glücklicherweise sah sie John nur selten, seit sie im Fort wohnte, denn er segelte immer wieder von Pensacola nach Jacksonville, wo die meisten Seeschlachten stattfanden. Leidenschaftlich setzten sich die Gouverneure Floridas für die Sezession ein.

Gerade deshalb wurden ihrem Land schmerzliche Wunden geschlagen. Die meisten seiner Truppen mußten in Virginia und Mississippi kämpfen, wo man die wichtigsten Schlachten des Krieges ausfocht. So war die meilenlange Florida-Küste den Angriffen der Union wehrlos ausgesetzt.

»Hallo, Travis!« rief sie leise. Er erwiderte ihr Lächeln, blieb neben ihr stehen, und sie blickten aufs Meer hinaus.

Immer wieder suchte er Kendalls Gesellschaft, obwohl ihn bei jeder Begegnung Gewissensbisse plagten, denn er liebte und bewunderte sie, nicht nur ihre Schönheit, sondern auch ihren unbeugsamen Stolz und ihre innere Kraft.

Hätte er John nicht geholfen, sie aufzuspüren, wäre sie vielleicht entkommen. Bedrückt grub er seine Fingernägel in die Handflächen. Andererseits war sie Johns Frau, nur deshalb hatte Travis seinen Freund unterstützt — und vor lauter Angst, John könnte sie töten, wenn er ihr allein gegenüberstünde.

»Möchtest du segeln?« fragte er und sah ihre Augen aufleuchten.

»Darf ich, Travis?«

»O ja. Ich wurde beauftragt, eine kleine Patrouille durchzuführen, und Captain Brannen meinte, es sei nur ein Routinefahrt. In der Nähe des Forts droht dir keine Gefahr. Und da John schon seit vier Monaten unterwegs ist, findet der Captain, du würdest eine Abwechslung brauchen.«

Brannen war ein netter, freundlicher Mann, der Kendalls Verzweiflung spürte, wenn er auch nicht wußte, was sie quälte. Als Johns Vorgesetzter konnte er einiges unternehmen, um ihr das Leben zu erleichtern. »O Travis, vielen Dank!« rief sie. »Wann brechen wir auf?«

»Sofort.«

»Dann laß mich einen Schal holen.«

Sie eilte zu den Stufen, und er schaute ihr wehmütig nach. Wie schön sie war … Sie hatte sehr schnell gelernt, sich dem heißen Inselklima anzupassen. Hier verzichtete sie auf voluminöse Unterröcke und Korsette, die auf dem Festland in Mode waren. Ein leichtes Baumwollkleid schmiegte sich an ihre vollen Brüste und die schmale Taille, ein breitrandiger Strohhut schützte ihren zarten Teint vor den gnadenlosen Sonnenstrahlen.

»Treffen wir uns am Tor!« rief Travis ihr nach, und sie winkte ihm zu. Dann rannte sie in das kleine Zimmer, das sie mit John teilte, wenn er sich in der Festung aufhielt, und das sie jetzt allein bewohnte — dem Himmel sei Dank! Rasch nahm sie ihren weißen Schal vom Fußende des Betts und lief zum Tor. Seit ihrer Ankunft im Fort Taylor hatte sie eine neue Leidenschaft entdeckt — das Segeln. Sie liebte das Meer, den Wind in ihrem Haar, die schwankenden Decksplanken unter ihren Füßen, die salzige Gischt, die sie erfrischte und neue Lebensgeister weckte.

»Mit welchem Schiff segeln wir?« fragte sie atemlos.

»Mit der *Michelle*«, erwiderte Travis lächelnd. »Nur wir beide und Jones, Lewis und Arthur. Wie klingt das?«

»Wundervoll!« Sie mochte die drei taktvollen, zuvorkommenden Seemänner. Keiner machte spöttische Bemerkungen über die ›verdammten, hinterwäldlerischen Rebellen, die man vernichten muß‹. Und sie erwähnten niemals, Kendall gehöre zu den ›Sklavenhaltern, die Verrat an der gottgewollten Union übten‹. In den Kasernen des Forts hausten verschiedene Charaktere. Die meisten waren anständige Männer, die gegen ihren Willen in einen traurigen Krieg verwickelt wurden. Aber da stolzierten auch ein paar anmaßende Kerle umher, die trotz der Unionsniederlage von Bull Run die Überzeugung vertraten, sie würden die ›rotznasigen Rebellen‹ bald besiegen und ›genauso aufhängen wie die gottverdammten Rothäute‹.«

Travis nahm Kendalls Arm und führte sie am Dock entlang zu der kleinen *Michelle*, einem Schoner ohne Kanonen, der nur für Patrouillenfahrten eingesetzt wurde.

»Wenn du willst, überlasse ich dir später das Ruder.« Travis zwinkerte seiner Begleiterin zu und umfaßte ihre Taille, um sie an Bord zu heben.

»Oh, Gott segne dich, Travis!« Kendall lachte entzückt. Dann begrüßte sie die drei anderen Männer, setzte sich neben das Ruder und wartete, bis die Segel gehißt waren und das Bott auslaufen konnte.

Eine lebhafte, aber nicht allzu starke Brise wehte über das Meer hinweg. Kendall beobachtete, wie Travis am Ruder Platz nahm, wie sich die Segel blähten. Dann schloß sie die Augen. Eines Tages würde sie John entkommen und irgendwo in Florida untertauchen, wo es viele versteckte Buchten und Inseln gab. Dort hatten sich die Piraten jahrhundertelang verborgen. Allzuviel würde sie nicht brauchen. Sie war im Luxus aufgewachsen, hatte aber gelernt, hart zu arbeiten. Irgendwie würde sie ihren Lebensunterhalt verdienen und vielleicht ein kleines Boot kaufen. Dann konnte sie über die aquamarinblaue See segeln, sooft sie wollte ...

»Sieh doch, Kendall!« unterbrach Travis ihren schönen Tagtraum und zeigte auf die Wellen. Zwei verspielte Delphine schwammen neben der *Michelle* her, sprangen immer wieder aus dem Wasser hoch.

Obwohl Kendall lächelte, mußte irgend etwas in ihrem Blick verraten haben, daß sie aus einer beglückenden Gedankenwelt in die rauhe Wirklichkeit zurückgekehrt war. Unbehaglich runzelte er die Stirn und schaute nach achtern, wo die drei Besatzungsmitglieder in die Meeresarme der winzigen Inseln nördlich von Key West spähten und verdächtige Boote zu entdecken suchten.

»Kendall«, begann er zögernd, »ich fand noch keine Gelegenheit, dir das zu sagen. Aber es tut mir leid, was im letzten Dezember geschehen ist. Wie du weißt, bin ich mit John aufgewachsen. Mein Leben lang war er mein bester Freund ...«

»Schon gut, Travis«, fiel sie ihm tonlos ins Wort. »Du hast nur deine Pflicht getan.«

»Nein, es ist *nicht* gut. O Kendall, verdammt — ich

dachte, eines Tages würde John sich ändern. Doch das war eine vergebliche Hoffnung. Hätte er doch den Tod gefunden! Auch für ihn wäre das besser gewesen. Der Schmerz peinigt nicht seinen Körper, sondern seine vergiftete Seele.«

Seufzend schaute sie in seine traurigen braunen Augen. »Travis, ich bewundere die Loyalität, die du John entgegenbringst. Auch mir warst du stets ein guter Freund. Du hast dein Bestes getan, um mein Leben erträglich zu gestalten, John daran gehindert, mich zu töten — und mir meine schlimmen Selbstmordgedanken ausgetrieben.«

Nach einer kleinen Pause räusperte er sich. »Ich glaube, allmählich verliert John den Verstand. Seine eigenen Leute halten ihn für verrückt. Und deshalb möchte ich dir helfen, vor ihm zu fliehen.«

Eifrig richtete sie sich auf. »O Travis, ich danke dir! Ich würde alles tun und überall hingehen. Vielleicht nach Charleston. Natürlich wäre ich sehr vorsichtig. Ich könnte bei Lolly wohnen. Nein, besser nicht — wenn mein Stiefvater mich findet, würde er mich sofort zu John zurückbringen. Es sei denn, ich ließe mich scheiden. O ja, Travis, das ist die beste Lösung. Kein Gericht in South Carolina würde mich zwingen, meine Ehe mit einem Yankee fortzusetzen!«

»Freu dich nicht zu früh, Kendall!« warnte Travis. »So einfach ist es nicht, eine Scheidung zu erwirken. Nur wenn du verschwindest, kannst du deines Lebens sicher sein ...«

»Commander! Commander Deland!« unterbrach ihn Jones' Ruf.

Verwirrt runzelte Travis die Stirn. »Entschuldige mich, Kendall, und übernimm das Steuer.«

Sie hielt das Ruder fest und beobachtete, wie Travis nach achtern eilte. Dann zog sie die Krempe ihres Strohhuts tiefer ins Gesicht, um ihre Augen vor der grellen Sonne zu schützen.

Aufgeregt streckte Jones, ein achtzehnjähriger Junge, seinen Zeigefinger aus. Nun sah auch Kendall, daß sie von drei langen, schmalen Einmastern verfolgt wurden, und ihr Herz schlug schneller. Schnelle Einbäume, etwa fünfzehn Fuß lang ...

»Jesus Christus, steh uns bei!« flüsterte sie, als Travis zurückkehrte und sie vom Ruder wegschob.

»Was ist los?«

»Indianer«, erwiderte Travis, wandte sich zu ihr und konnte seine Angst nicht verbergen. »Setzen Sie den Klüver, Jones! Wir müssen um ein paar Knoten beschleunigen!«

»Was für Indianer?« Kendalls Furcht steigerte sich zur Panik. »Warum folgen sie uns?«

Ungeduldig schüttelte er den Kopf. »Das weiß ich nicht. Vielleicht sind es Seminolen oder Mikasukis. Seit dem Krieg kommt es immer wieder zu vereinzelten Kämpfen. Die Indianer hassen die Union«, fügte er hinzu, drehte sich um und stellte fest, daß die Einbäume rasch näher kamen. »Ausgerechnet heute, wo ich dich mitgenommen habe! Zum Teufel mit der U.S.-Regierung! Jahrelang wurden die Seminolen belogen und immer tiefer ins Sumpfgebiet getrieben. Und nun greifen sie mein Boot an!«

»Es ist nicht deine Schuld, daß ich an Bord bin«, entgegnete Kendall und konnte das Zittern in ihrer Stimme nicht unterdrücken. Nur zu gut erinnerte sie sich an die Schauergeschichten über die Florida-Indianer, die Plantagen niedergebrannt, weiße Pflanzer getötet, Frauen und kleine Kinder niedergemetzelt hatten.

»Ladet eure Gewehre!« schrie Travis. »Jetzt mußt du das Steuer wieder übernehmen, Kendall!«

Mit schweißnassen Händen packte sie das Ruder, blickte über die Schulter und sah, wie die Einbäume den Schoner zu umzingeln begannen. Hastig luden die drei Seemänner die Waffen, rissen mit den Zähnen die Pulverpäckchen auf. Jeder konnte nur einen Schuß abfeuern, danach mußten sie mit Bajonetten kämpfen.

Auch Travis lud sein Gewehr. »Gib mir dein Messer!« flehte sie.

Unsicher schaute er sie an, dann beobachtete er den Einbaum, der sich der Backbordseite näherte. Ein spärlich bekleideter Krieger, einen Dolch zwischen den Zähnen, wollte an Bord der *Michelle* springen. Hastig zog Travis sein Messer aus der Scheide im Stiefelschaft, reichte es Kendall und hob das Gewehr.

Als der erste Schuß knallte, zuckte sie zusammen. Ein Indianer fiel ins Wasser, ein anderer landete auf dem Deck, behende wie ein Panther, und duckte sich, um Travis anzugreifen. Das Messer in der Hand, taumelte Kendall zur Steuerbordseite. Dort legte der zweite Einbaum an. Drei große braune, muskulöse Seminolen, die nur Lendenschurze trugen, sprangen aufs Deck des Schoners und brachen in ohrenbetäubendes Kriegsgeschrei aus. Entsetzt beobachtete Kendall, wie sich ein Messer in Jones' Hals bohrte, dann stürzte er in die schäumenden Wellen. Eine scharfe Stimme übertönte den Krach der Schüsse und das Gebrüll der Kämpfer, um in fehlerlosem Englisch zu fordern: »Ergebt euch, Yankees! Dann wird euer Leben geschont.«

Ebenso wie Kendall beging Travis den Fehler, vor Verblüffung zu erstarren. Der Indianer, der gesprochen hatte, riß ihm das Gewehr aus der Hand und schleuderte es über Bord. Kraftlos lehnte sie am Großmast und sah, wie ihr Freund sich zu dem Krieger wandte. »Wer sind Sie?«

»Red Fox.« Der Indianer blickte zum Heck, wo vier seiner Gefährten die restlichen beiden leichenblassen Seemänner umstellt hatten, und bewegte den Kopf. Sofort packten sie Lewis und Arthur, um sie ins Wasser zu werfen.

»Moment mal!« rief Travis. »Sie sagten doch, Sie würden uns am Leben lassen.«

Kalte dunkle Augen musterten ihn. »Mein Freund, Sie sind ein tapferer Mann. Und ich werde Ihnen das Leben schenken. Mein Einbaum gehört Ihnen. Schwimmen Sie hinüber. Hoffentlich begegnet Ihnen unterwegs kein hungriger Hai.«

»Erst die Frau!« erwiderte Travis entschieden.

»Nein, sie bleibt hier. Springen Sie ins Wasser, oder Sie sterben.«

»Das kann ich nicht ...«, begann Travis, doch er konnte den Satz nicht beenden. Lachend hob Red Fox ihn hoch, als wäre er federleicht, und schleuderte ihn ins Meer.

Kendall hörte einen schrillen Schrei, der aus ihrer eigenen Kehle kam. Als Red Fox auf sie zuging, zückte sie in wilder Todesangst das Messer. Lautlos schlichen mehrere Indianer über die Decksplanken, und sie schaute von einer Seite zur anderen — bereit, ihre Waffe in die erstbeste braune Brust zu bohren.

Wieder erklang Red Fox' Gelächter, und er erteilte einen Befehl in seiner Muttersprache. Da entfernten sich die anderen Seminolen, und einer übernahm das Ruder der *Michelle*.

»Geben Sie mir das Messer, weiße Frau!« verlangte Red Fox. Glänzendes schwarzes Haar fiel auf seine Schultern, sein Gesicht wirkte wie aus Granit gemeißelt. Nur seine spöttisch verzogenen Lippen und ein mutwilliges Funkeln in den Augen verrieten seine Gefühle.

»Niemals!«

Grinsend stemmte er seine Hände in die Hüften. »Welch eine mutige Lady!« Nun schwang eine gewisse Bewunderung in seiner rauhen Stimme mit. »Wie gern würde ich mich mit Ihnen amüsieren! Aber Night Hawk hat

Sie für sich selbst beansprucht, und ich beuge mich seinem Wunsch.«

Kendall hatte keine Ahnung, wovon er redete. Nie zuvor war sie einem Indianer begegnet. Aber es spielte auch gar keine Rolle, welcher Heide sie erbeuten wollte, denn sie würde kämpfen, bis ...

Bis *was* geschehen würde? Offenbar gab es nur einen einzigen Fluchtweg — durch die Wellen.

Red Fox kam einen Schritt näher, und sie hob verzweifelt ihr Messer. Während er um sie herumging, drehte sie sich um die eigene Achse. Wachsam behielten sie einander im Auge. Dann stürzte sie sich plötzlich auf ihn. Voller Genugtuung hörte sie ihn fluchen, als die Klinge seine Brust aufritzte. Ehe sie zurückweichen konnte, umklammerte er ihr Handgelenk mit eiserner Kraft und entwand ihr die Waffe. In schmerzlichem Zorn schrie sie auf und riß sich los.

Im Meer lauerte der Tod. Sie konnte nicht schwimmen, ihr langer Rock würde sie behindern, und das Land lag mindestens eine Meile entfernt.

Trotzdem schwang sie sich über die Backbordreling und versank in kristallklarer Tiefe. Ihre Lungen drohten zu bersten. Aber dann bewegte sie Arme und Beine, tauchte wieder auf und rang nach Luft. Im selben Augenblick wurde ihre Schulter gepackt, und sie starrte in Red Fox' wütendes Gesicht. Sie versuchte nach ihm zu schlagen, doch er drückte ihren Kopf unter Wasser und hielt sie so lange fest, bis sie nur noch einen einzigen Gedanken kannte — Atem zu schöpfen. Als sie schon glaubte, er würde sie ertränken, zerrte er sie an den Haaren empor.

Diesmal fehlte ihr die Kraft, um ihn zu bekämpfen. Vor ihren Augen tanzten schwarze Punkte, ihre Sinne drohten zu schwinden. Red Fox schwamm zur *Michelle* und zog Kendall an den Haaren hinter sich her. Während sie von zwei Kriegern an Bord gehoben wurde, kletterte er über die Reling. Die beiden Indianer ließen sie auf die Planken fallen, und eine Zeitlang lag sie reglos da, die Augen unter dem grellen Sonnenlicht geschlossen. Bald trocknete die Hitze das Salzwasser auf ihrer Haut. Ihr Gehirn begann wieder zu funktionieren.

Leise sprachen die Seminolen miteinander, mit geblähten Segeln glitt der Schoner dahin. Kendall blinzelte, wollte hochspringen und sich erneut ins Meer stürzen. Da stellte sich ein großer, nackter brauner Fuß auf ihren Magen. Wütend starrte sie in Red Fox' dunkle Augen.

»Nehmen Sie Ihren schmutzigen Fuß weg!«

Vergeblich versuchte sie, sich zu wehren, als er ihren Arm packte und sie auf den Bauch drehte. Dann nahm er eine Lederschnur von seinem Hals, fesselte Kendalls Handgelenke und band sie an einer Leine fest. Fluchend trat sie gegen sein Schienbein, und er zerrte mit aller Kraft an dem Strick. Schmerzhaft zog er ihre Arme nach hinten. »Sie machen mir noch mehr Ärger als die Soldaten in der blauen Uniform!« fauchte er. »Hören Sie endlich auf mit diesem Unsinn, sonst vergesse ich, daß Sie für meinen Bruder Night Hawk bestimmt sind, und räche mich an seiner Stelle.«

Resignierend schloß sie die Augen und blieb unbewegt liegen, hörte seine leisen Schritte, die sich entfernten. Wie ein sanfter Ruck an ihren Fesseln verriet, hielt er die Leine immer noch fest. Eine Wange an hartes Holz gepreßt, versuchte sie nicht, an ihre üble Lage zu denken. Erst einmal mußte sie sich ausruhen, neue Kräfte sammeln.

Aber während die *Michelle* nordwärts segelte, ließen sich Kendalls bange Fragen nicht verdrängen. Um Himmels willen, wer war Night Hawk? Und warum wollte er sich an ihr rächen?

2

Die Sonne stand nicht lange genug am Himmel, um Kendalls Kleider zu trocknen. Als die Dunkelheit hereinbrach, ging der heiße Wintertag in eine kühle Nacht über.

Fröstelnd fragte sich Kendall, wohin sie gebracht wurde. Nur eins wußte sie — der Schoner segelte nach Norden. Seltsam, daß die Indianer so weit nach Südwesten gekommen waren, bis zur Insel Key West, um einen Überraschungsangriff durchzuführen ...

Keiner rührte die Gefangene an. Während des Nachmittags unterhielten sie sich in ihrer Muttersprache, wie ganz normale Seeleute, die eine angenehme Segelfahrt genossen. Kendall wurde nicht beachtet, und darüber war sie froh.

Als sie Red Fox mit einem Dolch gegenübergestanden hatte, war es ihr gelungen, ihre Würde zu wahren. Jetzt überlegte sie, wie lange sie sich noch an ihren Stolz klammern konnte. Sie fror erbärmlich, schmerzhaft schnitten die Lederfesseln in ihre Handgelenke. Seit Stunden hatte sie nichts gegessen, und der Salzgeschmack in ihrem Mund ekelte sie an.

Wenn man die Qualen nicht mehr erträgt, wird man letzten Endes dazu getrieben, wie ein schluchzendes Kind um Gnade zu bitten, dachte sie. Ihre trockene Kehle brannte, mühsam schluckte sie. An Bord der *Michelle* gab es Wasser. Einige Krüge standen in der kleinen Kabine, mit kristallklarem Trinkwasser gefüllt.

Beinahe war ihr Red Fox zivilisiert erschienen, zumindest entsprach er nicht dem Bild, das sie sich stets von einem wilden Indianer gemacht hatte. Ein solcher Barbar hätte alle Mann auf dem Schoner getötet, Kendall vergewaltigt, ihren Hals aufgeschlitzt und ihre Leiche den Haien zum Fraß vorgeworfen.

Aber sie sollte am Leben bleiben, damit Night Hawk seine Rache genießen konnte. Ein Schauer überlief ihren Rücken. Falls sie verdurstete oder an einer Lungenentzündung starb, würde sie dem Mann die Freude verderben. Also war es nur recht und billig, wenn sie um Wasser und eine Decke bat. Sie öffnete den Mund, um nach Red Fox zu rufen, doch da flammte plötzlich ein Licht im Dunkel auf, und sie sah das Gesicht eines Indianers in einem anderen Boot. Ein Einbaum hatte neben der *Michelle* angelegt.

Nach einem kurzen Wortwechsel in der Indianersprache holten die Krieger auf dem Schoner die Segel ein und warfen den Anker. Red Fox hob Kendall wortlos hoch. Trotz ihres heftigen Protestes warf er sie über seine Schulter. Erschrocken schrie sie auf, als er mit ihr über Bord sprang. Da sie schon seit mehreren Stunden in ihren feuchtkalten Kleidern steckte, erschien ihr das Wasser wie arktisches Eis. Wenig später zerrte er sie auf einen weißen Sandstrand, setzte sie neben ein Lagerfeuer und musterte sie besorgt. »Frieren Sie, weiße Frau?«

Kendall konnte nur nicken. Als er davonging, ließ er den Strick fallen. Offensichtlich mußte er sie nicht mehr an der Leine halten, weil es hier keinen Fluchtweg gab.

Ringsum sah sie Sand und dahinter schwarze Wellen. Sie starrte in die Flammen, dann beobachtete sie, wie vier Krieger die Einbäume an Land zogen. Dabei unterhielten sie sich leise. Zwei andere sprachen mit Red Fox. Danach gesellten sie sich zu den anderen, holten bunte Hemden, Decken und Lederranzen aus den Booten.

Red Fox schlüpfte in ein langärmeliges Hemd. Mit einem Lederranzen und einer Decke kehrte er zu Kendall zurück. »Kleider«, erklärte er und warf ihr den Ranzen zu. Verwirrt schaute sie ihn an, und er kauerte sich in den Sand. »Zittern Sie, weiße Frau?« fragte er höhnisch. »Glauben Sie, der Anblick Ihrer weißen Haut wird meine Krieger in brünstige Hengste verwandeln?«

Am liebsten hätte sie gelacht und zugleich geweint. Die Indianer wußten nichts über das Leben ihrer Gefangenen. Nachdem sie schon so viele Demütigungen ertragen hatte, konnten sie ihr nicht allzuviel antun. »Wenn ich zittere, dann vor Kälte, Red Fox«, entgegnete sie lächelnd. »Und falls Sie sich fragen, warum ich mich nicht mit Feuereifer auf Ihr Geschenk stürze — meine Hände sind gefesselt.«

Verblüfft erwiderte er ihren Blick. Dann grinste er. In seinen Augen lag wieder Bewunderung. Er zog ein Messer aus seinem Gürtel, trat hinter Kendall, und sie spürte, wie er die Lederriemen zerschnitt. »Gehen Sie hinter die Bäume und ziehen Sie sich um. Aber versuchen Sie nicht, wegzulaufen. Hier können Sie sich nirgendwohin wenden. Auf dieser kleinen Insel gibt es kein Trinkwasser. Und zwischen den Korallenriffen vor dem Strand tummeln sich hungrige Haie.«

Schwerfällig stand sie auf, rieb ihre wunden Handgelenke und ergriff den Ranzen. »Nein, ich werde nicht fliehen«, versprach sie und lächelte bitter. »Warum sollte ich mich Ihrer gütigen Gastfreundschaft berauben? Übrigens, ich lasse mich nicht gern ›weiße Frau‹ nennen. Ich heiße Mrs. Moore. Reden Sie mich bitte so an, wenn Sie eine Antwort erwarten.«

Red Fox verschränkte seine Arme vor der Brust. »Oh, ich kenne Ihren Namen, Kendall Moore. Ziehen Sie sich endlich um. Ich bin müde und möchte schlafen. Allzulange werde ich mich nicht mehr gedulden, um Ihnen das Abendessen zu servieren.«

Verwirrt eilte sie hinter einen Mangrovenbaum. Wieso kannte dieser Indianer ihren Namen? Hatte er den Schoner nur angegriffen, um sie als Geisel zu nehmen? Nachdem sie den Ranzen geöffnet hatte, wuchs ihre Verblüffung. Sie hatte geglaubt, darin würde sie Indianerkleidung finden, irgend etwas, das den bunten Hemden der Männer glich. Statt dessen nahm sie ein Baumwollkleid heraus, so ähnlich geschnitten wie ihr eigenes. Rasch zog sie sich um. Ihr feuchtes Kleid über dem Arm, kehrte sie zum Lagerfeuer zurück.

Inzwischen befürchtete sie nicht mehr, die Indianer könnten ihr etwas antun. Dieser Night Hawk mußte ihnen klargemacht haben, niemand dürfe sich an ihr vergreifen. Also war sie vorerst sicher.

Rings um die Flammen lagen Decken. Einige Männer kauten an Fleischstreifen, die sie in den Händen hielten, und drei Krieger schliefen bereits. Mit gekreuzten Beinen saß Red Fox vor einem Kaffeetopf, der mitten im Feuer auf einem Korallenstück stand.

»Kaffee!« rief Kendall erfreut und nahm Red Fox gegenüber Platz. »Wie nett! Aber vorher möchte ich lieber Wasser trinken.«

Red Fox öffnete eine Flasche und goß Wasser in einen Blechbecher, den er ihr reichte. Durstig begann sie zu trinken. »Nicht so schnell!« mahnte der Indianer. »Sonst bekommen Sie Magenkrämpfe.«

Etwas langsamer leerte sie den Becher, und er füllte ihn mit Kaffee. Dann hielt er ihr ein Stück getrocknetes Fleisch unter die Nase. Sie griff danach und biß heißhungrig hinein. »Danke.« Es schmeckte gar nicht so übel. »Sie sind sehr freundlich, Red Fox. Südstaatengastlichkeit im Indianerstil?«

Ungeduldig seufzt er. »Essen Sie, weiße Frau.«

»Mrs. Moore. Sind Sie ein Häuptling?«

Mißtrauisch verengte er die Augen. »Ja, der Häuptling meines Stammes.«

»Ein Seminole?«

»Ja und nein. Ich bin ein Sohn des großen Osceola, der ein Creek — und ein Seminole war. Aber meine Mutter ist eine Mikasuki. Sie reden zuviel, weiße Frau. Essen Sie endlich. Ich will schlafen.«

Kendall blickte in die Runde. Mittlerweile hatten sich alle Indianer — bis auf den Anführer — in ihre Decken gewickelt. Wollte man die Geisel tatsächlich in Ruhe lassen?

Offenbar konnte Red Fox Gedanken lesen. »Wir sind keine wilden Bestien, weiße Frau. Und keine Barbaren — zumindest nicht schlimmer als die Männer, die unser Land angegriffen haben.«

Das Blut stieg ihr in die Wangen. »Warum haben sie dann *uns* attackiert und mich entführt?«

»Weil Night Hawk Sie zu sehen wünscht.«

»Vor diesem Tag habe ich keinen einzigen Florida-Indianer gesehen — und keinem ein Leid zugefügt.«

Red Fox stand auf und warf ihr eine Decke zu. »Seien Sie still und schlafen Sie! Und kommen Sie bloß nicht auf die Idee, uns heute nacht zu erstechen. Das leiseste Geräusch würde uns sofort wecken. Und wenn Sie mich stören, werde ich Sie für den Rest der Reise fesseln.«

»Wie könnte ich sieben Krieger erstechen?« erwiderte sie trocken und nippte an ihrem Kaffee. Darauf gab er keine Antwort. Nicht weit von ihr entfernt, streckte er sich auf seiner Decke aus. Bald folgte sie seinem Beispiel und bezweifelte, daß sie auf dem harten, festgestampften Sandboden ein Auge zutun würde. Doch sie schlief nach wenigen Minuten ein.

In rosigem Sonnenlicht dämmerte der Morgen, und die Wärme auf den Lidern weckte Kendall. Köstliche Gerüche stiegen ihr in die Nase. Ringsum erklangen die fremdartigen Indianerstimmen. Unsicher setzte sie sich auf. Das Lagerfeuer brannte immer noch und erhitzte den verbeulten, blechernen Kaffeetopf. Daneben brutzelten frische Fische in einer Eisenpfanne, um die sich ein Krieger kümmerte. Ein anderer nahm weitere Fische aus und filetierte sie.

»Haben Sie gut geschlafen, weiße Frau?«

Erschrocken drehte sie sich um. Red Fox stand hinter ihr, und es beunruhigte sie, daß er mit lautlosen Schritten herangekommen war. »Nicht schlecht.« Sarkastisch fügte sie hinzu: »Wenn man die Umstände bedenkt, roter Mann ....« Zu ihrer Genugtuung runzelte er ärgerlich die Stirn, und sie lächelte sanft. »Würden Sie mir Kaffee einschenken, roter Mann? Ich freue mich schon aufs Frühstück.«

»Also gut, Kendall Moore«, fauchte er, »in Zukunft werde ich Sie mit Ihrem Namen ansprechen. Jimmy Emathla gibt Ihnen was zu essen. Gehen Sie zu ihm.«

Offenbar war Jimmy Emathla der Krieger, der die Fische briet, und Kendall gesellte sich zu ihm. An diesem Morgen erschienen ihr die Indianer nicht mehr so bedrohlich. Einige lächelten ihr sogar zu, nachdem sie sich in ihr Schicksal gefügt hatte.

Als sie Red Fox am Wasserrand stehen sah, eilte sie mit ihrem gefüllten Blechteller zu ihm. Die Stirn gerunzelt, drehte er sich um. Offenbar hielt er sie für eine Plage, die immer wieder auftauchte, um ihn zu belästigen. Das belustigte sie, und sie mußte lachen. »Wenn Sie mich freilassen, würde ich Sie nicht mehr ärgern, Red Fox.«

Ohne zu lächeln, starrte er sie an. »Ich werde Sie nicht freilassen, Kendall Moore.«

Sein ruhiger, entschiedener Tonfall jagte ihr größere Angst ein, als es eine Drohung vermocht hätte. Um ihr Unbehagen zu überspielen, hob sie den Becher. »Das schmeckt köstlich, und es überrascht mich, daß die Seminolen Kaffee trinken.«

»Ja, der Kaffee ist gut«, stimmte er stoisch zu. »Aus Columbia. Wir besitzen sehr viel Kaffee, ein Geschenk von Night Hawk. Essen Sie jetzt, bald segeln wir weiter.«

Während er seinen Männern Befehle erteilte, setzte sie sich in den Sand und verspeiste ihren Fisch. Keine einzige Gräte steckte in den Filets. Offensichtlich wußten diese Seminolen ihre Messer auf verschiedene Weise zu gebrauchen.

Nach wenigen Minuten war das Lager abgebrochen, und sie fuhren in ihren Einbäumen zur *Michelle*. Kendall fragte sich in den nächsten Stunden immer wieder, wohin sie gebracht wurde. Und wer war Night Hawk? Was konnte sie einem Seminolen angetan haben, der ihr noch nie begegnet war? Am späten Nachmittag segelten sie zwischen kleinen Inseln voller Mangrovenbäumen dahin, und sie fürchtete, der Schoner könnte in Untiefen geraten. Doch die Indianer schienen diese Gewässer gut zu kennen. Kein einziges Mal stieß der Rumpf gegen die Korallenriffe, die unter kristallklaren Wellen schimmerten.

Kendall nahm an, sie würden sich dem Festland von Florida nähern, und diese Vermutung bestätigte sich, als sie in einen Fluß bogen. Zu beiden Seiten sah sie hohes, dichtes Gras und Morast. Von einem der schlammigen Ufer glitt ein Baumstamm ins Wasser. Aber es war kein Baumstamm, sondern ein groteskes Monster. Nur die Augen und die Nase blieben an der Oberfläche des Flusses sichtbar.

Die Flüsterstimme, die in Kendalls Ohr drang, ließ sie zusammenzucken, und Red Fox freute sich sichtlich, weil er sie erschreckt hatte. »Bevor die Dunkelheit hereinbricht, sucht er sein Abendessen. Sicher ist er sehr hungrig. Einen Reiher verschlingt er mit einem Bissen, einen wilden Eber mit zwei, einen Mann — oder eine Frau mit vier oder fünf.«

Kendall schaute in die dunklen, unergründlichen Augen des Indianers. »Wie interessant . . .«

»Interessant? Haben Sie keine Angst?«

Entschlossen straffte sie die Schultern. »Nein.«

»Seien Sie nicht albern! Sie sollten sich fürchten.«

»Wollen Sie mich an die Alligatoren verfüttern?«

»Keineswegs. Ich werde Sie Night Hawk übergeben. Ich habe nur versucht, Ihnen klarzumachen, daß dieses Land die Weißen nicht willkommen heißt. Fliehen Sie nicht! Der Sumpf würde Sie verschlingen, ein Alligator könnte Sie fressen, und der Biß einer giftigen Schlange würde Sie auf der Stelle töten.«

Unwillkürlich erschauerte sie. »Bitte ... Wieso will sich dieser Night Hawk an mir rächen? Ich schwöre Ihnen, ich habe keinem einzigen Indianer Schaden zugefügt, und ich war nie zuvor in Florida.«

Während er sie anstarrte, wartete sie nervös, und sie glaubte, ihre flehende Stimme müßte sein Herz gerührt haben. Doch dann schüttelte er den Kopf. »Night Hawk ermordet keine Frauen. Diese grausigen Dinge habe ich Ihnen nur erzählt, weil Sie mit aller Macht Ihre Tapferkeit beweisen wollen. Und das ist dumm. Versuchen Sie nicht zu fliehen! Welche Strafe Night Hawk Ihnen auch immer zugedacht hat, sie ist sicher nicht so grausam wie die Zähne der Mokassinschlange.«

Um nicht entsetzt aufzuschreien, preßte sie eine Hand auf den Mund, während Red Fox zum Ruder ging. Großer Gott, er hatte die Möglichkeiten aufgezählt, die ihr blieben. Ein Schlangenbiß. Der Rachen eines Alligators. Treibsand. Oder Night Hawks Rache. »Was habe ich denn verbrochen?« wisperte sie unglücklich.

An der Backbordseite ertönte ein heiserer Vogelruf und jagte einen neuen Schauer über Kendalls Rücken. Rasch brach die Nacht herein und erfüllte den Sumpf mit unheimlichen Schatten. Ein Moskito surrte vor ihrem Gesicht, und sie schlug wütend danach. Irgend etwas fiel plätschernd ins Wasser. Noch ein Alligator? »Heiliger Jesus!« flüsterte sie, dann rannte sie die Stufen zur kleinen

Kabine hinab, verfolgt von Red Fox' triumphierendem Gelächter.

Als sie allein war, ließ sie ihren Tränen freien Lauf. Was würde ihr das Schicksal noch alles zumuten? Erst die mißglückte Flucht, dann die Gefangenschaft in der Unionskaserne, und jetzt der Sumpf von Florida ... Wenigstens befinde ich mich nun auf dem Grund und Boden der Konföderation, dachte sie bitter, und dieser Gedanke bewog sie beinahe, hysterisch zu lachen. Hier starben die Männer an Schneidegras oder Treibsand oder Schlangenbissen, wenn sie vom Krieg verschont wurden ...

John! Großer Gott, das alles war John Moores Schuld. Nur zu gut kannte sie die Grausamkeit ihres Ehemanns. Und er haßte die Indianer. Vielleicht hatte er Night Hawk auf einer seiner Segelfahrten irgend etwas angetan. Was? Hatte er eine ganze Familie niedergemetzelt? John hielt alle Rothäute für wilde Bestien. Und er würde ein Seminolenkind genauso kaltblütig erschießen wie einen Wolf.

Schmerzhaft grub sie die Fingernägel in ihre Handflächen. Nun erschien ihr der Rachen eines Alligators fast angenehmer, als die Rache, die Night Hawk planen mochte. Sie blieb in der Kabine, bis sie lautes Geschrei an Deck hörte.

Nach den Geräuschen zu schließen, warfen die Krieger den Anker. Kendall ging zur Kajüttreppe. Auf der obersten Stufe stand Red Fox, eine Laterne in der Hand. »Kommen Sie. Wir fahren in den Einbäumen weiter.« Da ihr nichts anderes übrigblieb, stieg sie die Treppe hinauf, und er gab ihr die Laterne. Dann schwang er sich über die Reling ins Wasser, und sie sah ihn im seichten Fluß stehen. Ihr Atem stockte, als sie sich an die Krokodile erinnerte. Aber er zeigte keine Angst und hob ihr die Arme entgegen. »Halten Sie die Laterne hoch, ich trage Sie.«

Würde er sie im Sumpf aussetzen, wenn sie nicht gehorchte? Sie wagte nicht zu widersprechen, kletterte über die Reling und ließ sich von Bord heben. Mit der linken Hand hob sie die Laterne, den rechten Arm schlang sie instinktiv um Red Fox' Hals. Die Nähe seines warmen Körpers zerrte an ihren Nerven, und um ihre Befangenheit zu überspielen, sagte sie: »Red Fox, Sie sprechen ausgezeichnet Englisch. Wann haben Sie das gelernt?«

»Schon in meiner Kindheit. Damals hielten die weißen Männer meinen Vater mit einer Friedensflagge zum Narren. Ich war acht, als Osceola in den Mauern ihres Gefängnisses starb. Zuvor hatte er uns gewarnt und aufgefordert, Englisch zu lernen. Wenn wir die Sprache der Weißen beherrschen, würden wir's merken, wenn sie uns Fallen stellen.«

Nachdenklich schwieg sie, während er sie durch das taillenhohe Wasser trug. Osceola hatte im Fort Moultrie den Tod gefunden. Zwei Jahre später war sie zur Welt gekommen. Alle Kinder in Charleston hatten die Geschichte des Häuptlings gekannt. Seltsam — er war in derselben Stadt gestorben, wo man die ersten Schüsse des Bürgerkriegs abgefeuert hatte.

Wieder kreischte ein infernalischer Nachtvogel, und sie umklammerte Red Fox' Hals noch fester. Sein spöttisches Grinsen ärgerte sie. »Red Fox, ich kenne diesen Sumpf nicht. Aber ich kann lernen, mich hier zurechtzufinden, so wie Sie die Sprache des weißen Mannes erlernt haben.«

»Im Lauf der Jahre hat sich mein Englisch verbessert, was ich Night Hawk verdanke.« Er setzte sie ins Heck eines Einbaums, wo zwei Krieger warteten, stieg selbst hinein und bedeutete ihnen, mit ihren langen Pfählen durch das seichte, von Gras bedeckte Wasser zu rudern.

Hinter einer Flußbiegung schimmerte Licht zwischen den Zweigen. Bald näherte sich das Boot einem Seminolendorf. Eigenartige Bauwerke schienen mit den Bäumen zu verschmelzen, auf Pfosten errichtet und mit Stroh bedeckt. Manche dieser Hütten hatten Holzwände, andere standen offen, so daß der Nachtwind ungehindert hindurchwehte. Auf dieser Lichtung in der Wildnis brannten einige Lagerfeuer. Halbnackte Kinder rannten umher. Plötzlich erklang ein Freudenruf, mehrere Indianer rannten zum Ufer, auch Frauen, manche mit groben Gesichtszügen, andere jung und schön. Ihre Kleider glichen den bunten Hemden der Männer, die Hosen im Stil der Weißen trugen. Nur wenige Burschen bedeckten ihre Blößen mit Lendenschurzen. Sicher hätte Kendall das Dorf faszinierend gefunden, wäre sie nicht so verängstigt gewesen.

Die beiden Krieger sprangen ans Ufer und zogen den Einbaum aus dem Wasser. Dann umarmten sie ihre Verwandten und Freunde. »Apolka! Apolka!« rief Red Fox, und eine junge Frau in einem hellen Kattunkleid rannte zu ihm. Große braune Augen beherrschten ein zartes Gesicht, und sie bewegte sich graziös wie ein Reh.

»Red Fox!«

Als er aufstand und aus dem Boot stieg, schwankte es so heftig, daß Kendall sich nur mühsam festhalten konnte. Dann sah sie, wie die beiden sich umarmten. Aber wenn sie gehofft hatte, man würde sie noch länger ignorieren, wurde sie enttäuscht. Neugierig wandte sich das Mädchen zu ihr und sagte irgend etwas in der Indianersprache. Red Fox lächelte.

»Leider müssen Sie noch eine Weile warten, Kendall Moore. Wir haben Night Hawk heute abend erwartet. Aber in diesen schwierigen Zeiten wird man oft aufgehalten. Bald wird er kommen. Gehen Sie jetzt mit Apolka.«

Allem Anschein nach hatte sich inzwischen die gesamte Dorfbevölkerung am Ufer versammelt, um die weiße Frau anzustarren. Zögernd erhob sich Kendall. Das Mädchen trat vor und reichte ihr eine braune Hand, eine freundschaftliche Geste. In den rehbraunen Augen lag Mitgefühl, aber kein Mitleid.

Kendall ergriff die erstaunlich kräftige kleine Hand, stieg aus dem Einbaum und hielt erschrocken den Atem an, als ihr Fuß in weichem Schlamm versank. Doch dann hob sie stolz den Kopf. Wenn sie an all diesen neugierigen Indianern vorbeiging, wollte sie sich keine Blöße geben. Einige kamen näher, berührten ihr Kleid und ihr honigblondes Haar. Ohne mit der Wimper zu zucken, ließ sie alles über sich ergehen, auch das schrille, spöttische Gelächter der Frauen und Kinder, obwohl sie sich am liebsten die Ohren zugehalten hätte. Wenigstens taten sie ihr nichts an.

Obwohl sie die Worte nicht verstand, glaubte sie, Apolka würde mit den anderen Frauen schimpfen, denn sie zogen sich zurück. Wenig später erreichten sie eine Pfahlhütte und erklommen eine wackelige Leiter. Auf einem Tisch brannte eine kleine Lampe. Rasch schaute Kendall sich um. Die beiden Fensteröffnungen lagen zu hoch über dem Boden, also konnte sie nicht hinausspringen. In einer Ecke sah sie mehrere bunte Decken, und neben der Lampe stand ein irdener Krug. Hoffentlich enthielt er Wasser.

»Kendall!« Wie fremdartig ihr Name klang, wenn ihn die junge Indianerin aussprach ...

Mit ausdrucksvollen Gesten bedeutete ihr Apolka, sie würde jetzt etwas zu essen holen, und Kendall nickte eifrig. Sie war halb verhungert.

Apolka verließ die Hütte, schloß die Tür, und ein dumpfes Geräusch verriet, daß ein Riegel vorgeschoben wurde. Wenn die Indianerin der Gefangenen auch freundlich gesinnt war, sie wollte offenbar kein Risiko eingehen. Nervös wanderte Kendall umher. Die Bodenbretter und die Decken wirkten erstaunlich sauber, und der Krug enthielt tatsächlich Wasser. Gierig griff sie danach, aber sie zwang sich, langsam und vorsichtig zu trinken. Es schmeckte frisch und köstlich.

Wenig später kehrte Apolka zurück und reichte ihr einen hölzerne Schüssel, mit einem Brei gefüllt, der widerwärtig aussah. Aber Kendall war zu hungrig, um sich davor zu ekeln. »Danke.«

»*koonti*», erklärte Apolka.

Dieses Wort bedeutete Kendall nichts, aber sie schenkte dem Mädchen ein schwaches Lächeln. Dann schüttelte sie verständnislos den Kopf, als Apolka weitersprach. Schließlich legte die Indianerin ihre Wange auf die gefalteten Hände. Offenbar sollte Kendall nun schlafen. Sie nickte, und das Mädchen wandte sich zufrieden ab, schloß wieder die Tür hinter sich und schob den Riegel vor.

Seufzend setzte sich Kendall auf den Boden und kostete den Brei, der körnig und unangenehm schmeckte. Sie stellte die Schüssel beiseite und überlegte, ob man sie nur hierhergebracht hatte, um sie zu vergiften. Nein, sicher nicht. Sie sollte diesem Night Hawk übergeben werden. Irgendwie mußte sie entkommen. Nachdem sie schon so viele Schicksalsschläge überlebt hatte, würde ihr auch das gelingen. Aber um ihr Ziel zu erreichen, brauchte sie ihre ganze Kraft. Und so zwang sie sich, den Brei zu essen. Danach trank sie noch einen Schluck Wasser, löschte die Lampe und rollte eine der Decken zu einem Kissen zusammen. Auf einer anderen streckte sie sich aus, eine dritte breitete sie über ihren Körper. Ja, sie würde schlafen und genug essen, um sich zu stärken.

Durch ein Fenster schien der bleiche Mond herein. Wer war Night Hawk? Ein Krieger wie Red Fox? Was würde geschehen, wenn er im Dorf eintraf, bevor sie fliehen konnte? Stöhnend schloß sie die Augen. Auf welche Weise wollte er sich rächen? Red Fox hatte versichert, Night

Hawk sei kein Frauenmörder. Würde er sie vergewaltigen? Verstümmeln? Er brauchte sie nicht zu töten, um ihr einen Finger nach dem anderen abzuschneiden und an die Krokodile zu verfüttern.

Aber dann verdrängte sie energisch diese grausigen Gedanken und versank in einem rastlosen Schlaf. Ein Alptraum suchte sie heim. Durch schwarze Finsternis kam ein großer, starker Mann zu ihr, umflattert von gespenstischen, kreischenden Nachtfalken. Night Hawk …

3

»Verdammt!« schimpfte Kendall, als die größte Blase an ihrer Handfläche den Stein berührte. Darauf schrubbte sie mühsam die Kleider, die man ihr zum Waschen gegeben hatte. Natürlich durfte eine Südstaatenlady nicht fluchen. Sie hockte sich auf die Fersen und betrachtete ihre Hände, die abgebrochenen Fingernägel, die wunde Haut.

Wütend schleuderte sie das Hemd, das sie gewaschen hatte, in den Fluß und beobachtete mit einer gewissen Genugtuung, wie es davonschwamm. Dann seufzte sie. Diese rebellische Tat hatte ihr wenig genützt. Neben ihr lag ein großer Kleiderstapel, und wenn sie alle Sachen ins Wasser warf, würden sich die Seminolen wahrscheinlich rächen. Aber sie wollte sich wenigstens ausruhen.

Seit einer Woche lebte sie nun schon bei den Indianern. Glücklicherweise wurde sie nicht ständig in der Hütte gefangengehalten, und inzwischen hatte sie viel gelernt.

Zum Beispiel wußte sie, daß die Krieger das Dorf jeden Morgen verließen, um zu jagen und nach Feinden Ausschau zu halten. Die alten Männer schnitzten, reparierten schadhafte Hütten und erzählten einander von längst vergangenen ruhmreichen Tagen. Unterdessen hüteten die Kinder eine Hühner- und Schweineschar, die Frauen kochten, nähten oder wuschen. Keine durfte untätig in ihrer Hütte sitzen.

Auch Kendall war aus ihrem Gefängnis geholt und mit diversen Aufgaben betraut worden. Das erste indianische Wort, das sie lernte, lautete ›*koonti*‹. Daraus bestand die mysteriöse Speise, die sie am Abend ihrer Ankunft gegessen hatte. Eine Wurzel wurde zermahlen, dann zu Brot oder Brei verarbeitet. Den ganzen Tag *koonti* zu mahlen, war Schwerarbeit.

Wieder blickte sie auf ihre Hände und seufzte. Kaum zu glauben, daß sie früher eine Südstaatenschönheit in Samt und Seide gewesen und erst vor einer Woche von Unionssoldaten verwöhnt worden war ... Welch ein angenehmes Leben, in Johns Abwesenheit! Sicher, sie hatte in einer Unionskaserne gewohnt, aber mehrmals von triumphalen Siegen der Konföderation gehört.

Kendall schaute zu den beiden Einbäumen hinüber, die am Flußufer lagen. »Morgen«, flüsterte sie. Während der letzten Tage hatte sie die Ereignisse im Dorf aufmerksam beobachtet. Die Indianer schienen ihr zu vertrauen und zu glauben, sie würde es nicht wagen, in den Sumpf zu fliehen. Das wäre Selbstmord.

Vielleicht nicht ... Das Dunkel hatte sie in der ersten Nacht erschreckt. Bei Tageslicht konnte sie ihre Chancen vernünftig abwägen. Wenn sie sich mit ausreichenden Lebensmitteln und Trinkwasser versorgte und ein Boot stahl, müßte die Flucht gelingen. Sie würde dem Fluß folgen, und wenn sie im Einbaum blieb, brauchte sie die Alligatoren nicht zu fürchten. In der Wellentiefe mochten Mokassinschlangen lauern, aber sie würde ihre Hand gewiß nicht hineintauchen.

Es würde ihr nicht schwerfallen, ein Boot zu entwenden. Da sich die Seminolen auf ihre Fügsamkeit verließen, wurde sie jeden Nachmittag am Ufer allein gelassen, wo sie Kleider wusch.

Vormittags zermahlte Kendall *koonti*, nachmittags erledigte sie die Wäsche. Bevor der Abend dämmerte, badete sie mit Apolka im Fluß. Sie fühlte sich sehr verletzlich, wenn sie nackt im Wasser stand, wo sich alle möglichen Ungeheuer verbergen konnten. Außerdem waren mehrere starke junge Krieger in der Nähe. Aber sie hatte bereits herausgefunden, welch strenge moralische Regeln in der

Seminolengesellschaft herrschten. Die Ehe, auch eine polygame, galt als heilig, und kein Indianer würde Apolka, der Frau des Häuptlings, zu nahe treten.

Allmählich begann sie die erfrischenden Bäder nach der Hitze des Tages zu schätzen, und Apolka brachte ihr sogar das Schwimmen bei. Die anderen Indianerinnen ärgerten sich zwar, weil Kendall ihre Pflichten so langsam und ungeschickt erfüllte, begegneten ihr aber recht freundlich.

Die Mahlzeiten nahm sie mit Apolka und ihren beiden Kindern ein. Jeden Abend verbrachte sie ein paar Stunden in Red Fox' Hütte bei seiner Familie, bevor sie in ihr Gefängnis zurückkehrte.

Immer wieder bat sie den Häuptling, sie freizulassen, doch das lehnte er jedesmal ab. Seine beiden kleinen Söhne hatten bald Zutrauen zu ihr gefaßt und saßen auf ihrem Schoß, während die Mutter kochte. Diese Arbeit durfte Kendall seit ihrem ersten Versuch nicht mehr übernehmen. Red Fox hatte erklärt, ihr *koonti*-Brei würde wie Flußschlamm schmecken.

Die Lippen zusammengepreßt, begann sie wieder, die Kleider auf dem Stein zu schrubben. Nur mehr eine Nacht, du arroganter Barbar, dachte sie. Doch sie mußte sich eingestehen, daß der Häuptling kein Barbar war. Er behandelte sie zwar nicht besonders höflich, tat ihr aber nichts zuleide, obwohl sie ihn ständig provozierte. Und er war offensichtlich ein besserer Familienvater als viele ›zivilisierte‹ weiße Männer.

Wieder unterbrach sie ihre Arbeit, um sich noch etwas einzugestehen. Es störte sie nicht, bei den Seminolen zu leben. Sie sehnte sich nur nach Cresthaven, nicht nach dem Ort, wo man sie gefangengenommen hatte, denn das Fort war nicht ihr Heim.

Bei den Indianern fühlte sie sich viel wohler als in John Moores Gesellschaft. Müßte sie die Ankunft des rachsüchtigen Night Hawk nicht fürchten, würde sie nur zu gern in diesem Dorf ausharren, bis die Rebellen über die Unionstruppen gesiegt hatten — bis sie nach Cresthaven zurückkehren und das Land beanspruchen konnte, das von Rechts wegen ihr gehörte ...

Aber das waren Zukunftsträume. Jetzt mußte sie erst einmal die Gegenwart meistern. Abgesehen von Key West waren die Keys dünn besiedelt. Doch sie hoffte trotzdem, bei irgendwelchen weißen Leuten unterzuschlüpfen, bis sie eine Möglichkeit fand, die Reise fortzusetzen. Nach Charleston wollte sie nicht zurückkehren. Statt dessen würde sie Atlanta aufsuchen. Oder Richmond. Während der Krieg andauerte, würde sie sicher Mittel und Wege finden, um den Interessen des Südens zu dienen. Vielleicht konnte sie in einem Lazarett arbeiten.

Von diesem Entschluß beflügelt, trug sie die nasse Wäsche zum Dorf. Nur noch eine Nacht ... Am nächsten Nachmittag wollte sie fliehen.

Am Rand der Lichtung blieb sie stehen und traute ihren Augen nicht. Besucher waren eingetroffen, etwa zwanzig lachende weiße Männer in zimtfarbenen Konföderiertenuniformen.

»Dem Himmel sei Dank!« wisperte sie überglücklich. Nun mußte sie nicht durch den Sumpf flüchten. Diese tapferen Soldaten würden sie in einen sicheren Hafen bringen.

Die feuchte Wäsche an die Brust gepreßt, eilte sie weiter. Dann hielt sie wieder inne. Red Fox und ein breitschultriger Soldat versperrten ihr den Weg. Und wenn schon? Sie würde dem Mann mit dem braunen Haar, der ihr den Rücken kehrte, ihr Anliegen einfach vortragen.

»Sir!« rief sie, ließ die Wäsche fallen und rannte zu ihm. »Bitte, Sie müssen mir helfen! Diese Indianer haben mich entführt und wollen mich einem gewissen Night Hawk übergeben ...«

Abrupt verstummte sie, und ihr Herz begann wie rasend zu schlagen, als der Mann sich zu ihr wandte. Sie kannte ihn. Viel zu gut. Seit fast einem Jahr verfolgte er sie in erotischen oder bösen Träumen. Stahlgraue Augen schienen sie zu durchbohren. Die Lippen bildeten einen grimmigen, schmalen Strich.

»Du ...«, wisperte sie ungläubig. Großer Gott, sie hatte gehofft, ihn nie wiederzusehen. In ihren schlimmsten Träumen war er von grausamen Yankees gefangengehalten worden ...

Viel zu deutlich erinnerte sie sich an ihn, an seine ruhige, befehlsgewohnte Stimme, die starken Hände, seine Zärtlichkeit ...

Zärtlichkeit? Ha, er würde sie umbringen.

Formvollendet verneigte er sich. »Ja, Kendall. Captain Brent McClain, von der Confederate States Navy, in dieser Gegend besser als Night Hawk bekannt.«

Ein Schrei blieb in ihrer Kehle stecken. Noch nie hatte sie so kalte Angst empfunden, nicht einmal vor John, nicht einmal vor Red Fox, als er die *Michelle* angegriffen hatte.

Brent McClain. O Gott. Niemals hatte sie vergessen, wie zornig und verächtlich er sie in jener Nacht angestarrt hatte, in der John über ihn hergefallen war.

Nun ging er lächelnd auf sie zu, und sie floh in wilder Panik zum Fluß zurück, zu den Booten. Aber seine Schritte folgten ihr unbarmherzig. »Nein!« stöhnte sie und wagte nicht, sich umzudrehen. Zweige schlugen ihr ins Gesicht, als sie das Ufer erreichte. Sie bückte sich, um einen Einbaum ins Wasser zu schieben, aber er steckte im Schlamm fest, und ihr fehlte die Kraft, um ihn von der Stelle zu rücken. Hastig warf sie einen Blick über die Schulter. Der Captain hatte fast eingeholt.

»Nein!« schrie sie, raffte ihre Röcke und schaute sich verzweifelt nach einem Versteck um. Hinter ihr strömte

der Fluß dahin, zur Rechten lag das Indianerdorf, vor ihr ein Dickicht moosbehangener Bäume, wo gefährliche Tiere warten mochten. Kurz entschlossen rannte sie am Ufer entlang.

»Komm zurück, du Närrin!«

Keuchend und schluchzend lief sie weiter durch den Schlamm, der an ihren Schuhen klebte. Dann änderte sich das Terrain, der Boden wurde fester. An dieser Stelle wuchs hohes Gras, und sie konnte nicht erkennen, wo das Land aufhörte und der Fluß begann. Wie groteske Tentakel schienen die zahllosen Wurzeln von Mangrovenbäumen nach ihr zu greifen.

»Bleib stehen, Kendall!«

Entsetzt schrie sie auf, als ihr Fuß an einer unsichtbaren, überwucherten Baumwurzel hängenblieb. Sie schwankte und stürzte, Schneidegras ritzte ihre nackten Arme auf, eine kleine Armee aus scharfen Rasierklingen.

Als sie nach einem Ast tastete, um sich hochzuziehen, berührte sie etwas, das sich wie Leder anfühlte. Erschrocken zuckte ihre Hand zurück. Eine bunte Schlange wand sich dahin. Welche anderen Ungeheuer mochten in der Nähe lauern? »Nein! Nein ...« Mühsam stand sie auf und eilte weiter.

»Kendall!«

Wieder spähte sie über die Schulter. Brent folgte ihr unbeirrt, kam immer näher. Warum hatte sie nicht erraten, daß er der Night Hawk war, der Mann, der die Unionssoldaten an der Ost- und der Westküste zum Narren hielt?

Niemand außer ihm hatte einen Grund, sich an ihr zu rächen. Denn er glaubte, sie hätte ihn an jenem Dezemberabend absichtlich in eine Falle gelockt.

»Bleib endlich stehen!« schrie er.

Während sie sich an einer Mangrovenwurzel festhielt, drehte sie sich um. Die Hände in seine Hüften gestemmt,

stand er da und musterte sie kühl. Über dem offenen Hemdkragen sah sie einen Puls in seinem Hals pochen.

»Sei nicht albern!« donnerte er. »Hier würdest du nicht weit kommen.«

Beklommen schaute sie sich um. Der Fluß war hinter dem hohen Gras verschwunden.

»Bleib, wo du bist!« rief Brent. »Ich hole dich.«

Erst jetzt spürte sie, wie weicher Sumpfboden unter ihren Füßen nachgab. Immer tiefer sank sie hinab, so verzweifelt sie sich auch dagegen wehrte. Sie klammerte sich an Grashalme, schnitt sich die Hände auf. Nun reichte der dunkle Morast schon bis zu ihrer Taille, stieg immer höher — und höher ...

»Nun, habe ich dich nicht gewarnt?« Einen gestiefelten Fuß auf einer Wurzel, einen Ellbogen auf einen dicken Zweig gestützt, beobachtete Brent McClain ihren Kampf. Lächelnd entblößte er seine Zähne, die sich schneeweiß von der gebräunten Haut abhoben. Würde er belustigt zuschauen, wie sie im Sumpf versank?

»So, wie du jetzt aussiehst, hättest du mich in jener Dezembernacht bestimmt nicht gereizt«, bemerkte er gedehnt. »Stell dir vor, dein schönes Kleid wäre voller Schlamm gewesen! Silbergraue Seide, nicht wahr? O ja, daran erinnere ich mich sehr gut. Und ich weiß auch noch, wie ich dich ausgezogen habe. Was für eine unwiderstehliche Verführerin du warst! Und wie raffiniert du mich in deine Falle gelockt hast! Nur eins verstehe ich nicht ganz. An der Stelle deines Mannes hätte ich es nicht soweit kommen lassen — nicht einmal, wenn ich mir sicher gewesen wäre, ich könnte die Konföderierten ihres Generals McClellan berauben.«

Die Bitterkeit in seiner Stimme erschreckte Kendall ebenso wie seine Gewißheit, er wäre damals in einen Hinterhalt geraten.

Um Vergeltung zu üben, wollte er sie jetzt im Sumpf

sterben lassen. Statt sie zu retten, würde er seelenruhig mit ansehen, wie sie ihre vermeintlich wohlverdiente Strafe erhielt.

Plötzlich stieg helle Wut in ihr auf. Warum war dieser arrogante Kerl seiner Sache so verdammt sicher? »Oh, du widerlicher Bastard!« zischte sie, dann hielt sie reumütig inne. Im Augenblick war er ihre einzige Hoffnung. Nur mit seiner Hilfe konnte sie dem Tod entrinnen. Und so zwang sie sich, einen etwas sanfteren Ton anzuschlagen. »Wirklich, ich habe dich nicht hintergangen. Ich wollte nur fliehen ...«

»Vor deinem Ehemann?« fragte er verächtlich.

Kendall holte tief Atem. Inzwischen reichte ihr der Schlamm bis zur Brust, und mit jeder Bewegung schien sie schneller zu versinken. »Ich schwöre dir, ich bin unschuldig ...«

»Erspar mir das! Jede Frau, die nur einen Funken Verstand besitzt, würde ihre Unschuld beteuern, während sie im Treibsand versinkt. Und ich habe dich nie für dumm gehalten.«

»Aber du konntest auch keine Yankee-Frau in mir sehen.«

»O nein, dafür verstehst du dich viel zu gut auf die Verführungskünste einer Südstaatenschönheit. Trotzdem bist du mit einem berüchtigten Yankee verheiratet.« Bei diesen Worten zog er seinen Uniformrock aus, krempelte die Hemdsärmel hoch und neigte sich zu ihr. Ihr Atem stockte, und sie fragte sich, ob er sie aus dem Sumpf ziehen oder noch tiefer hineintauchen würde.

»Was tust du?« wisperte sie.

Er lächelte wieder, aber das Glitzern in seinen grauen Augen mißfiel ihr. »Glaubst du, ich lasse dich untergehen? Niemals! Dieser Schlamm soll mich nicht um das Vergnügen meiner Rache bringen.«

Die Stiefelspitzen zwischen Wurzeln verankert, legte er

sich flach auf den Boden und streckte ihr die Arme entgegen.

Als sie seine Hände umklammerte, befahl er: »Zieh dich raus!« Sie tat ihr Bestes, aber der Sumpf weigerte sich, sie freizugeben. Zwischen zusammengebissenen Zähnen stieß Brent hervor: »Du mußt dich schon ein bißchen mehr anstrengen!«

Seine harten Finger umklammerten ihre Hände noch fester, und sie schrie gepeinigt, voller Angst, zwei gleichstarke Kräfte könnten sie entzweireißen. Schon wollte sie den rachsüchtigen Rebellen anflehen, sie loszulassen, als sie plötzlich emporflog und in seinen Armen landete. Eng umschlungen rollten sie über die Mangrovenwurzel hinweg ins Schneidegras.

Ein paar Sekunden lang lagen sie atemlos unter der heißen Sonne. Die Augen geschlossen, spürte Kendall ihre Wunden und Kratzer nicht, empfand nur grenzenlose Dankbarkeit, weil sie von dem dunklen, gierigen Morast befreit war. An ihrem ganzen Körper klebte Schlamm, am Kleid, im Haar, sogar an den Wimpern.

Brent stand auf, und ehe Kendall zurückweichen konnte, hob er sie hoch und warf sie unsanft über seine Schulter. Harte Muskeln bohrten sich in ihren Magen.

Nein, diese Entwürdigung wollte sie nicht hinnehmen. Empört trommelte sie mit beiden Fäusten auf seinen Rücken. »Laß mich sofort los! Du hast mich entführen lassen, und trotz des Kriegs gibt es immer noch Gesetze.«

Ein kraftvoller Schlag traf ihre Kehrseite. »Im Augenblick kann dir kein Gesetz dieser Welt helfen, und ich rate dir ernsthaft, deinen hübschen Mund zu halten. Es sei denn, du willst eine sanfte Bitte äußern.«

Mit schnellen Schritten folgte er dem Flußufer, und Kendall kämpfte krampfhaft mit den Tränen.

»Das verdiene ich nicht!«

»Das? Oh, du hast noch längst nicht erlebt, was du alles verdienst.«

Verzweifelt wehrte sie sich, schlug und trat mit aller Kraft um sich, und plötzlich wurde sie auf die Füße gestellt. Erst jetzt merkte sie, daß sie inzwischen das Dorf erreicht hatten, wo ein neugieriges Publikum wartete.

Von den Indianern durfte sie keine Hilfe erhoffen. Aber die anderen Soldaten ... Nicht einmal ihrem Kommandanten würden sie erlauben, eine weiße Lady zu mißhandeln. »Gentlemen, ich flehe Sie an, retten Sie mich vor diesem Mann!« rief sie. »Er ist verrückt ...«

Aber dann erstarb ihre Stimme, während sie der Reihe nach in die ausdruckslosen Gesichter starrte. Natürlich, ein Teil dieser Männer war während des letzten Dezembers mit Captain McClain in Charleston gewesen und an Bord seines Schiffes überfallen worden.

Als er Kendalls Schulter berührte, warf sie sich wütend auf ihn und zerkratzte ihm das Gesicht.

»Verdammt, du kleine Hexe!« fluchte er, und seine grauen Augen verengten sich. Dann schlang er seine Finger in ihr Haar, und sie schrie vor Schmerzen.

Im Gegensatz zu ihm wußte sie nicht, daß ein Mann, der solche Situationen nicht meisterte, in einem Seminolendorf sehr schnell das Gesicht verlieren konnte. Nur eins erkannte Kendall — sie hatte ihn zu kühn herausgefordert. Am liebsten wäre sie in den Sumpf zurückgelaufen, um für immer darin zu verschwinden.

Er sank auf ein Knie, legte sie quer über seinen Schenkel und hielt sie eisern fest, obwohl sie sich mit aller Kraft wehrte. Dann ließ er ihr Haar los, um ihr in grimmigem Schweigen die Handgelenke zu fesseln.

Entsetzt und ungläubig spürte sie, wie er ihren Rock hochzog und wie seine flache Hand klatschend auf ihrem Hinterteil landete, das nur vom dünnen Stoff ihrer Unterhose geschützt wurde.

Wie lange dauerte es? Neun gezielte Schläge? Oder zehn? Bei fünf hatte sie zu zählen aufgehört.

Aber damit war ihre Demütigung noch nicht beendet. Plötzlich sprang Brent auf, und sie fiel hilflos zu Boden, gefangen in ihrer zerwühlten Kleidung, über und über mit Schlamm bedeckt. Das verhaßte Gesicht des Rebellen-Captains sah sie nicht, hörte nur seine verächtliche Stimme, die einige Indianerinnen herbeirief. Obwohl er englisch sprach, schienen sie ihn zu verstehen, denn sie eilten zu ihr. »Macht sie sauber! Sie ist völlig verdreckt.«

Kendall beobachtete, wie sich seine gestiefelten Beine entfernten. Dann schloß sie die Augen. Willenlos ließ sie sich von den Frauen hochziehen. Es gab kein Entrinnen.

4

Seufzend betrachtete Brent McClain seine geröteten Handflächen, als er zur Hütte seines Freundes Red Fox ging. So fest hatte er nicht zugeschlagen, aber Kendalls Anblick hatte einen unvernünftigen Zorn in ihm geweckt. Vielleicht, weil sie immer noch so schön war mit ihren unschuldigen blauen Augen und üppigen honigblonden Haaren, mit ihrem vollkommenen Körper, den runden Brüsten, der schmalen Taille, den schlanken, sanft geschwungenen Hüften, die das dünne Baumwollkleid deutlich nachgezeichnet hatte ...

Und der melodische Klang ihrer Stimme, als sie geglaubt hatte, sie könnte einen ›galanten‹ Konföderiertenoffizier um ihren süßen kleinen Finger wickeln! Ja, sie hatte die Prügelstrafe verdient, wenn es auch nicht seine Absicht gewesen war, sich auf diese Weise zu rächen.

Und außerdem — was er ihr angetan hatte, ließ sich nicht mit *ihrer* Missetat vergleichen. Nie würde er vergessen, wie er in einer kalten Winternacht über Bord geworfen worden war, ins eisige Wasser des Charleston-Hafens. Das verzweifelte Bemühen, den Atem anzuhalten, um die Lungen nicht mit Meereswasser zu füllen, der Kampf gegen die Fesseln an den Handgelenken ... Hätte der Yankee-Offizier ihn nicht an Land gezogen ...

Bei dieser Erinnerung lief ein Schauer über Brents Rücken, und er biß die Zähne zusammen. Monatelang hatte er sich nach Rache gesehnt. Er stellte Nachforschungen an, fand heraus, wer Kendall war, und gelobte sich, sie zu finden — ebenso ihren Mann, John Moore.

Nie hatte Brent bezweifelt, daß er den Mann eines Tages aufspüren würde. Getrieben von einem wilden Fanatismus, der weit über die normale Yankee-Loyalität und Kriegsbegeisterung hinausging, kreuzte Moore vor der Florida-Küste.

Aber Brent hatte nicht erwartet, der blauäugigen Verführerin je wieder zu begegnen. So sehr ihn seine Rachsucht auch quälte, er diente in der schwachen Konföderationsmarine. Und es wäre reiner Wahnsinn gewesen, das Unionsfort auf Key West anzugreifen. Er hätte seine Männer in den Tod oder in eine Kriegsgefangenschaft geführt, die angeblich nur wenige überlebten.

Und nun? Was er nie zu träumen gewagt hatte, war Red Fox und seiner kleinen Seminolenschar gelungen. Die Ereignisse verblüfften Brent immer noch. Was in Charleston geschehen war, hatte er seinem Freund nur andeutungsweise erzählt. Aber Red Fox kannte ihn sehr gut. Als der Captain ins Sumpfgebiet gekommen und an die Häuptlinge mit der Bitte herangetreten war, die kleinen Außenposten der Konföderation mit Nachschub zu versorgen, hatte Red Fox eindringlich gefragt, was seinen weißen Bruder bedrücke.

Brent erklärte nur, er habe mit einem Yankee namens Moore eine Rechnung zu begleichen — und mit dessen Ehefrau eine noch höhere. Damals waren seine Rachepläne noch vage gewesen. Mit diesem Problem wollte er sich erst nach dem Krieg befassen. Nie hätte er gedacht, sein ›Bruder‹ würde ihm eine so großartige Gelegenheit verschaffen.

Als er nun die Leiter zur Hütte hinaufstieg, stand der Häuptling auf der Plattform. Sein Grinsen erinnerte Brent an jenen Tag in der Kindheit, wo Red Fox ihm Osceolas Messer geschenkt hatte, einen sorgsam gehüteten Schatz.

»Mein Freund«, begann der Indianer, »noch hast du den Krieg nicht gewonnen, nur eine Schlacht. Diese Frau ist eine unbeugsame Kämpferin. Darin gleicht sie den Seminolen. Ein Stärkerer kann uns besiegen, aber wir geben uns nie geschlagen.«

Sie setzten sich mit gekreuzten Beinen auf eine Decke, und Apolka servierte ihnen Kaffee. »Wie auch immer, ich finde es erstaunlich, daß du diese Frau aufspüren und mir übergeben konntest, Red Fox«, erwiderte Brent. »Jetzt, wo sie sich in meiner Gewalt befindet, weiß ich nicht recht, was ich mit ihr machen soll.«

Skeptisch hob Red Fox die Brauen. Es fiel ihm schwer zu glauben, daß ein ruhmreicher weißer Krieger nicht wußte, wie er eine schwierige Frau behandeln mußte, noch dazu, wenn sie jung und schön war.

»Keine Bange«, fuhr Brent lächelnd fort, »ich werde beenden, was ich damals angefangen habe. Nur — was soll danach geschehen? So gern ich ihr auch den Hals umdrehen möchte . . .«

»Das verbieten dir dein Charakter und deine Herkunft. Und wenn du sie einem deiner Generäle überantwortest?«

Brent trank einen Schluck heißen Kaffee und zuckte die Achseln. »Da würde ihr nicht viel passieren. Zu beiden Seiten der Mason-Dixon-Linie wurden mehrmals Spioninnen aufgegriffen. Offensichtlich sind die Yankees genauso galant wie die Rebellen. Das Schlimmste, was einer Frau zustieß, war eine längere Gefängnisstrafe, während verwundete Soldaten in den Gefangenenlagern wie die Fliegen sterben, im Norden ebenso wie im Süden.«

»Der Tod auf dem Schlachtfeld ist angenehmer.« Beide schwiegen eine Weile und erinnerten sich an Osceola, den stolzen Häuptling, der im Fort Moultrie erkrankt und gestorben war. Damals hatte Red Fox sich nicht einmal der Familie seines Vaters anschließen dürfen. Da er nicht der Sohn einer legitimen Ehefrau war, ignorierte ihn die Regierung. Brent bat seinen Vater zu intervenieren, aber wegen der heftigen Ressentiments gegen die Indianer konnte Justin McClain nichts unternehmen, so sehr er sich auch bemühte. Niemals vergaß er, daß sein Sohn von Osceola verschont, wie ein eigenes Kind behandelt worden und dann unversehrt auf die Plantage South Seas zurückgekehrt war.

Auch Brent würde den Häuptling mit den markanten Gesichtszügen nie vergessen. Jetzt sah er Osceola genauso deutlich vor sich wie an jenem Tag, im Jahr 1835, wo der Seminole in der niedergebrannten Pflanzersiedlung südlich von Micanopy zu dem fünfjährigen Jungen geritten war. Brent hatte einen Freund seiner Familie besuchen wollen. Fassungslos stand er da und starrte den Toten an, der in der Ruine seines Hauses lag. Er wußte nicht, daß die U.S.-Regierung ihre Verträge mit den Florida-Indianern gebrochen hatte, daß die Weißen auch gar nicht planten, sich an irgendein Abkommen zu halten. Statt dessen wollten sie die Indianer nach Westen treiben, in die Reservate. Und Brent ahnte auch nicht, wie viele weiße Siedler die Rothäute als Freiwild betrachteten.

Beim Anblick des dunkelhäutigen Mannes, der ein Stirnband mit einer einzelnen Feder trug und auf einem scheckigen Pony heranritt, zog Brent sein Taschenmesser hervor.

Osceola zügelte das Pferd. Eine Zeitlang starrten sie sich an, das verängstigte Kind und der Häuptling, jung an Jahren, aber reif in seiner Weisheit.

Schließlich begann der Indianer zu sprechen. »Steck das Messer ein, Junge. Mutig wie ein Krieger stehst du vor mir. Aber Osceola kämpft nicht gegen Kinder.«

Er hob Brent zu sich aufs Pony, und sie ritten ins Zentrallager der Florida-Seminolen. Zuvor hatte Osceola einen Boten zu den McClains geschickt. Aber der Junge blieb monatelang bei den Indianern, bis der Vater ihn nach Hause holte.

Das war vor über fünfundzwanzig Jahren geschehen. Nach Osceolas Tod hatten sich die Seminolen und Mikasukis verbissen wie eh und je gegen die Umsiedlung in den Westen gewehrt. Schließlich waren sie nach Süden getrieben worden, hatten sich in den Everglades niedergelassen und gelernt, in diesem Sumpfgebiet ihr Dasein zu fristen. Den Weißen wäre das niemals gelungen.

»Wie verläuft euer Krieg?« fragte Red Fox und riß den Freund aus seinen Gedanken.

Brent leerte seinen Kaffeebecher, stand auf und begann umherzuwandern. »Wie jeder Krieg. Viele Menschen sterben. In Virginia wird besonders heftig gekämpft. Bei Manassas, an einem Bach namens Bull Run, erlitten beide Seiten schwere Verluste. Man sprach von einem Sieg der Südstaaten, und die Unionstruppen flohen nach Washington. Aber bei dieser Schlacht stellte sich heraus, daß der Krieg noch lange dauern wird. Vorerst ist das Heer der Konföderation sehr erfolgreich, von tüchtigen Generälen kommandiert. Immerhin wurden die meisten in der U.S.-Militärakademie West Point ausgebildet, und bis zum Abfall ihrer Staaten dienten sie in der Union Army. Jetzt sieht es so aus, als wäre ihre Strategie überlegen. Trotzdem bin ich beunruhigt, Red Fox. Der Norden hat viele Söhne. Wer auf dem Schlachtfeld fällt, wird ersetzt. Diese Armee gleicht einer Flutwelle, die man nicht aufhalten kann.«

Nachdenklich blieb Brent stehen und starrte in die Dämmerung, die den Everglades eine besondere Schönheit verlieh. Wie ein Feuerball stand die Sonne über den moosbehangenen Bäumen. Das hohe Gras schwankte im Wind, der die Gluthitze des Tages verscheuchte. Vor dem goldenen Himmel zeichneten sich die anmutigen Silhouetten der Reiher und Kraniche ab.

»Du verabscheust diesen Krieg«, bemerkte Red Fox. »Warum kämpfst du dann?«

»Weil Florida meine Heimat ist, ebenso wie deine. Dies ist ein Konföderationsstaat, dessen Soldaten auf weit entfernten Schlachtfeldern kämpfen und sterben. Währenddessen ist das Land den Unionssoldaten ausgeliefert, die unentwegt über die Küsten herfallen. Ich kämpfe so, wie du's immer getan hast, Red Fox — um zu erhalten, was mir gehört, auch eine gewisse Lebensart. Manchmal kämpfe ich nur, um Alten und Kranken ein paar Medikamente und den Kindern Lebensmittel zu bringen. Oder ich transportiere Waffen, damit die Soldaten einander auch weiterhin niedermetzeln können. Was ich empfinde, weiß ich nicht genau. Nur eins weiß ich — ein Mann muß Farbe bekennen und mit aller Kraft für die Seite kämpfen, auf der er steht.«

»Jedenfalls ist die Sklaverei ein schweres Unrecht. Hier haben wir schon viele entlaufene Schwarze mit zerschundenen Rücken beherbergt.«

Brent wich dem eindringlichen Blick seines Freundes nicht aus.

»Wie du weißt, besitze ich keine Sklaven, im Gegensatz zu meinem Vater. Aber er behandelt seine Leute sehr gut. Sie werden ordentlich gekleidet und ernährt, und sie lernen sogar lesen und schreiben.«

»Ja, Justin McClain ist ein anständiger Mann. Nur wenige Pflanzer können ihm das Wasser reichen.«

»Heutzutage gibt's kaum noch Sklavenhalter. Über die Hälfte der Konföderationssoldaten hat nie mehr besessen als ein winziges Stück Land. Sklaven sind teuer und bleiben den Reichen vorbehalten. Auch reiche Männer ziehen in den Krieg. Aber einige bezahlen Söldner, die für sie kämpfen. Und das Hauptkontingent jedes Heeres setzt sich aus armen Schluckern zusammen. Übrigens, auch die Indianer haben gewisse Formen der Sklaverei praktiziert.«

»Das stimmt. Trotzdem glaube ich ebenso wie du, daß

niemand einen Menschen besitzen und ihn wie ein Tier auspeitschen, anketten und verkaufen darf.«

»Und doch unterstützt du mich«, erwiderte Brent leise.

»Ich bekämpfe die blaue Uniform, mein Blutsbruder, die Kavallerie und die Infanterie. Darin folge ich der Tradition meines Volkes. Die Seminolen lernten die Unionsuniform hassen. Nach dem Krieg werden wir sehen, ob ich zu neuen Schlachten gegen den weißen Mann aufbrechen muß.« Red Fox beobachtete seinen Freund, der schweigend nickte, und beide hofften, die Seminolen würden in den Everglades ein friedliches Leben führen können, wenn die Gefechte zwischen den Weißen ein Ende fanden. »Und nun erkläre mir, wieso du auf deinem eigenen Schiff, mit deinen Männern, im Verband der Navy segelst?«

»Der Konföderation standen mehrere Marineoffiziere zur Verfügung, aber keine Schiffe. Und so rief sie ihre Bürger auf. Mein Schoner ist kriegstauglich, sehr schnell und leicht zu manövrieren, sogar auf schmalen Flüssen.«

Ehe Red Fox antworten konnte, kletterte Apolka die Leiter herauf, eine Platte mit Speisen in den Händen. »Oh, meine Frau bringt unser Abendessen. Nun wollen wir uns über angenehmere Dinge unterhalten.«

Brent setzte sich wieder zu seinem Freund, lächelte Apolka an und dankte ihr für den Teller, den sie ihm reichte. Verlockend stieg ihm der Duft von geschmortem Wildfleisch in die Nase. Um den Captain und seine Leute zu verköstigen, waren die Seminolen auf die Jagd gegangen.

»Wie immer weiß ich deine Gastfreundschaft zu schätzen, Red Fox.«

»Ja, meine Apolka ist eine gute Köchin, nicht wahr?«

»Die allerbeste«, bekräftigte Brent und lächelte der Frau des Häuptling wieder zu. Zu seinem Bedauern konnte er sich nicht mit ihr verständigen, da sie eine Mikasuki war und den Dialekt der Hitichi sprach. Aber allmählich lernte sie die Muskogee-Sprache ihres Mannes, die auch Brent beherrschte. Also würde er bald mit ihr reden. Im Grunde ihrer Herzen waren sie schon jetzt befreundet.

Da die Frauen in der Seminolengesellschaft nicht gemeinsam mit den Männern aßen, wandte sie sich wieder zur Leiter. Doch dann hielt sie inne und flüsterte etwas in Red Fox' Ohr. Lachend erklärte er seinem Freund: »Apolka hat mir erzählt, deine Kendall Moore sei gebadet und gefüttert worden. Jetzt sitzt sie in der Hütte hinter verschlossener Tür.«

»Danke.« Brent senkte den Blick und begann zu essen, ohne die schmackhafte Speise richtig zu würdigen. Will ich mich tatsächlich rächen, überlegte er. Beinahe wäre er in jener Nacht gestorben. Aber er forderte den Tod heraus, wann immer er übers Meer segelte.

Und es war nicht nur Rachsucht gewesen, die ihn bewogen hatte, die Frau so entschlossen zu suchen. Etwas anderes bewegte ihn, und dieses Gefühl hatte ihn gepeinigt, als sie an diesem Tag beinahe im Sumpf versunken wäre.

Er begehrte sie immer noch. Nie hatte er vergessen, wie warm und weich sich ihr schöner Körper anfühlte, wie eine wachsende Leidenschaft ihre blauen Augen verdunkelt hatte.

Ein geheucheltes Verlangen ... O ja, sie hatte ihre Rolle bei jener Intrige ausgezeichnet gespielt. Andererseits — keine Frau konnte diese zitternde Begierde, dieses wilde Herzklopfen so lebensecht vortäuschen. Wie auch immer, sie hatte ihn verführt. Und er würde beenden, was sie so kühn begonnen hatte. Vielleicht würde er danach die betörenden Träume verjagen können, die ihn Nacht für Nacht heimsuchten.

Als er aufblickte, merkte er, daß Red Fox sein Essen

nicht anrührte. »Ich möchte dir einen Vorschlag machen, Night Hawk.«

»Oh?«

»Übergib sie meiner Obhut.«

»Kendall?«

»Ja. Was willst du mit ihr anfangen? Wirst du sie zu dem Yankee zurückschicken, den du verachtest?«

Brent zögerte, erstaunt über den plötzlichen Schmerz in seiner Brust. »Hat sie den roten Mann ebenso umgarnt wie den weißen?«

»Nun, ich bewundere diese Frau. Sie ist eine stolze Kämpferin. Was sie dir angetan hat, weiß ich nicht. Aber sie ist ein kostbarer Preis. Wenn du sie nicht für dich beanspruchst, würde ich sie gern hier aufnehmen.«

»Genausogut könntest du dir eine giftige Schlange halten«, meinte Brent trocken, und sein Freund lachte.

»Das stimmt. Aber man muß ein wildes, ungebärdiges Geschöpf behutsam zähmen. Kein Mann möchte auf einem Hengst in die Schlacht reiten, dessen Willenskraft gebrochen ist. Und er wünscht sich auch keine unterwürfige, gefügige Frau im Bett. Niemals wirst du Kendalls Geist brechen. Sie besitzt das Herz einer großen Kriegerin. Und wenn sie vorsichtig gezähmt wird, kann sie einem Mann das höchste Glück auf Erden schenken.«

»Oder sie stößt ihm ein Messer in den Rücken«, murmelte Brent und fügte hinzu, als sein Freund schweigend die Brauen hob: »Sie ist deine Gefangene.«

»Nicht mehr. Ich hab' sie dir überantwortet, und ich biete dir nun an, für sie zu sorgen, während du übers Meer fährst.«

Nachdem Brent den letzten Bissen hinuntergeschluckt hatte, stand er auf. Jetzt konnte und wollte er nicht länger warten. »Danke, mein Freund. Morgen früh werde ich entscheiden, was mit Kendall geschehen soll.«

»Nun, dann wünsche ich dir eine angenehme Nachtruhe, Night Hawk.« Der Indianer grinste anzüglich. »Niemand wird dich stören.«

Rasch kletterte Brent die Leiter hinab, dann eilte er zur Hütte mit der verriegelten Tür.

Kendall wanderte rastlos in dem kleinen Raum umher. Welch eine Demütigung hatte sie erlitten! Vor den Augen so vieler Zuschauer verprügelt zu werden! Danach war sie den Frauen erschöpft und widerstandslos zum Fluß gefolgt, um sich waschen zu lassen. Hätte sie noch einmal versuchen sollen, ihrer Gefangenschaft zu entfliehen? Wohin? In den Morast?

Später hatte sie in ihrer Hütte ein köstliches geschmortes Wildfleisch gegessen, und ihre Lebensgeister waren zurückgekehrt.

Von hellem Zorn erfaßt, dachte sie an den Mann, der sie übers Knie gelegt hatte. Am liebsten würde sie diesem arroganten Kerl die Augen auskratzen. Aber sie war seine Gefangene, seiner Kraft nicht gewachsen, und nun blieb ihr nichts anderes übrig, als ihn zu erwarten — den Captain, der ihr die Mitschuld an einem mörderischen Komplott gab.

Wollte er sie töten? Warum hatte er sie dann nicht einfach im Sumpf versinken lassen? Oder würde er sie vergewaltigen? Das Blut stieg ihr in die Wangen, als sie sich an seinen kraftvollen, von Leidenschaft erhitzten nackten Körper erinnerte. Damals hatte er sie nicht gehaßt. Sie ihn auch nicht. Und jetzt? In dieser Nacht würde er gewiß nicht so zärtlich mit ihr umgehen wie bei jener ersten Begegnung. Oh, zum Teufel mit ihm! Nichts konnte schlimmer sein als die Schicksalsschläge, die sie bisher überlebt hatte, die erniedrigenden Qualen ihrer Ehe.

Aber dieser Mann war nicht John Moore, sondern jung und stark und gesund. Und zu allem entschlossen . . . Nein, diesmal würde er sie nicht wie ein zärtlicher Liebhaber in den Armen halten, sondern seinen Rachedurst stillen.

»Ich muß mit ihm reden«, flüsterte sie. »Vielleicht gelingt es mir, ihn von meiner Unschuld zu überzeugen.« Seufzend sank sie zu Boden und starrte zur Tür. Er würde ihr nicht glauben. Trotzdem, sie mußte es versuchen.

Als sie Schritte auf der Leiter hörte, hielt sie den Atem an. Die Tür flog nicht auf, sie öffnete sich langsam und fast lautlos. Dann trat Brent McClain ein und musterte die Frau, die ihn in anmutiger Pose erwartete. Irritiert runzelte er die Stirn. Genausogut hätte sie hinter einem Teewagen sitzen und fragen können: ›Ein oder zwei Stück Kuchen, Captain?‹

»Jetzt siehst du viel besser aus, Kendall«, begann er.

»Hat dir meine äußere Erscheinung vorhin mißfallen? Daran warst du selber schuld.«

»Tatsächlich? Ich entsinne mich nicht, daß ich dich in den Sumpf gestoßen hätte.«

Obwohl sie beschlossen hatte, ruhig zu bleiben, regte sich ihr Temperament. »Hättest du mich nicht zu Tode erschreckt, wäre ich nicht geflohen ...«

»Ich habe dich erschreckt? Das verstehe ich nicht. Für mich war es eine höchst angenehme Überraschung, dich hier zu anzutreffen.«

»Eine Überraschung? Wohl kaum. Sicher hast du Red Fox und seinen Kriegern befohlen, die *Jenni-Lyn* anzugreifen.«

»Da irrst du dich«, erwiderte er lächelnd. »Niemals würde ich mir anmaßen, Red Fox irgendwelche Befehle zu erteilen.«

»Nun, das wage ich zu bezweifeln. Sicher fällt es dir nicht schwer, mich zu belügen.«

»So wie du mich belogen hast?« Die leise Frage jagte einen Schauer über ihren Rücken. Brent trat an ein schmales Fenster und schaute in die Nacht hinaus. »Bist du nur zum Schein mit John Moore verheiratet, Kendall?« Ihr Mund war staubtrocken, und sie konnte nicht antworten. Abrupt drehte er sich zu ihr um. »Nun?«

Laß dich jetzt nicht einschüchtern, ermahnte sie sich. Du mußt Haltung bewahren ... »Nach dem Gesetz bin ich seine Frau«, entgegnete sie kühl. »Aber du verstehst nicht ...«

»Oh, ich würde es nur zu gern verstehen«, fiel er ihr sarkastisch ins Wort. »Bitte, erkläre mir doch die Situation.«

»Ganz einfach. Ich wurde außerhalb von Charleston geboren. Als South Carolina von der Union abfiel, wußte ich, daß der Krieg unvermeidlich war, und ich wollte nicht mit meinem Mann in den Norden zurückkehren. In jener Nacht ...«

»War er zufällig an Ort und Stelle? Im richtigen Augenblick?«

»Ja«, bestätigte sie tonlos.

»Aber du hast mir doch gesagt, du seist nicht verheiratet.«

»Ich — ich habe gelogen.«

»O ja, das glaube ich dir.«

»Jetzt sage ich die Wahrheit. Ich wußte nicht, daß er dein Schiff angreifen wollte und ...«

»Und daß er mich über Bord werfen würde? Einen hilflosen, gefesselten Mann?«

»Du wurdest aus dem Wasser gezogen. Von einem Yankee. Und du bist am Leben. Ob du mir glaubst oder nicht, spielt keine Rolle. Das alles ist längst vorbei, und ich finde, du hast deine kleinliche Rache bereits ausgekostet. Immerhin wurde ich von Wilden entführt, in den Sumpf gejagt, wäre beinahe in diesem ekligen Morast untergegangen — und dann hast du mich auch noch verprügelt. Eigentlich müßte das genügen. Und nun bitte ich dich, einen Captain der Konföderation, deine kindische Vergeltungssucht zu bezähmen und mich sobald wie möglich in einen Südstaatenhafen bringen zu lassen.«

Verblüfft starrte er sie an, dann warf er lachend seinen Kopf in den Nacken. »Kindische Vergeltungssucht?«

Auf diese Frage ging sie nicht ein. »Jeder Offizier der Confederate States Navy müßte sich doch verpflichtet fühlen, einer Dame in höchster Not zu helfen.«

»Da hast du völlig recht, Kendall.« Langsam ging er auf sie zu, seine Hände in die Hüften gestemmt. »Wir sind stets bemüht, solch bedauernswerten Geschöpfen beizustehen. Leider findet man echte Damen so selten wie Seidenstrümpfe in Jacksonville.«

Dicht vor ihr blieb er stehen, und sie blickte auf, erstaunt über sein sanftes Lächeln. Natürlich, sie hatte ihn an die Ehre des Südens erinnert. Und wenn er wollte, konnte er ein Gentleman sein. Wie gut er aussah in seiner Uniform mit den Goldlitzen, breitschultrig, mit markanten Gesichtszügen ...

Doch er bereitete ihr sofort wieder eine neue Überraschung, zog sie auf die Beine, packte ihre Schultern und schüttelte sie. »*Du* bist jedenfalls keine Dame, denn du hast dich wie eine hinterhältige, schäbige kleine Hure benommen ...«

Entrüstet riß sie sich los und schlug ihm mit aller Kraft ins Gesicht. »Du elender Hinterwäldler! Du mieser Bastard!« fauchte sie, dann erschrak sie, als seine grauen Augen sich bedrohlich verengten. Auf seiner gebräunten Wange zeichnete sich deutlich der Abdruck ihrer Finger ab. Schmerzhaft umklammerte er ihr Handgelenk, und ihre wachsende Panik bezwang den Entschluß, Ruhe zu bewahren.

»Laß mich los!« schrie sie, zerrte an den Fingern, die sie festhielten, zerkratzte seine Haut und trat gegen sein Schienbein.

Doch ihr verzweifelter Widerstand beeindruckte ihn

kein bißchen. Er umschlang ihre Taille, warf sich mit ihr zu Boden, und dann saß er rittlings auf ihren Hüften. Zwischen seinen eisenharten Schenkeln gefangen, starrte sie in seine gnadenlosen Augen und hob ihre Fäuste. Aber er zog ihre Arme hinter ihren Kopf und umfaßte sie mit einer Hand.

Inständig hoffte Kendall, sie würde nicht in Tränen ausbrechen. »Meine Liebe«, sagte er gedehnt und neigte sich zu ihr herab, »im Dezember hast du dich nicht an unsere Vereinbarung gehalten. Jetzt bist du in einem anderen Hafen, mit dem Gentleman, den du so tückisch ausnutzen wolltest.«

Sie lag reglos da, aber er spürte immer noch ihren Kampfgeist, die nervöse Anspannung in ihren Hüften. So wie in jener längst vergangenen Nacht weckte sie ein heißes Verlangen in ihm, das alle klaren Gedanken zu verdrängen drohte. Obwohl er kalten Haß in ihren Augen las, entsann er sich der zögernden Sehnsucht, die sie damals bewogen hatte, ihre weichen Lippen zu öffnen.

»Warum wehrst du dich heute nacht so verbissen?« fragte er. »Letztes Mal bist du bereitwillig in meine Arme gesunken. Lauern diesmal keine Yankees in deiner Nähe, um dich im letzten Augenblick vor einem grausigen Schicksal zu retten?«

Herausfordernd erwiderte sie seinen Blick. »Ob du's glaubst oder nicht, ich finde die Yankees genauso abscheulich wie du. Bringen wir's endlich hinter uns. Mach mit mir, was du willst, ich kann mich ohnehin nicht wehren.« Sie beobachtete ihn aufmerksam. War es ihr gelungen, an sein Gewissen zu appellieren? Seine unergründliche Miene verriet nicht, was er dachte.

»Also wirst du dich nicht wehren, Kendall?«

Allzu lebhaft kehrte die Erinnerung an jene Nacht in Charleston zurück, und Kendall schluckte mühsam. Seine Lippen verzogen sich zu einem Lächeln, das seine Augen nicht erreichte. Plötzlich ließ er ihre Arme los, schlang seine Finger in ihr Haar, und seine andere Hand strich über eine ihrer Brüste. Der dünne Stoff des Kleides war kaum ein Hindernis, und Brent spürte das verführerische, weiche Fleisch, die Knospe, die sich sofort aufrichtete, den wilden Schlag ihres Herzens. Wie sie versprochen hatte, wehrte sie sich nicht, und ihr Blick spiegelte eine subtile Veränderung wider. Sie grollte ihm immer noch — aber hatte sie auch Angst? Vor ihm oder vor sich selbst?

Plötzlich wollte er ihre Wange liebkosen, ihr zärtliche Worte zuflüstern, sich ganz und gar der Faszination hingeben, die sie ausübte. Nein ... Erbost biß er sich in die Lippen. Sie war die Frau, die ihn skrupellos hintergangen hatte. Versuchte sie jetzt erneut, seine Seele zu verführen? Er beugte sich noch tiefer hinab. »Wirst du tun, was ich mir wünsche, Kendall?« flüsterte er.

»Ich kann nicht gegen dich kämpfen.«

»Eine Wiederholung jener Nacht in Charleston?«

»Ich kann nicht gegen dich kämpfen«, wiederholte sie atemlos.

Und dann küßte er sie in fordernder Leidenschaft, begierig erforschte seine Zunge ihren Mund. Kendall stöhnte und trotz ihres Versprechens versuchte sie, ihn abzuwehren, aber er hielt sie unerschütterlich fest.

Nach einer Weile veränderte sich der Kuß. Kendall spürte, wie Brents Lippen sanft und betörend mit ihren spielten. Unwillkürlich erlag sie den berückenden Reizen, und zu ihrer eigenen Verblüffung begehrte sie ihn erneut.

Als er den Kopf hob, schaute er ihr eindringlich in die Augen. »Heute nacht werden wir zu Ende führen, was in Charleston begonnen hat.«

Obwohl sie seinen inneren Konflikt fühlte, wußte sie, daß er es ernst meinte und tun würde, was er sich vorgenommen hatte. Sollte sie ihn vor der Tatsache warnen, die er bald entdecken würde? Vielleicht ging er dann sanfter mit ihr um ... Aber sie brachte kein Wort hervor.

Während er aufstand und sich auskleidete, konnte sie nur reglos daliegen und ihn im schwachen, rötlichen Licht des Sonnenuntergangs anstarren — die breiten, bronzebraunen, glänzenden Schultern, die grauen Augen, die an eine Sturmflut erinnerten. Geschmeidig streckte er sich neben ihr aus, öffnete die Knöpfe ihres Kleids, riß es ihr vom Leib und streichelte aufreizend ihre Haut, als er die Unterhose hinabstreifte, ihr letztes Kleidungsstück.

»Brent ...«, wisperte sie — das einzige Wort, das sie hervorbrachte.

Und dann bedeckte er ihren Körper mit seinem, und sein Knie zwang ihre Schenkel auseinander. Nicht einmal jetzt gehorchte ihre Stimme. Forschend schaute er ihr in die Augen, und sie erwiderte den Blick, doch sie konnte noch immer nichts sagen.

Ihre Lider senkten sich, als seine Lippen ihren Mund streichelten, den Hals berührten, das Ohrläppchen. Wie gut sie sich noch dieser verführerischen Zärtlichkeiten entsann ... Falls er ihr weh tun wollte, versagte er kläglich, denn seine Küsse erweckten ein reines Entzücken, süße Qualen.

Langsam glitten seine Lippen zu ihren Brüsten hinab. Seine Zunge reizte die harten Knospen, zog eine heiße Spur über den Bauch, bis zu den Innenseiten ihrer Schenkel, und fand das Zentrum ihrer Lust. Kendall zuckte erschrocken zusammen, aber nicht einmal ihr Protestschrei konnte Brent von seinem Ziel abhalten — von seiner Rache.

Gleißende Sterne schienen in der Nacht zu bersten, erloschen in schwarzer Finsternis, flammten erneut auf. Immer wieder rief sie seinen Namen.

Plötzlich neigte er sich wieder über sie, küßte sie mit verzehrender Glut, versenkte seine Hüften zwischen ihren Beinen. Ein brennender Schmerz verjagte den Zauber, Tränen brannten in ihren Augen. Sie wollte nicht schreien, doch sie konnte ein Schluchzen nicht unterdrücken, als Brent kraftvoll in sie eindrang. Instinktiv zuckte sie zurück, aber es war zu spät.

»Verdammt, Kendall, du kleine Närrin, du hättest mir sagen sollen, daß du noch nie ...« Seine heisere Stimme erstarb, und er nahm ihr Gesicht in beide Hände. In seinen Augen las sie Verwirrung, Zorn und Leidenschaft.

»Wenn du's gewußt hättest, was dann?« flüsterte sie. »Wäre ich dann von deiner Rachsucht verschont worden?«

»Ich ...«

»Hättest du mir geglaubt ...«

»Nein, aber ...«

»Wärst du etwas vorsichtiger gewesen?« fragte sie und peinigte sich selbst genauso wie ihn. Der Schmerz verebbte, das Verlangen erwachte von neuem, jene fremdartige Sehnsucht, die beinahe gestillt worden war ...

»Hättest du mich gehen lassen?«

»Nein!« stieß er zwischen zusammengebissenen Zähnen hervor. »Ich hätte dich nicht gehen lassen. Und ich lasse dich auch jetzt nicht gehen.«

Wie sollte sie ihm erklären, daß sie ihn gar nicht verlassen, daß sie geliebt werden wollte, wenn auch nur für einen kurzen Augenblick?

»Leg deine Arme um mich«, flüsterte er, »halt mich fest — küß mich ...«

Als er seine Lippen wieder auf ihren Mund preßte, schmeckte er das Salz ihrer Tränen. Ganz sanft liebkosten seine Finger ihre Wangen und schlangen sich in ihr Haar. Sie umarmte ihn.

Vorsichtig begann er, sich zu bewegen, zügelte aber das

Feuer in seinen Lenden, so schwer es ihm auch fiel. Und dann hörte er sie leise stöhnen.

»Kendall?«

Unfähig, ihm in die Augen zu schauen, drückte sie das Gesicht an seinen Hals. Plötzlich schien ihr Körper mit seinem zu verschmelzen, paßte sich seinem Rhythmus an, in harmonischem Einklang. Drängend gruben sich ihre Finger in seine Schultern, und da wußte er, daß er sein Verlangen nicht länger bezähmen mußte.

Er umfaßte ihre Hüften, die sie ihm instinktiv entgegenhob, und das wilde Feuer, das ihn antrieb, strömte auch durch ihre Adern — eine verzehrende, überwältigende Flamme.

Nun gab es keine Vergangenheit mehr, keine Gegenwart, keine Zukunft, nur dieses berauschende Gefühl, das Kendalls ganzen Körper erschütterte. Sie glaubte dahinzuschweben, vom Nachtwind getragen, einem schimmernden Ziel entgegen, das sie nicht ganz erreichte. Doch sie genoß die seltsame, exquisite Qual — bis sie schließlich doch auf dem Gipfel eintraf.

Rückhaltlos überließ sie sich der köstlichen Erlösung, kostete den warmen Nektar aus, der sie durchflutete, flog zum Himmel empor, und dann glitt sie durch weiche Wolken auf die Erde zurück.

Triumphierend schrie Brent auf, preßte sie an sich, und sie spürte, wie er heftig erzitterte. Eine Zeitlang hielt er sie noch fest, dann glitt er langsam und vorsichtig von ihrem Körper hinab. Er rührte sie nicht an, aber sie fühlte seine Nähe. Auf einen Ellbogen gestützt, musterte er sie. Jetzt, wo seine Lust gestillt war, erwachte seine Neugier.

Kendall schloß die Augen, wandte sich ab und versuchte davonzukriechen. Aber er zog sie unbarmherzig zurück.

Wie gern wäre sie jetzt allein gewesen mit der Erinnerung an den Zauber, den sie erlebt hatte — an ein Glück, das sie Brents Haß verdankte ... Dieser Gedanke führte sie zu neuer Verzweiflung.

Nein, sie wollte ihn nicht ansehen, wollte die unvermeidlichen Fragen nicht hören.

»Kendall ...«

»Nicht!«

»Kendall ...«

»Du hast bekommen, was du wolltest — deine Rache.«

»O nein, wir sind noch lange nicht fertig miteinander.«

»Brent ...«

»Sieh mich an!« befahl er leise. »Wir müssen miteinander reden.«

5

Noch nie im Leben hatte sie ein so dringendes Bedürfnis verspürt, in Tränen auszubrechen. Aber gerade jetzt, wo sie in Brents Armen lag, durfte sie nicht weinen. »Laß mich los!« flehte sie tonlos. »Bitte!«

Er drückte sie noch fester an sich. Doch dann erfüllte er ihren Wunsch und betrachtete die rätselhafte Frau, die ihn von einer Verwirrung in die andere stürzte. Ein Mondstrahl berührte ihre seidige, magnolienfarbene Haut, und sie glich einem Renaissancegemälde, ein verlockendes Bild beraubter Unschuld. Von ihrem zerzausten goldenen Haar umhüllt, lag sie am Rücken. Ihre Wimpern warfen lange Schatten auf die Wangen.

Entschlossen, das neue Verlangen zu bekämpfen, das ihr Anblick erregte, stand Brent auf und schlüpfte in seine Hose. Dann setzte er sich wieder zu Kendall und breitete eine Decke über ihren schönen Körper. Erstaunt hob sie die Lider, schaute ihn an und bedankte sich dann leise.

»Danke mir nicht«, erwiderte er. »Ich will deine Geschichte hören. Bist du etwa mit diesem Yankee verheiratet?«

»Ja.«

»Warum?«

»Weil ich verkauft wurde wie eine Sklavin.«

»Man hat dich gezwungen, ihn zu heiraten?«

»Ja.«

»Niemand kann eine Frau zwingen, vor dem Altar ja zu sagen«, erwiderte er ungeduldig.

»Vielleicht deiner Ansicht nach!« Ärger schwang in ihrer Stimme mit. »Nun, leider sind nicht alle Menschen arrogante Muskelpakete, die mühelos ihren Willen durchsetzen.«

»Oh, ich verstehe«, bemerkte er trocken. »Du wurdest gewaltsam zum Traualtar geschleppt.«

»Nein«, entgegnete sie kühl und wollte sich wieder abwenden.

Doch das verhinderte er. Energisch legte er eine Hand auf ihre Schulter. »Sieh mich an, Kendall! Ich will ganz genau wissen, was du letzten Winter auf meinem Schiff vorhattest — und warum ich soeben eine verheiratete Frau entjungfert habe.«

Ihre Augen funkelten vor Zorn.

»Hast du schon einmal jemanden geliebt, Brent? Keine Frau, aber vielleicht einen Bruder, einen Freund, deine Mutter. Wenn ja, müßtest du's begreifen. Manchmal ist Liebe eine stärkere Waffe als Schwerter oder Gewehre. Wenn ein geliebter Mensch bedroht wird, könntest du etwas tun, das normalerweise gegen deine Prinzipien verstößt.«

»Sprich weiter.« Seine ausdruckslose Miene änderte sich nicht. »Ich warte.«

»Nach dem Tod meines Vaters hat meine Mutter wieder geheiratet«, begann sie zögernd. »Innerhalb weniger Jahre verschleuderte ihr Mann die Einkünfte unserer ertragreichen Plantage. Deshalb beschloß er, mich zu verkaufen und versprach mir, er würde meine Schwester schonen, wenn ich zustimme.«

Eine Zeitlang schwieg er nachdenklich, dann erwiderte er: »Diese Erklärung genügt mir nicht. Während ich bewußtlos war, hatte ich zwar nicht das Vergnügen, deinen Mann kennenzulernen, aber soviel ich weiß, genießt er hohes Ansehen. Und es ist mir noch immer rätselhaft, warum er seine schöne, zweifellos teuer erkaufte Ehefrau jahrelang nicht angerührt hat.«

»Drei Jahre lang, um genau zu sein!« fauchte sie. »John

Moore mag einen angenehmen Eindruck erwecken, aber das täuscht. Vor unserer Hochzeit wurde er beinahe von einem Fieber getötet. An den Folgen dieser Krankheit leidet er immer noch, an Muskelkrämpfen, schlimmen Kopfschmerzen — und Impotenz.«

Interessiert hob er die Brauen. »Und wegen dieser Schwäche wolltest du deinen Mann verlassen?«

Diese Anschuldigung verblüffte Kendall dermaßen, daß sie ihn zunächst nur anstarren konnte. Dann richtete sie sich auf, hell empört über den ungerechten Vorwurf. »Du Hurensohn!« zischte sie und trommelte mit beiden Fäusten auf seine nackte Brust. Aber der Angriff blieb wirkungslos. Brent umarmte sie, drückte sie fest an sich und erinnerte sie qualvoll an die Intimität, die sie vorhin geteilt hatten. Kann das derselbe Mann sein, fragte sie sich flüchtig. Eben noch ein so zärtlicher Liebhaber, jetzt ein gefühlskalter Fremder, voller Verachtung ... Vergeblich versuchte sie, sich von ihm loszureißen und stöhnte leise.

»Da du mit einem Yankee verheiratet bist — was hattest du am Tag der Sezessionsfeier in Charleston zu suchen?« fragte er dicht an ihren Lippen. Sie stemmte ihre Hände gegen seine Brust, doch das nützte ihr nichts. Langsam strich er über ihre Hüften, eine viel zu intime Geste. Und dann fühlte sie sich noch verletzlicher, als die Decke hinabglitt.

»Kendall!« Er schüttelte sie ein wenig, und ihr Kopf fiel in den Nacken.

Herausfordernd starrte sie ihn an. »Ich war in meine Heimat zurückgekehrt. Da ich wußte, daß sich South Carolina von der Union lossagen würde, nachdem man Lincoln zum Präsidenten gewählt hatte, wollte ich während jener Tage in Charleston sein. Mit der Hilfe eines Freundes hatte ich John eingeredet, ich müsse meine Mutter besuchen, falls es nach der Wahl zu Feindseligkeiten käme. Im Lauf dieser Reise plante ich unterzutauchen. Ich hatte keine Ahnung, daß er mir folgen würde.«

Seine Lippen verzogen sich zu einem bitteren Lächeln. »Und da bist du zufällig über mich gestolpert. Offenbar dachtest du, ich wäre genau der Richtige, der dir zur Flucht vor deinem rechtmäßigen Ehemann verhelfen könnte.«

»Ja! Ja!« rief sie leidenschaftlich. »Es war keine heimtückische Verschwörung.«

»Aber du wolltest mich benutzen.«

»Ja! Und wage bloß nicht, mich zu verurteilen! Jeden hätte ich benutzt, sogar den Allmächtigen, um John zu entkommen. Du weißt nicht, was ich durchgemacht habe — was ...« Ihre Stimme versagte, und plötzlich verflog ihr Zorn. Kraftlos lehnte sie sich an Brents Schulter. »Du bist unbesiegbar, und du setzt stets deinen Willen durch. Deshalb begreifst du es nicht, wie es ist, einem Menschen wehrlos ausgeliefert zu sein und mißhandelt zu werden ...« Nun zitterte sie am ganzen Körper, aber sie gestattete sich noch immer keine Tränen. Sie wollte ihn auch nicht anflehen, alles zu verstehen und ihr zu verzeihen.

Besänftigend streichelte er ihren Rücken, und plötzlich wünschte sie sich, sie könnte von seiner Kraft zehren, einen sicheren Hafen bei ihm finden.

Nein, sagte sie sich wehmütig, ich bin an einen anderen gebunden — an einen Mann, der nicht in diesem Krieg kämpft, sondern eine erbitterte Schlacht gegen sich selbst, gegen Gott und die Welt ausficht. Und diese Arme, die mir flüchtigen Trost bieten, gehören einem rachsüchtigen Rebellen. Nachdem es ihr mißlungen war, ihn zu benutzen, hatte er *sie* benutzt. Nur seinetwegen war sie in diesen Sumpf voller Schlangen und Alligatoren entführt worden, und die Hand, die sie jetzt liebkoste, hatte ihr vor wenigen Stunden jene demütigenden Schläge verabreicht.

Abrupt versteifte sie sich, um gegen seine Zärtlichkeiten zu protestieren. Ohne Liebe hatte er sie zu seiner Geliebten gemacht. Und sie war schamlos genug gewesen, sich rückhaltlos hinzugeben. Unter seiner Berührung waren ihre Sinne erwacht, die so lange geschlummert hatten. Mein Herz, mein Verstand, mein Stolz, dachte sie unglücklich, alles wurde besiegt.

»Bitte«, flüsterte sie, »nun habe ich dir alles erzählt. Die ganze Wahrheit. Ja, ich wollte dich benutzen, aber ich hatte niemals vor, dir Schaden zuzufügen. Laß mich jetzt gehen.« Brent schlang die Finger in ihr Haar und zwang sie mit sanfter Gewalt, ihn anzuschauen. »Die Wahrheit, Kendall?«

»Die Wahrheit«, bestätigte sie. »Das schwöre ich.«

Ob er ihr glaubte, wußte sie nicht. Das Stahlgrau seiner Augen erschien ihr wie ein Nebel, der seine Seele verbarg. Und das markante, eigenwillige Kinn verriet nur unbeugsame Willenskraft und Entschlossenheit.

Schmerzhaft hämmerte ihr Herz gegen ihre Rippen. Noch immer befanden sie sich in einer lächerlich intimen Situation, obwohl sie feindselige Fremde waren. Für ein paar atemlose Sekunden glaubte sie, seine Lippen würden ihr wieder den Mund verschließen. Wünschte sie das? Oder wollte sie allein bleiben, um ihre Würde und ihren Stolz wiederzugewinnen?

Oder wollte sie noch einmal die Ekstase eines drängenden Verlangens erleben, die beglückende Erfüllung?

Doch dann zwang sie sich, an die Tatsachen zu denken.

Er hatte nur mit ihr geschlafen, um seinen Rachedurst zu stillen. Wenn irgendwelche anderen Gefühle im Spiel gewesen waren, dann nur körperliche Lust. Und sie hatte ihre Seele geöffnet, ihm erlaubt, ihr weh zu tun … Lange würde sie es nicht mehr ertragen, bald mußte sie ihn anflehen, sie endlich allein zu lassen mit ihrer Verwirrung und ihrem Kummer.

Er küßte sie nicht. Behutsam ließ er sie zu Boden sinken, und sie wickelte sich in die schützende Decke. Die Augen halb geschlossen, beobachtete sie, wie er seine Stiefel und das Hemd anzog.

»Gehst du?« flüsterte sie.

»Ich komme zurück«, erwiderte er kurz angebunden und hob seinen Uniformrock auf.

Hatte sie gehofft — oder befürchtet, er würde für immer aus ihrem Leben verschwinden, nachdem die vermeintliche Schuld beglichen war? Sie wußte es nicht, und das beunruhigte sie.

»Wohin — gehst du?«

»Ich sehe nach meinen Männern. Zu meiner Truppe gehören ein paar Burschen, die erst vor kurzem rekrutiert wurden. Und ich möchte nicht, daß einer dieser Grünschnäbel von einer Klapperschlange geweckt wird.«

»Brent!« rief sie, als er zur Tür ging, und er drehte sich ungeduldig um. »Was — hast du mit mir vor?«

Sein Gesicht, von bleichem Mondlicht beleuchtet, blieb ausdruckslos. »Das habe ich noch nicht entschieden.« Ohne ein weiteres Wort verließ er den Raum, schloß die Tür und schob den Riegel vor.

Wenn er auch keine Entscheidung getroffen hatte, eins stand offensichtlich fest — er mißtraute ihr, und sie war nach wie vor seine Gefangene.

Blicklos starrte sie auf den Bretterboden, wo sie ihre Unschuld und ihren Stolz verloren hatte, in einem Sturm voller Leidenschaft und Zärtlichkeit.

Nun begann sie endlich zu schluchzen. Sie weinte, bis ihr die Tränen versiegten, und sie wußte nicht einmal warum.

Als Brent von der Leiter sprang, sah er einige seiner Männer rings um ein Lagerfeuer sitzen. Angeregt unterhielten sie sich mit Seminolenkriegern. An Bord der *Jenni-Lyn* hatte die Besatzung guten Kentucky-Bourbon transportiert, und nun feierte man vermutlich ein kleines Zechgelage mit den Indianern.

Die Ankunft des Captains wurde erst bemerkt, als er in den Lichtkreis trat — und das in einem Seminolendorf, wo sich außer den Einwohnern, die jedes leise Geräusch zu hören pflegten, auch noch gut ausgebildete Seeleute aufhielten! Um seine Belustigung zu überspielen, runzelte er die Stirn. »Was soll das heißen, Jungs? Ein blinder Yankee könnte Hackfleisch aus euch machen.«

Hastig sprangen die Soldaten auf und salutierten unsicher. In ihrer Verwirrung nahmen auch die Indianer Haltung an, und Brent mußte lachen.

»Rührt euch, Männer! Für heute solltet ihr Schluß machen. Morgen begleiten uns die Krieger aufs Schiff, um der Miliz an der Bucht die Munition zu bringen. Dann segeln wir zur Gulf Coast. Bald wird's im Fort Pickens Ärger geben, und wir wurden gebeten, die Marineinfanteristen zu verstärken. Eine beschwerliche Fahrt steht uns bevor — und ein harter Kampf.«

»Aye-aye, Captain«, antworteten die Männer verlegen, reichten ihren indianischen Freunden die halbleeren Flaschen und blieben erwartungsvoll stehen.

»Was gibt's denn noch?« seufzte Brent.

Tapfer trat Charlie McPherson vor. »Nun ja, Sir, wir haben uns gefragt, ob die Yankee-Spionin noch einmal versuchen wird, arglose Rebellen hereinzulegen. Was meinen Sie?«

Die Frage konnte man wohl kaum als dreist bezeichnen. Charlie, Lloyd, Chris Jenkins und Andrew Scott waren während jener Nacht auf dem Deck der *Jenni-Lyn* gewesen. Dort hatte sich Andrew einen Arm gebrochen,

Chris — von einem Pistolenlauf am Kopf getroffen — eine Gehirnerschütterung erlitten, Charlie tagelang Sterne vor den Augen gesehen und Lloyd eine Säbelwunde im Bauch kaum überlebt.

Diese Männer bildeten eine fest zusammengewachsene Gemeinschaft. Alle waren glühende Anhänger der Konföderation, und die meisten hatten Brent schon gedient, bevor sie ihm zur Navy gefolgt waren. Mit ihrem Wagemut und ihrer raffinierten Guerilla-Taktik konnten sie Erfolge erzielen, wo ein tausendköpfiges Heer versagen würde.

Natürlich schuldete er ihnen eine Erklärung. Nun wurde er gezwungen, Farbe zu bekennen, trotz seiner Unsicherheit.

»Ich glaube, wir haben die Lady falsch beurteilt.«

Aufmerksam beobachtete er die Gesichter, die alle den gleichen Ausdruck zeigten — ungläubigen Ärger und Mitleid. Was sie dachten, wußte er nur zu gut. Alle hatten Kendall Moore gesehen, eine bildschöne Frau, reizvoll genug, um auch den hartgesottensten Soldaten zu betören.

Schließlich ergriff Andrew Scott, ein junger Kanonier, das Wort. »Würden Sie uns bitte verraten, warum wir sie falsch beurteilt haben, Sir?« Grinsend wandte er sich zu seinen Kameraden. »Wann ist Captain McClain jemals auf die Tücken einer Frau hereingefallen? Die Ladies umschwärmen ihn wie die Motten das Licht, aber bis jetzt hat er sich von keiner einzigen betören lassen.«

Als Brent keine Antwort gab, drängte McPherson: »Nun, Captain?«

»Ganz einfach, Männer. Mrs. Moore ist eine echte Südstaatenlady, außerhalb von Charleston geboren. Sie wurde gezwungen, einen Yankee zu heiraten und folgte ihm in den Norden. Als die Sezession bevorstand, wollte sie mit aller Macht in ihre Heimat zurückkehren. Ja, sie versuchte, uns zu benutzen, aber sie wollte uns nicht schaden.«

Unschlüssiges Schweigen folgte diesen Worten, dann räusperte sich Robert Cutty, ein Pflanzer aus dem südlichen Georgia, wo er zu Brents Truppe gestoßen war, nachdem Präsident Davis die *Jenni-Lyn* zum Kriegsdienst verpflichtet hatte. »Und was soll jetzt mit ihr geschehen, Captain?« Ein Gentleman vom Scheitel bis zur Sohle, betrachtete er die schönen Frauen der Südstaaten als kostbarsten Schatz der Konföderation. »Eine Lady aus Charleston kann man doch nicht zu einem elenden Yankee zurückschicken.«

»Aber wir dürfen auch keine potentielle Yankee-Spionin in einer Südstaatenstadt frei herumlaufen lassen«, wandte Charlie ein. »Man weiß nie, wozu eine solche Frau fähig ist. Womöglich wickelt sie einen General um den kleinen Finger, und der verrät ihr die Pläne eines ganzen Regiments.«

Plötzlich redeten alle durcheinander, bis Brent gebieterisch seine Hand hob. »Seid doch still!«

Da verstummten sie sofort, und er fügte hinzu: »Wir lassen sie hier. Falls sie eine Spionin ist, kann sie in diesem Seminolendorf keinen großen Schaden anrichten. Und wenn nicht — nun dann wird ihr während des Kriegs wenigstens die Gesellschaft von Unionssoldaten erspart. Red Fox hat mir versprochen, er würde für sie sorgen. Und es gibt keine bessere Garantie als sein Wort. Geht jetzt schlafen! Und legt euch um Himmels willen auf die Plattformen. Ich kann's mir nicht leisten, auch nur einen einzigen Mann an eine Schlange zu verlieren.«

Die Hände in die Hüften gestemmt, beobachtete er, wie seine Männer in verschiedenen Indianerhütten verschwanden. Als er leise Schritte hinter seinem Rücken hörte, drehte er sich rasch um. Jimmy Emathla kam auf ihn zu, die dunklen Augen leicht verschleiert, da er nicht an Alkohol gewöhnt war.

»Nun, was ist los, Jimmy?« fragte Brent in der Muskogee-Sprache, um seinen Respekt zu bezeugen, obwohl sich der Seminole mühelos auf englisch verständigen konnte.

»Zehn Krieger werden die Vorräte befördern. Unter meiner Führung. Zehn Mann, fünf Einbäume. Genügt das?«

»Natürlich, Jimmy«, entgegnete Brent und lächelte den gewissenhaften Indianer an, der stolz und hoch aufgerichtet vor ihm stand, in einem, weitgeschnittenen, bunten Baumwollhemd, mit Perlen geschmückt. »Vielen Dank. An der Bucht werden Sie einen gewissen Harold Armstrong treffen. Er trägt keine Uniform, und ich habe ihm aufgetragen, sich erst zu zeigen, wenn die Dunkelheit hereinbricht. Geben Sie sich nicht zu erkennen, bevor Sie ihn sehen. Sobald Sie den Ruf einer Spottdrossel hören, werden Sie wissen, daß die Luft rein ist.«

Jimmy Emathla nickte, dann hob er grinsend eine halbvolle Bourbonflasche, schüttelte sie und betrachtete fasziniert das bernsteinfarbene Getränk. »Ein starkes Feuerwasser, Night Hawk. Besten Dank für die Geschenke, die Sie unserem Häuptling immer wieder bringen.«

Erstaunt über das Unbehagen, das ihn plötzlich erfaßte, zögerte Brent. Doch dann griff er nach der Flasche, die Jimmy ihm reichte, und nahm einen großen Schluck. Der Bourbon brannte in seiner Kehle und erwärmte seinen ganzen Körper.

»Jimmy«, begann er impulsiv, »ich übergebe die weiße Frau der Obhut Ihres Häuptlings, und ich möchte Sie um einen Gefallen bitten. Red Fox muß zahlreiche Pflichten erfüllen, und so ersuche ich Sie, die Frau ebenfalls im Auge zu behalten.«

Im Dunkel der Nacht blitzten die Zähne des Indianers

schneeweiß. »O ja, ich werde Ihre Frau beschützen, Night Hawk. Kein Mann wird sie anrühren.«

Schweigend nickte Brent, um sich zu bedanken.

»Bald graut der Morgen, mein weißer Freund«, bemerkte Jimmy Emathla. »Und Sie müssen zeitig aufbrechen. Nun will ich Sie nicht länger aufhalten. Vielleicht möchten Sie sich mit der Frau vergnügen, solange sie noch Zeit dazu finden.«

Brent zuckte die Achseln und hob die Flasche noch einmal an die Lippen. »Vorher will ich mir noch ein bißchen Feuerwasser genehmigen — allein.« Er nickte Jimmy wieder zu. Dann starrte er in die Flammen und hörte, wie sich die fast lautlosen Schritte des Seminolen entfernten. Die Indianer pflegten es zu respektieren, wenn ein Mann das Bedürfnis zeigte, sich in seine Privatsphäre zurückzuziehen.

Nun konnte Brent endlich versuchen, seine Gedanken zu ordnen. Er setzte sich vor das Lagerfeuer.

Eigentlich müßten seine Überlegungen dem Krieg gelten. Im Deep South erzielten die Konföderationstruppen beachtliche Erfolge, aber die Lage in Florida war problematisch. Der Staat hatte einige Forts erobert, aber die Union hielt immer noch den Großteil der wichtigsten Stützpunkte besetzt. Und die Unionstruppen konnten die Küsten nach Belieben stürmen. Bis jetzt waren sie noch nicht landeinwärts vorgedrungen.

Doch nun wurden immer mehr Floridatruppen zu den Kämpfen im Norden beordert. Wenn die Generäle der Unionsarmy sich auch wie verängstigte alte Weiber verhielten, was ihre Kampfstrategien betraf, besaß die United States Navy doch einen erstaunlich tüchtigen Kommandanten — Gideon Welles. Dieser Mann pflegte schnell und klug zu handeln. Vorerst konnte Brent die Unionsblockaden umgehen. Aber wann würde sich die Situation ändern?

Nachdenklich nagte er an seiner Unterlippe. Fast schutzlos war Jacksonville einer Unionsattacke ausgeliefert — und ganz in der Nähe lag St. Augustine, seine Heimat. Florida hatte sich auf die Unterstützung der Konföderationsregierung in Richmond verlassen. Statt dessen kämpften die Florida-Soldaten an fernen Orten für südliche Ideale.

»Was sind wir für galante Rebellen?« fragte er die rotgoldenen Flammen. »Galante Narren. Von dem Ideal, das wir bewahren wollen, entfernen wir uns immer weiter.«

Und Kendall? Leidenschaftliche Ehrfurcht schwang in ihrer Stimme mit, wenn sie vom Süden sprach. Entweder gehörte ihr Herz der Konföderation — oder sie war eine talentierte Lügnerin.

Nein, die Geschichte, die sie ihm erzählt hatte, mußte der Wahrheit entsprechen, zumindest teilweise. Sie war tatsächlich noch Jungfrau gewesen. Und trotz ihrer Unschuld hatte sie dem Drängen ihrer eigenen Sinnlichkeit nicht widerstehen können. Die Leidenschaft, die in ihr schlummerte, hatte er bereits in Charleston erkannt — und an diesem Abend endgültig geweckt ...

Dieser Gedanke erhitzte sein Blut, und er nahm noch einen Schluck Feuerwasser. Jimmy Emathla hatte recht. Am nächsten Morgen würde er zeitig aufbrechen, und nun saß er allein vor einem Lagerfeuer, in Gesellschaft einer Bourbonflasche, während *sie* keine hundert Schritte entfernt wartete.

Doch wie würde sie ihn erwarten? Voller Zorn und Abscheu? Oder sehnte sie sich nach der Lust, die sie eben erst kennengelernt hatte? Oder fragte sie sich, ob es ihr gelungen war, ihn mit ihrer rührenden Geschichte zum Narren zu halten?

Womöglich war die Ehe mit dem Yankee nur erfunden, eine Kriegslist, ersonnen von den Männern, die sein Schiff attackiert hatten ...

Brents Augen verengten sich, bis die Flammen zu einem undeutlichen gelben Schimmer verblaßten. Nein, sie war tatsächlich mit John Moore von der United States Navy verheiratet. Danach hatte er sich in Charleston erkundigt.

Er trank den restlichen Bourbon und warf die leere Flasche ins Feuer. Dann ging er zu Kendalls Gefängnis und stieg die Leiter hinauf. Wie immer sie ihn auch erwarten mochte, er konnte sich nicht von ihr fernhalten.

Durch die beiden kleinen Fenster schien schwaches Mondlicht in den kleinen Raum. Brent blieb auf der Schwelle stehen und wartete, bis sich seine Augen an das Dunkel gewöhnten. Dann sah er die Umrisse ihres Körpers, in die Decke gehüllt. Er zog die Stiefel aus, schlich lautlos zu ihr und kniete nieder. Stellte sie sich schlafend, um ihn mit einem plötzlichen Angriff zu überrumpeln?

Aber als er ihre Schulter berührte, seufzte sie leise und wandte sich zu ihm. Die Wimpern, die auf ihren Wangen lagen, flatterten kaum merklich. Nun bezweifelte er nicht mehr, daß sie tief und fest schlief.

Gedankenverloren betrachtete er die zarte Schönheit ihrer Züge, die seine Seele berührte, obwohl er sie im Mondschein nur undeutlich sah. Wirre honigblonde Locken umrahmten das makellose Gesicht. Über dem Rand der Decke sah er den Ansatz ihrer vollen Brüste, und sein Verlangen erwachte. Aber er wollte sich von seinem Verstand leiten lassen, nicht von seinen Trieben.

Ein heftiger Konflikt begann in ihm zu kämpfen. Während er sie anstarrte, erkannte er verblüfft, daß sie ihr Kleid nicht angezogen hatte.

Wollte sie sich nicht vor ihm schützen? Ihre Finger mochten die Decke umklammert haben, aber nun lagen sie locker darauf. Nur das Gesicht verriet immer noch ihre innere Anspannung. Konnte nicht einmal der Schlaf den Kummer lindern? Wie alt war sie? Achtzehn? Zwanzig? Höchstens zweiundzwanzig. Viel zu jung für eine so leidvolle Miene.

Er stand auf, zog sich aus, faltete seine Kleider ordentlich zusammen. Entschlossen zügelte er die unerwünschte Begierde, die Kendalls Anblick entfachte. Dann streckte er sich neben ihr aus, nahm sie ganz vorsichtig in die Arme, um sie nicht zu wecken. Dazu veranlaßte ihn nicht der Wunsch, ihren Reizen zu widerstehen, sondern ein verwirrendes Gefühl der Zärtlichkeit. Ihr Rücken berührte seine Brust, ihre Hüfte seinen Schenkel, und die verführerische, intime Nähe beschwor süße Qualen herauf, die er ignorierte.

Trotz des ungestillten Verlangens genoß er es, Kendalls warme weiche Haut zu spüren. Schon lange war er nicht mehr eingeschlafen, während er eine Frau in den Armen gehalten hatte. Und keiner war es gelungen, seinen Körper und seine Seele mit solcher Sehnsucht zu erfüllen, soviel Zorn zu erwecken, eine Leidenschaft, die sein Gehirn zu umnebeln drohte ...

Als er eine etwas bequemere Lage einnahm, bewegte sich Kendall instinktiv mit ihm, um ihren Rücken wieder an seine Brust zu schmiegen. Seine Hand glitt in die Vertiefung zwischen ihren Brüsten, und er spürte den gleichmäßigen Schlag ihres Herzens. Wie sehr er sie begehrte ...

Aber er wollte warten, der Schlaf würde das Fieber kühlen. Und die frische Nachtluft konnte ihm vielleicht helfen, wieder klar zu denken, zu entscheiden, ob seine schöne Geisel ein Engel oder eine Teufelin war — die gefährlichste Waffe, die das Unionsheer jemals in den Süden geschickt hatte.

6

Ein kühler Schauer riß sie aus einem angenehmen, warmen Kokon. Immer noch im Halbschlaf, spürte sie, wie sich etwas hinter ihrem Rücken bewegte, über ihre Taille und ihre Hüfte glitt. Sofort verflog das Gefühl der Kälte, und sie seufzte wohlig. Dann drang ein heiseres Flüstern in ihr Ohr. »Wach auf, Kendall! Es dämmert schon, und bevor ich gehe, möchte ich dich noch einmal umarmen.«

Sofort war sie hellwach und öffnete die Augen. Sie hatte gefroren, weil die Decke von ihrem Körper gerutscht war. Und nun wärmte sie der Körper des Mannes, der hinter ihr lag.

Statt des Mondes schien jetzt das rosige Licht des neuen Tages in den kleinen Raum. Brent umfaßte ihre Schulter und drehte sie auf den Rücken. In seinen Augen las sie unverhohlenes Verlangen, und ein Protest wäre lächerlich gewesen. Sie begehrte ihn genauso wie er sie. Schon im Halbschlaf war sie überrumpelt und verführt worden, und jetzt konnte sie das erwartungsvolle Zittern ihres Körpers nicht verbergen, so gern sie auch kühl, verächtlich und passiv gewirkt hätte ...

Er würde gehen. Das hatte er soeben verkündet, aber noch immer nicht erklärt, was mit ihr geschehen sollte.

»Willst du dich noch einmal an mir rächen?« flüsterte sie.

Lächelnd schüttelte er den Kopf. »Ich empfinde keine Rachsucht mehr, nur Begierde«, entgegnete er. Seine Zungenspitze zeichnete aufreizend die Konturen ihrer Lippen nach und schob sich zwischen ihre Lippen. Wenig später zog er seine zurück und überließ es ihrer, danach zu suchen, das Spiel zu erwidern, seinen Mund zu erforschen.

Bereitwillig begab sich Kendall auf diese Entdeckungsreise, genoß die verlockende Nähe von Brents warmem Körper, das Gefühl, ganz fest von seinen Armen umschlungen zu werden. Dann rückte er ein wenig von ihr ab, um in ihre Augen zu schauen. »Die letzte Nacht war wunderbar, aber auch schmerzhaft für dich. Heute morgen wirst du ein vollkommenes Entzücken erleben.«

»Warum?«

Diese Frage blieb unbeantwortet. Plötzlich spürte sie sein Gewicht auf ihrem Körper. Diesmal wollte er sich Zeit lassen, um jede einzelne Phase auszukosten, und so drang er noch nicht in sie ein. Stöhnend bäumte sie sich auf, als er eine ihrer zarten Brustwarzen in den Mund nahm, und grub die Finger in sein dichtes Haar. Sie wollte ihn — jetzt.

Aber die subtile Qual dauerte an. Immer intensiver wurden ihre Sinne angegriffen. Brents Hände liebkosten ihren Bauch, die Innenseiten ihrer Schenkel. Atemlos wand sie sich umher und suchte ihre Emotionen zu verbergen, indem sie das Gesicht an seine Brust drückte. Doch dieses Versteckspiel erlaubte er nicht. Er umfaßte ihr Kinn und blickte wieder in ihre Augen. Dann streichelte er ihre Brüste und spürte, wie ihr Herz rasend pochte.

»Du hast gefragt, warum«, flüsterte er. »Darum ...« Wieder wanderten seine Finger über ihre Hüften, ihre Schenkel. »Halt mich fest, berühre mich, liebe mich!«

Gehorsam legte sie die Arme um seinen Hals und erwiderte seinen Blick. Ihre Augen verweigerten ihm nichts, während er endlich mit ihr verschmolz. Durch seine und ihre Adern strömte ein unkontrollierbares Fieber, wilde Leidenschaft, viel zu lange gezügelt, brach sich Bahn. Drängend bewegte er sich, immer schneller.

Kendall umklammerte mit bebenden Fingern seine Schulter, und er flehte wieder: »Halt mich fest! Mit allem, was du hast!« Spontan erfüllte sie seinen Wunsch und schlang ihre Beine um seine Hüften. Er drang noch tiefer in sie ein, so daß sie glaubte, er wäre ein Teil von ihr. Er flüsterte ihr zu, wie sehr sie ihn erregte, wie glücklich sie ihn machte. Dann richtete er sich ein wenig auf. »Sag mir, was du empfindest.«

Verwirrt schloß sie die Augen. Immer wieder hob sie ihm die Hüften entgegen, um sich seinem Rhythmus harmonisch anzupassen. Doch sie fand keine Worte für ihre Emotionen. Das Blut stieg ihr in die Wangen, und am liebsten wäre sie im Erdboden versunken, weil sie so schamlos die Lust genoß, die er ihr schenkte.

»Kendall . . .«

»Ich — ich kann nicht . . .«

Da lachte er leise. »Bald wirst du's auch lernen, mein Schatz . . .«

Abrupt verstummte sein Gelächter, als sie aufstöhnte und sich zuckend an ihn preßte. Und jetzt fehlten ihr die Worte nicht mehr. »O Gott — Brent — Brent . . .« Köstliche Schauer rannen durch ihre Glieder.

Auch sein Körper wurde von einer gewaltigen Erschütterung erfaßt, und Kendall erkannte die ganze Macht der Liebe — wenn sie sich auch seinem Willen unterwarf, so triumphierte sie doch in der Gewißheit, daß sie ihn ebenfalls zur Kapitulation zwang.

Langsam glitt er von ihrem Körper hinab und stützte sich auf einen Ellbogen. Mit verschleierten Augen schaute sie ihn an, versuchte das Gefühl berauschender Ekstase festzuhalten. Aber es verebbte allmählich, die beklemmende Wirklichkeit kehrte zurück.

»Nun muß ich in den Krieg ziehen«, bemerkte er und strich eine honigblonde Locke von ihrer Schulter.

Sie schluckte und bemühte sich, ihre Angst zu unterdrücken. »Du weißt wenigstens, wohin du gehst.«

Lächelnd hauchte er einen Kuß auf ihre zusammengepreßten Lippen. »Was soll ich denn nur mit dir machen?«

»Nimm mich mit! Sicher wirst du in absehbarer Zeit einen Hafen der Konföderation anlaufen.«

»Allerdings.«

»Nun, dann ...«

»Ich kann dich aber nicht mitnehmen, weil wir zur Gulf Coast segeln, wo wir mit Kampfhandlungen rechnen müssen. Das wäre zu gefährlich.«

»Und wenn du mich vorher in Tampa absetzt? Von dort könnte ich nach Jacksonville oder Fernandina fahren ...«

»Keine Küstenstadt ist sicher«, fiel er ihr ins Wort, »Jacksonville am allerwenigsten.«

Plötzlich wurde sie leichenblaß. »Du schickst mich doch nicht ins Fort Taylor zurück?«

»Nein«, erwiderte und hörte, wie sie erleichtert aufatmete. Sie schien den Yankee, mit dem sie verheiratet war, tatsächlich zu hassen — und zu fürchten. »Keine Bange, Kendall. Niemals würde ich dich dorthin zurückschicken.«

»Und was soll mit mir geschehen?«

»Du bleibst hier. Red Fox hat sich erboten, für dich zu sorgen.«

Von neuem Entsetzen erfaßt, starrte sie ihn an. »Aber ich will nicht hierbleiben! Ich flehe dich an! Als Gentleman mußt du ...«

»Soviel ich mich entsinne, habe ich dir schon in Charleston empfohlen, mich nicht für einen Gentleman zu halten.« Amüsiert beobachtete er, wie sie ihren Zorn bekämpfte.

Dann schaute sie ihn in süßer Unschuld an. »Brent, verstehst du denn nicht? Wir befinden uns im Kriegszustand, und ich möchte mich an einem Ort aufhalten, wo ich immer genau weiß, was passiert — nicht in einem gottverlassenen Sumpf voller Indianer und Alligatoren!«

Er richtete sich auf und blickte zum Fenster. Immer heller schien das Morgenlicht herein. »Beenden wir diese Diskussion. Du bleibst hier.« Vergeblich wartete er auf weitere Proteste, und nach einer Weile drehte er sich wieder zu ihr um.

Auch sie hatte sich aufgesetzt. Die Arme um ihre Knie geschlungen, starrte sie nachdenklich vor sich hin. »Für wie lange?« wisperte sie.

»Bis ich zurückkomme — bis ich herausgefunden habe, wo ich dich in Sicherheit bringen kann.«

Ein schwaches Zittern überlief ihren Körper. Erleichterung? Er wußte es nicht.

Herausfordernd warf sie ihr Haar in den Nacken. »Wenn ich hierbleibe, weigere ich mich, diese verdammten *koonti*-Wurzeln zu zermahlen. Und ich kümmere mich nur noch um meine eigene Wäsche.«

Da nahm er sie lachend in die Arme und sank mit ihr zu Boden.

»Hör mir zu, Kendall. Es ist wichtig. Versprich mir, daß du den Indianern keinen Ärger machen wirst. Dieser Sumpf kann ein sicherer Hafen sein, aber auch bedrohlich wie die Hölle, vor allem, wenn die Yankees unentwegt vor der Küste kreuzen. Als Konföderierter — und als dein Liebhaber werde ich dich nicht zu deinem Ehemann zurückbringen, nachdem du so drastische Maßnahmen ergriffen hast, um ihm zu entkommen. Aber solltest du fliehen und den Yankees in die Arme laufen, werden sie dich sofort in John Moores Obhut geben. Und das könnte man ihnen nicht einmal verübeln. Es wäre die einzige ehrenwerte Lösung.« Zum erstenmal sah er Tränen in ihren Augen, die sie rasch hinunterschluckte. Was mochte sie in ihrer Ehe erlitten haben? »Gib mir dein Wort, Kendall!«

»Also gut, ich werde den Indianern nicht davonlaufen. Ich mag Red Fox. Und Apolka ...« Beinahe versagte ihre

Stimme, und es dauerte eine Weile, bis sie hinzufügte: »Ich wünschte nur, ich könnte heimkehren. Aber vielleicht habe ich kein Zuhause mehr.«

Es war keine Bitte um Mitleid, nur die Feststellung einer naheliegenden Möglichkeit. In diesem Augenblick verzieh er ihr alles. Behutsam umfaßte er ihr Gesicht mit beiden Händen. »Kendall, der Krieg wird nicht ewig dauern.«

»Das weiß ich.« Sie lachte bitter. »Beide Seiten versichern es immer wieder. ›Spätestens in einem Monat haben wir diese verdammten Yankees erledigt.‹ Oder: ›Bald ziehen diese elenden Rebellen den Schwanz ein.‹«

»So schnell wird's nicht gehen, Kendall. Aber irgendwann ist es vorbei. Dann bringe ich dich in einen Südstaatenhafen. Inzwischen wirst du hier ein recht angenehmes Leben führen. Red Fox ist wohl kaum ein wilder Barbar.«

»Nein, aber Night Hawk«, murmelte sie sarkastisch.

»Tatsächlich?« erkundigte er sich höflich und ignorierte ihr spöttisches Lächeln. »Bin ich wirklich so wild?«

»O ja.«

Er schaute zum Fenster, ins rosige Morgenlicht, dann wandte er sich wieder zu Kendall. »Wie schön, daß du mein wahres Wesen erkannt hast! Denn ich möchte diesen leidenschaftlichen Trieben noch einmal nachgeben, ehe ich in einen langwierigen, beschwerlichen Krieg ziehe.«

Bereitwillig ließ sie sich in die Arme nehmen, genoß sein wachsendes Verlangen, ihre eigene Erregung. Eine einzige Nacht hatte ihr Leben verändert. Nun kannte sie die Freuden der sinnlichen Liebe, und in Brents Armen konnte sie alles vergessen — den tragischen Krieg, der ihr Land verwüstete, die bittere Realität ihres persönlichen Schicksals.

Was er für sie empfand, wußte sie nicht. Ebensowenig

verstand sie die Gefühle, die sie ihm entgegengebrachte. In diesem Moment wollte sie nur eins — diesem Mann mit gleicher Glut zurückgeben, was er ihr schenkte, ihrem Körper und ihrer Seele die Erinnerung an ihn einprägen. Davon würde sie in langen, einsamen Nächten zehren ...

Nachdem die Lust verebbt war, hielt er sie noch eine Zeitlang in den Armen. Dann stand er auf, und Kendall vergrub ihr Gesicht in der Decke, um nicht zu sehen, wie er sich anzog und die Hütte verließ. Nicht nur körperlich, auch seelisch fühlte sie sich völlig erschöpft. Immerhin warf Brent ihr einen Rettungsanker zu, an dem sie sich zögernd, aber in verzweifelter Hoffnung festklammerte. Wenn er doch bei ihr bliebe ...

»Night Hawk«, sagte sie leise, um sich von den Tränen abzulenken, die in ihren Augen brannten. »Red Fox. Und dann Apolka. Warum Red Fox und Night Hawk? Das sind englische Namen.«

»Die Zivilisation, der weiße Mann, mein Schatz«, antwortete er. »Während der Indianerkriege versahen die Weißen die roten Männer mit Nachnamen. Und bei den Verhandlungen mit den Weißen gaben sich die Seminolen und Mikasukis ihre eigenen Namen, wobei sie sich oft nach wilden Tieren nannten — Adler, Opossum oder Rotfuchs, wie eben Red Fox. Jetzt beginnen die Indianer, ebenso wie die Weißen, die Nachnamen ihrer Väter zu übernehmen, aber eigentlich gehören sie einer matriarchalischen Gesellschaft an. Red Fox war der Sohn einer Squaw namens Little Fox. Aber er trägt auch einen Seminolennamen. Alle Seminolen und Mikasukis haben ›richtige‹ Namen, die ihnen ›beim Tanz des Maises‹ verliehen werden. Und so heißt Red Fox auch Asiyaholo, nach seinem Vater Osceola. Die Weißen konnten den Namen nicht richtig aussprechen.«

Kendall hörte seine Schritte, als er zu ihr kam. »Das

Wort ›Seminole‹ bedeutet nach Ansicht der Siedler ›Flüchtling‹, weil die Indianer nach Süden flohen, um Stammeskriegen und den Kämpfen gegen die Weißen zu entgehen. Aber das ist eine falsche Übersetzung. In Wirklichkeit bedeutet das Wort ›Bewegungsfreiheit‹. Und Fox führt ein freies Leben, obwohl so viele Angehörige seines Volkes ermordet wurden.« Brent kniete neben ihr nieder und nahm sie in die Arme. »Das versuchen wir alle, Kendall. In Freiheit zu leben. Red Fox, du und ich. Vertraue ihm. Falls ihm irgend etwas zustößt — an der Bucht kannst du einen Mann treffen, der dir helfen wird, wenn du meinen Namen nennst. Er heißt Harold Armstrong. In jeder ersten Vollmondnacht findest du ihn an der Mündung des Miami River. Der Ruf der Spottdrossel bedeutet, daß die Luft rein ist. Hast du mich verstanden?«

Mühsam kämpfte sie mit den Tränen, schaute ihm in die Augen und nickte. Warum bedeutete er ihr soviel, nach einer einzigen Nacht, die in bitterer Feindschaft begonnen hatte? »Ja, ich habe es verstanden«, wisperte sie und dachte, er würde sie ein letztes Mal küssen.

Aber er ließ sie abrupt los, stand auf und ging zur Tür. Dort hielt er kurz inne und wagte nicht, sich umzudrehen. Seltsam — wie schwer es ihm fiel, die Frau zu verlassen, die vor dieser Nacht nur Zorn und Rachsucht in ihm erregt hatte ... »Was die *koonti*-Wurzeln betrifft, ich werde sehen, was ich tun kann«, versprach er tonlos.

»Tu das!« flüsterte sie und schluchzte beinahe. Sie schluckte und biß sich auf die Lippen. Dann gelang es ihr, in sarkastischem Ton hinzuzufügen: »Und laß dich bitte nicht umbringen. Allzulange möchte ich die Gastfreundschaft in diesem Sumpf nicht genießen ...«

Eine Zeitlang blieb er noch stehen, und sie starrte die zimtfarbene Uniform an. Dann öffnete er die Tür und schloß sie hinter sich. Aber er schob den Riegel nicht vor. Kendall hörte seine raschen Schritte auf den Leitersprossen und lebhaftes Stimmengewirr. In Englisch und Muskogee wurden Befehle erteilt.

Sie weinte nicht, starrte nur blicklos zum Strohdach hinauf, und als eine strahlende Sonne aufging, verklangen die Männerstimmen. Nun ertönte die Symphonie der Grillen, vermischt mit dem Gekreische eines Kranichs, dem Grunzen eines fernen Alligators.

Erst jetzt ließ Kendall ihren Tränen freien Lauf, und sie schluchzte, bis sie vor Erschöpfung einschlief.

Plötzlich schreckte sie aus dem Schlaf hoch, schaute sich um und versuchte herauszufinden, was sie geweckt hatte. Die Hütte war still und leer. Verwirrt runzelte Kendall die Stirn, dann erkannte sie die Veränderung, die sie geweckt hatte. Die Sonne war untergegangen, abendliches Dunkel senkte sich auf das Dorf herab. Offenbar hatte sie stundenlang geschlafen, ungestört von den Indianern.

Sie stand auf und verschränkte schaudernd die Arme vor der Brust. Inzwischen hatte sich Brent um viele Meilen entfernt. Doch sie wollte nicht an die Einsamkeit denken, die sie nun ertragen mußte, nach dem kurzen Glück einer einzigen Nacht. Immerhin besaß sie nun etwas, das sie jahrelang entbehrt hatte — Hoffnung auf ein Leben in Freiheit.

Ein wehmütiges Lächeln umspielte ihre Lippen, als sie sich anzog und frisierte. Dann öffnete sie die Tür und kletterte die Leiter hinab. Im Dorf nahm das Leben seinen üblichen Lauf. Bloßfüßige Kinder rannten umher, Lagerfeuer loderten, leise schwatzten die Frauen, während sie ihre häuslichen Aufgaben erfüllten, bunte Kleider nähten, Perlen auffädelten und das Abendessen für die Krieger zubereiteten.

»Haben Sie beschlossen, uns Gesellschaft zu leisten, Kendall Moore?«

Sie wandte sich zum Mangrovensumpf und sah Red Fox

auf sich zukommen, ein junges Reh über den Schultern. Im Hals des Tieres steckte ein Pfeil. Der Häuptling war auf die Jagd gegangen, in prächtigem Staat. Um sein schwarzes Haar wand sich ein Stirnband mit üppigem Federschmuck, auf seinem Hemd prangten silberne Halbmonde. Statt der Hose des weißen Mannes trug er einen Rock mit Lederfransen, darunter eine lange Wildlederhose. An seinem Hals hingen ein Köcher mit Pfeilen und ein Bogen.

Verlegen schaute sie zu ihm auf. »Ich habe geschlafen.« In seinem Blick las sie, daß er wußte, warum sie so müde gewesen war.

Er lachte leise, aber er verspottete sie nicht, nahm ihren Ellbogen und führte sie zu seiner Hütte. »In so primitiven Behausungen haben wir nicht immer gewohnt, Kendall Moore«, begann er im Konversationston. »Unsere Häuser im Norden bestanden aus massivem Holz. Doch sie wurden immer wieder niedergebrannt, und so zogen wir nach Süden. Hier werden unsere Hütten oft von heftigen Stürmen und Regen zerstört. Doch wir haben gelernt, stets die Oberhand zu gewinnen, so wie die Mangrovenwurzeln. Nichts kann uns vernichten, weil wir unsere Häuser im Nu wieder aufbauen.« Lächelnd wandte er sich zu ihr. »Wie ich höre, möchten Sie keine *koonti*-Wurzeln mehr zermahlen.«

Dunkle Röte stieg ihr in die Wangen. Was sie zu Brent gesagt hatte, aus einem zornigen Impuls heraus, mußte für diesen Indianer das Bild einer trägen, verwöhnten weißen Plantagen-Lady heraufbeschwören. Nicht, daß die Frauen der reichen Pflanzer dem Müßiggang frönten. Je größer die Plantage, desto mehr hatte die Hausherrin zu tun, ganz gleichgültig, wie viele Sklaven ihr Ehemann besaß. »Vor harter Arbeit scheue ich mich nicht, Red Fox. Und da ich in diesem Dorf wohnen werde, will ich meinen Lebensunterhalt verdienen.«

»Also bleiben Sie freiwillig bei uns?«

»Ja.«

»Nun, Sie müssen keine *koonti*-Wurzeln malen. Geben Sie meinen Kindern lieber Englischunterricht.«

Verwundert starrte sie ihn an. »Aber Sie sprechen doch sehr gut Englisch.«

»Für solche Dinge habe ich keine Zeit. Auch Apolka soll die Sprache des weißen Mannes lernen. Aber die will ich ihr nicht beibringen. Manche Männer haben wenig Geduld mit ihren Frauen.«

Kendall lächelte. Offenbar gab es keine allzu großen Unterschiede zwischen roten und weißen Ehegatten. »Aber ich beherrsche *Ihre* Sprache nicht, Red Fox.«

»Sicher können Sie sich bald in unserem Dialekt verständigen. So wie Apolka und die Kinder englisch sprechen werden. Übrigens, ein Muskogee-Wort ist Ihnen bereits bekannt, Kendall Moore — *Tallahassee.*«

Lachend hob sie die Brauen. »Ich wußte nur, daß die Hauptstadt des Staates so heißt.«

»Das bedeutet ›alte Stadt‹.« Vor seiner Hütte legte er die Jagdbeute auf den Boden, dann zeigte er nach oben. »*Chuluota* — Fuchsbau!« Er umfaßte ihre Taille und hob sie mühelos zur Plattform hinauf. »Und ich werde Ihnen alles erklären, was Sie über den Sumpf wissen müssen. Sie werden lernen, wohin die Flüsse führen, wenn Sie nur Schneidegras und Bäume sehen. Sie werden die Farben tödlicher Schlangen erkennen, das Rascheln der Klapperschlange hören, sogar im Schlaf die leisesten Schritte wahrnehmen und voraussagen, an welchen Tagen der Himmel abendlichen Regen verheißt.«

Forschend betrachtete sie sein markantes Gesicht und spürte, daß er ihr eine Freundschaft anbot, die nur wenigen Weißen zuteil wurde. Diese Freundschaft genoß Brent schon jahrelang und wußte sie zu schätzen, trotz der Vorurteile in seiner eigenen Gesellschaft.

Sie drehte sich um und sah Apolka geduldig auf ihren

Mann und seinen Gast warten. Freundlich lächelte ihr die hübsche Indianerin zu. Die beiden kleinen Jungen klammerten sich an ihre Beine und freuten sich sichtlich, den Vater und die weiße Frau zu begrüßen, die sie bereits ins Herz geschlossen hatten.

Von einem plötzlichen Glücksgefühl erfaßt, erwiderte Kendall das Lächeln. Dann wandte sie sich wieder zu Red Fox. »Ich will mein Bestes tun, um Ihrer Familie Englisch beizubringen — und selbst zu lernen, soviel ich nur kann.«

Zufrieden nickte er, dann warf er Apolka die Scheide mit seinem Jagdmesser zu, die sie geschickt auffing, und wies auf das erlegte Reh. »Am besten beginnen Sie sofort mit dem Unterricht, Kendall Moore, während Apolka unsere Mahlzeit zubereitet. Jeden Vormittag begleiten Sie mich in den Sumpf.« Seine Augen funkelten belustigt. »In den nächsten Tagen werden Sie nicht viel Schlaf brauchen. Vorerst kommt Night Hawk nicht zurück. Und die Frau eines Kriegers darf ihre Zeit nicht vertrödeln, es sei denn, sie hat ihre Nachtruhe geopfert, um ihm Freude zu schenken.«

Wieder spürte sie, wie das Blut in ihre Wangen stieg, und sie wollte gegen seine anzüglichen Worte protestieren. Aber er hatte sich bereits abgewandt, und so ging sie zu den beiden kleinen Jungen, die sie lachend umarmten. Reumütig dachte sie an die Zeit zurück, wo sie die Indianer für wilde Barbaren gehalten hatte.

Jetzt fühlte sie sich getröstet und fast glücklich, weil sie von Seminolenkindern geliebt wurde. Sie drückte die beiden zärtlich an sich und beobachtete, wie Apolka die Leiter hinunterkletterte, um das Reh auszuweiden.

Über dem Dorf lag das schwache Licht der Abendröte, und jenseits der Hütten verdichteten sich die Schatten im Zypressenwald. Eine friedliche Szene — nicht Charleston, nicht Richmond, Atlanta, Mobile oder New Orleans. Aber besser als eine Unionskaserne. Ja, hier konnte eine Südstaatlerin das Ende des Kriegs geruhsam abwarten. Vielleicht mußte sie sich nicht so lange gedulden wie Brent glaubte. Natürlich würde der Süden den Sieg erringen. Wenn Kendall auch nur lückenhafte Informationen erhalten hatte — sie wußte, daß die Konföderation über kompetentere Generäle und eine überlegene Strategie verfügte.

Die Kinder umklammerten ihre Hüften noch fester, um Aufmerksamkeit zu erregen, und sie beugte sich lachend hinab. Wie vertrauensvoll sie waren ... Ja, hier würde sie sich heimisch fühlen — in diesem Dorf, in das Night Hawk eines Tages zurückkehren würde ...

7

13. März 1862

Brent McClain stand im Bug der *Jenni-Lyn*. Schweren Herzens blickte er zwischen den Kiefern an der Flußmündung nach Süden. Halb Jacksonville schien zu brennen. Offensichtlich stand das Kriegsglück nicht auf seiten der Florida-Konföderierten.

Am 6. Januar war die *U.S.S. Hatteras* von Key West nach Cedar Key gesegelt. Die Besatzung zerstörte einen Bahnhof, mehrere Waggons voller Militärmaterial und das Telegrafenamt. Außerdem kaperte sie Schoner, Schaluppen und eine Fähre.

Nur einundzwanzig Mann hatten den Bahnhof bewacht. Kurz zuvor waren zwei Kompanien nach Norden geschickt worden, weil man mit einem Angriff auf Fernandina rechnete. Doch diese Verteidigungsmaßnahmen hatten nicht genügt. Die Unionstruppen waren in St. Augustine und Fernandina eingedrungen — und jetzt in Jacksonville. Über den Bäumen ballten sich Rauchwolken, verdunkelten den blauen Himmel und verdeckten die Sonne. Sekundenlang schloß Brent die Augen und biß die Zähne zusammen. Dieses Warten zerrte an seinen Nerven, diese Hilflosigkeit ... Am liebsten hätte er sich die Uniform vom Leib gerissen, um ins Wasser zu springen, nach St. Augustine zu schwimmen und seine Plantage South Seas zu verteidigen ...

Aber als Captain konnte er sich so spontane Aktionen nicht erlauben, durfte nicht sinnlos das Leben der Besatzung und sein eigenes riskieren. So mußte er sich gedulden, bis das Beiboot mit Informationen zurückkehrte.

»Ahoi, Captain!«

Rasch drehte er sich um, als McPherson die Strickleiter heraufkletterte. »Sagen Sie mir, was geschehen ist, Charlie!«

Charlie sah Brents angespanntes Gesicht und schüttelte traurig den Kopf. Es fiel ihm unendlich schwer, die Wahrheit zu erzählen — daß die Heimatstadt seines Kommandanten bis zur Unkenntlichkeit zerstört worden war.

»Reden Sie endlich!« fauchte Brent.

»Die Unionstruppen haben St. Augustine ebenso besetzt wie Jacksonville, Sir. Jetzt hält die Vierte New Hampshire die Stellung, und die Soldaten der Konföderierten mußten die Stadt verlassen. Den größte Schaden richteten unsere eigenen Leuten an. Sie brannten die Sägemühlen nieder, um sie nicht in die Hände der Union fallen zu lassen. Auch die Holzlager, die Eisengießerei und eine Eisenhütte gingen in Flammen auf. Außerdem haben sie ein paar Schiffe versenkt.«

Unglücklich las Charlie die Verzweiflung in den Augen seines Captains. Sowohl St. Augustine als auch Jacksonville lagen gefährlich nahe bei South Seas.

Charlie räusperte sich und fuhrt fort: »So schlimm, wie's aussieht, ist es nicht, Sir. Die meisten Wohnhäuser stehen noch. Klar, die Yankees sind über einige hergefallen. Aber nach allem, was Chris und ich feststellen konnten, gehen sie eher behutsam vor. Das wird sich vermutlich ändern, sollten sie Charleston oder Richmond erreichen. In Jacksonville und St. Augustine leben viele Unionssympathisanten. Deshalb nehmen die Nordstaatler gewisse Rücksichten.«

In plötzlicher Entschlossenheit ging Brent zu seiner Kabine. Die Männer an Deck wechselten nervöse Blicke, während sie auf seine Rückkehr warteten. Bald tauchte er wieder auf.

Er hatte seine zimtfarbene Uniform mit einer hellbraunen Hose, einem weißen Hemd und einem blauen Gehrock vertauscht. Auf dem Weg zum Bug steckte er eine Pistole in seinen Hosenbund, im Stiefelschaft steckte sein Jagdmesser.

»Ich gehe an Land«, erklärte er seiner Besatzung, »und ich nehme drei Freiwillige mit. Vielleicht werden wir erschossen, oder wir müssen das Kriegsende in einem Gefangenenlager abwarten. Da wir keine Uniformen tragen, könnte man uns für Spione halten. Ebenso wie die Rebellen knallen auch die Yankees alle Spione nieder und stellen erst später Fragen.«

»Für diese Operation melde ich mich sehr gern, Sir.« Andrew Scott, der Charlie auf der Patrouille begleitet hatte, trat vor. »Aber haben Sie sich das auch gut überlegt. Beide Städte sind besetzt, und der Kommandant von St. Augustine befahl uns den Rückzug nach Westen, falls wir zu spät kommen, um die hiesigen Truppen zu verstärken ...«

»Zum Teufel mit dem Kommandanten! Dieses Schiff befehlige *ich*, und wir werden noch früh genug zur Westküste segeln.«

Andrew zögerte, bestürzt über den spontanen, tollkühnen Entschluß. Aber die Gelassenheit, die der Captain wie gewohnt ausstrahlte, besänftigte ihn. Außerdem würde McClain seine Männer niemals in eine gefährliche Lage bringen, wenn er sich keine raffinierte Strategie ausgedacht hätte. Seinetwegen waren sie berühmt geworden. Nicht nur im Süden. Erst letzten Januar, kurz nach dem gescheiterten Konföderationsangriff auf das Fort Pickens, waren sie nach New Orleans gefahren, wo man ihnen voller Stolz eine New Yorker Zeitung überreicht hatte. Eine Karikatur zeigte Brent McClains Night Raiders, die mitten durch eine Unionsflotte segelten.

Sicher, McClain war waghalsig, aber auch verdammt schlau, und das wußten die Yankees noch nicht.

»Captain, ich bin Ihr Mann«, sagte Andrew. Sofort trat die halbe Besatzung vor, und Brent musterte sie grinsend. »Chris, Andrew und ...«

Da baute sich Charlie direkt vor ihm auf. »Ohne mich gehen Sie nicht von Bord, Sir.«

Brent preßte die Lippen zusammen, um nicht laut zu lachen. Obwohl der Mann leicht beunruhigt wirkte, war er zu allem entschlossen. »Also gut, Charlie. Und die anderen hören jetzt genau zu. Vielleicht müssen wir in Windeseile von hier verschwinden. Deshalb sollte die *Jenni-Lyn* stets segelfertig sein. Haltet sie versteckt. Notfalls fahren wir den Fluß hinauf, aber die offene See wäre mir lieber. Dort können wir den Yankees schneller entwischen. Chris, Andrew, Charlie — zieht euer Seemannszeug aus! Wir verwandeln uns in Kaufleute und Unionssympathisanten, und wir fliehen nach Süden, weil uns zu Ohren gekommen ist, die Yankees hätten die Küste angegriffen.«

Trotz seiner quälenden Sorge wartete er bis zum Einbruch der Dunkelheit, ehe er mit seiner dreiköpfigen Mannschaft in einem Beiboot nach Norden fuhr, zum Dock von Jacksonville. Beim Anblick der Unionsschiffe im Hafen krampfte sich sein Herz schmerzhaft zusammen. Erst vor fünf Monaten hatte er die *Jenni-Lyn* hierhergebracht, um ein paar geringfügige Reparaturen vornehmen zu lassen. Sie hatte an der Stelle gelegen, wo jetzt ein Yankee-Kanonenboot ankerte. Im frischen Nachtwind flatterte ein Sternenbanner. Würden die Unionssoldaten bereits durch die holzgetäfelten Räume von South Seas stapfen?

Sein Vater und der ältere Bruder waren nicht daheim, denn Justin und Stirling McClain hatten sich dem Ersten Florida-Kavallerieregiment angeschlossen. Vor zwei Monaten war ihre Truppe nach Norden geschickt worden, wo sie das Heer von Nord-Virginia verstärken sollte. Aber Brent würde seine Schwester Jennifer, Stirlings Frau Patricia und seinen fünfjährigen Neffen Patrick auf der Plantage antreffen. Ausnahmsweise empfand er eine gewisse Erleichterung, weil seine Mutter 1858 gestorben war. Wie liebevoll hatte sie das Haus eingerichtet ... Ihre Familie und ihr Heim — das war ihr einziger Lebensinhalt gewesen.

Vielleicht verschonten die Yankees die Plantagen, die zwischen St. Augustine und Jacksonville lagen. Während sein Boot fast lautlos das Wasser durchpflügte, sah er bereits einen Lichtschimmer. Offenbar waren die Wohn- und Geschäftsgebäude am Hafen unversehrt.

Aber die Familie des formidablen McClain war im Norden wohlbekannt. Angesehene Pflanzer, hervorragende Seefahrer, tapfere Konföderationsoffiziere. Würden die Yankees ein Haus stehenlassen, das zwei feindlichen Kavalleristen und einem berüchtigten Captain gehörte?

»Rudern Sie in die kleine Bucht da vorn, Charlie«, befahl er leise. »Den restlichen Weg legen wir zu Fuß zurück.«

Auf einem schmalen Sandstrand versteckten sie das Boot unter tiefhängenden Zweigen. Der Hafen lag eine halbe Meile entfernt, aber Brent bedeutete seinen Leuten schon jetzt, sich zu ducken. Bald sahen sie die Wachtposten der Union, dunkle Silhouetten am Dock. Zwei Soldaten gingen aufeinander zu und zündeten Pfeifen an, sichtlich ruhig und entspannt. Warum auch nicht, fragte er sich bitter. Die Verteidigung der Konföderation hatte ihnen die Stadt überlassen.

»Die rechnen nicht mit einer Kampfhandlung«, flüsterte er Charlie zu, der bäuchlings neben ihm im Sand lag. »Und das könnte uns einen Vorteil verschaffen.« Welchen Vorteil? Er plante keine militärische Aktion, wollte nur ein Pferd entwenden und nach South Seas reiten. In dieses kühne Unternehmen durfte er seine Männer nicht hineinziehen.

»Könnte Lil uns nicht helfen?« schlug Charlie vor.

Nachdenklich runzelte Brent die Stirn. Lil betrieb eine Taverne in der Main Street, und dieses Etablissement war bei Seeleuten sehr beliebt. Würden die Unionsoffiziere dort ihren Sieg feiern und sich betrinken? Das würde mein Vorhaben wesentlich erleichtern, dachte er. »Wir schleichen durch die Küche hinein. Lauft an den Hafengebäuden vorbei, einer nach dem anderen. Und überlegt euch gut, was ihr sagt, wenn ihr geschnappt werdet.«

»Wer geht zuerst?« fragte Andrew.

»Ich«, erwiderte Brent. »Falls ich's nicht bis zu diesem Lagerhaus da vorn schaffe, kehrt sofort auf die *Jenni-Lyn* zurück. Chris folgt mir in einigem Abstand, dann Andrew, dann Charlie.« Angespannt wartete er, bis die Wachtposten sich trennten und zu den beiden Enden des Docks patrouillierten. Dann sprang er auf, ein vages Schemen in der Nacht.

Wenig später preßte er sich keuchend an die Wand der Lagerhalle und wartete, bis sich seine rasenden Herzschläge beruhigten. Er spähte zum Strand hinüber, wo sich seine Männer bereithielten, hob eine Hand, und eine zweite Schattengestalt huschte ins Dunkel, eine dritte, eine vierte.

Als alle das Lagerhaus erreicht hatten, zeigte Brent wortlos zum nächsten Gebäude. Einer nach dem anderen eilte weiter. Aufmerksam behielten sie die Wachtposten im Auge. In den Straßen tummelten sich zahlreiche Soldaten, was die Absicht der Rebellen gefährdete. Doch sie konnten sich immer wieder hinter Wagen, Vorratsdepots und Büschen verstecken.

Wunderbarerweise kamen sie alle unbehelligt am Pfahlzaun an, der Lils Taverne umgab.

Fröhlicher Lärm drang aus dem Haus und übertönte ihre Schritte, während sie zum Hintereingang rannten. Brent öffnete die Tür und spähte in die Küche. Offenbar hielt sich niemand in dem großen Raum auf. Vorsichtig trat er ein, bedeutete den anderen zu warten und duckte sich hinter dem Herd. Es dauerte eine Weile, bis er Röcke rascheln und die Schwingtür knarren hörte, die zum Schankraum führte.

Wenige Sekunden später sprang er hinter dem Herd hervor und preßte eine Hand auf Lils Mund, damit sie ihn vor lauter Überraschung nicht verriet. »Ich bin's, Brent McClain.«

»Brent!« wisperte sie und fiel ihm um den Hals. »Bist du wahnsinnig? Hier treiben sich zahllose Yankees herum, und für die wärst du eine wertvolle Beute, kostbarer als ihre nationale Schatzkammer. Was zum Teufel machst du hier, Liebling?«

Lächelnd zuckte er die Achseln und musterte die attraktive Frau, die nach Flieder duftete. Ihre üppigen Brüste, vom engen Korsett hochgeschoben, quollen beinahe aus einem provozierend tiefen Ausschnitt, und in ihren Augen lag eine sinnliche Einladung. Die gefährliche Situation schien den Reiz seines Anblicks noch zu erhöhen. Vor nicht allzu langer Zeit hätte er das Angebot bereitwillig angenommen. Lil hatte ihm schon viele Nächte versüßt, und dieser Gedanke erschien ihm auch jetzt verlockend. Aber er wollte seine Spionage-Mission nicht verzögern. Außerdem wußte er nicht, ob er eine andere Frau überhaupt noch begehrte, nachdem er Kendall in den Armen gehalten hatte. »Lil, ich muß herausfinden, was geschehen ist. Draußen im Gebüsch warten drei Männer. Sind wir hier sicher?«

Sie nickte, und er öffnete die Hintertür. Lautlos schlüpften Andrew, Chris und Charlie herein. Lil eilte zur Schwingtür und schaute in den Schankraum. »Am besten sage ich dem alten Pete, er soll die Yanks beobachten.« Pete war ein freigelassener Sklave, der schon seit Jahren in der Taverne arbeitete.

Ungeduldig warteten die vier Konföderierten auf Lils Rückkehr und wechselten nervöse Blicke.

Als sie wieder in die Küche kam, erklärte sie: »Bisher ist nicht allzuviel passiert. Bevor unsere Jungs das Weite suchten, brannten sie alles nieder, was den Yanks vielleicht genützt hätte. Auch einige Stadtbewohner flüchteten, doch die meisten blieben hier. Die Yanks durchsuchten mehrere Häuser und stahlen ein bißchen was. Aber im großen und ganzen benehmen sie sich recht anständig, und sie behandeln die Leute sehr höflich. Sie hoffen, genug Unionisten aufzutreiben, so daß die Stellung von der Bevölkerung gehalten werden kann.«

»Und die Umgebung?« fragte Brent.

Ein kummervoller Ausdruck trat in ihre schönen Augen. »Das weiß ich wirklich nicht. Baumwolle, Tabak, Vieh und Lebensmittelvorräte werden konfisziert. Aber mach dir keine Sorgen um deine Schwester und deine Schwägerin. Wie ich bereits sagte, die Yankees führen sich recht ordentlich auf, und sie werden von ihren Offizieren streng kontrolliert. Sie haben die Stadt gewaltfrei eingenommen, und bis jetzt sind sie über keine einzige Frau hergefallen. Trotzdem solltest du so schnell wie möglich verschwinden, Brent.«

»Vorher muß ich mich auf South Seas umsehen. Gibt's in deinem Keller immer noch diesen versteckten Lagerraum, Lil?«

»Ja, aber ...«

»Hol mir ein Pferd und binde es beim Hintereingang fest. Dann bring diese Jungs in den Keller hinunter. Dort sollen sie warten, bis ich zurückkomme.«

»O nein, Captain, wir lassen Sie nicht allein«, protestierte Charlie.

»Doch. Ihr bleibt hier, und das ist ein Befehl! Niemals würde ich euch in meine gewagten Aktivitäten hineinziehen. Falls ich nicht zurückkehre, wartet ab, was Lil herausfindet. Danach segelt ihr mit der *Jenni-Lyn* zum Golf. Alles klar?«

Unglücklich nickten die drei Männer, doch Lil nahm kein Blatt vor den Mund. »Brent McClain, du bist ein gottverdammter Narr.«

»Da hast du recht«, stimmte er zu. »Holst du mir jetzt ein Pferd?«

In den Hintergassen herrschte gespenstische Stille. Atemlos schien das ganze nördliche Florida auf die nächsten Ereignisse zu warten. Die Stadtbewohner, die hiergeblieben waren, verschanzten sich hinter geschlossenen Türen und hofften, ihre Häuser würden dem Zorn der Eroberer entrinnen. Tagelang wagten die Mütter nicht, ihre Kinder ins Freie zu lassen. Nach Brents Meinung gingen die Yankees ziemlich sorglos mit ihrem Sieg um. Aber vielleicht war ihnen Florida egal. Und solange sie Waffen, Vorräte und Schiffe stehlen konnten ...

Während er zur Weststraße ritt, grub er die Fersen in die Flanken des dürren, von Flöhen zerbissenen Wallachs, den Pete zum Hintereingang der Taverne geschmuggelt hatte. Wahrscheinlich mußte er von Glück reden, weil es Lil gelungen war, überhaupt ein vierbeiniges Geschöpf aufzutreiben. Auf ihrem Rückzug waren die Konföderierten auf allem, was sich einigermaßen bewegen konnte, landeinwärts geritten und hatten nur wenige Pferde zurückgelassen. Die edleren Hengste wurden von der Florida-Kavallerie im Norden benutzt.

Als Brent auf den klapprigen Gaul gestiegen war, hatte er erwartet, schon nach wenigen Minuten würde ihm eine Unionspatrouille den Weg versperren. Doch er blieb unbehelligt, und allmählich begann er, sich zu entspannen.

Laß dich nicht umbringen, hatte Kendall ihn spöttisch ermahnt, aber ihre Angst nicht verhehlen können. Nie zuvor war er so entschlossen gewesen, alle Gefahren zu überleben. Die Erinnerungen an die schöne Südstaatenlady begleiteten ihn unentwegt.

Auch ihretwegen drängte es ihn, sein Zuhause wiederzusehen. South Seas gehörte Justin. Aber rings um die Plantage gab es genug Land, viele Morgen für einen Mann und eine Frau, die sich ein eigenes Heim aufbauen wollten. Und Kendall war dafür geschaffen, das Regiment in einem schönen Haus zu führen, einen eleganten Salon zu schmücken — und im Schlafzimmer erotische Freuden zu genießen ... Doch sie hatte einen anderen geheiratet.

Das interessierte Brent nicht. Nach dem Krieg würde sie sich scheiden lassen, und wenn die alte Garde einen Schock erlitt, wäre das völlig egal. Bis dahin mußte er nichts weiter tun, als sie von den Yankees fernzuhalten.

Plötzlich wurde er aus seinen Zukunftsträumen gerissen. Dichte Rauchschwaden hüllten ihn ein, die nicht von der Stadt herüberzogen. Er spornte das Pferd an und galoppierte durch die Nacht, von neuer Angst erfaßt. Als er die gewundene, von Magnolien gesäumte Straße nach South Seas erreichte, zügelte er den Wallach und hielt entsetzt den Atem an. Dann schwang er sich aus dem Sattel, rannte weiter, blieb stehen und sank langsam auf die Knie.

South Seas existierte nicht mehr. Nur drei hohe georgianische Säulen ragten wie gespenstische Wächter in die rauchige Nachtluft. In groteskem Weiß hoben sie sich vom verkohlten Schutt ab und reflektierten das Mondlicht.

Wie lange er auf den Knien lag, wußte er nicht. Ein dumpfer Schmerz betäubte alle Gedanken. Das erste, was ihm bewußt durch den Sinn ging, war ein Gebet, das bald von heißem Zorn verdrängt wurde. Dann hörte er Schritte auf der verdorrten Erde und zuckte zusammen.

»Master Brent?« Die Frage klang so ungläubig, als würde man ihn für einen Geist halten, und er drehte sich zu einem großen, hageren Schwarzen um. »Bei Gott! Sie sind es wirklich, Master Brent!«

»Hallo, Thomas«, begrüßte Brent den Kammerdiener seines Vaters, einen alten Neger, der an Gelenkrheumatismus litt. Dann umklammerte er die Hand, die ihm gereicht wurde, und erhob sich müde. »Wo ist meine Familie?«

»Keine Bange, Sir. Miss Patricia ist mit ihrem Sohn nach Richmond gefahren, zu ihren Eltern. Aber Miss Jenny will nicht von hier weggehen. Sie wohnt in Mammy Lees Cottage. Die Sklavenquartiere wurden nicht niedergebrannt, weil die Yanks uns Farbige für die Union Army rekrutieren wollen, und da brauchen wir natürlich ein Dach über dem Kopf.«

»Können Sie mich bitte zu Jennifer bringen, Thomas?«

»Natürlich, Sir. Aber wissen Sie, Master Brent, Sie dürften sich hier nicht blicken lassen. Das ist zu gefährlich. Die Yanks können's kaum erwarten, Sie einzusperren.«

»Das weiß ich, Thomas, danke. Ich reite gleich wieder weg. Aber vorher muß ich Jenny sehen.«

»Hier entlang, Sir. Mammy Lee wohnt jetzt im großen Cottage. Bevor die Rebellenarmee wegrannte, nahmen wir im Herrschaftshaus kranke und verwundete Soldaten auf. Miss Jenny war schon ausgezogen, um den Männern Platz zu machen.«

Während sie über den Schutt hinwegstiegen, nickte Brent nur. Plötzlich blieb er stehen und stieß einen leisen Pfiff aus. »Oh, sie haben das Haus nicht einfach niedergebrannt, sondern gesprengt.«

»Ja, Sir. Aber kommen Sie jetzt und gehen Sie ins Cottage, bevor ein Yankee vorbeireitet.«

Viele Sklavenhalter hatten ihre Schwarzen in Elendsquartieren untergebracht, aber auf South Seas reihten sich weißgetünchte, hübsche Cottages aneinander. Vorhänge aus Mochaleder verdeckten die Fenster des Häuschens, das die Köchin bewohnte, und auf den Bodenbrettern lag ein alter Teppich aus dem Herrschaftshaus. Im Herd loderte ein helles Feuer.

Als Brent auf der Schwelle stand, gönnte er der dünnen alten Mammy Lee nur einen kurzen Blick, dann eilte er zu dem zierlichen blonden Mädchen, das am Feuer saß und nähte, gekleidet mit einem eleganten Rüschenkleid und Krinoline. »Jenny!« rief er heiser.

Verwirrt hob sie den Kopf. Ein fassungsloses Staunen stand in den schönen, rauchgrauen Augen. Die Näharbeit glitt ihr aus den Händen. Sie sprang aus dem Schaukelstuhl und warf sich so temperamentvoll in seine Arme, daß er taumelte. »O Brent! Wie wundervoll, dich wiederzusehen! Aber du hättest nicht herkommen dürfen.«

Lächelnd schob er sie ein wenig von sich, um sie zu betrachten. »Jenny, du siehst fantastisch aus.« Das meinte er ernst, aber was er nicht in Worte faßte, stimmte ihn traurig. Innerhalb kurzer Zeit war sie gealtert, obwohl sie noch nicht einmal ihren siebzehnten Geburtstag gefeiert hatte. Bei der letzten Begegnung war sie ein junges, unbeschwertes Mädchen gewesen, jetzt stand eine schöne, reife Frau vor ihm, das Gesicht von Kummer gezeichnet.

»Was ist geschehen?« fragte er leise und fühlte sich irgendwie schuldig. Ältere Brüder pflegten Schwestern zu hänseln, beschützten sie aber, boten ihnen starke Schultern, wo sie sich ausweinen konnten, und wischten ihre Tränen ab.

Jenny war ganz allein gewesen. Doch sie hatte ihre Würde bewahrt. Abgesehen vom Leid, das ihre Züge prägte, glich sie aber immer noch einer Frühlingsfee. Kleine Puffärmel betonten ihre zarten Schultern. Eng schmiegte sich das Oberteil des hellblauen Kleids an ihre Wespentaille, in weiten, anmutigen Falten fiel der Rock zu Boden. Ihr Haar war zu einem kunstvollen Gebilde aus Ringellöckchen und Zöpfen frisiert.

Wieviel sie ihm bedeutete ... Allmählich verflog der Zorn, der ihn angesichts der Verwüstung erfaßt hatte. South Seas konnte wieder aufgebaut werden, Jenny war unersetzlich. »Was ist geschehen?« wiederholte er.

»Erst mußt du Mammy Lee umarmen, Brent!« rief sie und zwang sich zu einem Lächeln. »Setz dich! Mammy wird uns Tee servieren. Hast du was gegessen? Ich glaube, Soldaten und Seeleute sind immer halb verhungert.«

Gehorsam umarmte er die alte Frau, die zu seiner Familie gehörte, seit er denken konnte.

»Ja, setzen Sie sich, Master Brent«, bat sie und wischte sich Freudentränen aus den Augen. »Gleich serviere ich Ihnen Tee, dann werden Thomas und ich Sie beide allein lassen.«

»Vielen Dank, Mammy Lee. Wirklich, Jenny, ich muß nichts essen. Meine Kombüse ist gut bestückt.«

Wenig später saß er mit gekreuzten Beinen am Boden und nippte an seinem heißen, mit Brandy gewürzten Sassafrastee. »Hast du was von Pa oder Stirling gehört, Jenny?«

»Vor etwa einem Monat bekam ich einen Brief von Pa, den auch Stirling unterschrieben hatte. Den beiden geht's gut. Ihr Regiment untersteht jetzt der Army in Virginia. O Brent, Pa ist so stolz auf dich. In ganz Virginia erzählt man sich, wie raffiniert du die Unionsblockaden durchbrichst.«

Schmerzlich erinnerten ihn ihre Worte an die Frage, die beantwortet werden mußte. »Sie haben das Haus meinetwegen niedergebrannt, nicht wahr? Um sich zu rächen ...« Unbehaglich strich sie ihren Rock glatt, und er drängte: »Nicht wahr, Jenny?«

»Nun — ja, Brent. Aber nicht nur deinetwegen. Sie wollten auch Pa und Stirling einiges heimzahlen. Und — das mag seltsam klingen, aber irgendwie hatte ich das Gefühl, daß sie's nur ungern taten. Als sie eintrafen, stand ich mit einer Schrotflinte in der Tür und erklärte, solange ich am Leben wäre, würden sie keinen Fuß über die Schwelle setzen. Der Lieutenant, der die Gruppe kommandierte, war wirklich nett. Während seine Soldaten an allen Seiten des Hauses Sprengstoff deponierten, stieg er die Stufen herauf und starrte mich an. Sicher glaubte er, ich würde ihn erschießen. Doch das schien ihn nicht zu beunruhigen. Vielmehr befürchtete er, ich würde mich nicht von der Stelle rühren, wenn das Haus in Flammen aufginge. Er beteuerte, es sei ihm sehr unangenehm, mich bitten zu müssen, mein Heim zu verlassen.

Da er einen Befehl von oben erhalten habe, dürfe er nicht anders handeln. O Brent, als ich hörte, die Yankees würden kommen, hatte ich solche Angst. Ich dachte, sie würden mich vergewaltigen und mir den Hals durchschneiden.

Aber dieser Lieutenant ist ein echter Gentleman. Obwohl er Gefahr lief, in die Luft zu fliegen, folgte er mir ins Haus. Ich war hineingerannt, um die Familienbibel zu holen, auf die Ma immer so großen Wert gelegt hatte. Und da stürmte er hinter mir her und zog mich hinaus.« Nach kurzem Zögern fügte sie hinzu: »Er heißt Lieutenant Jacob Halloran. Solltest du ihm einmal begegnen — bitte, töte ihn nicht.«

»Jenny, wir befinden uns im Kriegszustand. Die meisten Männer, die man auf dem Schlachtfeld tötet, kennt man nicht.«

»Aber es gibt auch anständige Yankees«, entgegnete sie leise.

»Und schurkische Rebellen. Der Krieg ändert die Menschen nicht, aber bringt die besten und schlimmsten Charakterzüge zum Vorschein. Ein anständiger Mann bleibt immer anständig. Daran kann auch die Mason-Dixon-Linie nichts ändern.« Plötzlich stand er auf und reichte ihr seine Teetassen. »Weißt du, warum sie Sprengstoff verwendet haben?«

»Ich weiß nur, daß sie das Zeug aus einem Versorgungswagen holten. Danach fuhren sie wahrscheinlich zur Murphy-Plantage weiter. Dieses Haus soll als Hauptquartier benutzt werden ... Warum fragst du?« Erschrocken sprang sie auf, ließ beide Tassen fallen und umklammerte seine Arme. »Was hast du vor? Hör auf mich, großer Bruder! Diese ganze verdammte Konföderationsarmee ist geflohen, weil es hier zu viele Yankees gibt. Um Himmels willen, glaubst du denn wirklich, du könntest irgendwas tun?«

»Eine kleine Sabotage, Jenny, eine Vergeltungsaktion meinerseits.«

»Brent, ich fürchte, du verstehst das alles nicht. Hier treiben sich nur noch Yankees herum. Unsere Truppen sind verschwunden. Kein einziger Kampf fand statt, die Besatzung wurde reibungslos abgewickelt.«

»O ja, Jenny, das verstehe ich.«

»South Seas ist dein Leben nicht wert, Brent McClain.«

»Nein?«

South Seas. Die Baumwolle. Der Hafen und Jacksonville. Ein Morgenritt über das eigene Land. Das Glück, die Ernte in den Mühlen im Norden abzuliefern. Guter Bourbon vor dem Kamin, ein Buch in der Hand. Die Jagd im Sattel eines Vollblüters, mit sechs schönen Fuchshunden. Alle Traditionen, die den alten Süden geprägt hatten.

South Seas ... Nach all den Jahren hatte er eine Frau gefunden, mit der er dieses Land teilen wollte, eine Frau, der die althergebrachte Lebensart ebensoviel bedeutete wie ihm ... Wenn er nicht für diese Dinge kämpfte, wofür denn sonst?

Zärtlich strich er die Sorgenfalten auf der Stirn seiner Schwester glatt. »Ich habe ein Kommando in der Confederate Navy übernommen, Jenny — und die Order, die Leute mit Nachschub zu versorgen, die ihn brauchen. Und wann immer ich Unionssoldaten begegne, soll ich mein Bestes tun, um sie zu ärgern. Keine Bange, Jenny, ich habe gute Gründe, um am Leben zu bleiben. Außerdem heiße ich Night Hawk, erinnerst du dich? Ich bin unbesiegbar. Du meinst also, auf der Murphy-Plantage stehen Versorgungswagen?«

Sie nickte unglücklich. »Bitte, sei vorsichtig, Brent! Seit der Invasion haben viele unserer Nachbarn ihre Gesinnung geändert. Manche behaupten sogar, sie seien schon immer Unionisten gewesen.«

»Natürlich werde ich aufpassen, das verspreche ich dir. Wie ich bereits sagte, ich will noch lange nicht sterben.«

»Irgendwie bist du anders geworden«, stellte sie fest und musterte ihn neugierig.

»Ich glaube, ich bin verliebt«, gestand er grinsend.

»Wirklich?« rief sie und strahlte übers ganze Gesicht.

»Mhm. Davon erzähle ich dir später. Jetzt habe ich zu tun.«

8

»Ich schwöre bei Gott, Brent McClain, Sie sind verrückter als ein tollwütiger Hund!« keuchte Charlie, während sie aus dem kalten Wasser auftauchten — direkt hinter der *Marianna,* einem stattlichen, mit Dampf betriebenen Kriegsschiff, das vor Jacksonville ankerte.

Ungerührt hob Brent ein Bündel hoch, das in Ölzeug gewickelt war. »Ich würde nur den Verstand verlieren, wenn die Zündschnur naß geworden wäre. Charlie, ein Erfolg kann den ganzen Unterschied zwischen Wahnsinn und Brillanz ausmachen.«

Es hatte ihm keine Schwierigkeiten bereitet, eine beträchtliche Menge Sprengstoff aus den Versorgungswagen zu stehlen.

Das verdankte er den unaufmerksamen Wachtposten. Warum hätten sie auch aufpassen sollen? Ungehindert waren die Yankees in Jacksonville einmarschiert, nur mit einem einzigen Problem konfrontiert — der Verwüstung, die das entflohene Konföderationskontingent hinterlassen hatte. Also mußten sie keine Sabotage befürchten. Jacksonville gehörte ihnen.

Mühelos hatte Brent den Diebstahl ausgeführt. Um so schwerer war es ihm gefallen, Jennifer klarzumachen, er würde die Aktion nicht vor lauter Wut über die Zerstörung von South Seas planen. Sicher, ehe er den Schuttberg gesehen hatte, war er tollkühn und leichtfertig gewesen. Danach gewann jedoch sein kühler Verstand die Oberhand, und er ging mit äußerster Vorsicht zu Werke. Als er den Sprengstoff entwendet hatte, wartete er die Nacht und den nächsten Tag ab, um die Yankees zu beobachten und seine Männer mit Lils und Jennys Hilfe zu verständigen. Dann noch eine Nacht und noch einen Tag, und jetzt ...

Worauf er sich einließ, wußte er. Die Docks und die Schiffe wurden ständig von Wachtposten beobachtet. Deshalb schwammen Brent und Charlie in einer Frühlingsnacht durchs kalte Meer. Um ein Schiff unbemerkt zu erreichen, mußte man das Heck ansteuern.

»Verdammt, wie sollen wir denn mit nassen Fingern Streichhölzer anzünden?« schimpfte Charlie und trat kräftig Wasser, um nicht unterzugehen.

»Pst!« warnte Brent. »Helfen Sie mir an Bord, und dann verschwinden Sie. Ich werde die Lunte in Brand stecken. Rudern Sie das Beiboot zur *Jenni-Lyn*. Ich schwimme an Land, dann gehe ich zum Fluß. Auf dem Weg, den wir gekommen sind, können wir nicht zurückkehren. Die Yanks werden wie ein Rudel Wölfe hinter uns her sein. Aber hier haben sie keine Schiffe, die den Fluß entlangfahren können, und bis zum Morgen sind ihnen ohnehin die Hände gebunden. Dann bin ich längst wieder auf unserem Schoner.«

Charlie versuchte, seinen Captain hochzustemmen, und fluchte, als ihm dabei ein Päckchen Sprengstoff aus der Hand fiel und im Wasser versank. »Das funktioniert nie, Brent!« Da sie allein waren, verzichtete er auf Formalitäten. Sein Rang als First Lieutenant in der Confederate States Navy bedeutete ihm nicht viel. Für ihn war Brent immer noch der Captain, und er der Erste Offizier. So wie eh und je.

»Wir brauchen nur ein Päckchen, das an der richtigen Stelle deponiert werden muß«, beruhigte ihn Brent. »Die Geschütze des Schiffs und die Pulverfässer erledigen den Rest. Schieben Sie, Charlie! Wenn ich das Tau da oben zu fassen kriege, kann ich mich an Deck ziehen.«

Während Charlie ausdrucksvolle Seemannsflüche hervorstieß, hievte er Brent hoch und ließ den Sprengstoff nicht aus den Augen, den er auffangen mußte, falls sein Kommandant den Halt verlor.

Endlich packte Brent das Tau, schlang die Beine darum und kletterte nach oben. Die lange Zündschnur klemmte zwischen seinen Zähnen. Als sein Kopf über das Deck ragte, sah er niemanden und gab Charlie ein Zeichen, bevor er sich lautlos über die Reling schwang. »Verschwinden Sie!« flüsterte er, und der Kopf seines Ersten Offiziers tauchte unter.

Das erste Streichholz zischte und erlosch. Mit zusammengekniffenen Augen spähte er zum Bug, bevor er das zweite anzündete. Direkt unter ihm lag das Kanonendeck. Wenn es zu brennen anfing, würde die *Marianna* explodieren wie ein Feuerwerk am 4. Juli. Die Stirn gerunzelt, überlegte er, ob die Zündschnur zu lang war. Es würde eine halbe Ewigkeit dauern, bis die Glut ihr Ziel erreichte. Doch dann zuckte er die Achseln. Er wollte nicht sterben und genug Zeit finden, um davonzuschwimmen.

Erleichtert atmete er auf, als das nächste Zündholz die Lunte in Brand steckte. »Ahoi, Yanks!« schrie er. »Gleich fliegt euer Schiff in die Luft! Springt über Bord, schnell!« Er umklammerte ein Tau von der Takelage, schwang sich zum Dollbord und hechtete ins Wasser. Eilige Schritte trommelten auf die Decksplanken, eine Alarmglocke bimmelte. Kreischend fegte eine Kugel über die Wellen hinweg, viel zu dicht an Brents Ohr. Er holte tief Atem, dann tauchte er unter und schwamm nordwärts, an einem Dutzend Schiffe vorbei, ehe er wieder Luft zu schnappen wagte.

»Hurensohn!« hallte ein gellender Schrei durch die Nacht, und Brent beobachtete, wie die Besatzung der *Marianna* über die Relings sprang und zu den Docks schwamm. Er tauchte wieder unter und spürte die Erschütterung, als das Kanonendeck Feuer fing.

Wie er erwartet hatte, war das Dampfschiff ein schwimmendes Pulverfaß. Als er wieder auftauchte, gewann er tatsächlich den Eindruck, der ganze Hafen würde den Unabhängigkeitstag feiern. Überall rannten verwirrte Yankees umher, und er fühlte, wie sich das Wasser erwärmte, obwohl das brennende Kriegsschiff weit entfernt lag.

Brent schwamm weiter, und von einer kleinen Felsenbucht aus sah er das Feuer immer noch. Hoffentlich hatten alle Männer an Bord der *Marianna* seine Warnung beachtet. Nicht einmal im Krieg fiel es ihm leicht, menschliches Leben zu gefährden. Eine Zeitlang lag er keuchend am Strand. Dann eilte er in den Wald. Die nassen Kleider klebten an seinem Körper, und er zitterte in der nächtlichen Kälte. Bei Tagesanbruch würde er den Fluß erreichen, wo die *Jenni-Lyn* in ihrem sicheren Versteck ankerte.

»Ahoi! Wer da?«

Der Ruf erklang, sobald Brent seine müde Hand auf die Strickleiter der *Jenni-Lyn* legte. Vom brackigen Flußwasser aufs neue durchnäßt, fror er erbärmlich. Trotzdem freute er sich über die Wachsamkeit seines Beobachtungspostens.

»Captain McClain!« schrie er.

»Sir! Kommen Sie an Bord!« Er brauchte keine Hilfe, protestierte aber nicht, als vier kräftige Seemannshände über dem Dollbord erschienen und ihn an Deck zerrten.

Nachdem er zu Atem gekommen war, schaute er Chris und Lloyd an, die ihn hochgezogen hatten. »Wo ist McPherson?«

»Der kam vor einer halben Stunde an Bord, Captain. Wir gossen ein bißchen Brandy in ihn hinein und verfrachteten ihn ins Mannschaftsquartier. Nicht, daß es uns schwergefallen wäre, dem alten Charlie den Fusel einzuflößen . . .«

»Sie meinen wohl Lieutenant McPherson.« Aber es war nur ein milder Tadel. Brent und seine Besatzung paßten überhaupt nicht zur Confederate Navy, und sein kleiner, nur mit leichter Artillerie bestückter Schoner ließ sich auch nicht mit den Fregatten und anderen Kriegsschiffen vergleichen. Seine wichtigste Aufgabe bestand darin, möglichst schnell Nachschub zu befördern. Die *Jenni-Lyn* war eine Blockadebrecherin. Aber während andere Schiffe ähnliche Zwecke erfüllten und ihre Kapitäne einem persönlichen Profit nicht abgeneigt waren, stand sie ausschließlich im Dienst der Regierung.

Brents Männer, lauter loyale Konföderierte wollten sich nicht bereichern. Für sie gab es nur einen einzigen Grund, an Bord des Schoners zu bleiben — Brent McClain. Er wußte, daß er sich in einer seltsamen Position befand und vorsichtig auf einem schmalen Grat wandern mußte. Natürlich war Disziplin wichtig, mußte aber taktvoll gehandhabt werden, und weil er stets den goldenen Mittelweg fand, durfte er sich auf die unerschütterliche Treue seiner Leute verlassen.

»Aye-aye, Sir«, murmelte Lloyd. »Natürlich meine ich Lieutenant McPherson. Segeln wir jetzt flußaufwärts oder aufs Meer?«

»Flußaufwärts ...«, begann Brent und unterbrach sich, als ein Warnruf vom Mastkorb herabdrang.

»Eine Yankee-Flagge am Horizont! Ein Schoner, bei der Mündung!«

»Verdammt!« Brent kletterte die Takelage hinauf und schwang sich zum Wachtposten in den Mastkorb. Ein Schoner, etwa so groß wie die *Jenni-Lyn*, bog in den Fluß.

Vermutlich würde ihnen kein größeres Schiff folgen können. Und man mußte den Fluß genau kennen, um den gefährlichen Untiefen auszuweichen. Brent nahm seinem Wachtposten das Fernglas aus der Hand, beobachtete den Schoner und überlegte, ob er kämpfen oder fliehen sollte. Vielleicht konnte er den Feind versenken und den Fluß auf diese Weise blockieren. »Alle Mann an Deck! Kanoniere auf ihre Posten! Fertig zum Gefecht!«

Sofort erwachte die *Jenni-Lyn* zum Leben. Brent rutschte den Mast hinab und stellte sich neben Lloyd, um den Feuerbefehl zu geben. Eine Zeitlang wartete er noch. Der feindliche Schoner mußte nahe genug herankommen, um ein gute Zielscheibe abzugeben, durfte aber keine Gelegenheit erhalten, die erste Salve abzugeben. Am Ruder stand ein müder McPherson, der die *Jenni-Lyn* so geschickt manövrierte wie eh und je.

Die Hände geballt, beobachtete Brent, wie der Schoner flußaufwärts segelte. Noch nicht. Noch nicht. Fünf, vier, drei, zwei ... Plötzlich spritzte Wasser an der Backbordseite empor, und die *Jenni-Lyn* schwankte heftig. Der erste gegnerische Schuß war danebengegangen. Es hatte sich gelohnt zu warten. Jetzt kam Brent an die Reihe. »Feuer!« brüllte er, während die Gischt auf das Deck herabregnete.

»Feuer eins!« schrie Lloyd den vier Kanonieren am ersten Geschütz zu.

Die *Jenni-Lyn* zitterte und ächzte, vom ersten Schuß erschüttert, und die Besatzung stieß einen triumphierenden Rebellenschrei hervor, als die Kugel den Rumpf des feindlichen Schoners traf.

»Nachladen! Nummer zwei — fertig zum Feuern!«

Aber dann hob Brent eine Hand. »Halt!« befahl er und beobachtete das schlingernde Unionsschiff. Zweifellos würde es versinken, und er wollte niemanden töten, wenn es nicht unbedingt nötig war.

»Schauen Sie, Captain!« Lloyd zeigte zu dem angeschlagenen Schoner hinüber. »Die schicken ein Boot los, mit drei Mann und einer weißen Flagge!«

Die Augen zusammengekniffen, sah Brent das kleine Beiboot herankommen. Zwei Seemänner ruderten, im Bug stand ein Offizier und schwenkte die Flagge.

Was für ein tapferer Mann, dachte Brent. Immerhin muß er damit rechnen, daß ein weiteres meiner Geschütze explodiert. »Feuer einstellen!« rief er. »Mal sehen, was der Yankee-Captain will.«

»Könnte ein Trick sein, Sir«, warnte Lloyd, aber Brent schüttelte den Kopf.

»Das glaube ich nicht. Wir sind im Vorteil. Sein Schiff geht unter, und wahrscheinlich versucht er jetzt, ein Gemetzel zu vermeiden.«

»Wie Sie meinen, Sir.«

»Helfen Sie den Leuten an Bord. Die *Jenni-Lyn* muß eine weiße Flagge und eine ehrenwerte Kapitulation anerkennen.«

Wenig später stand Brent einem jungen Lieutenant von der U.S. Navy gegenüber. Der attraktive Mann trug einen sorgfältig gestutzten Spitzbart und salutierte zackig. »Sir, Lieutenant Bartholomew Greer von der United States Navy.«

Nur mühsam konnte Brent seine Belustigung über die steife Haltung des Yankees verbergen, und er erwiderte den Gruß. »Captain Brent McClain. Nun, was haben Sie auf dem Herzen, Lieutenant?«

»Sir, ich kapituliere und bitte Sie, meine Besatzung zu schonen. Ein weiterer Schuß auf die *Yorkville* würde zu einem sinnlosen Blutvergießen führen. Mein Schoner kann Ihnen nichts mehr anhaben.«

»Das sehe ich, Lieutenant«, antwortete Brent leichthin. »Und ich fürchte, Ihr Opfer war überflüssig. Wir hatten nicht vor, noch einen Schuß abzufeuern.«

Nun entspannte sich der junge Mann sichtlich, und Brent war mehr als beeindruckt. Er bewunderte die Tapferkeit des Yankees, und plötzlich erinnerte er sich an das Gespräch mit seiner Schwester. In blauen Uniformen konnten ebenso anständige Männer stecken wie in zimtfarbenen.

Ssofort versteifte sich der Lieutenant wieder, als wäre er beschämt, weil er seine Erleichterung gezeigt hatte. »Captain, wie ich zugeben muß, habe ich auf Ihre Barmherzigkeit gehofft. Wir wissen, daß Sie für die Zerstörung der *Marianna* verantwortlich sind. Aber kein einziger Mann ist gestorben.«

Brents Augen verengten sich. »Im Krieg muß man töten, Yank. Aber wir bemühen uns, die Zahl der Todesfälle möglichst gering zu halten.«

»Wäre es möglich gewesen, hätte ich Sie in die Luft gejagt, Sir.«

»Notfalls hätte ich das auch mit Ihnen gemacht, Lieutenant.«

Greer musterte die Besatzung der *Jenni-Lyn* und seine beiden Männer, die schweigend zuhörten. »Darf ich unter vier Augen mit Ihnen sprechen?«

»Gehen wir in meine Kabine, Lieutenant.« Brent wandte sich zu Lloyd und zeigte auf die zwei Yankees, die unbehaglich auf ihr Schicksal warteten. »Wir segeln flußaufwärts. Kümmern Sie sich um unsere — Gäste, servieren Sie ihnen Kaffee und geben Sie ihnen ein bißchen Tabak für ihre Pfeifen. Vielleicht werden sie den Rest dieses langen Krieges in einem Gefangenenlager verbringen. Wir haben keine Zeit, um die anderen an Bord zu nehmen. Falls sie echte Seemänner sind, können sie ans Ufer schwimmen.«

Zehn Minuten später saß er dem Yankee an seinem schmalen Schreibtisch gegenüber. Der Lieutenant stopfte fast ehrfürchtig seine Pfeife. Offensichtlich hatte die Besatzung der *Yorkville* schon seit einige Zeit auf Luxusgüter wie Tabak verzichten müssen. Auch der Norden litt unter gewissen Mängeln. Brent wartete, bis Greer die Pfeife angezündet hatte und eine Rauchwolke in die Luft blies. Dann wiederholte er seine Frage: »Was haben Sie auf dem Herzen?«

Nach kurzem Zögern schaute ihm der junge Mann in die Augen. »Wie ich schon vorhin andeutete, Reb, Sie führen einen fairen Kampf, und ich stehe in Ihrer Schuld. Deshalb werde ich mich nicht an die Regeln halten und Sie warnen.«

Von einer bösen Vorahnung erfüllt, hob Brent die Brauen. »Sprechen Sie weiter, Lieutenant.«

Unsicher rutschte der Yankee auf seinem Stuhl hin und her und schien in einen Gewissenskonflikt zu geraten. Einerseits mußte er seine Vorschriften befolgen — andererseits wollte er die gegnerische Seite gerecht behandeln. »Captain, Sie genießen einen außerordentlichen Ruf. Ihr Haus war so ungefähr das einzige, das wir zwischen St. Augustine und Jacksonville niederbrannten.«

Brent schwieg und wartete.

»Auf beiden Seiten wird hin und wieder ein Unrecht begangen.« Greer starrte seine Pfeife an, dann hob er den Kopf. »Einem Gerücht zufolge sind Sie mit Indianern befreundet, die im Sumpf von Florida leben, Sir. Vor einiger Zeit entführten diese Indianer die Ehefrau eines Unionsoffiziers, der im Fort Taylor stationiert ist. Manche Leute behaupten, dabei hätten Sie Ihre Hand im Spiel, da die Lady aus dem Süden stammt. Und es gibt noch ein anderes Gerücht. Der Ehemann dieser Lady ist verdammt wütend. Letzte Woche kreuzte ich vor den Keys. Offensichtlich versucht Lieutenant Moore, eine Order zu erhalten, die ihn bevollmächtigen würde, in den Sumpf vorzudringen und seine Frau zu holen. Das dürfte ihm gelingen. Der Captain vom Fort Taylor hat erfahren, die Indianer würden Nachschub zu den Leuchttürmen entlang der Südküste bringen. Und falls sie sich der Konföderation angeschlossen haben, könnte die Union gegen sie kämpfen.«

Während dieser langen Erklärung hatte Brent mit keiner Wimper gezuckt, aber er wurde von kalter Angst erfaßt. Er würde zu spät kommen, der Sumpf lag weit entfernt ... Daß er Red Fox in Gefahr gebracht hatte, traf ihn schmerzlicher als der Verlust von South Seas. Und Kendall ... Plötzlich sprang er auf und öffnete die Kabinentür.

»Charlie! Wir wenden, manövrieren die *Jenni-Lyn* am Feind vorbei und steuern den Hafen an! Mit vollen Segeln nach Süden!« Für einen kurzen Augenblick blieb er bei der Tür stehen und hörte, wie Charlie den Befehl an die Besatzung weiterleitete. Dann wandte er sich wieder zu Greer, der ihn anstarrte, ohne seine Furcht zu verbergen. »Keine Bange, Yank, wir setzen Sie mit Ihren Männern weiter unten an der Küste ab. Sie verdienen es nicht, in einem Gefängnis dahinzuvegetieren oder zu sterben. Und wir werden einfach erklären, wir hätten keine Zeit gefunden, um Sie den Behörden an Land zu übergeben.«

Sekundenlang schloß der Lieutenant die Augen. »Danke, Reb«, flüsterte er.

»Keine Ursache, Yank.« Brent ließ den Gefangenen unbesorgt in der Kabine zurück, da die Landkarten und Schriftstücke, die sich dort befanden, keinerlei Kriegsgeheimnisse enthielten, und rannte aufs Deck. Mit donnernden Kanonen würden sie durch den Hafen von Jacksonville segeln, vorbei an dem gesunkenen Unionsschiff, ein schwieriges Unterfangen. Doch in diesem Augenblick dachte er nicht an Navigationsprobleme.

Er mußte es einfach schaffen, weil soviel auf dem Spiel stand.

Red Fox gehorchte strengeren ethischen Gesetzen als die Nord- und die Südstaaten, und er hatte schon viel für die Konföderation riskiert. Das tat er freiwillig, und er ließ sich nicht dafür bezahlen. Er würde auch kein Schmerzensgeld annehmen, wenn seine Aktivitäten eine Tragödie heraufbeschwörten.

Aber Brent sorgte sich nicht nur um seinen Freund. Die Gefahr, die Kendall drohte, lastete noch viel schwerer auf seiner Seele. Sie verkörperte alles, wofür er kämpfte — den Stolz des Rebellen, seine Ehre, seinen Ruhm, die unerschütterliche Treue, die er seinem Land hielt. Und er liebte sie.

9

»›Oh, ich wünschte, ich wäre im Baumwolland, wo man die alten Zeiten nicht vergißt ...‹« Kendall sang das Lied zu Ende, dann zauste sie lachend das Haar des kleinen Chicola. »Das müßtest du mal zur Erntezeit sehen, Felder voll endloser Wolken.«

»Voll endloser Wolken«, wiederholte Hadjo, ein knappes Jahr älter als Chicola, ernsthaft und zeigte zum Himmel hinauf. »Wolken.«

»Ja, sehr gut. Und jetzt noch einmal. ›Oh, ich wünschte, ich wäre im Baumwolland ...‹«

Die beiden Kinder stimmten in Kendalls Gesang ein und kicherten. Erwartungsvoll schauten sie zu ihr auf, als das Echo des Lieds zwischen den Bäumen am Rand der kleinen Lichtung verhallte, wo sie jeden Nachmittag ihren Sprachunterricht abhielt. Die Wiese lag nicht weit vom Dorf entfernt.

Nicht nur Apolka, auch andere Indianerinnen brachten manchmal ihre Kinder hierher, und sie lauschten der seltsamen weißen Frau, die sich in ihrer Mitte so wohl zu fühlen schien. Sie war tatsächlich zufrieden und glücklich. Aus der Welt da draußen empfing sie keine Nachrichten. Aber sie zweifelte nicht am baldigen Sieg der Südstaaten, und hier konnte sie in Ruhe von ihren Baumwollfeldern träumen. Sobald die Yankees zurückgeschlagen waren, würde sie südlich der Mason-Dixon-Linie in Frieden leben können, eine Scheidung erwirken, und dann ...

Brent McClain.

Ihre Träume waren albern. Das gestand sie sich manchmal ein, wenn ihre Vernunft die Oberhand gewann. Nur eine einzige Nacht hatte sie mit ihm verbracht. Trotzdem sehnte sie sich nach ihm. An den tiefen Gefühlen, die sie ihm entgegenbrachte, zweifelte sie schon längst nicht mehr.

Und er? Gewiß, er hatte gewußt, daß sie verheiratet war, und nur seine Rache angestrebt, aber auch versprochen, hierher zurückzukommen und sie ihrem Mann nicht auszuliefern. Würde er Wort halten, obwohl er mehrmals versichert hatte, er sei kein Gentleman? Oder plante er eine gemeinsame Zukunft?

Er war ein Held der Konföderation, ein attraktiver, faszinierender, in Liebeskünsten erfahrener Mann. Vermutlich warteten in zahlreichen Häfen verliebte Frauen auf ihn, die besser zu ihm paßten als sie — die Gemahlin eines Yankee ...

»Kendall!« Eine kleine Hand zupfte an ihrem Rock. Als sie in Chicolas besorgtes Gesicht schaute, merkte sie, daß sie eine Zeitlang reglos auf dem breiten Baumstumpf gesessen und ins Leere gestarrt hatte. Lächelnd nahm sie den kleinen Jungen auf ihren Schoß. »Singen wir noch was!« schlug er vor.

»Heute nicht mehr. Es dämmert schon. Jetzt müssen wir ins Dorf zurückgehen.«

Der zweijährige Chicola und der dreijährige Hadjo nickten. Belustigt musterte sie die beiden ernsten Gesichter. Aber das Lachen blieb ihr in der Kehle stecken. Irgend etwas bewegte sich hinter ihr, zwischen den Bäumen. Das spürte sie. So wie sie ihren Teil des Abkommens einhielt und den Kindern Englischunterricht gab, erfüllte auch Red Fox sein Versprechen und erklärte ihr alles, was sie über das Leben im Sumpf wissen mußte. Inzwischen kannte sie sämtliche Tierlaute, und sie hatte gelernt, nicht nur mit ihren Ohren zu lauschen, sondern mit allen Instinkten.

Warum dieses Gefühl ihr solche Angst einjagte, verstand sie nicht. Das Dorf lag ganz in der Nähe, und die jungen Seminolenkrieger kamen immer wieder zu der kleinen Lichtung, um sich zu vergewissern, daß alles in Ordnung war.

Aber nun steigerte sich die unerklärliche Furcht zur Panik — noch bevor schnelle Schritte im Gebüsch raschelten und ein Spottlied ertönte. »›John Brown vermodert im kühlen Grab ...‹«

Schreiend sprang sie auf und drückte die Kinder an sich. Innerhalb weniger Sekunden wurde die friedliche Stille des Nachmittags von beklemmendem Grauen verdrängt. Soldaten in blauen Uniformen und kniehohen Stiefeln stürmten auf die Lichtung, allen voran ein Mann mit eisblauen Augen, den Kendall nie wiederzusehen gehofft hatte.

John Moore.

Verzweifelt hob sie die kleinen Jungen hoch, preßte sie an sich und rannte in die Richtung des Dorfes. Dort herrschte bereits lärmendes Chaos. Die Soldaten zertrümmerten die Hütten mit ihren Bajonetten und bekämpften die Krieger, die zurückgeblieben waren, während die anderen zur Jagd gegangen waren oder die Umgebung auskundschafteten.

In der Dorfmitte blieb Kendall stehen und schaute sich entsetzt um. Red Fox! Sie mußte ihn finden, aus seiner Stärke eigene Kraft schöpfen. Aber sie wußte, daß er sich nicht hier aufhielt, und er hätte ohnehin nichts anderes tun können, als im Kampf zu sterben.

»Kendall Moore!« rief Jimmy Emathla, und sie lief zu ihm. Offenbar wollte er sie mit den Kindern in den Wald führen, in ein Versteck. Diesem stolzen, pflichtbewußten Krieger vertraute sie rückhaltlos. Er würde sie in Sicherheit bringen, ebenso wie die Söhne seines Häuptlings.

»Nein!« Bestürzt hielt sie inne, als er zu Boden sank, von einem Bajonett durchbohrt. Tränen brannten in ihren

Augen. Sie hatte nicht einmal das Gesicht des Angreifers gesehen, nur das verschwommene Blau einer Uniform — und dann rotes Blut.

Ein Schrei gellte ihr in den Ohren, und sie wandte sich zu Red Fox' Hütte. Schluchzend rannte Apolka zu ihr, das hübsche Gesicht von Angst verzerrt.

Was dann geschah, würde Kendall niemals vergessen. Ein junger Soldat wich vor einem Krieger zurück und merkte nicht, daß die Indianerin nur eine verzweifelte Mutter war, die ihre Kinder zu erreichen suchte. Er hörte nur ihre Schritte hinter sich, fuhr herum und stieß sein Bajonett in ihre Brust.

Sekundenlang begegnete Kendall dem Blick ihrer Freundin, las wilden Schmerz und ungläubiges Staunen in den dunklen Augen. Kein Laut kam über Apolkas Lippen, als sie zu Füßen des Soldaten zusammenbrach.

Von kaltem Grauen erfaßt, versuchte Kendall, die Kinder vor dem gräßlichen Anblick abzuschirmen, und sie begannen laut zu weinen. Ringsum gellte ohrenbetäubender Lärm, Kriegsrufe vermischten sich mit schweren Schritten und scharfen Befehlen.

Eine Frau schrie, und Kendall erkannte sogar in der Benommenheit ihres Schocks die Stimme des Todes. Niemals würde sie wissen, ob die Soldaten einen Angriff der Indianer vermuteten oder in wilder Mordlust den Verstand verloren. Vielleicht warfen sich die Frauen, die Apolkas Leiche sahen, blindlings der Übermacht entgegen, um tapfer zu sterben, statt feige zu fliehen. Aber dann versuchten sie doch, dem Blutbad zu entrinnen, und rannten mit den zwei Kindern in den Wald.

Noch waren die Krieger nicht von der Jagd zurückgekehrt. Der Angriff galt einem Dorf, in dem sich — abgesehen von ein paar jungen Burschen — nur alte Männer, Frauen und Kinder aufhielten.

Kendall schrie wieder, als grobe Finger ihre Locken

packten, drehte sich um und starrte in die kalten Augen ihres Mannes.

Mit seiner schlanken Figur, den breiten Schultern, den dunklen Haaren und dem sorgsam gestutzten Schnurrbart wäre er attraktiv gewesen, hätte die Grausamkeit seine Züge nicht so nachhaltig geprägt. Nichts Menschliches lag in diesem Blick, der Kendall zu durchbohren schien. »Laß die Bälger los!« befahl er und schlang ihr Haar noch fester um seine linke Hand. In der rechten hielt er ein Gewehr mit bluttriefendem Bajonett.

»Bitte, John, du mußt diesem Massaker ein Ende bereiten. Das ist kein Kampf, sondern Mord ...«

»Laß diese kleinen roten Bastarde los!«

Ringsum schrillten immer noch Todesschreie. Verzweifelt fragte sie sich, ob es irgendwo in diesem Grauen einen ehrbaren, anständigen Yankee gab. Daß solche Männer auch in Unionskreisen existierten, wußte sie, denn sie war ihnen im Fort Taylor begegnet. Aber nicht hier ... Johns Truppe mußte aus handverlesenen Männern bestehen, die alle Indianer haßten.

»Du solltest gehorchen, Kendall! Oder ich ersteche die beiden vor deinen Augen.«

Da er ihr Haar eisern festhielt, konnte sie den Kopf nicht schütteln. Mühsam besann sie sich auf ihre Muskogee-Kenntnisse, schob die Kinder von sich und rief: »Lauft in den Wald, kleine Füchse, und versteckt euch, bis die Männer in Blau verschwunden sind — bis ihr euren Vater seht!«

Doch sie rührten sich nicht von der Stelle und umklammerten angstvoll Kendalls Röcke.

»Geht!« schrie sie und stieß sie weg. Bei der ruckartigen Bewegung zerrte sie an ihren Haaren, das John umklammerte, und der Schmerz trieb ihr neue Tränen in die Augen. Aber die kleinen Jungen rannten endlich davon.

Johns verkniffene Lippen verschwanden unter seinem

imposanten Schnurrbart. Mit brutaler Kraft schleuderte er Kendall in die Arme eines kreidebleichen jungen Soldaten und befahl: »Bringen Sie meine Frau in ein Boot!«

Der Bursche, höchstens achtzehn Jahre alt, nickte wortlos. Offensichtlich hatte er vom Krieg etwas anderes erwartet als ein so gräßliches Schlachtfest. Doch er war wohl zu verwirrt, um sich einem Befehl zu widersetzen. Er umfaßte Kendalls Arm — nicht grob, aber unerbittlich — und zog sie zum Flußufer.

Als sie über die Schulter blickte, preßte sie verzweifelt ihre freie Hand auf den Mund. Chicola hatte ihr gehorcht. So schnell die kleinen braunen Beinen ihn trugen, lief er zu den Zypressen hinter dem Dorf. Bald würde er zwischen den Bäumen untertauchen.

Aber Hadjo war in Panik geraten und dorthin geflohen, wo er immer Wärme und Sicherheit gefunden hatte. Beharrlich klammerte er sich an den leblosen Körper seiner Mutter. Ein Soldat stolperte über das Kind, drehte sich wütend um und schlug ihm den Kolben seines Gewehrs auf den Kopf. Ohne einen Laut von sich zu geben, brach der kleine Junge neben Apolka zusammen.

Kendall begann hysterisch zu schreien, schüttelte die Hand des erschrockenen jungen Soldaten ab und stürmte in die Mitte des Dorfes zurück. »Hört auf, ihr blutrünstigen Mörder! Hört endlich auf!« Mit beiden Fäusten hämmerte sie auf den erstbesten blauen Rücken, der ihr in die Quere kam. Ein zorniges Gesicht wandte sich zu ihr. Aber es war kein grausamer, sondern ein erschütterter Blick, den sie mit tränenfeuchten Augen erwiderte.

»O Jesus ...«, flüsterte der Soldat.

Dann wurde sie von John Moore an der Schulter gepackt. Vom Fluß her näherten sich schnelle Schritte, ein durchdringender Ruf hallte über die Lichtung, wo plötzliche Stille herrschte. »Was zum Teufel geht hier vor?«

Nur vage erkannte Kendall diese Stimme. Travis. Hochgewachsen und sehr attraktiv in seiner Galauniform, trat er in die Mitte der Unionssoldaten, die jetzt reglos dastanden. Hinter ihm, etwas abseits vom Schauplatz des blutigen Gemetzels, verharrte seine etwa zwanzigköpfige Kompanie in unbehaglichem Schweigen. Fassungslos starrte er die Leichen der Frauen, Kinder und alten Männer an. Zwischen den Toten lagen nur wenige Krieger, die Red Fox beauftragt hatte, das Dorf zu bewachen — eine abgeschiedene Oase im Sumpf, bisher von Ruhe und Frieden erfüllt.

Immer noch ungläubig, ging Travis im Kreis herum, dann wandte er sich empört an die Soldaten. »Verdammt, was ist hier geschehen? Wir kämpfen gegen die konföderierten Staaten — und nicht gegen Indianerfrauen und -kinder und alte Männer!«

»Warum regst du dich so auf, Travis?« fragte John ärgerlich, und seine Finger bohrten sich unsanft in Kendalls Schulter. »Wir haben ein paar Wilde getötet. Das ist alles. Jeder Indianerjunge wächst zu einem Krieger heran, der über die Weißen herfällt.«

Vor Wut wurde Travis erst rot, dann blaß. »Hier bin *ich* der Kommandant, John. Wir hatten die Order hierherzukommen, mit den Indianern über Kendalls Freilassung zu verhandeln und den Häuptling vor einem Bündnis mit den Konföderierten zu warnen.«

»Aber Lieutenant Moore hat recht, Commander«, erwiderte eine träge Stimme in Johns Truppe. »Was macht's schon aus, wenn man ein paar Rothäute umbringt? Vor zwanzig Jahren hatten wir den Befehl, jeden zu töten, der uns über den Weg lief.«

Nach einer kurzen Pause räusperte sich Travis und verkündete in schneidendem Ton:

»Einen Monat extra Schicht beim Wachtdienst, Soldat. Wegen Aufsässigkeit. Und nun werde ich euch allen erklären, warum es falsch ist, ein paar Indianer abzuschlachten. Wir gehören der United States Navy an. Und es ist unsere erste Pflicht, die Union zu bewahren. Wir sind beauftragt, zu kämpfen, nicht zu morden. Bedenkt, daß wir ein Land repräsentieren, in dem gottesfürchtige, friedliebende Menschen leben. Wir kämpfen für die Ehre. Und es ist ehrlos, Frauen und Kinder zu töten.« Plötzlich fuhr er zu John herum. »Zum Teufel, wie konntest du so etwas zulassen?« Bei Kendalls Anblick zuckte er nur kurz zusammen.

»Diese dreckigen Wilden haben meine Frau entführt!« stieß John zwischen zusammengebissenen Zähnen hervor. »Wir hatten die Order, hierherzukommen und ...«

»... und zu verhandeln, keine unschuldigen Leute niederzumetzeln!«

John schwieg eine Weile, und Kendall spürte seinen heißen Zorn.

»Nun, du kämpfst in deinem Krieg, Travis, ich schlage meine eigenen Schlachten.«

Zwischen den beiden Männern knisterte eine fast greifbare Spannung. Und ringsum herrschte drückende Stille. Keine Brise raschelte in den Zweigen, kein Vogel zwitscherte, nicht einmal eine Grille zirpte. Aber dann erklang ein leises Summen. Fliegen stürzten sich auf die Leichen, vom Geruch des Blutes angelockt. Vielleicht war es dieses Geräusch oder die Erkenntnis, daß sie inmitten ihrer Männer standen, die John und Travis zur Vernunft brachte. Dies war weder der rechte Ort noch der passende Zeitpunkt, um einen privaten Zwist auszutragen, der Freunde in Feinde verwandelt hatte.

Travis schaute Kendall an, sein Blick bat sie um Verzeihung, und sie spürte seinen aufrichtigen Kummer. Offensichtlich war er nur hierhergekommen, weil er glaubte, sie würde von den Indianern gefangengehalten. Nun schien er zu ahnen, wie gern sie in diesem Dorf geblieben wäre, statt wieder in John Moores Hände zu fallen. Er wandte sich zu den Männern. »Zurück in die Boote! Sofort!«

Hastig gehorchten sie, und Kendall stand allein mit John und Travis auf der Lichtung, von Leichen umgeben.

»Jetzt haben wir deine Frau zurückerobert, John«, bemerkte Travis. In seiner Stimme schwang ein leiser Vorwurf mit. »Allem Anschein nach ist ihr kein Leid geschehen.«

»Nein?« John lachte bitter. »Vielleicht nicht. Ich kann mir durchaus vorstellen, daß sie sich diesen Rothäuten bereitwillig hingegeben hat, wie eine läufige Hündin ...«

»Verdammt, John!« fiel Travis ihm verlegen ins Wort.

»Warum verteidigst du sie? Wir wissen beide, wozu meine Frau imstande ist. Aber möglicherweise muß ich gar nicht auf die elenden Krieger eifersüchtig sein. Du konntest es kaum erwarten, in den Sumpf vorzudringen. Was geht hinter meinem Rücken zwischen euch beiden vor? Mehr als Freundschaft?«

Entrüstet ballte Travis die Hände. »Dafür werde ich dich nicht zum Duell fordern, John. Weil ich immer noch dein Freund bin. Aber als dein Freund muß ich dich warnen. Wenn du so weitermachst, wirst du bald keine Freunde mehr haben. Und falls du Kendall etwas antust ...«

»Sie ist meine Frau, Travis, und ich behandle sie so, wie ich es für richtig halte!« fauchte John. »Du hast kein Recht, dich da einzumischen.«

»Sobald dieser Krieg vorbei ist ...«, begann Travis.

»Sollten wir nicht von hier verschwinden?« fragte John kühl. »Sonst geraten wir womöglich in einen Hinterhalt, und wenn dir eine wilde Rothaut die Kehle abschneidet, wirst du nicht mehr über das Blut jammern, daß hier vergossen wurde. Vergiß nicht, du bist für das Leben einiger Männer verantwortlich.«

Travis fluchte und machte auf dem Absatz kehrt. Angespannt hatte Kendall das Streitgespräch belauscht. Nun schloß sie die Augen und wünschte, sie könnte die Zeit zurückdrehen, das Grauen wäre nie geschehen. Sie versuchte sich von Johns Griff zu befreien, aber seine Finger gruben sich gnadenlos in ihre Schulter.

»O nein, meine Süße!« zischte er. »Jetzt wirst du mich nach Hause begleiten, in die Unionskaserne. Dort wollen wir feiern. Wieder einmal wurde eine weiße Frau von ihrem liebenden Gatten vor einem roten Barbaren gerettet.« Ausdruckslos erwiderte sie seinen Blick. Er konnte ihr nicht mehr weh tun. Nichts würde die schmerzlichen Schuldgefühle übertreffen, die ihr Herz erfüllten. »Sei unbesorgt, meine Liebe«, fuhr er fort. »Ich werde behutsam und zärtlich mit dir umgehen und ignorieren, daß du von elenden Indianern besudelt wurdest. Aber du mußt mir in allen Einzelheiten erzählen, was sich hier ereignet hat. Ja, ich will wissen, warum du so wundervoll aussiehst.«

Von plötzlicher Verzweiflung überwältigt, dachte sie an Red Fox' Güte und Freundlichkeit. Wenn er von der Jagd zurückkehrte, würde er seine Frau in ihrem Blut liegen sehen, seinen erschlagenen Sohn. Und das alles ihretwegen. Wäre sie doch mit den anderen gestorben ... »John«, sagte sie leise, »du solltest mich umbringen. Sonst werde ich dich eines Tages töten.«

Er preßte die Lippen zusammen, ließ ihre Schulter los, aber nur um ihr Kinn unsanft zu umfassen. »Versuch's doch!«

Wie aus weiter Ferne drang seine Stimme zu ihr, dann versank die Welt in schwarzen Schatten. Kendall spürte nicht mehr, wie er sie hochhob und davontrug.

Kendall versuchte, ruhig liegenzubleiben und die Astlöcher in der Balkendecke zu zählen. Könnte sie doch einschlafen ... Immerhin bestand die Chance, daß die

Offiziersbesprechung bis nach Mitternacht dauerte. Und John würde sie vielleicht in Ruhe lassen, wenn sie schlief.

Bis jetzt hatte er keine Gelegenheit gefunden, sie zur Rede zu stellen. Sie war erst zu sich gekommen, als die kleinen Ruderboote die Bucht erreicht hatten.

An Bord eines der beiden Schoner mußte sich Lieutenant Moore um sein Kommando kümmern. Strömender Regen, vom Sturm gepeitscht, prasselte auf das Deck herab. Nach knapp zwei Tagen erreichten sie Key West. Während dieser Zeit war sie ihrem Mann nur selten begegnet. Sie saß in einer kleinen Kabine und sah kaum jemanden außer dem jungen Fähnrich, der ihr die Mahlzeiten brachte und sich höflich nach ihrem Befinden erkundigte. Anscheinend glaubte er, sie wäre von schrecklichen Qualen erlöst worden. Auf der Reise versank sie immer wieder in tiefer Verzweiflung, oder sie empfand überhaupt nichts. Nachts hörte sie die Schreie der sterbenden Indianerinnen und ihrer Kinder, sah die blutüberströmte Apolka und Hadjo vor sich, der erschlagen neben seiner toten Mutter lag.

Als der Schoner auf stürmischen Wellen schaukelte, betete sie, er möge an den tückischen Florida-Riffen zerschellen. Inzwischen spürte sie keine Angst mehr, und es war ihr egal, was John mit ihr vorhatte. Sie war froh, weil er glaubte, sie hätte einem Seminolen geschenkt, was sie ihrem Ehemann niemals geben konnte.

Das grausige Gemetzel im Indianerdorf hatte ihre schönen Zukunftsträume zerstört. Nun kam es ihr so vor, als hätte sich ihre Seele vom Körper gelöst. Nach der Rückkehr ins Fort Taylor war sie sofort zu Captain Brannen gerufen worden.

In bitterem Zorn erzählte sie ihm die Wahrheit — zum Dank für die Gastfreundschaft, die sie bei den Seminolen genossen habe, seien Frauen, Kinder und alte Männer brutal ermordet worden. Doch dann ahnte sie, daß sie nicht nur wegen der Indianer verhört wurde, und schwieg beharrlich — Brent und seiner Besatzung zuliebe.

So wie John glaubte auch Captain Brannen, sie hätte sich im Sumpf eine Fieberkrankheit zugezogen, und er hielt sie für hysterisch, als sie ihn anflehte, ihr bei der Flucht vor ihrem Mann zu helfen. Im Grunde war er ein freundlicher Mann. Besorgt tätschelte er ihr Haar. »Nun beruhigen Sie sich, Mrs. Moore. In den letzten Monaten haben sie viel durchgemacht. Sie wurden entführt und gezwungen, bei den Wilden zu leben. Und dann noch dieses Blutvergießen ... Aber Sie müssen Ihren Mann verstehen. Auch für ihn ist die Situation nicht einfach.« Er schaute zu John hinüber, und beinahe wäre sie in schrilles Gelächter ausgebrochen. Jeder nahm an, sie wäre von den ›Wilden‹ vergewaltigt worden, und bewunderte den armen John, der sein Leid so tapfer zu ertragen und seine Frau immer noch anzubeten schien.

Sogar das Gemetzel führte der Captain auf Johns Bestreben zurück, Kendall zu schützen. Natürlich wurde der Lieutenant getadelt, aber nicht bestraft. Die Aktion im Indianerdorf war ›bedauerlich, aber verständlich‹.

Wie sie sich eingestehen mußte, würden viele Konföderierte genauso denken. Sie erinnerten sich immer noch lebhaft an die Seminolenkriege und wußten nichts vom Ehrenkodex der Indianer.

Während sie zur Balkendecke hinaufblickte, kehrten ihre Gedanken — wie so oft — zu Brent McClain zurück. Würde sie ihn jemals wiedersehen? Und wie sollte ihr die Flucht gelingen, wenn ihre Tür Tag und Nacht von Soldaten bewacht wurde?

Energische Schritte näherten sich dem Zimmer, und sie schloß rasch die Augen. John trat ein, und sie hörte, wie er aus der Galauniform schlüpfte, die er bei der Besprechung mit Captain Brannen getragen hatte. Direkt neben ihrem Kopf fiel das Schwert klirrend zu Boden. Da öffnete sie die Augen und starrte ihren Mann an. Beide wußten, daß sie nicht geschlafen hatte.

»Du hast dich also mit deinen Entführern angefreundet?« fragte er leise, und seine sanfte Stimme jagte ihr noch größere Angst ein als sein Zorn.

»Ja«, bestätigte sie kühl. »Diese ›Wilden‹, die du abgeschlachtet hast, waren sehr gut zu mir.«

»Auch die Krieger?«

»Ja.«

»Aha ...« Lächelnd nickte er, als würde er angenehme Konversation mit ihr machen, und setzte sich aufs Bett. »Erzähl mir alles«, bat er und strich mit einem kalten Finger über ihren Hals. »Bist du auch so zusammengezuckt, wenn dich ein Wilder angefaßt hat oder bereitwillig in seine Arme gesunken? Gab es einen, mit dem du besonders gern schliefst? Wirklich, ich interessiere mich sehr für die Sitten und Gebräuche dieser Rothäute. Als du mit Travis an Bord des Schoners warst, wurdet ihr von sechs oder sieben Kriegern angegriffen. Durften sich alle mit dir vergnügen, meine süße Frau? Oder warst du klug genug, um von Anfang an zu erkennen, wer der Anführer war, und dich bei ihm einzuschmeicheln?«

Obwohl sie wußte, wie leichtsinnig sie sich verhielt, schaute sie ihn an, die Augen voller Haß. »O nein, John, mit einem einzigen gab ich mich nicht zufrieden. Jede Nacht ging ich von einer Hütte zur anderen, und ich genoß jede einzelne Liebesstunde in vollen Zügen ...«

Da wurde sie von einer schallenden Ohrfeige unterbrochen, und als sie aufspringen wollte, umklammerte er ihr Handgelenk. »Lügnerin!«

»Was meinst du?«

»Du hast keinen einzigen Indianer angerührt.«

In wachsender Angst starrte sie ihn an. »Natürlich lüge ich. Ich verachte dich, John. Und um dich zu ärgern, würde ich alles behaupten. Es gab nur einen einzigen Krieger ...«

Schmerzhaft verdrehte er ihr Handgelenk. »Lügnerin!« wiederholte er leise. »Du weißt ganz genau, was ich meine.«

»Nein ...«

»Kein Indianer hat dich angerührt. Soeben informierte mich Captain Brannen über einen Bericht unseres Geheimdienstes. Die Rebellen haben im ganzen südlichen Florida Waffen verteilt. Und einige Seminolen haben im Norden deines Sumpfs, um das Okeechobee-Gebiet herum, Rinder gezüchtet, die mysteriöserweise in Georgia und Louisiana aufgetaucht sind. Weißt du, warum, Kendall? Ganz sicher. Weil Red Fox, der Häuptling des Dorfs, das wir zerstört haben, der Busenfreund eines Konföderierten namens Brent McClain ist.«

Krampfhaft versuchte sie, seinen Blick möglichst unbefangen zu erwidern. »Du bist verrückt ...«

»O nein. Aber du bist tot, wenn er sich jemals wieder in deine Nähe wagt. Auch er ist so gut wie tot. Bald werde ich ihn aufspüren, und dann serviere ich dir diesen Schurken auf einem Silbertablett.«

Alles Blut wich aus ihren Wangen, aber sie antwortete leichthin:

»Da irrst du dich, John. *Du* bist ein toter Mann. Wenn er erfährt, was du getan hast, wirst du auf der ganzen Welt keinen einzigen Ort finden, wo du dich verstecken kannst.«

»Das würde dir gefallen, was, Kendall?« fragte er in einem liebenswürdigen Konversationston, der ihr eisige Schauer über den Rücken jagte. »Von Anfang an hast du dir meinen Tod gewünscht.«

»Keineswegs. Ich wollte nicht mit dir vor den Traualtar treten, aber damals empfand ich noch keine Verachtung für dich ...«

»Bis du herausfandest, daß du nur mit einem halben Mann verheiratet bist?«

»Nein, bis ich deine krankhafte Grausamkeit erkannte, die du nicht einmal zu bekämpfen suchst.«

Johns Lächeln konnte das Eis in seinen Augen nicht schmelzen. »Kopf hoch, Kendall! Vielleicht kann ich von meinem Gebrechen geheilt werden. Die Chancen stehen nicht schlecht. Neulich wurde ein Doktor ins Fort versetzt, der sehr viel von Pocken und den Fieberkrankheiten versteht, die in Sumpfgebieten grassieren. Er gab mir Medikamente, mit denen er jahrelang experimentiert hat. Dabei erzielte er erstaunliche Fortschritte. Er glaubt, ich könnte innerhalb eines Monats genesen, natürlich nur mit deiner Hilfe.«

Entschieden schüttelte sie den Kopf. »Dafür ist es zu spät, John. Nach allem, was geschehen ist, werde ich dich niemals anrühren. Jedesmal, wenn ich dich anschaue, sehe ich das Blut unschuldiger Frauen und Kinder vor mir . . .«

»Oh, du wirst mich anrühren«, unterbrach er sie lachend. »Und zwar schon bald. Du bist meine Frau.« Abrupt ließ er ihre Hand los, stand auf und öffnete seinen Gürtel. Als er hörte, wie sie entsetzt nach Luft schnappte, wandte er sich zu ihr. »Heute nacht nicht, meine Liebe. Ich will dir nur eine Lektion erteilen.«

Die Bedeutung seiner Worte war nicht schwer zu erraten. »Ausgerechnet hier willst du mich schlagen, John? Dann bist du ein verdammter Narr. Was sollen deine Freunde von der Navy denken?«

»Nichts. Jeder würde seine Frau verprügeln, wenn sie einen Rebellen zwischen den Schenkeln gehalten hätte.«

»John, du bist krank, wirklich krank. Aber du kannst mir nichts mehr anhaben. Und weil du das weißt, versuchst du, mich immer schmerzhafter zu verletzen.«

Wütend packte er ihre Schultern und drehte sie auf den

Bauch. Und dann merkte sie, daß er immer noch die Macht besaß, ihr weh zu tun. Sie schrie gellend, als der Lederriemen ihren Rücken traf. Nach dem zehnten Hieb konnte sie kaum noch klar denken. Wie aus einer anderen Welt drang seine Stimme zu ihr, während er ins Bett kroch. »Wenn es soweit ist, wirst du mich anrühren, teure Gemahlin«, prophezeite er voller Genugtuung. »Und du wirst mir viel mehr geben als diesem Rebellen.«

»Niemals!«

Ob er die Antwort hörte, wußte sie nicht, denn sie hatte den Kopf zur anderen Seite gedreht und konnte ihre trokkenen Lippen kaum bewegen. Aber sie gelobte sich voller Inbrunst, ihrem Entschluß treu zu bleiben. Nichts würde er von ihr bekommen, und wenn er sie grün und blau schlug und jeden einzelnen Knochen in ihrem Körper brach. Letzten Endes würde sie ihn besiegen. Was sie Brent geschenkt hatte, würde John nie erhalten. Ihre Liebe.

10

Seit dem Beginn seiner Fahrt nach Süden glaubte er unentwegt zu laufen. Wenn er sich beeilte, würde er das Ziel rechtzeitig erreichen, das Schlimmste verhindern, Kendall finden und sie beschützen ...

Rastlos wanderte er auf dem Deck der *Jenni-Lyn* umher, die der Küste folgte. Er wußte, daß er jederzeit Unionsschiffen begegnen konnte. Doch das störte ihn nicht. Nur zu gern würde er sie alle in die Luft jagen. Und das müßte mir auch gelingen, dachte er.

Nichts sollte ihn davon abhalten, den Sumpf anzusteuern, und in seiner Entschlossenheit fühlte er sich unbesiegbar. Einmal war er um ein feindliches Schiff — dreimal so groß wie die *Jenni-Lyn* — herumgesegelt, hatte es mit heftigem Kanonenfeuer bestrichen und die Reise unbehelligt fortgesetzt.

Endlich bog der Schoner in die Flußmündung und ging vor Anker. Brent und zehn Besatzungsmitglieder ruderten in Beibooten durch das Labyrinth des Sumpfs. Noch bevor sie den Pinienwald am Ufer sahen, wo das Seminolendorf lag, schwamm er an Land. Das Bedürfnis, so schnell wie nur möglich voranzukommen, war übermächtig geworden. Seine angespannten Muskeln sehnten sich nach Bewegung. Und in seinen rasenden Herzschlägen spürte er kalte Angst.

Ohne seine Schritte zu verlangsamen, kam er im Dorf an, blieb stehen, schloß die Augen und öffnete sie wieder. Und da erkannte er, daß das namenlose Grauen keine Illusion war.

Überall lagen Leichen. Aus einer zertrümmerten Hütte hing der Arm eines Kriegers heraus. Neben der kalten

Asche eines Lagerfeuers umklammerte ein kleines Mädchen eine Strohpuppe mit Augen aus Kürbiskernen. Blicklos schien das tote Kind in Brents Gesicht zu starren. Er bückte sich und schloß behutsam die Lider.

»O Jesus, Captain, sehen Sie doch!«

Brent wandte sich zu Charlie, der neben einer Frauenleiche kniete.

»Apolka, Sir! Und ihr kleiner Sohn!«

Mit bleischweren Beinen ging Brent zu Charlie, sank auf die Knie und verscheuchte die Fliegen, die über den Toten schwirrten. »Wir müssen sie alle begraben«, würgte er hervor. Die schöne Apolka, sanft wie ein junges Reh … Die Liebe zu ihrem Mann und ihren Kindern war ihr einziger Lebensinhalt gewesen. Wer konnte so grausam gewesen sein, ein solches Geschöpf zu töten?

Er merkte es kaum, als Charlie sich entfernte, um die Männer zu holen und die Toten bestatten zu lassen. Verzweifelt nahm er Apolka und ihren Sohn in die Arme. In seinen Augen brannten Tränen des Zorns und der Trauer. Am schmerzlichsten bedrückte ihn, was Red Fox durch die Schuld seines weißen Freundes erlitten hatte.

Allmählich sank die Abenddämmerung herab. Goldenes und rötliches Licht ging in Indigoblau und Malvenrosa über. Schweigend beobachtete die Besatzung der *Jenni-Lyn* ihren Kapitän, der die tote Apolka und Hadjo in den Armen hielt.

Leise Schritte durchbrachen die Stille, und Charlie McPherson wandte sich zuerst zum Waldrand. Dann blickten auch die anderen hinüber. Dort stand Red Fox mit seinen Kriegern. Alle hielten Schaufeln in den Händen. Charlie erkannte, daß der Häuptling bereits in seinem Dorf gewesen war und nun zurückkehrte, um zu tun, was auch sein weißer Freund plante.

Eine Zeitlang stand Red Fox reglos am Rand der Lichtung und betrachtete Brent McClains zitternden Rücken.

Sein bronzefarbenes Gesicht, wie aus Granit gemeißelt, zeigte keine Gefühle, denn ein unbesiegbarer angeborener Stolz verlieh ihm innere Kräfte, die nicht einmal das größte Leid bezwingen konnte.

Schließlich ging er zu Brent, kniete neben ihm nieder und nahm ihm den toten Sohn aus den Armen. »Mein Freund, ich habe meine Tränen bereits vergossen. Auch der stärkste Mann muß manchmal weinen. Doch die Tränen sind vertrocknet, das Echo meines Racheschreis ist verhallt. Irgendwann werde ich das Unrecht vergelten, das meinem Volk angetan wurde. Nun will ich meine Lieben der Erde übergeben. Sie sollen nicht länger von Fliegen gestört werden. Steh auf, mein Freund, und hilf mir, meinen Sohn und Apolka zu bestatten, die mein Herz in so zarten Händen hielt. Auch du hast die beiden geliebt, das weiß ich, und die Tränen eines Mannes, der fast niemals weint, trösten meine Seele.«

Schweigend erhob sich Brent, die tote Apolka auf den Armen.

Sie beerdigten die Indianerin gemeinsam mit ihrem Kind, und wie es bei den Seminolen Brauch war, legten sie einige ihrer Habseligkeiten hinzu, ein paar Küchengeräte. Red Fox' Krieger und die weißen Seefahrer bestatteten auch die anderen Leichen, dann zündeten sie die zertrümmerten Hütten an. Organgeroter Feuerschein erhellte die Nacht, als sie davonruderten.

Red Fox hatte seine Leute im nahen Dorf seiner Mikasuki-Vettern untergebracht. Während sie dem Fluß folgten, brach Brent sein Schweigen. »Alles habe ich dich gekostet. Dein Heim, deine Frau, dein Kind ...«

»Es ist nicht deine Schuld«, fiel Fox ihm ins Wort. »Wie immer treffe ich meine eigenen Entscheidungen. Bald werde ich wieder kämpfen.«

Im Dunkel der Nacht suchte Brents Blick die Augen seines Freundes. »Was ist aus Chicola geworden? Ich sah ihn nicht . . .«

»Er lebt. Glücklicherweise konnte er in den Wald fliehen. Und jetzt stell mir endlich die Frage, die auf deiner Seele lastet.«

Brent zögerte nicht länger. »Was ist mit Kendall geschehen?«

»Sie hat gekämpft«, erklärte Red Fox voller Stolz. »Weder mit einer Pistole noch mit einem Messer, sondern mit ihrer Willenskraft. Chicola erzählte mir, sie habe ihn zu schützen versucht, und Jimmy Emathla, der die Morgensonne wahrscheinlich nicht mehr sehen wird, hörte ihr Gespräch mit dem Blaurock. Er erlitt eine tödliche Wunde.«

»Und worüber sprach sie mit ihrem Mann?« fragte Brent tonlos.

»Das soll dir Jimmy Emathla selbst sagen.«

Red Fox hatte recht. Ganz sicher würde Jimmy Emathla den neuen Tag nicht mehr sehen. Der Tod verschleierte bereits seine Augen, als Brent die Pfahlhütte betrat, wo der Seminole seinen letzten Atemzug erwartete. »Night Hawk . . .« Mit erstaunlich starken Fingern umklammerte der Indianer die Hand des Besuchers.

»Vielleicht sollten Sie nicht reden und Ihre Kräfte schonen.«

Aber Emathla schüttelte den Kopf und fuhr mit der Zunge über seine trockenen Lippen. »In dieser Nacht werde ich sterben, mein Freund. Das weiß ich. Und ich danke den Göttern, daß ich Sie gekannt habe. Leider habe ich Sie enttäuscht, Night Hawk, und ich bitte Sie um Verzeihung.«

»Niemals haben Sie mich enttäuscht . . .«

»Doch. In meinem Hochmut versprach ich, die Frau zu beschützen. Aber die Männer waren in der Überzahl, stürzten sich auf uns, und ich war machtlos.«

»Kein Mann kann gegen zwanzig Feinde kämpfen.«

Seufzend zuckte Emathla die Schultern. »Sie war so tapfer, Night Hawk. Statt zu fliehen, versuchte sie, die Kinder des Häuptlings zu schützen. Und einige überlebten nur, weil sie sich von einem Soldaten losriß, ins Dorf zurückrannte und die Blauröcke um Gnade anflehte. Und dem Mann, der sie für sich beanspruchte, erklärte sie, eines Tages würde sie ihn töten. Ein Reh, das sich gegen einen Panther wandte ... In seinen Augen las ich Mordlust. Vielleicht wird er sie umbringen — oder er zwingt sie, jeden Tag den Tod zu sehen.«

»Vielen Dank, daß Sie mir das alles erzählen, Jimmy.«

Emathla nickte, und seine Stimme klang so schwach, daß Brent sein Ohr an die Lippen des Indianers legen mußte.

»Einer war dabei, ein weißer Mann in Blau, der niemanden tötete. Und ich glaube, er hätte am liebsten geweint. Travis ... Sie nannten ihn Travis. Gewiß würde er ...«

»Was, Jimmy? Denken Sie nach! Was würde dieser Travis tun?«

»Er würde Ihnen helfen. Und ich glaube, er liebt die Frau. Kendall ... Sie vertraute mir, und ich ... Kendall ...« Der Name war ein leises Stöhnen — und Emathlas letztes Wort. Als sich der östliche Horizont rosig färbte, verrieten die entspannten Züge des Indianers tiefen inneren Frieden. Hinter ihm blieb eine grausame Welt zurück.

»Sicher, in Jacksonville ist Ihnen ein Bravourstück gelungen, Brent«, sagte Charlie McPherson und drohte seinem Captain mit dem Finger. »Aber wenn Sie glauben, Sie könnten einfach ins Fort Taylor hineinspazieren, täuschen Sie sich.«

Ungeduldig strich Brent durch sein Haar. »Eins vergessen sie, Charlie. Das Fort wird von der Union besetzt, aber auf Key West leben sehr viele Konföderierte.«

»Und was haben Sie vor?« fragte Charlie trocken. »Wollen Sie alle Rebellen zusammentrommeln?«

»Nein, ich wende die gleiche Taktik wie in Jacksonville an. Aber diesmal gehe ich allein ...«

»Deine einzige Chance ist das Meer«, fiel Red Fox ihm ins Wort.

Brent schaute zu dem Indianer hinüber, mit dem sie in einer offenen Pfahlhütte saßen. Inzwischen stand die Sonne hoch am Himmel.

»Was nützt es dir, in die Stadt zu gehen, mein Freund?« fuhr der Häuptling fort. »Das Fort kannst du nicht sprengen, weil Kendall darin gefangengehalten wird. Du mußt dich in Geduld fassen. Im Augenblick sitzt sie hinter Schloß und Riegel. Sicher wird sie streng bewacht. Aber irgendwann wird ihr Mann wieder davonsegeln. Möglicherweise begleitet sie ihn. Das wäre unsere Chance.«

»Aber wir müssen an der Westküste patrouillieren«, protestierte Charlie, »und dann eine Baumwollfracht nach London bringen, um sie gegen Waffen einzutauschen.«

»Ich könnte Kendall befreien«, schlug Red Fox vor.

»Nein, nicht schon wieder du«, widersprach Brent. »Bis an mein Lebensende wird die Wunde in meinem Herzen brennen ...«

»Das ist überflüssig!« unterbrach ihn der Indianer und stand irritiert auf. »Wie ich bereits sagte, ich treffe meine eigenen Entscheidungen. Und ich habe noch stichhaltigere Gründe als du, an diesen Männern Rache zu üben.«

»Du bist ein Indianer. In diesem Krieg bekämpfen sich die Weißen.«

»Inzwischen ist es auch mein Krieg.«

Wütend starrte Brent seinen Freund an, aber er beherrschte sich. »Sie rechnen mit einem Indianerangriff. Wahrscheinlich suchen sie deine Segel viel aufmerksamer als irgendwelche Blockadebrecher.«

»Also, was sollen wir tun?« fragte Charlie nervös.

»Wir wenden uns an einen Yankee«, erwiderte Brent. »Bevor Jimmy Emathla starb, erwähnte er einen gewissen Travis.« Plötzlich schnippte er mit den Fingern. »Wir müssen zur Flußmündung segeln und mit Harold Armstrong sprechen. Mal sehen, was er weiß. Vielleicht konnte er irgendwelche telegraphischen Nachrichten aufschnappen. Die Yanks halten in Cedar Key die Stellung, aber Harold müßte uns über alles informieren können, was da vorgeht. Finden wir heraus, wer dieser Travis ist. Harolds Kontaktleute auf Key West können uns möglicherweise verraten, wann John Moore lossegeln wird. Red Fox, wir werden deine Strategie anwenden und uns in Geduld üben.«

Geduld . . . Brent preßte die Lippen zusammen. Und wenn der Yankee seine Frau tötete? Nein, er würde ihr nichts antun. Für ihn war sie eine Art Trophäe. »Wenn du willst, komm mit uns, Red Fox. Bitten wir einen Yankee namens Travis um Hilfe.«

Ein Vollmond hing am indigoblauen Himmel, eine dunkle Silhouette huschte über den Strand. Der Ruf einer Spottdrossel durchbrach die nächtliche Stille. Doch die Männer wagten sich erst zwischen den Bäumen hervor, als Harold Armstrong laut lachte. Erfreut schüttelte er Brents Hand. »Seit einer halben Ewigkeit haben wir uns nicht mehr gesehen, Captain McClain. Hier läuft alles reibungslos. Die Indianer beliefern uns regelmäßig. Kommt mit in die Hütte, Jungs! Während ihr euch mit Rindsbraten und Apfelwein stärkt, erzähle ich euch alle Neuigkeiten.«

»Klingt verlockend, Harry«, stimmte Brent zu. »Wir müssen wissen, was die Yanks treiben. Besonders im Fort Taylor.«

»Nun, ich will mein Bestes tun.«

Brent und seine Leute folgten dem grauhaarigen Harold durch einen dichten Pinienwald zu einer kleine Siedlung, wo ein paar loyale Konföderierte lebten. Weiter unten am Fluß besetzten die Unionssoldaten ein kleines Fort, das während der Indianerkriege als Stützpunkt gedient hatte. Um die wenigen Weißen, die in dieser abgeschiedenen Gegend hausten, kümmerten sie sich kaum.

Bald saßen Brent, Red Fox und Charlie McPherson an Armstrongs Tisch, hörten ihrem Gastgeber aufmerksam zu und verspeisten den Rindsbraten, den seine Frau Amy serviert hatte. »Allmählich spitzt sich die Situation zu. Seit das Panzerschiff aus Virginia ...«

»Das — was?« fragte Charlie.

»Das Panzerschiff. Die Rebellen holten die alte *Merrimack* aus dem Hafen, wo die Yanks sie versenkt hatten, verkleideten sie mit Eisen und tauften sie in *Virginia* um. Hätte ich sie doch gesehen!« seufzte Harold neidisch. »Die fuhr einfach mitten hinein in die Yankees und versenkte mehrere Schiffe. Kein Geschoß konnte ihr was anhaben. Alle Kanonenkugel prallten von ihr ab.«

»Verdammt!« Charlies Augen leuchteten. »Ich hab's ja gewußt! Auf dem Meer können wir die elenden Yanks schlagen!«

Besorgt schüttelt Harold den Kopf und schenkte seinen Gästen noch etwas Apfelwein ein. »Leider währte die Siegesfreude nicht lange. Am nächsten Tag schickten die Yanks ihr eigenes Panzerschiff zur *Virginia*. Die Schlacht dauerte stundenlang. Letzten Endes traten sowohl die *Monitor* als auch die *Virginia* den Rückzug an. Bald wird die ganze Welt davon hören. Und ich sage euch, Jungs, diese beiden Schiffe haben Geschichte gemacht!«

Normalerweise wäre Brent von diesem Ereignis fasziniert gewesen. Aber er hatte andere Probleme. »Kennen Sie jemanden auf Key West, Harry? Ich muß herausfinden, was im Fort Taylor vorgeht.«

»Klar. Auf Key West habe ich gute Kontakte. Mein Geheimdienst funktioniert ausgezeichnet. Aber falls Sie ins Fort Taylor eindringen wollen, Captain, vergessen Sie's. Dieser Yankee-Lieutenant war außer sich vor Zorn, als die Indianer seine Frau entführt hatten. Wie ich höre, hat er sie jetzt zurückgeholt.«

»Das wissen wir, Harry.«

»So?« Harold Armstrong warf Red Fox einen neugierigen Blick zu, aber Brent gab keine weiteren Erklärungen ab.

»Was können Sie mir über Lieutenant Moore erzählen, Harry?«

»Er gleicht einem Panther auf der Pirsch. Und er hofft inständig, Sie eines Tages zu erwischen, Captain.«

»Können Sie herausfinden, wann er wieder lossegelt?«

»Sicher.«

»Außerdem brauche ich Informationen über einen Unionsoffizier namens Travis ...«

»Deland«, ergänzte Harold, und Brent hob erstaunt die Brauen. »United States Navy Commander Travis Deland, nach dem Captain der ranghöchste Mann im Fort.«

»Was wissen Sie über ihn?«

»Nun, anscheinend kommt er ganz gut mit der Bevölkerung von Key West zurecht. Ein echter Gentleman. Energisch, aber nett und höflich. Warum?«

»Weil ich versuchen möchte, mit ihm zu reden.« Brent stand auf, streckte sich und klopfte Charlie auf den Rücken. »Trommeln Sie die Besatzung zusammen. Heute nacht segeln wir los.«

»Ach, zum Teufel!« murmelte Charlie, trank seinen Becher leer und schob seinen Stuhl zurück. »Ausgerechnet heute nacht, wo Chris und Lloyd so nette Mädchen gefunden haben ...«

Harold Armstrong lachte. »Nur gut, daß Sie mit den jungen Burschen verschwinden! Wahrscheinlich meinen

Sie die Beler-Mädchen. Ihr Pa ist unser Priester, und er kann verdammt gut mit seiner Schrotflinte umgehen. Der hat einen ganzen Haufen Töchter. Die jüngste ist erst drei Jahre alt. Sicher amüsieren sich Chris und Lloyd mit zwei älteren. Aber er bewacht sie alle mit Argusaugen. Er erzieht sie zu vornehmen kleinen Ladies, und er sieht's sicher nicht gern, wenn sie sich mit rauhbeinigen Seemännern einlassen.«

Seufzend verdrehte Charlie die Augen. »Oh, verdammt!«

Eine Stunde später segelte die *Jenni-Lyn* aus dem Fluß aufs Meer hinaus. Wäre Brent nur wenige Minuten später aufgebrochen — oder hätte eine schwarze Wolke den Mond in jenem Augenblick nicht verdeckt, hätte die Besatzung ein winziges Boot bemerkt, das ganz in der Nähe vorbeifuhr.

Doch die *Jenni-Lyn* hatte die Bucht längst verlassen, als Harold am Strand stand und den Kahn entdeckte. Erstaunt sah er schmale, zarte Finger vom Dollbord gleiten, rannte zum Wasserrand und hob seine Lampe. Dann stieß er einen leisen Pfiff aus.

Eine bleiche junge Frau saß im Boot. Im Mondlicht schimmerte ihr blondes Haar wie Gold. Mitternachtsblaue Augen starrten ihn an. Kraftlos hob sie eine Hand. »Helfen Sie mir . . .«, flüsterte sie. »Bitte . . .«

»Natürlich wird Ihnen der alte Harry Armstrong helfen, Mädchen. Nur keine Bange. Jetzt bringe ich Sie erst einmal in meine Hütte, setze Sie vors Kaminfeuer und gebe Ihnen was zu essen.«

»Harry?« fragte sie hoffnungsvoll. »Etwa Harold Armstrong?«

»Ja, Madam, Harry Armstrong, zu Ihren Diensten.«

»Gott sei Dank! Ich bin Kendall Moore. Brent — Captain McClain sagte mir, ich könnte mich an Sie wenden. Werden Sie mir helfen — und mich vor den Yankees verstekken?«

»In meiner Hütte finden Sie keine Yankees, Ma'am. Und eine Freundin von Brent McClain ist gut bei mir aufgehoben.«

»Oh, vielen Dank ...« Ihr Stimme erstarb, in namenloser Erleichterung schloß sie die Augen, dann schwanden ihr die Sinne.

Nachdenklich starrte Harold aufs Meer hinaus. Das mußte die Frau des Yankees sein, die von den Indianern entführt worden war. Ihretwegen segelte Captain McClain nach Key West ... Nur um wenige Minuten hatte er sie verpaßt.

Harry hob sie aus dem Boot und trug sie durch den Pinienwald zu seiner Hütte. Verdammt, wie war sie hierhergeraten? Hatte sie den weiten Weg von Key West zu diesem Strand ganz allein zurückgelegt? In einem morschen Segelboot?

11

Alpträume quälten ihren Schlaf. Immer wieder hörte sie ihre eigene atemlose Stimme und Travis' sanfte Beteuerung. »Kendall, ich schwöre dir, ich werde Mittel und Wege finden. John wurde auf die *Mississippi* beordert, und es wird lange dauern, bis er zurückkommt.«

»Hier kann ich nicht bleiben, Travis! Nicht nach allem, was geschehen ist!«

»Aber ich darf dich nicht gehen lassen. Ich weiß, John hat dir weh getan, und deshalb bin ich hier. Wenn du mir Zeit gibst, wird mir irgendwas einfallen. Ich muß mit Brannen reden. Im Augenblick bildet er sich ein, er würde eine Spionin von der Konföderation beherbergen.«

»Nun, ich bin eine Konföderierte! Das habe ich nie bestritten. Travis, was mir widerfahren ist, bedrückt mich nicht, sondern das Schicksal der Indianer. Für dieses Gemetzel ist John verantwortlich. Niemals werde ich vergessen, was ich mit ansehen mußte. Und ich hasse die Yankees ...«

»Mich auch?«

»Natürlich nicht. Du weißt doch, wie sehr ich dich mag. Aber du mußt meine Gefühle verstehen. Im Namen der Union wurden Frauen, Kinder und alte Männer ermordet. Deshalb ertrage ich's nicht, noch länger in dieser Kaserne zu leben. Die Zeit drängt. Nicht zuletzt, weil John glaubt, er könnte genesen. Wenn er mich anrührt, würde ich sein Blut an meinen Händen spüren ...«

Unruhig warf sie sich im Schlaf umher. Der Traum war so wirklichkeitsnah, und sie las Liebe und Sorge in Travis' Augen. »Bitte, Kendall, gib mir Zeit. Irgendwie werde ich eine Möglichkeit finden, dich hinauszuschmuggeln und in Sicherheit zu bringen.«

In diesem Moment hatte sie an ihm vorbeigeschaut, zur offenen Tür, seinen beschwörenden Worten gelauscht und den schweren blauen Wasserkrug vom Nachttisch genommen, um ihn mit aller Kraft auf seinen Kopf zu schlagen. Verzeih mir, Travis ...

Als sie leise stöhnte, wurde ein kühles, feuchtes Tuch auf ihre Stirn gelegt, und sie war nicht mehr in der Kaserne, sondern in einer kleinen Fischerhütte an der Westküste der Insel.

»Gott mit Ihnen, junge Dame ...« Die vierzigjährige Frau sah wie eine Greisin aus. In der ersten Schlacht von Manassas hatte sie ihren ältesten Sohn verloren, den anderen in der zweiten Schlacht. Einer war in einer blauen Uniform gestorben, sein Bruder in einer zimtfarbenen. Das alles hatte sie erzählt, bevor ihr Gast eingeschlafen war.

Die beschwerliche Seereise hatte an Kendalls Kräften gezehrt. Bald war der Trinkwasservorrat zur Neige gegangen.

Tagsüber schien eine gnadenlose Sonne auf das kleine Boot herab, nachts fror Kendall erbärmlich. In ihrem Traum begannen die Bilder zu verschwimmen ...

Ruckartig fuhr sie aus dem Schlaf hoch. Sie lag zwischen kühlen, sauberen Laken, ihr Mund fühlte sich nicht mehr trocken an. Als sie die Augen aufschlug, sah sie ein Fenster mit weit geöffneten Läden. Zwischen grünen Ranken schien Sonnenlicht herein, und sie sah schöne violette Blumen — Orchideen.

»Oh, Sie sind erwacht, meine Liebe!«

Kendall wandte sich zu einer rundlichen Frau mit eisengrauem, zu einem adretten Chignon frisierten Haar und strahlenden blauen Augen, die neben dem Bett auf einem Stuhl saß. Obwohl sie ein schlichtes Baumwollkleid trug, wirkte sie wie eine perfekte Lady, und sie sprach mit einer leisen, kultivierten Stimme.

Schüchtern erwiderte Kendall das Lächeln der Frau, die sich nun vorstellte: »Ich bin Amy Armstrong. Letzte Nacht wurden Sie an unseren Strand gespült, und Harry sagt, Sie seien Kendall Moore, eine Freundin von Brent.«

Jetzt war der Alptraum vorbei. Kendall nickte. Sie war geflohen und endlich in einem sicheren Hafen gelandet. »Dann bin ich am richtigen Ort«, flüsterte sie.

»O ja, junge Lady«, bestätigte Amy Armstrong fröhlich und stand auf, um das Laken glattzustreichen. »Nun bringe ich Ihnen was zu essen. Sie müssen halb verhungert sein. Wie Sie die Fahrt in diesem Boot überlebt haben, werde ich nie verstehen. Und daß Sie sich nicht verirrt haben! Offenbar sind Sie eine tüchtige Seefahrerin.«

Kendall hatte versucht, sich an den Inseln, der Sonne und den Sternen zu orientieren. Von Travis hatte sie viel über das Meer gelernt und von Red Fox erfahren, wie man die Zeichen des Himmels deutete und die Windrichtungen erkannte. Nur mit Mühe und Not war ihr die Flucht gelungen. Hätte sie den Fluß nicht erreicht und wäre Harry Armstrong nicht zur Stelle gewesen, würde sie nicht mehr leben.

»Eine gute Seefahrerin bin ich gewiß nicht, Mrs. Armstrong. Nur meine Verzweiflung gab mir Kraft. Nun bin ich Ihnen und Ihrem Mann zu großem Dank verpflichtet. Und Sie dürfen mich nicht bedienen. So gut ich es vermag, will ich Ihnen helfen ...«

»Seien Sie nicht albern, Mädchen«, protestierte Amy und ging zur Tür. »Bleiben Sie im Bett liegen! Wenn Sie's auch nicht zugeben wollen, Sie sind ziemlich geschwächt. Ich sorge sehr gern für Sie. Wo Sie doch Brents Freundin sind ...«

»Da bin ich mir nicht so sicher.«

»Natürlich sind Sie's, meine Liebe.« An der Tür drehte

Amy sich noch einmal um. »Wir wissen, was geschehen ist. Und wir kennen Sie besser, als Sie glauben. Wenn dieser Seminole Red Fox meint, es würde sich lohnen, für Sie zu sterben, dann genügt mir das. Und Brent ... Vor lauter Sorge um Sie ist er halb verrückt. Er bedeutet mir sehr viel, und nachdem ich bemerkt habe, was er für Sie empfindet, ist es nur natürlich, daß ich Sie ebenfalls sehr mag. Also bilden Sie sich bloß nicht ein, Sie würden mir zur Last fallen! Heute bleiben Sie im Bett, und morgen dürfen Sie aufstehen.«

»Oh, bitte, warten Sie«, flehte Kendall und richtete sich auf. »Sagten Sie, Brent ...«

»Bevor Sie gegessen und sich ausgeruht haben, kriegen Sie kein Wort mehr aus mir heraus!« Amy Armstrong eilte aus dem Zimmer und schloß energisch die Tür hinter sich.

Als sie ihrem Gast das Tablett vollgefüllt mit Speisen brachte, blieb sie bei ihrem Entschluß. »Wenn Sie morgen aufwachen, reden wir.«

»Aber ich bin eben erst erwacht!«

»Sie sind schwach wie ein neugeborenes Fohlen! Schlafen Sie! Morgen früh nehmen Sie dann ein Bad. Anschließend gehen wir im Garten spazieren.«

»Im Garten?«

»O ja, er wird Ihnen gefallen. Harry ist Gärtner. Zumindest war er's vor dem Krieg. Jetzt kümmere ich mich um die Pflanzen, und Harry sammelt Informationen für die Rebellen. Jetzt schlafen Sie.«

»Ich werde kein Auge zutun«, protestierte Kendall.

Aber sie schlief umgehend tief und fest, und diesmal wurde sie nicht von bösen Träumen heimgesucht.

Am nächsten Morgen half sie Amy, eimerweise heißes Wasser in eine große Eisenwanne zu schütten. Dann genoß sie ihr Bad, schloß die Augen und sah die zornige

Miene ihrer Gastgeberin nicht, die beim Anblick der Striemen auf Kendalls Rücken nur mühsam einen Schrei unterdrückt hatte.

»Julie Smith, ein Mädchen aus unserem Dorf, hat mir ein schönes Kleid für Sie gegeben. Sicher wird's Ihnen passen, weil Sie beide groß und schlank sind. Allerdings dürften Sie etwas schlanker sein, aber das ist gut so, denn ich habe leider kein Korsett.«

Ein so hübsches Kleid hatte Kendall seit Monaten nicht mehr getragen. Es war pfirsichfarben, mit einem weißen Oberteil, und Amy fand sogar ein farblich passendes Band, das sie ihr um den Hals schlang. »Für diesen Rock brauchen sie einen Unterrock und eine Krinoline. Sicher werde ich in meiner Truhe etwas Geeignetes finden.«

»O Mrs. Armstrong, Sie sind so freundlich! Es kommt mir fast so vor, als würde ich einen Ball besuchen und bis in die späte Nacht hinein tanzen.«

»Nennen Sie mich doch Amy, meine Liebe. Ich erinnere mich noch gut an die Zeit, wo ich so jung war wie Sie. Auch wir stammen aus Charleston, Kendall. Habe ich das schon erzählt? Jetzt leben wir schon seit zwanzig Jahren hier.«

»Ganz allein?«

»Nein, entlang der Küste wohnen etwa hundert Leute. Es ist schön hier, und die Orchideen gedeihen prächtig. Kommen Sie, ich will sie Ihnen zeigen.«

An drei Seiten war die Hütte von hohen Pinien umgeben. Die Hintertür führte in einen Gemüsegarten. An der Vorderfont wuchsen Blumen in allen Farben — Hibiskus, Orchideen und exotische Gewächse, deren Namen Amy nannte. »Am Ende dieses kleinen Wegs liegt unser Stall. Wir besitzen zwei Kühe, zwei Maulesel und drei hübsche kleine Vollblüter. Reiten Sie doch mal aus, wenn Sie wollen. Aber entfernen Sie sich nicht zu weit. Hier kann man sich leicht verirren.«

Kendall lächelte, dann runzelte sie die Stirn und ergriff den Arm ihrer Gastgeberin. »Bitte, erzählen Sie mir jetzt von Brent! Haben Sie ihn gesehen? Wissen Sie, wo er ist?«

»Eigentlich müßte er jeden Augenblick zurückkommen.«

»Und Sie wissen, wo er steckt?«

»Ja.«

»Wo, Amy! Bitte sagen Sie mir's!«

Amy seufzte. »Also gut. Er sucht Sie.«

»O nein!« flüsterte Kendall entsetzt. »Die Yankees werden ihn gefangennehmen und töten!«

»Beruhigen Sie sich! Brent ist kein Narr, und er weiß, was er tut. Er möchte sich an einen gewissen Travis wenden.«

»Um Himmels willen ...«, stöhnte Kendall. Brent und Travis. Und sie liebte alle beide, zwei ehrenwerte, stolze Männer. Ein loyaler Unionist, ein loyaler Konföderierter. Jeder war sich sicher, auf der richtigen Seite zu kämpfen. Wenn sie einander umbringen, ist es meine Schuld, dachte sie verzweifelt. So wie das Massaker im Indianerdorf ...

»Reißen Sie sich zusammen, Mädchen«, mahnte Amy. »Red Fox und Brent sind gemeinsam losgesegelt. Nicht einmal die gesamte Union Army wäre den beiden gewachsen. Das werden Sie schon noch sehen. Übrigens, jetzt haben Sie sich lange genug ausgeruht. Wir besitzen keine Sklaven. Helfen Sie mir doch im Garten! Danach können Sie die Hühner füttern.«

Bereitwillig begann Kendall zu arbeiten, aber so lebhaft Amy auch schwatzte, sie konnte ihre neue Freundin nicht von ihrem Kummer ablenken. Was würde geschehen, wenn Brent und Travis einander begegneten? Hinter Travis standen die Streitkräfte der Union, Brent verließ sich auf seine eigene Stärke, seine unbesiegbare Willenskraft.

Sicher hatte er inzwischen erfahren, was geschehen war. Wilde Rachsucht mußte sein Herz erfüllen ...

Und Red Fox?

In seinem tiefen Schmerz würde er jeden töten, der eine blaue Uniform trug. Wie konnte sie ihm jemals gegenübertreten? So viel hatte er ihr gegeben — und ihretwegen alles verloren.

Was für Narren die Yankees sind, dachte Brent und blinzelte in die Sonne. Immer wieder ließen sie ihn vorbeischlüpfen. Wenn er nicht aufpaßte, würde er bald zum Leichtsinn neigen, weil sie so verdammt achtlos waren.

Hätten die Rebellen so viele Soldaten wie die Yanks und Kanonenfabriken südlich der Mason-Dixon-Linie, wäre der Krieg schon vor Monaten beendet worden, überlegte er.

Von Harrys Informanten hatte er erfahren, Lieutenant Moore würde sich derzeit nicht im Fort Taylor aufhalten. Er sei nach Norden beordert worden, zur Gulf Coast, um in der Flotte unter Admiral Farragut zu dienen. Und Commander Travis Deland unternahm auf seiner *Lady Blue,* einem Schoner mit sechs Kanonen, eine Patrouillenfahrt um die südlichen Keys.

Eine Zeitlang war Brent direkt vor der Nase des Schoners dahingesegelt. Nun versteckte er sich in der Bucht einer winzigen Mangroveninsel, die auf keiner Karte eingezeichnet war. Jetzt mußte er nur noch warten.

Die *Lady Blue* folgte ihm mit vollen Segeln. Obwohl die Unionisten schon so lange auf den Keys stationiert waren, kannten sie die Gefahr der Korallenriffe noch immer nicht. Wenn der Schoner seinen derzeitigen Kurs und die Geschwindigkeit beibehielt, würde er demnächst zerschellen. Dann brauchte die Besatzung der *Jenni-Lyn* die Yankees nur noch aus dem Wasser zu holen, und Travis Delant wäre in Brents Gewalt.

»Schauen Sie doch, Captain«, rief Charlie, der neben ihm an Deck stand. »Sie dreht ab! Das ist ein verdammter Yankee, der genau weiß, wie man den Riffen ausweicht. Er darf uns nicht anschießen, Sir, und die *Jenni-Lyn* auf keinen Fall entern. Wahrscheinlich hat er vierzig Mann bei sich, und wir sind nur zwanzig.«

»Fünfundzwanzig. Vergessen Sie Red Fox und seine vier Krieger nicht. Natürlich soll die *Jenni-Lyn* nicht getroffen werden. Da wir uns im Gebiet der Union befinden, muß sie manövrierfähig bleiben. Wir werden der *Lady Blue* einen Schuß verpassen. Lloyd soll die Kanoniere auf ihre Posten schicken. Schnell!«

»Fertig zum Gefecht!« schrie Charlie.

Sekunden später trommelten rasche Schritte über die Decksplanken.

»Kanone Nummer eins laden!«

»Geladen!«

»Nur ein einziger Schuß!« befahl Brent. »Direkt vor den Bug, sobald wir die *Jenni-Lyn* in Position gebracht haben!«

Charlie stand am Ruder und steuerte den Schoner aus der Bucht, sobald die *Lady Blue* die Riffe umschifft hatte und sich der Insel näherte.

»Feuer!« befahl Brent, und die erste Kanone donnerte.

Im nächsten Moment legte sich die *Lady Blue* zur Steuerbordseite, der Bug stand in Flammen, und das gellende Geschrei der Besatzung klang bis zur *Jenni-Lyn* herüber.

»Geben Sie mir das Fernglas, Charlie!« rief Brent. Dann sah er die Männer über das brennende Deck laufen. Einige sprangen über Bord. Als ein durchdringender Befehl erklang, verebbte die Panik, und die Seemänner rannten zum Bug, um das Feuer zu bekämpfen.

»Segelt hinüber, bevor sie eine Chance erhalten, uns zu beschießen!« ordnete Brent an. Die *Jenni-Lyn* näherte sich dem feindlichen Schiff. Er schickte einen Mann auf den Mast, um dem Kommandanten des gefechtsunfähigen

Schoners zu bedeuten, er solle kapitulieren. Wenig später flatterte eine weiße Flagge am Großmast der *Lady Blue.*

Während die Besatzung der *Jenni-Lyn* die Enterhaken hinüberwarf, sah Brent einen hochgewachsenen Mann in einer untadeligen Commander-Uniform an Deck stehen, von Offizieren flankiert. Beim Anblick der klugen braunen Augen und der markanten Gesichtszüge hielt Brent erstaunt den Atem an. Er kannte Travis Deland bereits — den Mann, der ihm im Charleston-Hafen das Leben gerettet hatte.

»So trifft man sich wieder, Yankee.«

»Ja.«

»Lassen Sie's nicht zu einem Gemetzel kommen, Commander. Geben Sie Ihren Männern keinen Feuerbefehl.«

»Wie lauten Ihre Bedingungen, Captain McClain?«

»Ich möchte nur kurz mit Ihnen reden.« Mit einer knappen Kopfbewegung wies Brent auf Red Fox, der neben ihn getreten war. »Und Sie müssen mir alle Männer ausliefern, die am Massaker im Sumpf beteiligt waren und sich jetzt an Bord Ihres Schiffs befinden. Sie sollen mit den Indianern kämpfen, deren Familien sie getötet und deren Hütten sie zerstört haben. Die anderen lasse ich frei.«

»Mit diesem Blutbad hatten meine Leute nichts zu tun, Captain McClain. Und ich gebe Ihnen mein Wort als Gentleman, daß ich niemals unschuldige Menschen ermorden würde.«

»Commander Deland, ich beschuldige Sie nicht. Aber Sie haben nicht nur Ihre Kompanie an Bord. Gewiß sind einige Männer dabei, die im Namen der Union Navy und unter Lieutenant John Moores Kommando die Indianer getötet haben.«

Plötzlich sprang ein Yankee vor und riß mit den Zähnen einen Pulversack auf. »Stürmen wir das Rebellenschiff, Commander! Wir sind in der Überzahl!«

Als er sein geladenes Gewehr hob, krachte auf der *Jenni-Lyn* ein Schuß. Brent mußte sich nicht umdrehen, um zu wissen, daß Chris — ein Meisterschütze — den Mann vom Mastkorb aus getroffen hatte.

Ohne irgendwelche Emotionen zu zeigen, sah Travis Deland den Soldaten fallen. »Ich kann Ihnen nicht gestatten, meine Männer zu foltern und hinzurichten.«

»Niemand soll gefoltert oder hingerichtet werden. Ich verbürge mich für einen fairen Kampf. Die tapferen Soldaten in Blau haben doch jede Gelegenheit ergriffen, um Indianerblut zu vergießen. Warum nicht jetzt?«

»Crocker, Haines, Dunphrey und Holmes treten Sie vor!« befahl Travis und ließ Brent nicht aus den Augen.

»Nein, Commander, diese Wilden werden ...«, begann ein Mann zu protestieren.

»Feigling!« donnerte Travis. »Ihr alle werdet kämpfen!«

»Mann gegen Mann«, ergänzte Brent und nickte Red Fox zu. Geschmeidig sprangen der Häuptling und seine drei Krieger über die Reling der *Lady Blue*.

»Die Waffen aller anderen Soldaten über Bord!« befahl Brent.

»Die Waffen aller anderen Soldaten über Bord!« wiederholte Travis und zuckte mit keiner Wimper.

»Auf beiden Seiten wird sich niemand einmischen«, betonte Brent und zeigte zum Mastkorb hinauf. »Chris wird jeden erschießen, der sich regelwidrig gegen einen Indianer wendet — oder gegen einen Yankee. Wie gesagt, hier soll ein fairer Kampf stattfinden.«

Travis Deland nickte zustimmend. Mit einem wilden Kriegsruf stürzte sich Red Fox auf einen der blauuniformierten Männer. Die Yankees zückten die Waffen, die sie benutzt hatten, um die Frauen und Kinder im Seminolendorf zu ermorden. Es war ein fairer Kampf, der nicht lange dauerte. Die blutüberströmten Leichen vor dem geistigen Auge, töteten der Häuptling und seine Krieger die vier Yankees. Travis hob eine Hand, und einige seiner Männer verhüllten die Leichen.

»Wenn Sie jetzt an Bord der *Jenni-Lyn* kommen würden, Commander ...«, begann Brent.

»Tun Sie's nicht, Commander!« rief ein Kanonier. »Das ist ein Rebellentrick!«

»Seien Sie nicht albern«, antwortete Travis müde. »Wenn er es wollte, hätte er uns längst in die Luft gejagt.« Als er an Bord der *Jenni-Lyn* sprang, verneigte sich Brent. »Folgen Sie mir in meine Kabine, Commander.«

Wenig später saßen sie sich am Schreibtisch gegenüber. Brent zündete sich eine schlanke Zigarre an, dann schob er die Teakholz-Kassette zu Travis hinüber. Wenn Commander Deland auch mit diesem Bastard Moore befreundet war, er besaß einen anständigen Charakter. Das hatte Brent bereits erkannt. Außerdem scheint er Kendall gut zu kennen, dachte er, sogar zu lieben, wenn Jimmy Emathla sich nicht getäuscht hat. Was empfindet sie für ihn?

Travis nahm die Zigarre und ein brennendes Streichholz entgegen. »Sie möchten Kendall in ihre Obhut nehmen, nicht wahr, Captain?«

»Ja. Leider kann ich das Fort nicht angreifen, Commander. Dafür habe ich weder genug Männer noch Waffen. Die Konföderation würde mir wohl kaum eine größere Truppe und eine bessere Ausrüstung zur Verfügung stellen. Außerdem verfolgt sie wichtigere Ziele, als das Fort Taylor einzunehmen.« Nach kurzem Zögern fuhr er fort: »Nicht alle Bewohner des Seminolendorfs sind gestorben. Ein Überlebender hörte ein Gespräch zwischen Ihnen, Moore und Kendall. Deland, ich fürchte, der Lieutenant wird seine Frau töten. Wie mir jener Indianer versicherte, sind Sie ein Ehrenmann. Deshalb bitte ich Sie, mir beizustehen. Ohne Ihre Hilfe kann ich Kendall nicht befreien.«

»Seltsam, daß der berühmte Night Hawk den Krieg vernachlässigt, um eine Frau auf den Florida Keys zu suchen ... Aber ich verstehe es, weil ich Kendall selber liebe. Bedauerlicherweise kann ich Ihnen nicht helfen. Sie ist bereits geflohen.«

»Was?« stieß Brent hervor.

»Damals mußte ich tatenlos mit ansehen, wie sie von den Indianern entführt wurde. Der Krieger, der Sie jetzt begleitet, war der Anführer. Weil ich dachte, sie würde gegen ihren Willen von den Wilden festgehalten, folgte ich John in die Glades, aber ich kam zu spät. Und ich erkannte auch viel zu spät, daß Kendall sich dort glücklich fühlte. Bald nach unserer Rückkehr in die Kaserne bestätigte sich die Vermutung, gewisse Indianer hätten sich mit den Rebellen verbündet.« Travis seufzte tief auf. »In jener Nacht hörte ich Kendall schreien. Offensichtlich wurde sie von John Moore mißhandelt, aber niemand eilte ihr zu Hilfe. Das müssen Sie verstehen, Captain. Die Yanks empfinden kein Mitleid mit einer Frau, die ihrem Mann Hörner aufgesetzt hat, noch dazu mit einem Konföderierten. Denken Sie nicht allzu schlecht von den Leuten. Sie dachten, John hätte ihr eine kleine Lektion erteilt und ihr dann verziehen. Aber ich kenne ihn. Sobald er losgesegelt war, ging ich zu Kendall und versprach ihr, ich würde ihr zur Flucht verhelfen. Da wurde sie hysterisch und erklärte, sie müsse sofort verschwinden. Bald würde John seine Manneskraft zurückgewinnen, deshalb könne sie nicht warten. Ich erklärte ihr, ich würde etwas Zeit brauchen, um sie aus der Kaserne zu bringen. Sie gab vor, mir zuzuhören, dann schlug sie mir einen Wasserkrug auf den Kopf. Als ich zu mir kam, war sie zu Fuß geflohen. Ich rannte in die Stadt. Dort erfuhr ich, sie sei in einem kleinen Boot davongesegelt. Das war vor ein paar Tagen.«

Wo zum Teufel steckte sie jetzt? Diese Frage krampfte

Brents Herz schmerzhaft zusammen. Aber er stand auf und ging zur Tür. »Sie sind frei, Commander Deland. Eines Tages werde ich John Moore wiedersehen. Und dann töte ich ihn.«

»Vielleicht töte ich ihn selbst«, entgegnete Travis und folgte ihm zur Kabinentür. »Falls Sie es noch nicht gehört haben, gestern wurde New Orleans von Admiral Farragut erobert.«

Unwillkürlich erschauerte Brent. New Orleans, die größte Stadt des Südens ... »Danke für die Mitteilung, Commander. Guten Tag. Ich hoffe, wir treffen uns wieder, wenn der Krieg vorbei ist.«

»Das hoffe ich auch. Und, Captain ...«

»Ja?«

»Suchen Sie Kendall. Im Augenblick kann John ihr nichts anhaben, weil er in New Orleans ist. Aber ich weiß nicht, wohin sie gesegelt ist.«

»Natürlich, ich werde sie finden.«

Nachdem der Yankee-Commander auf sein Schiff zurückgekehrt war, entfernte die Besatzung der *Jenni-Lyn* die Enterhaken von der Reling des Unionsschoners. Sie umsegelten gerade die Spitze der Insel, als Brent an Deck zurückkehrte und zu Charlie ging, der am Ruder stand.

»Den Großteil dieses Krieges verbringe ich mit der Suche nach einer verrückten Frau!« fauchte er. »Steuern Sie nach Norden, Charlie, und behalten Sie die Inseln im Auge. Wenn Sie irgendwas sehen, das Segel hat, verständigen Sie mich. Oh, diese Närrin!« Wütend schlug er mit der Faust auf das Ruder.

Aus dem Mastkorb drang ein Ruf herab. »Eine Schaluppe an der Steuerbordseite, Captain!«

»Welche Flagge?« fragte Brent.

»Keine, Sir. Soll ich unsere streichen?«

Brent schüttelte den Kopf. »Einer Schaluppe sind wir gewachsen.«

»Jetzt wird die Konföderationsflagge gehißt, und sie signalisieren uns, daß sie mit uns reden wollen!«

»Gut, wir legen seitwärts an. Aber lassen Sie die Geschütze bemannen, Charlie, für alle Fälle. Wir befinden uns immer noch in den Gewässern der Yankees.«

Doch die Vorsichtsmaßnahme war überflüssig. Die Schaluppe war ein Kaperschiff aus Richmond mit Kurs auf die Bahamas, und der junge Captain gestand Brent, er habe die Konföderationsflagge der *Jenni-Lyn* nicht sofort erkannt und erst danach seine eigene zu hissen gewagt. »Ich hoffte, Sie zu treffen, Captain McClain. Vor ein paar Tagen wurde mein Schiff von einer Kanonenkugel getroffen, und wir mußten es in Biscayne reparieren lassen. Dort lief mir ein gewisser Harold Armstrong über den Weg und bat mich, Ihnen etwas auszurichten. Die Frau sei bei ihm. Sonst soll ich Ihnen nichts erzählen, nur das.«

Brent atmete erleichtert auf. »Danke, Captain. Soeben haben sie uns eine Menge Zeit erspart. Gute Fahrt, und nehmen Sie sich in acht, solange Sie zwischen diesen Inseln segeln. Dieses Gebiet gehört den Yankees.«

»Gewiß, ich werde aufpassen, Captain. Es war mir ein Vergnügen, den berühmten Night Hawk kennenzulernen. In Richmond haben Sie ebenso viele Bewunderer wie Feinde in Washington.«

»Das weiß ich, Sir.« Die beiden Kommandanten salutierten, dann wandte sich Brent zu Charlie. »Nur noch ein kleiner Umweg, dann kümmern wir uns wieder um diesen verdammten Krieg.« Seufzend ging er zur Kabine. »Jetzt werde ich mich ein bißchen ausruhen und den versäumten Schlaf nachholen. Sagen Sie Red Fox, Kendall sei bei Harry Armstrong. Oh, diese verdammte Frau wird mich noch in den Wahnsinn treiben!«

12

»Sie werden's schon noch sehen, Kendall«, sagte Harry Armstrong und drückte die Erde rings um einen frisch eingepflanzten Bougainvillea-Strauch fest. »Eines Tages wird's hier lebhafter zugehen als in Richmond.« Lächelnd hockte er sich auf die Fersen und wischte seine Hände ab. »Hier finden Sie Pflanzen, die in Süd- und Nordamerika heimisch sind. Die Passatwinde wehen den Blütenstaub hin und her. Aber die Glades sind einzigartig.«

»Ja, Sie leben in einer wundervollen Gegend, Harry. Im Seminolendorf lernte ich die Schönheit der Everglades kennen, aber ich weiß nicht, ob ich genug Pioniergeist aufbrächte, um mich dort niederzulassen. Es so einsam. Und die Alligatoren, die Schlangen, der Treibsand ...«

Überrascht verstummte sie, als er in Gelächter ausbrach.

»Mir wollen Sie einreden, Sie hätten keinen Pioniergeist, Mädchen? Nachdem Sie in diesem winzigen Boot so weit gesegelt sind?«

Seufzend schüttelte sie den Kopf. »Die ganze Zeit träume ich von meiner Heimat, Harry.« Wenn ich mich nicht um Brent und Travis und Red Fox sorge, fügte sie in Gedanken hinzu. »Hoffentlich wird dieser Krieg bald zu Ende gehen. Irgendwann müßten's die Yankees satt haben und den Versuch aufgeben, uns zu unterdrücken. Dann werden sie uns so leben lassen, wie wir es wollen. Und eines Tages kehre ich nach Charleston zurück. Ich möchte meinen Stiefvater wegjagen, dann wird Cresthaven wieder in altem Glanz erstrahlen. O Harry, unser Haus war so wunderschön. Wir gaben himmlische Parties, die Damen trugen elegante Kleider, die Herren ihre imposanten Abendanzüge, und Pa konnte mit seinen Freunden stundenlang über theologische Themen diskutieren.«

Harry lächelte wehmütig und dachte an die schönen alten Zeiten. Auch er stammte aus South Carolina, und er sehnte sich immer noch nach seinem Vaterland, obwohl er in Florida eine zweite Heimat gefunden hatte.

Im Gegensatz zu Kendall bezweifelte er, daß der Krieg ein baldiges Ende finden und daß die Union nachgeben würde. Doch das sprach er nicht aus. »Wollen Sie mir helfen, die Tomatenstauden zu stutzen?«

»Natürlich, Harry.«

Während sie zum Gemüsegarten hinters Haus gingen, ertönte ein langgezogener, klagender Laut. Grinsend wandte sich Harry zum Strand.

»Was war das?« fragte Kendall verwirrt.

»Ein Signal, Mädchen. Bill McGretter hat in eine Seemuschel geblasen.«

»Und was bedeutet das?«

»Daß Captain McClain zurückkommt.«

»Oh!« Er hatte es geschafft. Glücklich preßte sie eine Hand auf ihre Brust. So schmerzlich hatte sie sich nach ihm gesehnt, und jetzt war er hier. Was sollte sie tun? Hier stehenbleiben und ihn erwarten? Oder dem Ruf ihres Herzens folgen, zur Flußmündung laufen und sich in seine Arme werfen?

Sekundenlang schloß sie die Augen. Wenn er sie haßte — wegen der Tragödie, die sie heraufbeschworen hatte?

Das Problem wurde gelöst, als Amy aus der Hütte rannte und ihre mehligen Hände an der Schürze abwischte. »Sie sind da!« jubelte sie. »Warum haltet ihr zwei Maulaffen feil? Kommt, wir wollen die Jungs gebührend begrüßen!«

Kendall folgte ihr zum Strand, immer noch von Zweifeln geplagt. Waren die starken Gefühle, die sie mit Brent verbanden, Wirklichkeit – oder existierten sie nur in ihrer Fantasie?

Der schmale Weg durch den Pinienwald schien kein Ende zu nehmen. Doch dann erreichten sie den Strand. Die *Jenni-Lyn* ankerte bereits in der kleinen Bucht, und die Besatzungsmitglieder stiegen in Beiboote oder schwammen an Land. Lachend spritzten sie einander an und stießen ihren wilden Rebellenschrei hervor. Kendall hielt atemlos nach Brent Ausschau, und dann sah sie ihn in seiner schneidigen, zimtfarbenen Uniform an Land waten. Die kniehohen Stiefel schützten seine Hose nicht, doch das schien ihn kein bißchen zu stören. In der Zwischenzeit hatte er sich einen Bart und einen Schnurrbart wachsen lassen. Beides stand ihm sehr gut. Voller Liebe und Stolz beobachtete sie ihn. Ein Südstaatenkavalier vom Scheitel bis zur Sohle . . .

»O Brent! Brent!« Ohne auf die Zuschauer oder ihren guten Ruf zu achten, stürmte sie ins Wasser. Als er ihren Ruf hörte, blieb er stehen, breitete die Arme aus, und sie fiel ihm um den Hals. »O Brent!«

Er drückte sie fest an seine Brust, dann schob er sie ein wenig von sich. »Bei deinem Anblick vergesse ich beinahe, daß ich dich erwürgen wollte.«

»Erwürgen?«

»Allerdings.« Seine starren grauen Augen schienen bis auf den Grund ihrer Seele zu schauen. »Als ich Commander Deland traf . . .«

»Travis!« unterbrach sie ihn erschrocken. »Du hast ihn doch nicht getötet?«

»Nein.« Sie spürte, wie sich sein Körper versteifte. »Deinem Yankee-Freund geht's großartig.«

»Gott sei Dank!« Als sie ihn wieder umarmen wollte, sah sie Red Fox hinter ihm stehen, die markanten, stolzen Gesichtszüge unergründlich wie eh und je. Sofort wandte sie sich von Brent ab, eilte zu dem Indianer und sank im seichten Wasser auf die Knie. »O Red Fox, es tut mir so leid!« Tränen glänzten in ihren Augen. »Bitte, verzeihen Sie mir!«

»Entschuldigen Sie sich nicht für die grausame Tat, die andere begangen haben, Kendall«, erwiderte er und zog sie auf die Beine.

»Red Fox ...« Verzweifelt klammerte sie sich an ihn, und er streichelte besänftigend ihren Rücken.

»Das Leben geht weiter, Kendall«, flüsterte er in der Muskogee-Sprache.

»Ihr Sohn rannte in den Wald ...«

»Ja, er hat überlebt. Jetzt ist er in Sicherheit, bei der Familie seiner Mutter.«

»Oh, dem Himmel sei Dank!«

Während er sie an seine nackte Brust drückte, fiel sein Blick auf Brent McClain, und er las eine seltsame Verletzlichkeit in den grauen Augen.

»Könnten wir an Land gehen, Kendall?« fragte Brent. »Heutzutage ist es nicht so einfach, gute Lederstiefel zu ersetzen.«

Warum klang seine Stimme so hart und kalt? Amy Armstrong bemerkte Kendalls Verwirrung und rief: »Kommen Sie alle in die Hütte, Brent. Bringen Sie Ihre wilden Jungs mit! Auf unserem Bratspieß dreht sich bereits ein halbes Rind!«

»Danke, Amy«, erwiderte Brent geistesabwesend und wandte sich zu seinen Männern. »Alle bis auf die Wachtposten haben frei. Und um Himmels willen, Lloyd und Chris, bedenkt bitte, daß ihr Offiziere der Confederate States Navy seid, wenn ihr die Töchter des Priesters besucht.«

»Aye-aye«, antworteten sie wie aus einem Mund und rannten fröhlich davon.

Ohne Kendall einen Blick zu gönnen, ging Brent mit Amy zum Waldweg, und seine Männer folgten ihm.

»Kommen Sie, Kendall.« Sanft legte Red Fox eine Hand auf ihre Schulter.

»Was habe ich denn verbrochen, Red Fox?« fragte sie bedrückt.

»Nichts.«

»Aber — warum ...?«

»Night Hawk ist ein starker Mann. Er fürchtet sich vor keiner Schlacht, nicht einmal vor dem Tod. Doch nun hat ihn ein neues Gefühl erfaßt — er lernt die Angst kennen.«

»Angst? Doch nicht vor mir!«

»Was er für Sie empfindet, erschreckt ihn. Und er entdeckt die Eifersucht. Kommen Sie jetzt! Diese Lektion kann ihm nicht schaden, aber er ist mein Freund, und wenn man Freunden etwas beibringt, sollte man behutsam mit ihnen umgehen.«

Kendall hatte die Häuser der anderen Siedler noch nicht gesehen, aber offenbar lebten außer den Töchtern des Priesters auch andere junge Damen in der kleinen Gemeinde, denn abgesehen von Charlie McPherson verschwand die ganze Besatzung der *Jenni-Lyn*. Amy versicherte, zum Essen würden sie bestimmt zurückkommen, vermutlich mit weiteren Gästen.

Während Kendall in der Küche Gemüse schälte, saßen nur Brent, Red Fox, Charlie und Harry im angrenzenden Salon. Zufrieden pafften Charlie und Harry ihre Pfeifen, Brent zündete sich eine Zigarre an. Bei einem Glas Brandy diskutierten sie über den Krieg.

»Am ganzen Mississippi wird's Ärger geben«, prophezeite Harry, »nachdem wir New Orleans an Farragut verloren haben. Sogar an der Westfront treibt sich jetzt ein General herum, der sein Handwerk zu verstehen scheint. Ein gewisser Grant.«

Brent lehnte am Kaminsims aus Korallen. Als Kendall

durch die offene Tür schaute, begegnete sie seinem Blick und las kalten Zorn darin.

»Grants wegen müssen wir uns sicher nicht sorgen, wenn Jeb Stewart und der alte Stonewall Jackson und Robert A. Lee die Army von Nord-Virginia befehligen«, meinte Charlie.

Seufzend schnitt Harry eine Grimasse, sah Brent an und runzelte die Stirn, bis er dem Blick des Captains zur Küchentür folgte. Dann grinste er. »Wohin werden Sie jetzt mit Ihrer wilden Bande segeln, Captain?«

»Oh — nach Westen. Wir müssen Nachschub ins Gulf-Gebiet bringen und ein paar Sachen von dort holen. Danach geht's nach London. Dort verkaufen wir Baumwolle und erwerben ein paar Waffen. Wir bringen Kendall nach England. Dort wird sie unter falschem Namen leben ...«

»Was?« rief sie und ließ eine unzerkleinerte Möhre in den Kochtopf fallen.

»Ich bringe dich nach London«, erwiderte er.

»O nein, das will ich nicht!«

Scheinbar lässig lehnte er am Kaminsims und prostete ihr mit seinem Brandyglas zu. »Möchtest du lieber ins Fort Taylor zurückkehren?«

Erbost legte sie das Messer beiseite und stemmte ihre Hände in die Hüften. »Nein, aber ich gehe nicht nach London.«

»Ich kann nicht während dieses gesamten verdammten Krieges auf dich aufpassen, Kendall!«

»Das ist auch gar nicht nötig.«

»Leider schon. Keine Sekunde lang darf man dich aus den Augen lassen.«

Ohne das neugierige Publikum zu beachten, rannte sie zu ihm. »Niemand hat dir befohlen, für mich zu sorgen, Brent! Und ich bin nicht dein Eigentum, das du irgendwo in Sicherheit bringen kannst, um es später zu benutzen. Ich gehe nicht nach London. Statt dessen bleibe ich hier bei Harry und Amy. Wenn ich den beiden zur Last falle, kehre ich mit Red Fox zu seinen Leuten zurück. Wage bloß nicht, mir zu erklären, ich würde die Seminolen wieder in Gefahr bringen! Der Captain von Fort Taylor war wütend, als er von dem Massaker hörte. Er wird seinen Männern sicher nicht mehr erlauben, die Indianer anzugreifen.«

Mit einem lauten Knall stellte er sein Glas auf das Kaminsims, und Kendall wunderte sich, weil es nicht zerbrach. Dann warf er seine Zigarre ins Feuer und verneigte sich vor den anderen Männern. »Würden Sie Mrs. Moore und mich entschuldigen, Gentlemen? Es würde mir widerstreben, ihr vor so vielen Zuschauern Verstand einzubleuen.«

Ehe sie protestieren konnte, packte er ihren Arm und zerrte sie zur Tür. Keiner der anderen Männer half ihr. Statt dessen lachten sie.

»Laß mich los, Brent«, kreischte sie. »Amys Suppe steht auf dem Herd, und ich muß darauf achten ...«

»Keine Bange«, rief Harold fröhlich. »Darum kümmere ich mich!«

»Wenn du dich nicht wie eine Lady benimmst, werfe ich dich wie einen Mehlsack über die Schulter«, fauchte Brent.

»Nein!« Wütend und gekränkt versuchte sie, sich mit einer Hand am Türrahmen festzuhalten. »So warte doch! Hör mir zu ...«

»Also gut, du willst es nicht anders«, unterbrach er sie, löste ihre Finger vom Türpfosten und hievte sie unsanft auf seine Schulter. Wo steckt denn Amy, fragte sich Kendall. Gerade jetzt, wo ich so dringend die Hilfe einer Frau brauche ...

Die Frage wurde wenig später beantwortet. Neben dem Blumengarten lag die Holzkohlengrube, und Amy drehte das halbe Rind am Spieß. »Wir gehen nur ein bißchen spazieren, Amy, weil wir uns unterhalten müssen«, erklärte Brent, als er Kendall an ihr vorbeitrug.

»Bitte, Amy!« flehte Kendall und schlug mit beiden Fäusten auf seinen Rücken.

»Viel Spaß, meine Lieben!« Lächelnd winkte Amy ihnen mit einer Serviette nach.

»Nun mußt du endlich lernen, daß eine Frau nicht gegen einen Mann kämpfen kann«, bemerkte Brent auf dem Weg durch den Pinienwald. »Das verstehst du nicht, und deshalb will ich's dir beibringen.«

»Wovon redest du?«

Endlich stellte er sie auf die Beine, und sie schaute sich um. Brent hatte sie zu einem schmalen weißen Sandstrand gebracht, umgeben von dichtem Gebüsch und wiegenden Palmen.

»Hier sind wir ganz allein«, betonte er. »Du kannst dir die Seele aus dem Leib schreien, niemand wird dich hören.« Sein Blick war so kalt wie Eis. Vergeblich suchte sie in seinen Augen nach Liebe und Zärtlichkeit. Sie sah nur mühsam beherrschten Zorn.

»Natürlich, du bist ein großer starker Mann«, zischte sie. »Dir bin ich nicht gewachsen. Aber immerhin habe ich's geschafft, ganz allein hierherzusegeln ...«

»Und dabei hättest du dich umbringen können! Dein Freund Travis hat versprochen, er würde dir zur Flucht verhelfen. Aber nein, du kleine Närrin mußtest allein weglaufen ...«

»Weil ich nicht warten wollte! Und eins würde mich interessieren. Wie konnte der berühmte Night Hawk, der König der Konföderation, einem Yankee diese Informationen entlocken? Treibst du ein falsches Spiel, auf beiden Seiten? Bist du wirklich so ein großer Kriegsheld? Oder durchbrichst du die Blockaden nur, um dich zu bereichern, so wie viele andere?«

Erschrocken wich sie zurück, als er einen Schritt auf sie

zutrat. »Einen Mann würde ich wegen einer solchen Beleidigung zum Kampf herausfordern. Aber du bist kein Mann. Und genau darum geht es in diesem Gespräch.« Er packte ihr Handgelenk, zog sie zu einem Baum und preßte sie mit seinem Körper gegen den Stamm. »Jetzt bist du meine Gefangene, süße Kendall, und du kannst nichts dagegen tun.«

»Und was willst du mir damit beweisen, du unverschämter ...«

Sein hungriger Mund verschloß den ihren. Empört wollte sie sich wehren, aber in ihrem Herzen wuchs eine verräterische Sehnsucht. So lange war sie von ihm getrennt gewesen, in so vielen einsamen Nächten hatte sie sich an die heißen Liebesstunden erinnert, und nun konnte sie nicht anders — sie erwiderte den Kuß mit gleicher Glut. Seine Lippen streichelten ihre Stirn, ihre Wangen. »Verdammt, Kendall, du mußt einfach lernen ...«

»Was? Daß die Welt gefährlich ist und das Leben grausam sein kann?« Tränen brannten in ihren Augen. »Glaubst du, das wüßte ich nicht? Nach unserer letzten Begegnung mußte ich das schlimmste Grauen mitansehen, das man sich nur vorstellen kann. Damals war ich mir nicht einmal sicher, ob ich überleben wollte. Seither plagen mich tagsüber gräßliche Erinnerungen und nachts Alpträume. Und meine einzigen schönen Träume ...« Abrupt verstummte sie und starrte ihn an. Er war der einzige Grund, warum sie leben wollte, und das sollte nicht nur ein Traum sein.

»Nun, was waren die einzig schönen Träume, Kendall?«

Eine quälende Sorge begann ihr Herz zu bedrücken — die Angst, er könnte das Wiedersehen nicht ebenso ungeduldig herbeigesehnt haben wie sie. Zunächst wagte sie nicht zu sprechen. Doch dann erkannte sie, daß es nur einen einzigen Weg gab, in dieser zerstörerischen Zeit ein bißchen Glück zu finden — Ehrlichkeit. Sie wollte ihm ihr ganzes Herz schenken und hoffte, er würde es sanft und zärtlich entgegennehmen. »Meine Träume von dir«, wisperte sie. »Du bist mein Leben und alles, was ich mir erträume. Weil ich — dich liebe, Brent.«

»O Gott! Du kleine Närrin! Und ich habe den Krieg, das Leben und den Tod und die Ehre vergessen — nur weil ich dich liebe.« Seine Worte klangen bitter, schmerzhaft gruben sich seine Finger in ihre Schultern. »Und deshalb mußt du auf mich hören.«

»O Brent, bitte! Ich verstehe dich nicht, und uns bleibt so wenig Zeit füreinander ...«

»Was verstehst du nicht?« Stöhnend nahm er sie in die Arme. »Ich wage es nicht, dich hierzulassen. Allein kannst du nicht kämpfen. Wenn John Moore dich fände, wärst du ihm hilflos ausgeliefert. Wie soll ich auf dich achten und gleichzeitig Krieg führen?«

»Im Sumpf hättest du mich auch nicht schützen können. Da waren so viele Unionssoldaten. Einen Mann kann eine Kugel ebenso leicht töten wie eine Frau. Brent, ich schwöre dir ...«

»Darüber reden wir später«, fiel er ihr ins Wort. »Jetzt ertrage ich's nicht mehr.«

»Was?« flüsterte sie verwirrt, legte ihre Hände auf seine Brust und schaute ihm in die Augen.

»Liebe mich, Kendall.«

»Natürlich liebe ich dich«, entgegnete sie völlig unschuldig.

Da preßte er sie leidenschaftlich an sich, und sie spürte sein wachsendes Verlangen.

»Hier?« hauchte sie.

»Ja — hier.« Liebevoll strich er ihr eine Locke aus dem Gesicht, dann sank er mit ihr in den weichen Sand.

»Aber — wenn jemand kommt ...«, flüsterte sie an seinen Lippen.

»Niemand wird kommen«, versicherte er und öffnete die Häkchen am Rückenteil ihres Kleids.

»Werden uns die Armstrongs nicht vermissen?«

»Oh, sie werden glauben, wir hätten ein hübsches Fleckchen an der Küste gefunden und würden uns lieben.«

»Brent!« Das Kleid glitt von ihren Schultern und seine Lippen preßten sich auf ihre Haut. Nun protestierte sie nicht länger. Er schlüpfte aus seinem Uniformrock, rollte ihn zusammen und schob ihn unter ihren Kopf.

Fasziniert beobachtete sie, wie er sein Hemd ablegte, bewunderte seine bronzebraune, kraftvolle, nackte Brust. Dann zog er ihr das Kleid aus, warf es ungeduldig beiseite und riß sie in seine Arme. Heiße Küsse bedeckten ihren Hals, ihre Lippen, ihre Brüste. Ein unerträglich süßes Feuer begann durch ihre Adern zu strömen, und sie vergrub ihre Finger in sein Haar. Bereitwillig hob sie die Hüften, als er die Bänder ihrer Unterhose löste.

Jetzt verlor sie an diesem idyllischen, abgelegenen Strand ihre letzten Hemmungen. Sie kannte nur noch einen einzigen Gedanken — diesem Mann, der sie so unwiderstehlich in seinen Bann zog, alle Wünsche zu erfüllen.

Ganz langsam streifte er die Unterhose über ihre Hüften und küßte alle Körperstellen, die er entblößte.

Zitternd rief sie seinen Namen, und als er aufstand, um die Stiefel und den Waffengurt abzulegen, kniete sie vor ihm, um ihn von seiner Hose zu befreien.

Dann fiel auch er auf die Knie. Sie umarmten sich, genossen das betörende Gefühl, ihre nackten Körper zu spüren.

Eng umschlungen sanken sie in den Sand, und während sie miteinander verschmolzen, glaubte Kendall, die Welt und die Zeit würden stillstehen. Leise plätschernde Wellen umspülten den Strand, die Palmen raschelten, und sie fühlte sich eins mit der Natur, eins mit dem

Mann, der ihr alles bedeutete. »O Brent, ich liebe dich so sehr«, flüsterte sie.

»Und ich liebe dich, meine kleine Rebellin.« Er küßte sie, und die Zärtlichkeit wurde von wilder Leidenschaft verdrängt, von einem fordernden Hunger. Sehnsüchtig hob sie ihm die Hüften entgegen. Ihre totale Hingabe schürte sein Verlangen, das keine Grenzen zu kennen schien.

Und doch strebten sie dem Ende der süßen Qual entgegen. Als Kendall Erfüllung fand, hörte Brent ihren atemlosen Schrei und stillte seine eigene Begierde in einem Augenblick reinen Entzückens.

Danach hielten sie sich umfangen, in zufriedenem Schweigen. Pinienzweige schützten sie vor den sengenden Sonnenstrahlen. In vollen Zügen kosteten sie diese Minuten zärtlicher Zweisamkeit aus, nachdem die Lust gestillt war.

Es war Brent, der das Schweigen brach. »O ja, ich liebe dich, Kendall. Deshalb bin ich halb verrückt vor Angst.«

Sie stützte sich auf einen Ellbogen. »Wieviel Zeit haben wir?«

»Heut nacht. Morgen. Morgen nacht.«

Lächelnd neigte sie sich über ihn, und ihre honigblonden Locken streichelten seine Brust. »Dann wollen wir keine einzige Stunde vergeuden.«

Als sie ihn küßte, flammte die Leidenschaft sofort wieder auf. Sie merkten es kaum, wie die Sonne hinter den Wipfeln versank und den Strand mit rötlichem Licht übergoß.

13

Amys Barbecue war ein voller Erfolg. Alle Siedler, die an der Flußmündung lebten, versammelten sich, um die Helden der Konföderation zu begrüßen.

Während Fiedeln und Flöten für fröhliche Unterhaltung sorgten, spielten die Kinder im Garten. Die Männer diskutierten über Pferde, die Ernten und den Krieg, die Frauen tauschten Rezepte aus und blätterten hingerissen im ›Godey's Lady's Book‹, das Brent im letzten Dezember auf einer Unionsschaluppe konfisziert hatte.

Ein silberner Vollmond beleuchtete das Fest und die friedliche Szenerie. Es war kaum zu glauben, daß die Yankees ganz in der Nähe das Fort Dallas am Miami River besetzt hielten. Doch die Yankees pflegten sich nicht um die Siedler zu kümmern. Sie ahnten nicht, daß die kleine Gemeinde einen gefährlichen Feind der Union beherbergte.

An diesem Abend vergaß man alle moralischen Prinzipien und akzeptierte die Liebe zwischen dem schneidigen Captain und der Ehefrau eines Unionssoldaten. Und Amy, die ehrbare Lady, meisterte die Situation souverän. Nach der Party wurden Brents Männer in verschiedene Häuser eingeladen, wo sie übernachten sollten. Amy holte einfach ein zweites Kissen, drückte es in Brents Hand und wünschte dem Paar eine gute Nacht, ohne mit der Wimper zu zucken. Harry konnte jedoch der Versuchung nicht widerstehen und zwinkerte den beiden belustigt zu.

Viel zu schnell fand das Glück, in Brents Armen zu schlafen, ein Ende. Als Kendall am Morgen erwachte, starrte ihr Liebster an die Decke und weigerte sich, ihren

Blick zu erwidern. »Ich bringe dich nach London«, verkündete er kategorisch.

»Nein!« Mit beiden Händen umfaßte sie sein Gesicht und zwang ihn, sie anzusehen. »Das wäre albern. Du sagst, hier sei ich in Gefahr. Aber falls die *Jenni-Lyn* auf dem Meer angegriffen wird — wie willst du mich dann beschützen? Wenn du mich nach Europa bringst und hierher zurückkehrst, sehen wir uns womöglich nie wieder. Hier könntest du mich jederzeit besuchen. Bitte, Brent, ich flehe dich an ...«

Zärtlich streichelte er ihr Haar. »Wenn ich dich nach London bringe, sind wir während einer langen Schiffsreise zusammen.«

»... und danach vielleicht für immer getrennt. Bitte, laß mich hier! Sollte mir irgendeine Gefahr drohen, fliehe ich zu Red Fox in den Sumpf.« Eindringlich schaute sie ihm in die Augen. »Glaub mir, Brent, er hat mir soviel beigebracht. Wahrscheinlich kann ich mich im Labyrinth der Flüsse besser zurechtfinden als die meisten weißen Männer. Die Yankees werden die Seminolen nie wieder überrumpeln.«

Argwöhnisch verengte er die Augen. »Willst du hierbleiben, weil das mein sicherer Hafen ist — oder weil Red Fox in der Nähe lebt?«

Kendall lächelte ungläubig. »Bist du eifersüchtig auf deinen Freund? Wenn ja, hast du den Verstand verloren. Natürlich liebe ich ihn, aber wie einen Bruder.« Sie küßte seine verkniffenen Lippen, preßte sinnlich ihre nackten Brüste an ihn.

»O Brent, ich liebe dich. Wo immer ich auch sein mag, ohne dich bin ich allein. Aber wenn ich mit der Hoffnung lebe, dich wiederzusehen, ertrage ich die Einsamkeit. Bitte, mißtraue der Liebe nicht, die alles ist, was ich dir geben kann. Und zweifle nicht an einer wunderbaren Freundschaft.«

»Wie schön du bist, Kendall ...« Mehr mußte er nicht sagen. In seinem Blick las sie, daß er ihr glaubte.

»Nur dich liebe ich — nur dich brauche ich.« Ihre Küsse weckten sein Verlangen, und sie zögerte nicht, ihn intim zu liebkosen. Sie empfand auch keine Verlegenheit, als er ihre Taille umfaßte und sie auf seine Hüften setzte.

Entzückt schaute er in ihre Augen, die von heißer Leidenschaft verschleiert wurden. Die gemeinsame Zeit ist so kurz, so kostbar, dachte er, und er wollte das Beste daraus machen. Nachdem er in sie eingedrungen war, trieb er sie ebenso wie sich selbst sehr schnell zu einem fieberhaften Höhepunkt empor. Während die Ekstase verebbte, hielt er sie liebevoll in den Armen und strich über ihren Rücken. Plötzlich fuhr er hoch, drehte sie auf den Bauch und ignorierte ihren Schreckensschrei.

Mit einer Fingerspitze zeichnete er die Striemen nach, die allmählich verblaßten. Am Vortag, im ersten Gefühlssturm nach der langen Trennung, hatte er nichts davon bemerkt. Jetzt stiegen wilder Zorn und Haß in ihm auf. »Das hat *er* dir angetan?«

»Es ist vorbei, Brent.«

»Solange dieser Mann lebt, werde ich keine Ruhe finden.«

Die Drohung jagte einen Schauer durch Kendalls Körper. »Bitte, Brent, du darfst nichts überstürzen.«

»Das tue ich nie«, entgegnete er in ruhigem Ton, und sie bezweifelte nicht, daß er die Wahrheit sagte.

Sorgfältig würde er einen Plan schmieden und John Moore eines Tages aufspüren. Trotzdem fürchtete sie das Ausmaß seines Hasses. Auch sie verabscheute ihren Mann, aber sie wollte ihn vergessen. Abgrundtiefer Haß konnte die Schönheit ihrer Liebe überschatten.

»O Brent, er darf nicht zwischen uns treten«, flehte sie, »und nicht zerstören, was uns verbindet.«

Nachdenklich drehte er sich auf den Rücken und starrte

wieder zur Zimmerdecke hinauf. »Ich muß ihn finden. Nicht heute, nicht morgen. Aber irgendwann. Und er wird bezahlen für Apolka und Emathla und Red Fox' Sohn und all die Unschuldigen, die er grausam ermorden ließ. Für alles, was er dir antat.« Kendall legte den Kopf an seine Schulter und kämpfte mit den Tränen. Natürlich verdiente John eine gerechte Strafe, aber aus irgendeinem seltsamen Grund wollte sie nicht, daß Brent ihn ins Jenseits beförderte. Gewiß, im Krieg hatte er schon viele Männer getötet. Das ließ sich nicht vermeiden. Die Soldaten standen fremden Feinden gegenüber, ohne persönliche Gefühle. Das Blut der Gefallenen war unweigerlich die tragische Trophäe der Sieger.

Aber wenn Brent sich an John rächte, wäre es kein unpersönlicher Tod, sondern ein Mord. Was würde das für das Seelenleben des geliebten Mannes bedeuten — eines Mannes, der so großen Wert auf seine Ehre legte?

»Bitte, erlaube ihm nicht, einen Keil zwischen uns zu treiben. Dieser Gedanke entfernt dich von mir, Brent. Und bald mußt du mich ohnehin verlassen.«

Als er sie anschaute, erlosch die wilde Rachsucht in seinen Augen. Lächelnd zerzauste er ihr Haar und nahm sie in die Arme. Auf seine Rache wollte er nicht verzichten, aber er würde ihr nicht gestatten, sein Liebesglück zu beeinträchtigen. »Nun habe ich schon so viel Zeit mit meiner dummen Eifersucht auf einen meiner besten Freunde verschwendet. Verrückt, nicht wahr?«

»Allerdings.«

»Und Travis Deland?«

»Den liebe ich auch. Er ist ein sehr guter Freund und ein anständiger Mann, Brent. Ohne seine Fürsorge wäre meine Ehe unerträglich gewesen.«

Er hauchte einen Kuß auf ihre Stirn. »Wie schade, daß er eine blaue Uniform trägt! Sicher würde er einen großartigen Rebellen abgeben. Aber im Ernst, meine Liebste, ich will dir deine Gefühle, die du Deland und Red Fox entgegenbringst, nicht verübeln. Diese Loyalität gehört zu deinem wunderbaren Wesen, das mich ganz und gar gefangenhält. Ich muß mich eben damit abfinden, daß die Frau, die ich liebe, auch die Herzen anderer Männer erobert.«

Sie verbrachten den ganzen Tag zusammen, ritten auf Armstrongs Arabern den Strand entlang und schwammen in einer abgeschiedenen Bucht. Während die Sonne unterging, konnten sie die Gedanken an die bevorstehende Trennung nicht mehr verdrängen. Nur noch eine kurze Nacht lag vor ihnen.

Auch an diesem Abend fand eine Party im Haus der Armstrongs statt, und Harry erklärte, sie hätten soeben eine Hochzeit verpaßt. Lloyd hatte beschlossen, eine Pfarrerstochter zu heiraten. Der Geistliche war letzten Endes zu der Überzeugung gelangt, ein Offizier von der *Jenni-Lyn* würde einen akzeptablen Schwiegersohn abgeben. Nicht zuletzt, weil Lloyd versichert hatte, nach dem Krieg würde er einen richtigen Hafen in der Bucht aufbauen.

Erfreut gratulierten Brent und Kendall dem jungen Paar, dann zogen sie sich bald in das kleine Zimmer zurück, das Amy ihnen zugewiesen hatte. Dort brach sie in Tränen aus, und er nahm sie bestürzt in die Arme. »Meine Süße, was bedrückt dich?«

»O Brent, wir können niemals heiraten, vor Gott und der Welt ...«

»Pst, Liebling, deshalb darfst du nicht weinen.«

Daß er nicht beabsichtigte, John Moore am Leben zu lassen, verschwieg er. Er wußte, sie würde sich sonst Sorgen machen. Nicht weil sie befürchtete, John könnte als Sieger aus dem Kampf hervorgehen oder weil sie auch nur eine Sekunde lang um ihren Mann trauern würde ...

»Nach dem Krieg wirst du dich scheiden lassen, Kendall.« Liebevoll strich er das wirre Haar aus ihrem Gesicht.

»Und wenn die Yankees gewinnen?«

An diese Möglichkeit dachten nur wenige Südstaatler im Frühling 1862. Aber einige Militärs und kluge Zivilisten erkannten, daß es den Konföderierten immer schwerer fallen würde, die Blockaden zu umgehen und sich die dringend benötigten Waffen zu beschaffen.

»Wir werden nicht verlieren«, flüsterte Brent. Sollte sein Kampf umsonst gewesen sein? Kalte Angst erfüllte sein Herz.

»Und wenn doch?« wisperte Kendall.

»Auch dann werden wir irgendwie zurechtkommen. Du hast eine Zeitlang in New York gelebt, und du weißt, daß die Yankees Menschen aus Fleisch und Blut sind. Auch im Norden weinen Mütter um die gefallenen Söhne des Südens. Wenn wir den Krieg verlieren, werden harte Zeiten für die Südstaaten anbrechen. Die Dinge werden sich sehr ändern. Aber wir haben immer noch mit Menschen zu tun. In den nördlichen Häfen habe ich Freunde, in Washington, Baltimore und Boston. Die werden sich nicht in Ungeheuer verwandeln, nur wegen des Kriegs. So oder so, wenn alles überstanden ist, mußt du dich scheiden lassen. Vor Gericht würde Travis dir sicher helfen. Man dürfte wohl kaum am Wort eines Unionsoffiziers zweifeln.«

Etwas besänftigt nickte sie. »Und deine Familie? Dein Zuhause?«

»Mein Zuhause ist ein Schutthaufen, und meine Familie wird dich lieben — ganz egal, ob du vorher einen oder zwanzig Ehemänner hattest. Glaub mir, sie werden dich nicht verurteilen und sich über unser Glück freuen.«

»O nein, Brent! Dein Haus . . .«

»Die Yankees haben Jacksonville erobert, aber ein Großteil der Verwüstung geht auf das Konto der Confederate

Army. Leider waren die McClains bei den Unionssoldaten nicht sonderlich beliebt. Nur das Haus wurde zerstört, Kendall. Meiner Schwester geht es gut, ebenso meinem Vater und meinem Bruder, die in Virginia kämpfen. Häuser kann man wieder aufbauen. Sobald ich von Red Fox' Verlust erfuhr, erkannte ich, wie wenig South Seas bedeutet. Wirklich, Kendall, wir müssen uns glücklich schätzen. Ringsum geschehen so viele Tragödien, aber wir haben einander immer noch.«

Schluchzend preßte sie das Gesicht an seine Brust. »Aber morgen wirst du davonsegeln, und ich habe solche Angst um dich. So viele Männer sind schon gestorben, so viele werden noch sterben ...«

»Ich nicht«, beteuerte er und dachte an alles, was sie schon mit Stolz und Würde ertragen hatte. Er war froh, weil sie jetzt weinte, denn die Tränen würden ihren Kummer ein bißchen lindern. Er konnte ihr wenigstens eine starke Schulter bieten, wenn er ihr schon nichts anderes geben konnte als vage Versprechungen.

»Brent ...«

»Ja, meine Liebste?«

»Wirst du mich die ganze Nacht festhalten, ohne mich ein einziges Mal loszulassen?«

»Natürlich.« Zumindest dieses Versprechen konnte er halten.

Am Morgen hatte sie ihre Fassung wiedergefunden. Nachdem sie sich ein letztes Mal voller Leidenschaft und Zärtlichkeit geliebt hatten, half sie ihm in den zimtfarbenen Uniformrock und verknotete die goldgelbe Schärpe. Schweigend beobachtete sie, wie er den Waffengurt anlegte, und reichte ihm den Federhut. Nach einem langen Abschiedskuß öffnete sie die Tür und begleitete ihn zur *Jenni-Lyn*.

Respektvoll verabschiedete sich die Besatzung von den

Armstrongs und den Siedlern, die zum Strand gekommen waren. Jeder einzelne Mann reichte Kendall die Hand. Lloyd hauchte sogar einen Kuß auf ihre Wange, nachdem er seiner jungen Frau zärtlich Lebewohl gesagt hatte. Galant zog Charlie McPherson ihre Hand an die Lippen, dann wurde er feuerrot.

Schweren Herzens sah sie Brent an Bord gehen. Er wandte sich zu ihr und salutierte schneidig. Sie zwang sich zu einem Lächeln, das erst erstarb, als die *Jenni-Lyn* ein winziger Punkt am Horizont war.

»Gehen wir in die Hütte, meine Liebe.« Amy Armstrong berührte ihre Schulter und schaute sie voller Mitgefühl an.

»Ja, ich komme gleich. Lassen Sie mich noch ein bißchen hier stehen.«

»Gut, aber bleiben Sie nicht zu lange allein.«

»Nein, gewiß nicht.«

Amy verschwand zwischen den Bäumen, und Kendall starrte aufs Meer, spürte die Brise, hörte die Geräusche des Waldes. Plötzlich spürte sie, daß sie beobachtet wurde — und drehte sich zu Red Fox um. »Die Zeit wird verstreichen, Kendall«, sagte er leise.

»Das weiß ich.«

»So sicher, wie die Sonne jeden Abend untergeht.« Er ergriff ihre Hände. »Nun werde ich in den Sumpf zurückkehren, aber stets in Ihrer Nähe bleiben. Darauf können Sie sich verlassen.«

»Danke. Und notfalls werde ich Sie finden. Bald sehen wir uns wieder.«

Sie nickte und schaute ihm nach, als er wortlos in den Wald eilte.

14

Juni 1862

An den Vormittagen half Kendall ihrer Gastgeberin im Haus und im Garten, nachmittags ritt sie den Strand entlang. Der Sommer war unerträglich heiß. Aber in manchen Buchten, von Palmen überschattet, wehte ein kühler Wind. Es zog sie immer wieder zum Meer. Dort fühlte sie sich Brent etwas näher.

Sie war bitter enttäuscht gewesen, weil er sie nach seiner Mission im Gulf nicht besucht hatte. Seine Mühe war vergeblich gewesen. New Orleans und Pensacola blieben in den Händen der Union. Brent hatte dringend benötigtes Florida-Salz in die Wildnis der Louisiana-Bayous gebracht. Er hoffte, die Miliz würde es rechtzeitig an die Schlachthöfe verteilen, wo Fleisch für die Streitkräfte im Deep South verteilt wurde.

Dann wurde er nach London geschickt, wo eine Morphiumfracht wartete. Keinen einzigen Tag durfte er erübrigen, um Kendall zu sehen. Während der Krieg seinen Lauf nahm, konnten nicht einmal die zahlreichen Siege der Konföderierten die Verwundeten aufmuntern. Da die Blockaden intensiviert wurden, litten die Rebellentruppen immer schmerzlicher am mangelnden Nachschub. In einem Brief schilderte Brent das Schicksal der Verwundeten. Einer seiner Kanoniere war an der Mississippi-Mündung ins Bein getroffen worden. Kein Betäubungsmittel hatte zur Verfügung gestanden, nicht einmal ein Tropfen Brandy, um die Schmerzen zu lindern.

Morphium war lebenswichtig. Das verstand Kendall. Trotzdem fiel es ihr sehr schwer, zu warten. Jede Zeitung, die in die Siedlung gelangte, las sie mehrmals. Zusammen mit Harry bejubelte sie die Siege der Konföderation. Wegen der zögerlichen Taktik General McClellans war der Peninsula-Feldzug eine Katastrophe gewesen. Stonewall Jackson, Jeb Stuart, Old Jubel Early und der würdevolle Robert E. Lee kommandierten ihre Truppen kühn und zielstrebig, mit überlegener Strategie. Aber McClellan war ein so unverbesserlicher Zauderer, daß Abe Lincoln witzelte: »Wenn er die Army nicht benutzt, könnte ich sie mir vielleicht für eine Weile ausleihen.«

Auf beiden Seiten vermutete man, daß McClellan sein Kommando bald einem Nachfolger übergeben mußte. Jedenfalls konnte man keine großen Siege von ihm erwarten.

Kendall zügelte ihre Stute auf dem Sandstrand an der Stelle, wo sie vor so langer Zeit in Brents Armen gelegen hatte, und band sie an einer Seetraube fest. Dann zog sie Schuhe und Strümpfe aus und watete durchs seichte Wasser.

Besorgt erinnerte sie sich an die neuesten Kriegsnachrichten. An der Ostfront erzielten die Konföderierten beachtliche Erfolge, aber im Westen hatten sie schwere Niederlagen erlitten, darunter den Verlust von New Orleans. General U. S. Grant kämpfte in Tennessee, Kentucky und am Mississippi. Im westlichen Tennessee hatte er erfolgreiche Feldzüge gegen das Fort Henry und das Fort Donelson geführt. Aber trotz der Unionsverluste in Shiloh hatten sich die Konföderierten zurückziehen müssen. Ein anderes der berühmten Lincoln-Zitate betraf Grant: »Diesen Mann kann ich nicht schonen — er kämpft.«

Eine Frage bedrückte Kendall immer wieder. Was würde geschehen, wenn die Union den Krieg gewann? Ein unerträglicher Gedanke . . . Die Lebensart des Südens würde für immer verloren sein.

Plötzlich entdeckte sie ein Schiff, keine fünfhundert

Yards vom Strand entfernt. Am Kreuzmast flatterte das Sternenbanner. In wilder Panik rannte sie zu ihrer Stute, doch dann blieb sie stehen und drehte sich um. Der Schoner ankerte nicht. Er bewegte sich so seltsam, als wäre er unbemannt.

Ein Geisterschiff ... Bald würde es auf Grund laufen. Als sie die Augen zusammenkniff, erkannte sie, daß die Masten verkohlt und die Segel zerfetzt waren. Ich muß Harry verständigen, dachte sie. Aber sie zögerte.

Trotz der starken Schäden sah der Schoner manövrierfähig aus. Und er war nicht weit entfernt. Er trieb sogar immer näher heran. Wenn man ihn nicht so schnell wie möglich in das tiefere Wasser des Kanals steuerte, würde er an Korallenriffen zerschellen. Allzuweit konnte eine Person auf diesem großen Schiff nicht segeln. Aber bei schönem Wetter und einer leichten Brise ... Wenn die Segel auch zerrissen waren, ein paar würden sich immer noch im Wind blähen ...

Ich muß verrückt sein, dachte Kendall. Vielleicht ist das Schiff nur scheinbar menschenleer. Wenn ich hinausschwimme, könnte ich vergewaltigt oder ermordet oder zumindest gefangengenommen werden.

Unschlüssig stand sie im weißen Sand. Dann wurde sie von wachsender Erregung erfaßt. Sie mußte immer nur warten — endlos lange warten. Hier fand sie eine Gelegenheit, etwas zu unternehmen. Ständig war sie dem Willen der Männer ausgeliefert gewesen. Ihr Stiefvater. Dann John Moore. Und sogar jene, die sie liebten, versuchten sie herumzukommandieren. Travis, Red Fox — und Brent.

Hastig blickte sie sich um. Dann wartete sie nicht länger, zog sich das Kleid über den Kopf und ließ die Krinoline zu Boden fallen.

Nur mit Hemd und Unterhose bekleidet, holte sie tief Atem und stürzte sich ins Wasser. Glücklicherweise hatte sie bei den Indianern das Schwimmen gelernt. Als sie das tiefe Blau der Bucht erreichte, begann sie, ihren Leichtsinn zu bereuen. Manchmal trieben sich Haie in diesen Gewässern herum, auch Tintenfische, Quallen und Barrakudas ...

Doch sie bezwang ihre Angst, und nach wenigen Minuten erreichte sie den Schoner. Nun wurde sie mit einem weiteren Problem konfrontiert. Wie sollte sie an Bord gelangen? Sie schwamm um das Schiff herum, dann entdeckte sie ein Loch im Rumpf, wo sie Halt fand, und sie konnte über das Dollbord an der Steuerbordseite an Deck klettern.

Dabei zog sie sich einen Schiefer in die Handfläche. Automatisch sog sie an der kleinen Wunde, während sie sich umblickte. Der Schoner war nicht so groß wie die *Jenni-Lyn*, aber anmutig und kompakt. Auf der anderen Seite des Decks hing ein Beiboot in der Takelage. Darauf stand in Schwarzen Lettern der Name des Schoners: *U.S.S. New England Pride*.

»Mal sehen, ob du der Konföderation nützen kannst, *New England Pride*«, flüsterte Kendall und ging langsam über das Deck. Als sie das Ruder erreichte, überlegte sie, daß die Besatzung den Schoner nach einer Schlacht verlassen haben mußte. Aber er war nicht untergegangen. Die Strömung hatte ihn hierhergetrieben.

Entschlossen packte sie das Ruder und versuchte, das Schiff zu wenden. Doch dafür fehlte ihr offenbar die Kraft. Sie verfluchte ihre Hilflosigkeit und legte die Stirn auf ihren schweißnassen Arm. Da drehte der Wind plötzlich, die Segel füllten sich und der Schoner gehorchte ihr.

Sobald sich das Schiff ihrem Willen unterworfen hatte, glitt es sanft wie ein Lamm durch die Bucht. Bevor sich Kendall der Flußmündung näherte, fiel ihr ein, daß dort ein geheimer Hafen lag, wo Rebellenschiffe Zuflucht suchten — und an ihrem Kreuzmast flatterte die Unionsflagge! Inständig hoffte sie, der Schoner würde den Kurs halten, rannte zum Mast und zerrte am Hanfseil, um die Fahne zu streichen.

Nun neigte sich der Schoner gefährlich zur Backbordseite. Kendall eilte zum Ruder zurück. Aber er ließ sich genauso leicht manövrieren wie vorhin.

»Wenn ich an zwei Orten gleichzeitig sein könnte, käme ich ganz gut mit dir zurecht«, murmelte sie, »sogar auf hoher See.«

Aber sie konnte nicht an zwei Orten zur gleichen Zeit sein. Nun wurde ihr außerdem bewußt, daß sie zur Siedlung segelte, in nasser Unterwäsche, die ihr am Körper klebte. Sie war praktisch nackt.

»Oh, verdammt!« wisperte sie.

Wieder verließ sie das Ruder, holte alle Segel bis auf den Klüver ein und suchte die Ankerkurbel, die sich wunderbarerweise in gutem Zustand befand. Zu spät erkannte sie, daß es einfacher sein würde, den Anker zu werfen als ihn zu beschweren. Wie auch immer, sie würde sich nicht halb nackt zeigen. Im Quartier der Besatzung mußte es irgendwelche Kleidungsstücke geben.

Vor der Kajüttreppe hielt sie zögernd inne. Nun würde sie ins Unbekannte hinabsteigen. Mit zitternder Hand hielt sie sich am Geländer fest. Doch dann verdrängte sie ihre Angst. Falls sich Yankees an Bord befanden, wären sie längst aufgetaucht.

Trotzdem zögerte sie im schmalen Gang, der offensichtlich zur Kapitänskajüte führte. Grausige Visionen von lüsternen Deserteuren erschienen vor ihrem geistigen Auge. Doch dann schüttelte sie ungeduldig den Kopf und zwang sich weiterzugehen. Entschlossen öffnete sie eine Tür und spähte in eine menschenleere Kabine. Ja, die Besatzung der *Pride* war eindeutig verschwunden.

Auf dem Schreibtisch lag ein Logbuch, über dem Stuhl

hing ein Uniformrock mit den Rangabzeichen eines Captain.

Neugierig schlug Kendall die letzte Seite des Logbuchs auf und las die Eintragungen in einer schönen, schwungvollen Handschrift:

›31. Mai '62, sieben Uhr. Fregatte am Horizont. Ohne Flagge. Zweifellos von der Konföderation. Wir sind schneller, sie ist stärker. Wir greifen nicht an und hoffen, sie wird vorbeisegeln.

Elf Uhr. Commander Briggs las den Namen. *CSS Okeechopee.* Seemann Turner behauptet, sie sei ein Kaperschiff, in Florida stationiert. Kein anderes U.S.-Schiff in Sicht. Wir manövrieren nach Steuerbord, um den Konföderierten auszuweichen.

Dreizehn Uhr. Sie geht zum Angriff über, und wir können ihren Geschützen nicht entrinnen. Jetzt muß ich die Eintragung beenden, um das Gefecht vorzubereiten. Lieber Gott, beschütze uns alle, Deine Söhne. Kannst Du in Deiner unendlichen Weisheit barmherzig auf uns herabblicken, obwohl wir Brudermord begehen? Vergib uns unsere Sünden. Captain Julian Cuspis Smith, *U.S.S. New England Pride.*‹

Tränen verschleierten Kendalls Blick. Dieses Logbuch enthielt nicht nur eine Chronik der Ereignisse. Wie gern hätte sie Captain Smith kennengelernt ... Offenbar war er trotz des grausamen Krieges ein Mensch geblieben.

Während sie in seinem Logbuch blätterte, betete sie stumm, er möge noch am Leben sein. Im Juni 1860 war die *New England Pride* in der U.S.-Navy aufgenommen worden. Im Vorjahr hatte man in Boston den Kiel gelegt. Zunächst an der Blockade von Charleston beteiligt, war sie vor kurzem zu einer Patrouille vor Mobile beordert worden.

In diesem Buch stand nichts Wissenswertes, aber Kendall wollte es trotzdem mitnehmen und Harry übergeben. Sie legte sich den blauen Uniformrock des Captains um die Schultern, dann verließ sie die Kabine und schloß die Tür. Sie wünschte, sie hätte das Logbuch nicht gelesen und Travis nie gekannt. Denn der Krieg war leichter zu ertragen, wenn man den Feind bedingungslos hassen konnte.

»Wen haben wir denn da?«

Erschrocken zuckte sie zusammen und sah einen Mann beim Ruder stehen. Die Farbe seines kurzen Kavallerierocks war undefinierbar, wahrscheinlich wegen des Schmutzes. Dazu trug er eine blaue Hose, was nichts besagte, denn viele Rebellen zogen solche Hosen zu ihren grauen oder zimtfarbenen Röcken an. Er war mittelgroß und stämmig gebaut, mit dunklem Haar. Im ungepflegten Bart zeigten sich Kautabakflecken. Düster starrte er sie an. »Also, wen haben wir denn da?« wiederholte er und ging zu ihr.

Kendall preßte das Logbuch an ihre Brust, wie einen Schutzschild.

»Wie heißen Sie?« fragte sie und bemühte sich, einen möglichst gebieterischen Ton anzuschlagen. »Und wie sind Sie an Bord gekommen?«

Erstaunt blieb er stehen, dann hob er die buschigen Brauen und lachte. »Welch ein Kampfgeist in einer so kleinen Rebellin! Das gefällt mir. Ich mag temperamentvolle Frauen.«

Mit schmalen Augen musterte sie ihn und ignorierte diese letzte Bemerkung. Ihre Gedanken überschlugen sich. Was sollte sie tun?

»Sind Sie ein Yankee?«

»Ein Rebell — ein Yankee, wo liegt da der Unterschied? In der Army ist kein Platz für den alten Zeb.«

»Vermutlich sind Sie ein Deserteur.«

»Nein, Schätzchen, nur ein kluger Mann.« Seine schwarzen Knopfaugen glitzerten. »Und jetzt werde ich mit diesem Schiff verschwinden. Ich freue mich schon auf deine Gesellschaft.«

Als er noch näher kam, entdeckte sie in seinem Hosenbund zwei Pistolen mit glatten Läufen. Und eine Lederscheide mit einem langen Bowie-Messer. Grinsend entblößte er gelbe Zähne und verströmte einen üblen Geruch.

»Das ist mein Schiff«, verkündete sie kühl. »Und Sie werden nirgendwo hinsegeln.«

»Oh, kleine Lady, der alte Zeb wird sich großartig mit dir amüsieren. Gib mir jetzt das Logbuch und laß dich in die Arme nehmen.«

Wenn sie zurückwich, würde sie die Kajüttreppe hinunterfallen. Und wenn er sie anfaßte, würde sie vor Ekel die Besinnung verlieren. Aber er besaß drei Waffen — und sie nur ein Buch.

Ungeduldig riß er ihr das Logbuch aus den Händen. Der Uniformrock des Captains glitt von ihren Schultern, und sie stand in ihrer feuchten Unterwäsche da, die ihren Körper kaum verbarg.

»Großer Gott ...«, murmelte er und riß sie an sich. Ein heftiges Schwindelgefühl drohte sie zu überwältigen. Sie mußte nachdenken, schnell, irgendwas tun ... Während sein Bart ihren Hals zerkratzte, zwang sie sich, ihre Fäuste nicht zu erheben. Statt dessen strich sie über seinen Körper und tastete nach dem Griff des Bowie-Messers. Blitzschnell zog sie es aus der Scheide und bohrte die Klinge zwischen seine Schulterblätter.

Verblüfft schrie er auf, stieß Kendall von sich und versuchte, das Messer aus seinem Rücken zu ziehen. Sein Gesicht verzerrte sich in wilder Wut und lief hochrot an. »Biest! Verdammte Rebellenhure!«

Kendall war auf die Decksplanken gefallen. Hastig sprang sie auf und wich nervös zurück, als er mit schwankenden Schritten auf sie zukam. Eine schmutzige

Hand mit schwarzen Fingernägeln zerriß die Spitzenborten ihres Hemds, und sie schrie gepeinigt auf. Gierig griff seine Hand nach einer ihrer nackten Brüste.

Doch er rührte sie nicht an. Plötzlich hielt er inne, riß die Augen auf, dann brach er zusammen. Sie starrte ihn verwirrt an — und dann sah sie ein zweites Messer in seinem Rücken. Langsam hob sie den Kopf und blickte zum Ende des Decks. Red Fox balancierte triefnaß auf dem Dollbord. Nun sprang er auf die Planken herab, ging zu dem Toten und zog ihm das Messer aus dem Rücken. Sorgfältig wischte er es am Ärmel des Mannes ab, danach entfernte er auch das Bowie-Messer aus der Wunde, reinigte es und steckte beide in ein Band an seinem Schienbein.

Die unerwartete Ankunft des Häuptlings überraschte Kendall dermaßen, daß sie nicht daran dachte, ihr zerfetztes Hemd vor der Brust zusammenzuhalten. Auf lautlosen Sohlen ging er zu ihr, hob den Uniformrock auf und legte ihn um ihre Schultern. Diese Berührung weckte ihre Lebensgeister wieder. Zitternd warf sie sich an seine Brust. »Red Fox! Gott segne Sie! Wieso ... Woher sind Sie gekommen?«

Ein paar Sekunden lang hielt er sie fest, dann schob er sie von sich, ergriff die Beine der Leiche, schleifte sie zur Reling und stieß sie über Bord. Mit ausdrucksloser Miene beobachtete er, wie das Wasser den Toten aufnahm, als wäre er eine Opfergabe, die in der blauen Tiefe verschwand. »Ich bin oft in Ihrer Nähe«, erklärte er und wandte sich wieder zu Kendall. »Vorhin sah ich Sie an Bord dieses Schiffes klettern und beobachtete, wie Sie es wendeten. Als dieser weiße Bastard ein Kanu zwischen den Bäumen hervorzog und zu Ihnen ruderte, schwamm ich hinterher.«

Behielt er sie stets im Auge, um sie zu schützen? Gerührt lächelte sie ihn an. »Danke.«

»Sie haben Ihre Sache recht gut gemacht, Kendall. Die Wunde, die Sie ihm zufügten, war tief, aber nicht tödlich. Also müssen Sie noch einiges lernen.«

»Wollen Sie's mir beibringen, Red Fox?«

»Irgendwann. Sie hätten nicht auf dieses Schiff klettern dürfen, Kendall.«

»Aber — jetzt gehört es uns. Wenn es auch ziemlich angeschlagen ist, man könnte es instand setzen.«

Ironisch hob er die Brauen. »Es gehört uns? Und was machen wir damit?«

»Das weiß ich noch nicht ...« Sie zögerte, doch dann straffte sie entschlossen die Schultern. »Ich habe den Schoner davor bewahrt, auf Grund zu laufen. Also gehört er mir. Uns — wenn Sie wollen. Aber auf jeden Fall *mir.*«

Ungeduldig und ärgerlich seufzte er. »Ich frage noch einmal — was wollen Sie damit machen?«

»Kämpfen«, erwiderte sie leise. Als er wortlos zur Ankerkurbel ging, folgte sie ihm. »Red Fox, hören Sie mir zu ...«

»Nein!«

»Wir könnten doch irgendwas unternehmen!«

»Närrin!« Erbost fuhr er zu ihr herum. »Ich versuche, Sie zu schützen, und Sie bringen sich immer wieder in Gefahr!«

»Ich ertrage es nicht mehr, untätig abzuwarten.«

»Sicher wird Night Hawk Ihnen sehr böse sein.«

»Zum Teufel mit Night Hawk! Ich liebe ihn, aber über dem Krieg vergißt er mich. Tag für Tag riskiert er sein Leben, was man auch von ihm erwartet. Aber ich bin nicht sein Eigentum, keine Sklavin. *Mein* Leben gehört mir. Bitte, Red Fox, hören Sie mir zu! Wir könnten Gutes tun, ohne allzuviel aufs Spiel zu setzen. Nachts segeln wir aus der Bucht, spüren kleine Unionsblockadeschiffe auf und ...«

»Ohne Besatzung?« fragte er skeptisch.

»Die würden wir finden.«

»Wo, Kendall? In dieser Siedlung leben nur sehr junge und sehr alte Männer.«

»Auch alte Männer können sich nützlich machen. Und Sie haben Ihre Krieger, Red Fox.«

»Die Weißen kämpfen nicht an der Seite von Indianern. Als Bündnispartner sind wir ihnen gut genug, aber von gemeinsamen Kämpfen halten sie nichts. Was Sie vorschlagen, Kendall, ist einfach lächerlich.«

Abrupt kehrte sie ihm den Rücken. »Wie ich bereits sagte, das ist mein Schiff. Und ich werde segeln — ob Sie mir helfen oder nicht.«

Er stieß einen Fluch in seiner Muttersprache hervor, so schnell, daß sie die Worte nicht verstand. Als er Brent erwähnte, drehte sie sich flehend zu ihm um. »Er würde es nicht erfahren. In den nächsten Monaten kommt er nicht zurück. Wir können verschiedene Häfen anlaufen und der Konföderation alle Schiffe und die Munition übergeben, die wie erbeuten. Mit diesen Kanonen kenne ich mich aus. Immerhin habe ich lange genug im Fort Taylor gewohnt, um mich über die Artillerie zu informieren. Das sind Parrotts«, erklärte sie und zeigte auf die Geschütze des Schoners. »Wenn wir Glück haben, ist die Munition noch intakt. Verstehen Sie denn nicht, Red Fox? Wir werden das Boot neu streichen und umtaufen, in *Rebel's Pride*! Eine Besatzung von zwanzig Mann müßte genügen - zehn weiße, zehn Indianer! Und . . .«

»Und eine Frau?« unterbrach er sie zweifelnd.

»Ja. Ich bin eine gute Seefahrerin. Das habe ich bewiesen, als ich in diesem kleinen Boot von Key West hierhersegelte. Natürlich werden wir unsere Schwingen erproben, ehe wir fliegen. Auf beiden Seiten waren viele Spioninnen tätig. Sie schlüpften sogar in Männerkleider und schlossen sich den Truppen an. Red Fox, ich bin eine Konföderierte, und ich muß in diesem Krieg kämpfen!«

»Oder wollen Sie Rache üben?«

»Spielt das eine Rolle?«

»Wissen Sie, was mit Ihnen geschehen wird, wenn Sie in die Hände der Yankees fallen?«

Ohne mit der Wimper zu zucken, hielt sie seinem Blick stand. »Ja, das weiß ich.«

Der Anker versank im Wasser. »Das kann ich meinem besten weißen Freund nicht antun.«

»Dann tue ich's ohne Sie«, verkündete sie unbeirrt, und er seufzte tief auf.

»Sicher werden die Armstrongs Sie aufhalten, Kendall. Niemals werden sie diesem verrückten Plan zustimmen.«

Um ein Lächeln zu verbergen, senkte sie den Kopf. Nun hatte sie den Häuptling überzeugt, das wußte sie. Und wenn sie einen Indianer erweichen konnte, der für seine stahlharte Willenskraft bekannt war, würde sie auch andere Leute für ihr Vorhaben gewinnen.

Die *New England Pride* würde sich in die *Rebel's Pride* verwandeln. Im Namen der Konföderation wollte sie den Schoner grau streichen lassen. Natürlich würde Brent sich nicht freuen, wenn er das alles erfuhr. Aber sie hoffte, er würde es niemals herausfinden.

Weder Red Fox noch Brent würden jemals verstehen, daß sie ihre eigene Schlacht gegen den Mann kämpfen mußte, der ihr das Leben noch vor dem Ausbruch des Krieges zur Hölle gemacht hatte.

15

September 1862

Die *Jenni-Lyn* schlingerte den James River hinauf, zum Richmond-Hafen. Von fünf Schüssen getroffen, segelte sie immer noch, die kostbare Fracht sicher im Laderaum. Brent war froh, als er endlich wieder festen Boden unter den Füßen spürte.

Im Hafen erwarteten ihn mehrere Offiziere, die ihm enthusiastisch zu seinen Erfolgen gratulierten und erklärten, daß Präsident Davis und Mallory, der Oberbefehlshaber der Navy, mit ihm sprechen wollten. Er befahl Charlie, für die Reparatur des Schoners zu sorgen, und Chris, die Ladung löschen zu lassen. Dann stieg er in einen leichten, vierrädrigen Wagen und fuhr durch die Straßen der Konföderationshauptstadt.

Nachdem er London gesehen hatte, erschien ihm Richmond armseliger denn je. In England mangelte es nicht an Seide und Satin. Lächelnde Frauen trugen modische Kleider im französischen Stil, schmückten in ihrem vornehmen Staat die Salons und Marktplätze und nahmen den Gestank der Armut, direkt vor ihren Nasen, gar nicht wahr — oder den verrückten Krieg, der auf der anderen Seite des Atlantiks ausgefochten wurde.

Ein verrückter Krieg ...

Richmond bot einen herzzerreißenden Anblick. Nur wenige Leute zeigten sich auf den Straßen, abgemagerte, nervöse, elende Gestalten.

An der Haustür des Präsidenten begrüßte ihn ein Neger in beeindruckender Livree, der ihn in einen kleinen Salon führte. Als Davis ihm die Hand schüttelte, fand

Brent, der Präsident wäre seit der letzten Begegnung vor einem guten Jahr stark gealtert. Auch Mallory sah ziemlich schlecht aus. Der schwarze Butler servierte Brandy und bot dem Besucher eine Zigarre an.

Genüßlich blies Brent den Rauch in die Luft. In England wußte man nicht, wie man eine anständige Zigarre rollen mußte.

»Wie ich höre, wurde Ihr Schiff angeschossen«, begann Jefferson Davis.

»Ja, Sir, von zwei Fregatten.«

»Aber Sie haben's geschafft.« Davis schüttelte den grauen Kopf. »Wirklich, Captain, Sie sind eine Ausnahmeerscheinung, aus dem echten Holz unserer tapferen Südstaaten geschnitzt.« Während er auf einem schmalen Sofa Platz nahm, fügte er hinzu: »Im Norden fanden erbitterte Kämpfe statt. Deshalb schickten wir die meisten Frauen nach Süden, auch meine Gemahlin Varina.«

Brent nickte und beobachtete das Gesicht des Präsidenten. Welch eine Ironie, daß Davis die Konföderation regierte ... Er war gegen die Sezession gewesen, bis Lincoln verkündet hatte, er sei ein absoluter Gegner der Sklaverei. Früher hatte Davis dem U.S.-Senat angehört. Unter Präsident Franklin Pierce war er zum Kriegsminister ernannt worden und danach in den Senat zurückgekehrt.

Der hochgewachsene, würdevolle Mann wurde oft von Krankheiten geplagt, und er besaß ein hitziges Temperament. Immer wieder stritt er mit seinen Generälen, aber nicht mit Robert E. Lee, einem alten Freund aus West Point.

»Wie ich festgestellt habe, sind die Straßen fast menschenleer, Sir«, bemerkte Brent.

»Nun, unserer Hauptstadt droht keine echte Gefahr«, versicherte Davis hastig, »solange Männer wie Jackson und Lee unsere Army in Nord-Virginia kommandieren.«

Seine Augen verengten sich. »Ihre Verwandten dienen in einem Regiment unter Lee, nicht wahr?«

»Mein Vater und mein Bruder, Sir, bei der Florida-Kavallerie. Nun war ich lange nicht hier, aber ich hoffe, bald von ihnen zu hören — und von den Kriegsereignissen.«

Rastlos stand Davis auf und ging zum Kamin. »Die Reparatur Ihres Schiffs wird wahrscheinlich zwei Wochen dauern. In dieser Zeit können Sie zur Army reiten, Ihren Vater und Ihren Bruder treffen. Was den Krieg betrifft — ich glaube, noch nie waren wir dem Sieg so nahe. Wenn nur die Versorgung besser funktionieren würde! Aber solange wir Männer wie Sie haben, steht unserem Triumph nichts im Wege. Leider greifen viele Konföderierte die Unionsschiffe nur an, um sich zu bereichern . . .«

»Und Florida, Sir?«

»Bisher konnten wir unsere Forts nicht zurückerobern.« Jefferson Davis seufzte. »Aber die Yankees sind noch nicht landeinwärts vorgedrungen. Sie bleiben in St. Augustine und Fernandina. Jacksonville haben sie verlassen und dann erneut besetzt. Falls Sie eine gewisse Bucht im Süden meinen, Captain, wo uns einige Siedler unterstützen — dort ist alles in Ordnung, und Mrs. Moore lebt immer noch in der kleinen Gemeinde.«

Brent spürte, wie ihm diese Worte das Blut in die Wangen trieben. War die ganze verdammte Welt über seine Beziehung zu Kendall informiert?

Taktvoll mischte sich Mallory ein, der bis jetzt geschwiegen hatte. »Wir sorgen für die Leute, die der Konföderation dienen und sich ihr zuliebe in Gefahr bringen.«

»Danke«, entgegnete Brent mit gepreßter Stimme. Während der ganzen Reise hatte er um Kendalls Leben gebangt und sie in seinen Alpträumen oft genug in Ketten gesehen, an Bord eines Unionsschiffs. Oder John Moore war ihm erschienen, um ihn zu verhöhnen: »Die

Frau, die Sie begehren, gehört einem Yankee, elender Rebell!«

Wie gern würde er den verdammten Krieg vergessen, zu ihr eilen und sich überzeugen, daß es ihr gutging ... Aber er mußte warten, bis die *Jenni-Lyn* wieder seetüchtig war. Die Konföderation würde ihm wohl kaum ein anderes Schiff zur Verfügung stellen. Energisch bezwang er seine Verzweiflung. Würde der Krieg jemals ein Ende finden? Würde das Leben je wieder normal verlaufen? Richmonds Zustand beantwortete diese Frage. Nichts würde so sein wie früher.

»Nun ...« Davis räusperte sich. »Wenn Ihr Schoner repariert ist, müssen Sie zu den Bahamas segeln und Waffen holen, Captain. Die Einzelheiten werden Sie später erfahren. Danach bringen Sie die Fracht zum Mississippi.«

»Zum Mississippi?« wiederholte Brent erstaunt. »Wird New Orleans nicht mehr von den Yankees besetzt?«

»Doch. Die versuchen uns entzweizuschneiden, indem sie den Fluß kontrollieren. Das müssen wir verhindern. Schlüpfen Sie irgendwie durch die Unionsflotte und bringen Sie die Waffen nach Vicksburg. Ich befürchte, die Stadt wird bald angegriffen.« Rasch überspielte er die Tatsache, daß er Brent einen praktisch undurchführbaren Auftrag erteilte. »Vorher sollten Sie Ihre Familie besuchen, Captain. Wir geben Ihnen ein gutes Pferd — und eine Landkarte, auf der die Straßen eingezeichnet sind, die wir für sicher halten. Demnächst beginnt Lee eine Offensive. Er hat Jackson befohlen, Harpers Ferry einzunehmen. Danach treffen sie sich in Maryland. Captain, wir sind Ihnen unendlich dankbar. Gewiß werden das Morphium und das Laudanum die Qualen unserer tapferen Soldaten lindern.«

Brent stand auf und schüttelte dem Präsidenten die Hand, dann hörte er sich an, was Mallory zu sagen hatte.

Die Besatzung freute sich über den zweiwöchigen Urlaub in Richmond. In der Werft versicherte man, in vierzehn Tagen würde die *Jenni-Lyn* so gut wie neu sein. Brent gönnte seinen Männern die Ruhepause, das Amüsement in den Tavernen und Bordellen, aber ihn selbst drängte es, möglichst schnell aufzubrechen. Über ein Jahr hatte er seinen Vater und Justin nicht gesehen. Jetzt wollte er keine Zeit verschwenden.

Es war keine leichte Aufgabe, den Spuren der Nord-Virginia-Army zu folgen, selbst wenn man ihre Truppenbewegungen kannte. Während Brent durch die spätsommerliche, schöne Landschaft ritt, erkannte er, warum es den Unionsgenerälen so schwer fiel, mit Lee Schritt zu halten.

Im dichten Laub zwitscherten die Vögel, die Blätter färbten sich herbstlich. Kaum zu glauben, wieviel Blut diesen Boden schon getränkt hatte ...

Immer wieder spähte Brent wachsam nach allen Seiten, denn er konnte jederzeit auf eine Unionstruppe treffen.

Um alle Farmen und kleinen Städte machte er einen großen Bogen. Nachts kampierte er im Freien unter dem Baldachin des Sternenhimmels und dachte voller Sehnsucht an Kendall. Sein Heim hatte er verloren. Mit ihr wollte er ein neues aufbauen, wenn der Krieg endlich zu Ende gegangen war.

Am vierten Tag begegnete er einem Späher von den Konföderierten. Beinahe hätten sie einander erschossen, wären sie nicht zu verwirrt gewesen, um die Waffen zu ziehen.

Brent erfuhr, Stonewall Jackson, der sechs Divisionen von Lees Army kommandierte, habe soeben Harpers Ferry eingenommen. Nun wartete Lee auf Jacksons Truppen, die bei Sharpsburg wieder zum Hauptkontingent der Army stoßen sollten, an einem Bach namens Antietam Creek. Wenn Brent auf dieser Straße blieb, würde er das Heer band finden.

»Aber ich warne Sie, Captain«, fügte der Späher hinzu. »Lee ist McClellans Streitkräften bereits begegnet. Bald wird eine große Schlacht beginnen. Für einen freundschaftlichen Besuch eignet sich dieser Zeitpunkt nicht. Ihr Burschen von der Navy könnt an Land nicht besonders gut kämpfen, was?«

Brent zuckte die Achseln. »Nun, ich werde mich einfach der Florida-Kavallerie anschließen.«

»Haben Sie da Verwandte?«

»Mein Vater und mein Bruder dienen unter Stuart.«

»Stuarts Kavallerie hat Longstreet von South Mountain aus erreicht. Nun trommeln die meisten großen Generäle ihre Truppen zusammen. Jebs Kavallerie werden Sie in Sharpsburg antreffen, falls Sie das wirklich wollen.«

»Genau das will ich.«

»Nun, Lee hat sein Hauptquartier in einem Wäldchen bei der Shepherdstown-Straße errichtet, außerhalb von Sharpsburg. Natürlich hat er in Maryland mit ein bißchen Entgegenkommen gerechnet, aber er wurde enttäuscht. Jetzt will ich Sie nicht länger aufhalten. Sicher wollen Sie Ihre Verwandten aufsuchen, solange sie noch leben. In zwei Stunden müßten Sie in Lees Hauptquartier ankommen.«

Der Späher tippte an seinen Hut, und Brent ritt weiter. Zwei Stunden später stand er den drei Männern gegenüber, die das Herz der konföderierten Streitkräfte bildeten — Robert E. Lee, Thomas Jonathan Jackson und James Ewell Brown Stuart.

Erstaunt und belustigt hieß Lee einen Captain von der Navy in seinem Zelt willkommen. Doch sein Lächeln erlosch sofort wieder, denn die Situation der Army war zu ernst für irgendwelche Scherze. Brent sah ihn zum erstenmal, merkte ihm aber sofort an, daß alles stimmen mußte, was man sich über den brillanten, würdevollen Mann erzählte.

Nachdem Lee ihn mit Stonewall Jackson und Jeb Stuart bekannt gemacht hatte, erklärte er: »Die Schlacht ist bereits in Gang, Captain McClain. Heute nachmittag wurden die ersten Schüsse gewechselt. Hier befinden wir uns nicht auf hoher See, und Sie unterstehen nicht meinem Kommando. Ich kann Sie nur warnen — wir müssen uns auf einen harten Kampf gefaßt machen. Wie üblich sind die Yankees in der Überzahl.«

»Ja, Sir, ich verstehe. Aber in der Florida-Kavallerie dienen einige Männer, mit denen ich aufgewachsen bin — mein Vater, mein Bruder und ein Dutzend Gentlemen aus Jacksonville. Ich möchte mit ihnen reiten, und ich werde sicher niemandem im Wege sein. Übrigens, ich bin Scharfschütze, Sir.«

»Jeb?« Lee blickte von seinen strategischen Plänen auf und wandte sich an Stuart. »Für die Kavallerie sind Sie zuständig. Kennen Sie die Familie des jungen Mannes?«

»Klar«, antwortete Stuart. »Captain Justin McClain und Lieutenant Stirling McClain. Die beiden finden Sie eine Viertelmeile weiter unten, Captain.«

Brent salutierte, und als er das Kommandozelt verließ, rief Lee ihm nach: »Lassen Sie sich nicht umbringen, junger Mann! Wie ich höre, leisten Sie der Navy wertvolle Dienste!«

Noch bevor Brent die Männer der Zweiten Florida-Kavallerie entdeckte, sah er die festgebundenen Pferde — sichtlich geschwächte, magere Tiere, völlig ungeeignet, um tapfere Kavalleristen aufs Schlachtfeld zu tragen. Sein Magen krampfte sich zusammen, während er zu den Männern ging. Unter einem dunklen Himmel, der Regen ankündigte, kauerten sie rings um ein Lagerfeuer und wirkten noch erbärmlicher als die Pferde. Einige besaßen keine Stiefel mehr und hatten ihre Füße mit Fetzen umwickelt. Fast alle Uniformen waren zerrissen, und die Soldaten erweckten den Eindruck, als hätten sie tagelang nichts gegessen.

Ehe er das Feuer erreichte, sprang einer der Vogelscheuchen auf. »Brent! Bei Gott, Stirling, es ist Brent!«

Der knochendürre Mann rannte auf ihn zu und warf ihn vor Freude fast um. Doch das störte Brent nicht. Er nahm ihn fest in die Arme und ließ sich auf den Rücken schlagen.

Dann rückten sie ein wenig voneinander ab, und Brent schaute forschend in die grauen Augen, die er geerbt hatte. »Pa! Verdammt, es tut gut, dich wiederzusehen. Ich hatte schon Angst ...«

»Eine Kugel könnte meine Brust durchbohrt haben?« fragte Justin McClain ironisch. »Noch nicht, mein Sohn. Vielleicht sind die alten Knochen etwas spröde geworden und die Haare ziemlich grau, aber dieser Soldat lebt noch.«

»Brent!«

Eine andere Vogelscheuche kam angelaufen, und Brent drückte seinen Bruder an sich. »Hoffentlich seid ihr mir nicht böse, wenn ich das sage, aber ihr seht beide ganz schrecklich aus.«

»Das ist einer der Gründe, warum wir nach Maryland reiten«, erklärte Stirling. »Virginia wurde geplündert, und Lee kann uns nicht mehr kleiden und ernähren. Nun hoffen wir, ein paar Sachen von den Yankees zu erbeuten.«

»Dafür siehst du großartig aus, Brent«, meinte Justin voller Stolz, und sein jüngerer Sohn schnitt eine Grimasse.

»Gerade komme ich aus London.«

»Warst du nicht daheim?« fragte Justin besorgt. »Seit dem letzten Frühling nicht mehr? Warum?« Deine Schwester schrieb mir und behauptete, alles sei in Ordnung. Trotzdem mache ich mir Sorgen. Die Yankees kommen und gehen, aber offenbar lassen sie die Stadtbewohner in Ruhe.«

Mühsam schluckte Brent. Jennifer hatte offenbar nicht erwähnt, daß South Seas nur mehr ein Schutthaufen war. »Als ich Jenny zuletzt sah, ging es ihr gut, Pa. Sie ist bildhübsch.« Warum sollte er die Ereignisse auf South Seas schildern? Das würde seinen Vater und seinen Bruder am Vorabend einer großen Schlacht nur unnötig belasten.

»Und was zum Teufel treibst du hier, kleiner Bruder?« Stirling grinste breit. »Ist auf dem Meer oder in London so wenig los? Das schlägt doch dem Faß den Boden aus, was, Pa? Während wir uns den Hintern wund reiten, feiert Brent in England fröhliche Parties. Wären wir doch bloß zur Navy gegangen!« Lachend klopfte er auf Brents Rücken. »Falls du einen Kampf erleben willst, dazu findest du morgen reichlich Gelegenheit. McClellan trommelt seine ganze verdammte Army zusammen, um uns entgegenzutreten.«

»Nach allem, was ich so höre, hat Brent genug Schlachten auf hoher See erlebt«, meinte Justin. »Aber was machst du wirklich hier, mein Junge?«

»Die *Jenni-Lyn* wurde angeschossen. Gerade wird sie in der Werft von Richmond repariert. Das dauert zwei Wochen, und Jeff Davis schlug mir vor, euch zu besuchen.«

»Wie nett von ihm«, erwiderte Stirling. »Komm, Brent, begrüß die Jungs. Du kennst Cliff Deerfield, Craig Hampton und ein paar andere. Bei der zweiten Manassas-Schlacht fiel der alte Reilly, aber wir sind immer noch eine verdammt gute Truppe.«

Die Flammen waren herabgebrannt. Bis auf die Wachtposten hatten sich alle niedergelegt, um eine unruhige

Nacht zu verbringen. Stirling McClain saß neben seinem Bruder im Zelt und begann zögernd: »Brent ...«

»Ja?«

»Was ist an diesem Gerücht dran? Du hast die Frau eines Yankees entführt?«

»Das ist kein Gerücht«, erwiderte Brent seufzend. »Mehr oder weniger stimmt es. Aber es war Red Fox, der sie entführt hat. Dann holte der Yankee sie zurück, sie flüchtete, und kam wieder zu mir.«

»All die Jahre lang war dir kein Mädchen gut genug«, entgegnete Stirling und stieß einen leisen Pfiff aus. »Und dann läßt du dich mit einer verheirateten Frau ein.«

»Ihr Mann ist ein brutales Monstrum. Und die Mühe, die ich ihretwegen auf mich genommen habe, lohnt sich. Sobald sie sich scheiden lassen kann, wollen wir heiraten ...« Brent zögerte unbehaglich. »Wenn du Bescheid weißt, hat Pa sicher auch davon gehört.«

»Ja.«

»Da ist nichts Ehrenrühriges dabei, Stirling. Ich liebe sie, und wenn ganz Amerika über uns redet, so ist mir das egal. Hoffentlich habe ich Pas Stolz nicht verletzt.«

Plötzlich drang eine Stimme aus der Finsternis. »Der Stolz deines Pas ist keineswegs verletzt, mein Junge. Ich vertraue auf *dein* Ehrgefühl. Und was dieses Mädchen betrifft — tu einfach, was du für richtig hältst, hörst du?«

»Ja, Pa, ich höre dich«, erwiderte Brent lächelnd.

»Und jetzt haltet den Mund. Gönnt einem Mann ein bißchen Schlaf. Ihr führt euch ja schlimmer auf als eine Bande Südstaatenschönheiten auf einer Teeparty.« In ernstem Ton fügte er hinzu: »Morgen erwartet uns keine Teeparty.«

Grau und regnerisch dämmerte der 17. September herauf. Jeb Stuarts Kavalleristen hatten die Order, Jacksons Flanke und die Meile zwischen Jackson und dem Potomac zu decken. Inzwischen sollten die berittenen Artilleristen ihre Linie halten und die Illusion erwecken, sie würden einfach nur zwischen den einzelnen Salven ihre Geschützpositionen wechseln.

Um sieben Uhr war die Schlacht in vollem Gang, das Blut floß in Strömen. Die Männer hatten in einem Maisfeld voll goldgelber Kolben und grüner Stauden gekämpft. Jetzt war die ganze Ernte zertrampelt und zerschossen. Überall lagen Leichen, in blauen oder zimtfarbenen Uniformen.

Die Kavallerie hielt den Unionsgeneral Doubleday in Schach, als er auf der Hagerstown-Straße vorzurücken versuchte. Ringsum wurden die Felder mit schwerer Artillerie beschossen. Stonewall Jackson hielt beharrlich seine Stellung, mußte aber schmerzliche Verluste in Kauf nehmen.

An der Seite seines Vaters und seines Bruders lud Brent eine Parrott-Kanone. Um das Geschütz zu laden und abzufeuern, bedurfte es der vereinten Kraft von sechs Männern. Wenn einer von feindlichen Scharfschützen erschossen wurde, nahm ein anderer seinen Platz ein. Unter Justins McClains Kommando wechselten sie ständig die Geschützpositionen. Während endloser Vormittagsstunden versuchte Stirling, zu singen und zu scherzen, obwohl immer mehr Leichen das Feld übersäten.

Das Pulver hatte Brents Hände schwarz gefärbt, seine Muskeln schmerzten. An diesem Tag lernte er sehr viel über die Army von Nord-Virginia — sie gab niemals auf. Diese Männer waren geborene Kämpfer, ihre Generäle überlebten dank ihrer Kühnheit und ihrer Ausdauer. Mit reiner Willenskraft konnten sie einen stärkeren Feind besiegen.

Noch erkannte man nicht, wer die Schlacht gewinnen würde. Zwischen sieben und zwölf Uhr tobten heftige Kämpfe zwischen dem Maisfeld und einer kleinen Kirche. Zu Mittag wurde die Meldung weitergeleitet, die Konföderation hätte etwa sechstausend Mann verloren, die Union ungefähr siebentausend. Schwindelerregende Zahlen ...

»Was machen wir hier eigentlich, Brent?« fragte Stirling müde und wischte sich den Schweiß von der geschwärzten Stirn.

»Wir kämpfen für die Konföderation«, antwortete Brent tonlos, und sein Bruder lachte trocken.

»Die Konföderation! Brent, wir haben diesen Krieg angefangen, um die Rechte unserer Staaten zu wahren. Klar, es ging um die Sklaverei. Aber für uns zählten in erster Linie unsere staatlichen Rechte. Nun sehe ich hier in Maryland einen Mann nach dem anderen fallen, während meine Heimat von Yankees überrollt wird, und ich kann sie nicht schützen.«

»Paß auf, Stirling!« rief Brent, als eine pfeifende Kanonenkugel über ihre Köpfe hinwegflog und nur wenige Schritte hinter ihnen explodierte. Er glaubte, eine Riesenhand würde ihn ergreifen und durch die Luft schleudern. Hart prallte er am Boden auf, lag einige Sekunden reglos da und rang nach Atem. Dann hob er den Kopf.

Offensichtlich hatte er sich keine Knochen gebrochen. In der Luft hing immer noch so viel Pulverrauch, daß er nichts sah. Blindlings kroch er umher und hörte die Schmerzensschreie der Verwundeten aus allen Richtungen. »Stirling, Pa?«

Als sich die Schwaden auflösten, fand er seinen Bruder. Aus einem Mundwinkel sickerte ein dünnes Blutrinnsal. Das war es nicht, was Brent erschreckte, sondern das Loch im Bauch, das Stirling mit beiden Händen umklammerte.

»Brent?«

»Da bin ich, Stirling. Sag nichts. Ich bringe dich weg von hier.«

Stirlings schwaches Gelächter ging in einen Husten über. »Erinnerst du dich an die Magnolien, Brent? Wie die Zweige tief über der Zufahrt hingen? Wie gern bin ich auf dieser Straße geritten, bis ich South Seas über den Wipfeln sah ... Erinnerst du dich an das alles, Brent?«

»Natürlich. Sag nichts.«

Gepeinigt schrie Stirling auf, als Brent ihn hochhob und ihm seinen Navy-Uniformrock fest um die Taille wickelte. Er mußte seinen Bruder vom Schlachtfeld tragen und unbedingt einen Arzt finden.

Großer Gott, wo konnte man in diesem Chaos aus blauen und zimtfarbenen Leichen einen Doktor aufspüren? Vielleicht dort drüben in der Kirche?

Mühsam schleppte er seinen Bruder von der Artilleriestellung in den Wald, zu einer kühlen Lichtung. Stirling öffnete die Augen. »Paß gut auf South Seas auf, Brent. Auf Patricia und Patrick ...«

»Still, Stirling!« Behutsam ließ Brent ihn zu Boden gleiten. »Bleib ganz ruhig liegen und versuch, langsam zu atmen.«

»Eine Bahre!«

Als der Ruf zu ihm drang, drehte Brent sich um, aber wegen des Rauchs, der zwischen den Bäumen hing, sah er nicht viel.

»Eine Bahre!« rief er selbst. Offenbar rannten in der Nähe Sanitäter umher.

»Ich komme ... Rufen Sie noch einmal, damit ich Sie finde!«

In dieser Stimme schwang beruhigende Autorität mit. Die Augen zusammengekniffen, spähte Brent durch die grauen Schwaden und das dichte Laub. Dann erstarrte er, als ein Mann in seinem Blickfeld erschien.

Ein Soldat in Blau. Ein Yankee-Captain, wie die goldenen Rangabzeichen an den Ärmeln verrieten. Der Unionssoldat hatte blondes Haar und kluge, braune Augen.

Eine Zeitlang starrten sie sich mißtrauisch an, dann wandte sich der Captain zu Stirling. »Ein Bauchschuß?«

»Ja, ich glaube«, antwortete Brent.

Der Yankee kniete neben dem Verletzten nieder und entfernte Brents improvisierte Bandage. »Vielleicht ist es nicht allzuschlimm«, murmelte er und zerriß das Kavalleriejackett samt dem Hemd.

»Ich muß ihn so schnell wie möglich von hier wegbringen«, erklärte Brent. Offensichtlich hatten die Yanks die Kirche und die Wälder ringsum unter ihre Kontrolle gebracht.

»Ohne Hilfe können Sie ihn nicht wegschaffen. Sonst stirbt er womöglich.«

Mühsam schluckte Brent. »Aber ich kann ihn nicht allein lassen«, flüsterte er.

Der blauuniformierte Captain stand auf und nagte an seiner Unterlippe. »Falls man Ihnen erzählt hat, die Yankee-Ärzte würden mehr Rebellen töten als unsere Artillerie, so stimmt das nicht ganz. Ich bin Arzt, Sir, und ich nehme meinen Schwur, Menschenleben zu retten, sehr ernst. Das bezieht sich nicht nur auf Unionssoldaten. Lassen Sie ihn hier bei mir. Das ist seine einzige Chance. Heute sind Tausende gefallen, und es werden noch viel mehr sterben. Vertrauen Sie mir diesen Mann an, wenn Sie wollen, daß er überlebt.«

Plötzlich stöhnte Stirling schmerzlich, und Brent sank neben ihm auf die Knie. »Verstehst du mich, Stirling? Das ist Captain — eh ...«

»Captain Durbin vom Sanitätskorps«, stellte sich der Yankee vor.

»Vor dem Krieg habe ich Durbin in New York getroffen«, log Brent. »Sicher wird er gut für dich sorgen.«

»Nein — nein, ich will nicht bei den Yanks sterben!«

»Du wirst nicht sterben. Und da ich South Seas nie verwalten wollte, mußt du am Leben bleiben, um die Plantage zu übernehmen. Stirling! Hier haben nur die Yankees die Möglichkeit, Verwundete zu betreuen.«

Eine Hand berührte Brents Arm, und er starrte in die Augen des Army-Captains. »Soeben hat er die Besinnung verloren. Sie müssen nichts mehr sagen. Vielleicht stirbt er, aber ich verspreche Ihnen, mein Bestes zu tun, um ihn zu retten. Und Sie sollten jetzt möglichst schnell verschwinden. In einem Kriegsgefangenenlager würden Sie sich sicher nicht wohl fühlen. Sagen Sie mir, wo ich Sie erreichen kann, und ich informiere Sie schriftlich über seinen Zustand.«

Brent zögerte nur eine Sekunde lang. »Jennifer McClain, in Jacksonville. Wenn er stirbt, wird unsere Schwester seine Frau verständigen — und seinen Sohn.«

»Gut, Rebell. Gehen Sie jetzt, bevor ich Ihretwegen vor ein Kriegsgericht gestellt werde.« Ohne ein weiteres Wort sprang Brent auf und rannte in den Wald.

Am Nachmittag wurden die Kämpfe fortgesetzt. Tapfer versuchte General Hood seine Stellung auf einem Weg am Rand des Maisfelds zu halten, aber zu viele Unionssoldaten standen ihm gegenüber.

Ringsum häuften sich die Leichen. Lee beschloß, den Potomac zu durchqueren, um West-Virginia zu erreichen, und McClellan traf keine Anstalten, ihn aufzuhalten. An diesem Tag hatte die blutigste Schlacht des Sezessionskrieges stattgefunden. In der Nacht lauschte Brent dem Geschrei der Verwundeten und suchte seinen Vater. Captain Justin McClain von der Zweiten Florida-Kavallerie zählte zu den Vermißten.

Am nächsten Tag verließ Brent die Nord-Virginia-Army und ritt nach Richmond, wo er sein Schiff aufsuchte. Die Männer waren nicht an Bord, da sie noch Urlaub hatten, aber er sehnte sich ohnehin nicht nach Gesellschaft. Die nächsten vier Tage verbrachte er in der Einsamkeit seiner Kabine, starrte zur Holzdecke hinauf und hörte das monotone Hämmern der Werftarbeiter.

Als erster kehrte Charlie McPherson zurück. Er hatte gehört, was mit Brents Vater und seinem Bruder geschehen war und die Privatsphäre des Captains respektiert, den Wunsch, allein und ungestört zu trauern. Nun traf ein Besatzungsmitglied nach dem anderen ein, und Charlie erschien in der Tür. »Bald segeln wir los, Captain. In den Tavernen hörten wir seltsame Gerüchte. Vielleicht interessieren Sie sich dafür.«

»Worum geht's denn, Charlie?« fragte Brent müde.

»Offenbar haben wir Konkurrenz bekommen. Aus dem Nichts ist ein Konföderiertenschoner aufgetaucht und durchbricht die Yankee-Blockaden, ohne Offiziere an Bord. Die Yankees behaupten, dieses Schiff würde von einem Indianer und einer Frau kommandiert. Mittlerweile hat sie schon vier Unionsschaluppen, drei Schoner und zwei Fregatten in die Luft gejagt, alle in den Gewässern von Süd-Florida. Und dieses seltsame Schiff heißt *Rebel's Pride.*«

Abrupt sprang Brent aus seiner Koje. »Was?«

»Nun, dieses Gerücht scheint zu stimmen. Die alten Seebären in den Tavernen haben uns erzählt, was in den Unionszeitungen steht. Und die Yanks regen sich ziemlich auf. Wer das Schiff erobert, darf mit einer hohen Belohnung rechnen.«

»Diese kleine Närrin!« schrie Brent. »Ich glaub's einfach nicht! Wo sie doch keine Ahnung vom Krieg hat! Wo zum Teufel hat sie das Schiff her? Und die Besatzung? Ein Indianer? Zum Teufel mit Red Fox!«

Schweigend trat Charlie zurück und wünschte, er hätte sich nicht verpflichtet gefühlt, seinem Kommandanten diese Neuigkeiten zu berichten.

Nur ganz selten verlor Brent McClain die Beherrschung, aber wann immer es geschah, bekam er einen Tobsuchtsanfall. Rastlos marschierte er in der kleinen Kabine umher.

Dann blieb er plötzlich vor dem Schreibtisch stehen. »Ist die *Jenni-Lyn* segelfertig?«

»Ja, Sir. Alle Mann sind an Bord. Im Morgengrauen können wir auslaufen ...«

»Nein, sofort!« Entschlossen rannte Brent an Charlie vorbei.

»In der Finsternis wird's uns leichter fallen, die Blockade zu durchbrechen. Verdammt, ich werde sie erwürgen!« fauchte er und schlug mit der Faust gegen den Türrahmen. »Wann wird sie endlich begreifen, daß sie nicht unbesiegbar ist? Aber das werde ich ihr schon noch klarmachen, und wenn ich sie in Ketten legen muß!«

Sobald er das Deck erreichte, erteilte er mit durchdringender Stimme seine Befehle.

Charlie folgte ihm und erwähnte nicht, welch ein Narr Brent selber gewesen war. Erst kämpfte er auf einem blutigen Schlachtfeld in Nord-Virginia, und dann stürmte er durch eine Unionsblockade, als würde er an einer Regatta teilnehmen.

Narren und Helden, dachte Charlie seufzend. Beide sind aus demselben Holz geschnitzt ...

16

Oktober 1862

»Kendall, die *Rebel's Pride* ist verschwunden! Er hat sie gekapert!«

Verschlafen öffnete sie die Augen, viel zu jäh aus ihrem schönen Traum vom Kriegsende und einer glücklichen Zukunft gerissen.

Sie hatte geträumt, sie wäre wieder in Cresthaven, im majestätischen Plantagenhaus inmitten der Baumwollfelder. Arm in Arm mit Brent, wanderte sie einen idyllischen Weg entlang. Wenn sie auch die Vergangenheit beklagten, das Leid des Nordens und des Südens, freuten sie sich ihres Glücks. Die Konföderation hatte überlebt, und das verdankte sie nicht zuletzt Kendalls kühnem Entschluß, sich einen Yankee-Schoner anzueignen und durch die Blockaden zu segeln ...

Und nun war sie unsanft geweckt worden. »Verschwunden?« wiederholte sie atemlos, schlug die Decke zurück und sprang aus dem Bett. »Wovon reden Sie, Amy? Wie kann die *Rebel's Pride* einfach verschwinden? Unsere Wachtposten behalten sie Tag und Nacht im Auge.«

Ehe Amy antworten konnte, legten sich starke, bronzebraune Hände auf ihre Schultern. Verwirrt drehte sie sich um und starrte in Brents Gesicht.

»Ich werde ihr alles erklären, Amy, wenn es Ihnen nichts ausmacht«, sagte er höflich — viel zu höflich.

Wie gern wäre Kendall in seine Arme gesunken ... Statt dessen stand sie stocksteif da. Noch nie hatte er sie so kalt und zornig angesehen. Und seine Wut jagte ihr um so größere Angst ein, weil er ruhig und beherrscht wirkte.

»O Brent ...«, begann Kendall, versuchte das Zittern in ihrer Stimme zu unterdrücken und zwang sich, nicht zurückzuweichen. Amy hatte offenbar beschlossen, die Flucht zu ergreifen. Jedenfalls war sie nicht mehr hier.

Als er die Tür hinter sich schloß, wuchs Kendalls Furcht. Nicht einmal bei jener Begegnung im Sumpf, nach dem Zwischenfall in Charleston, hatte sie solche Angst empfunden. Aber damals habe ich ihn auch noch nicht gekannt, dachte sie. Kenne ich ihn jetzt? Was hat der Krieg aus uns allen gemacht?

Er erschien ihr völlig emotions- und skrupellos. Äußerlich war er fast unverändert. Er trug immer noch seine zimtfarbene Uniform mit den goldenen Rangabzeichen. Nur die Wangen kamen ihr etwas schmaler vor, sein Bart und der Schnurrbart mußten gestutzt werden. Oh, dieser eisige Blick ... Nein, rief ihr Herz. Er liebte sie, und sie waren so glücklich gewesen, trotz des grausamen Krieges.

Zunächst konnte sie sich nicht rühren, stand nur da und starrte ihn an. Aber dann begann ihr Verstand wieder zu funktionieren, und sie tastete nervös nach dem Kragen ihres hochgeschlossenen weißen Nachthemds. Amy hatte behauptet, die *Rebel's Pride* sei verschwunden. Und gleich danach war Brent aufgetaucht, wie ein König, der eine Hinrichtung befahl ...

Energisch bekämpfte sie ihre Angst. Von diesem Überraschungsangriff würde sie sich nicht in die Defensive drängen lassen. »Was hast du mit meinem Schiff gemacht?« fragte sie kühl.

Diese Frage genügte, um die schwelende Wut und Furcht zu entzünden, die er seit der Abreise aus Richmond hinter einer gleichmütigen Fassade verborgen hatte. Schmerzhaft packte er Kendalls Arme, schüttelte sie, wollte den Stolz in diesen rebellischen blauen Augen brechen. »Du leichtfertiges kleines Biest!« stieß er zwischen zusammengebissenen Zähnen hervor. »Wenn du dich mit aller Macht umbringen willst, dann tu's! Aber du hast kein Recht, das Leben alter Männer, halbwüchsiger Jungen und weiterer Indianer zu gefährden.«

Verzweifelt zerrte sie an den Fingern, die ihre Arme wie Stahlklammern umschlossen. »Laß mich los, Brent!« Diesen Wunsch erfüllte er, schob sie so kraftvoll von sich, daß sie aufs Bett fiel.

Sie versuchte nicht aufzustehen, zog nur den Saum ihres Nachthemds über die Knie und drückte sich an einen geschnitzten Pfosten.

»Überlegst du dir eigentlich jemals, was du tust?« fauchte Brent, riß sich den Federhut vom Kopf und schleuderte ihn in eine Ecke.

»Oh, das weiß ich sehr genau. Und ich frage dich deshalb noch einmal — was hast du mit meinem Schiff gemacht?«

Er lächelte grimmig. »Also gibst du zu, daß es dein Schiff ist.«

»Nun, ich führe nicht das Kommando, falls du das meinst«, entgegnete sie zögernd. »Aber die *Rebel's Pride* gehört mir, weil ich sie gefunden und vor dem Untergang bewahrt habe.«

»Und du segelst auf ihr umher?«

»Nicht immer. Nur wenn wir in Küstennähe bleiben und feindliche Schiffe angreifen, die in diese Gewässer vorgedrungen sind. Manchmal fahren Harry und Red Fox etwas weiter hinaus. Harry ist der offizielle Captain. Verdammt, Brent, du tust so, als würden wir für die andere Seite kämpfen.«

»Ah, ich verstehe. Du setzt dich für die Konföderation ein.«

»Was denn sonst, du Idiot?«

Ohne auf das Schimpfwort zu achten, hob er die Brauen. »Dann hast du sicher nichts dagegen, wenn ich das

Schiff der Konföderation übergebe, ganz offiziell?« fragte er und ging zu ihr.

»Dagegen habe ich sogar sehr viel ... Hör auf, Brent!«

Unsanft umfaßte er ihre Schultern, riß sie vom Pfosten weg und drückte sie aufs Bett. »Wann wirst du endlich deinen Verstand gebrauchen? Weißt du, was passieren wird, wenn die Yankees dich schnappen? Die werden dich kreuzigen! Red Fox auch! Stell dir mal vor, sie erwischen einen Indianer, der Unionsschiffe versenkt! Aber Red Fox ist wenigstens ein Mann. Und ein Krieger. Er kennt die Gefahr, in der er schwebt, während du, kleine Närrin ...«

»Erklär mir bloß nicht den Unterschied zwischen Mann und Frau! Und behaupte nicht, ich hätte keine Ahnung, worauf ich mich einlasse! Ich sah, wie die Seminolen niedergemetzelt wurden. Glaubst du, eine Frau würde auf andere Weise sterben als ein Mann. Woher nimmst *du* dir das Recht, ständig *dein* Leben aufs Spiel zu setzen! Du kommst so selten zu mir, und wenn, bist du mit deinen Gedanken bald wieder woanders. Während du in den Krieg ziehst, soll ich untätig hier herumsitzen und warten, bis du mich zu beglücken geruhst. Verzeih mir, aber das kann ich nicht!«

»Hör mir jetzt gut zu, Kendall«, begann er und neigte sich noch tiefer zu ihr hinab. »Wenn die Yankees dich gefangennehmen, werden sie dich deinem Mann übergeben — vielleicht, *nachdem* sie sich mit dir amüsiert haben. Sie wissen, daß du mit einem Rebellen schläfst und ihre Kriegsbemühungen sabotierst. Falls dein Eheleben vorher schrecklich war — warte mal ab, was geschehen wird, wenn du ein zweites Mal zu John Moore zurückkehren mußt!«

Wie gefühllos seine Stimme klingt, dachte sie unglücklich. Bedeute ich ihm überhaupt nichts? Monatelang hatte sie ihn nicht gesehen. Er war in London gewesen, wo kein Krieg tobte, wo sich die Frauen in Samt und Seide kleideten ... Hatte er amouröse Abenteuer gesucht? Liebte er sie nicht mehr? Warum nahm er sie nicht in die Arme?

Natürlich, er gehörte ihr nicht. Er war Night Hawk, der nach Belieben kam und ging und sie im leeren Dunkel allein ließ. Verstand er denn nicht, was sie empfand?

»Brent, wußtest du, daß manche Frauen Männerkleidung tragen und an die Front gehen? Harry brachte mir eine Washingtoner Zeitung, und da las ich einen Artikel, in dem die Frauen im Norden mit den Südstaatlerinnen verglichen wurden. Wenn der Autor auch zugab, er besitze keine Statistiken, was die Ladies im Süden betreffe ...«

»Kendall ...«

»Hör mir zu, Brent — das alles ist wahr, ich schwöre es dir. Der Artikel erschien nach der schrecklichen Schlacht bei Sharpsburg, und bei den verwundeten Unionssoldaten fand man ein Mädchen ...«

»Sei still! Davon will ich nichts wissen, und es spielt auch gar keine Rolle. Wenn du in Zukunft keine Ruhe gibst, werde ich dich selber den Yankees ausliefern. Dann würdest du wenigstens am Leben bleiben.«

»Am Leben? Wenn ein weibliches Herz von einer Kugel getroffen wird, schlägt es nicht mehr, ebensowenig wie ein männliches.«

»Kendall, wenn du noch ein Wort sagst, verschließe ich dir den Mund!«

»Nein, du wirst mir zuhören ...«

»Bitte, Kendall! In diesem Kampf kannst du nicht gewinnen, also gib's auf.«

»Laß mich endlich los! Du hast kein Recht, mir irgendwelche Vorschriften zu machen.«

»Wirklich, du benimmst dich wie ein verwöhntes Kind.« Plötzlich preßte er sie an seine Brust, der heißersehnte Kuß nahm ihr den Atem. Als er sie losließ, konnte sie in seinen Augen nicht lesen, was er empfand.

Seine Nähe drohte ihre Sinne zu überwältigen, aber sie durfte sich nicht in ihrer Leidenschaft verlieren. Erst mußte sie ihren Standpunkt verteidigen. »O Brent, ich habe dich so vermißt«, flüsterte sie und berührte seine Wange.

»Warum hast du soviel gewagt, Kendall?«

»Das ist auch mein Krieg.«

»Unsinn! Du weißt nichts vom Krieg. Zu diesen Eskapaden hast du dich nur hinreißen lassen, weil du hoffst, eines Tages John Moore zu töten.«

»Da irrst du dich. Und ich bin niemals ein unnötiges Risiko eingegangen. Red Fox und Harry kommandieren die *Rebel's Pride,* und sie haben mehrere Schiffe erbeutet. Dein Freund Red Fox möchte sich nicht an den Yankees rächen. Keinen einzigen hat er getötet. Gewiß, ich stand hinter all unseren Aktionen, und ich war an Bord, als wir eine Fregatte versenkten. Damals triumphierte ich und fühlte mich großartig. Aber ich legte es nie darauf an, John umzubringen. Könnte ich vergessen, was geschah, würde ich ihn sogar bemitleiden. In seinem Herzen ist er schon lange tot.« Zärtlich strich sie durch sein braunes Haar, das fast bis zu seinem Kragen reichte. »Du bist ziemlich mager geworden.« Da er sie nicht mehr festhielt, stand sie auf, ging um das Bett herum und setzte sich auf die andere Seite. In der Schublade des Nachttischchens lag das Messer, das sie dem Yankee Zeb abgenommen hatte. Jetzt wußte sie besser damit umzugehen, was sie Red Fox verdankte. Unauffällig öffnete sie das Schubfach, nahm das Messer heraus und legte es unter ihren Schenkel. »Ist in London alles gutgegangen?«

»Ja.«

Warum benimmst du dich dann so seltsam, wollte sie schreien. Eine unsichtbare Wand schien sie von ihm zu trennen. »Hast du schon mit Red Fox gesprochen?«

»Ja.«

»Also weiß er, daß du das Schiff gekapert hast?«

»Natürlich.«

Und zweifellos fühlt sich Red Fox erleichtert, nachdem wir die *Rebel's Pride* verloren haben, dachte sie bitter. Nun muß er sich nicht mehr für mich verantwortlich fühlen ...

Ihr Atem stockte, als sie hörte, daß Brent aufstand und um das Bett herumkam. Er legte seinen Waffengurt ab, öffnete die Knöpfe seines Uniformrocks und zog ihn aus. Dann blieb er vor ihr stehen, umfaßte ihr Kinn und zwang sie, ihn anzuschauen.

»Für dich ist der Kampf vorbei, Kendall. Bitte, hör mir jetzt gut zu, denn ich meine es ernst, was ich sage. Wenn du dir noch eine einzige Eskapade leistest, bringe ich dich ins Ausland, und dort wirst du bis zum Kriegsende bleiben. Verstanden?«

»Brent ...«

Plötzlich riß er sein Messer aus dem Stiefelschaft und begann ihr Nachthemd zu zerschneiden. Als sie den kalten Stahl auf ihrer Haut spürte, erschauerte sie. »Wenn ich jetzt ein Yankee wäre, Kendall?«

Herausfordernd erwiderte sie seinen Blick. »Nicht alle Yankees sind brutale Vergewaltiger.«

»Nein. Und du kannst dich auch nicht drauf verlassen, daß alle Südstaatler galante Gentlemen sind.«

»Das weiß ich nur zu gut!« stieß sie hervor.

Er richtete sich auf, steckte das Messer in die Scheide zurück und zerrte sein Hemd aus der Hose. »Viel Zeit habe ich nicht.«

»Wie üblich«, bemerkte sie trocken.

»Daran bin ich nicht schuld, Kendall.«

»Natürlich nicht, du mußt so schnell wie möglich an die Front zurückeilen.«

»Laß den Unsinn!«

Reglos saß sie da und hörte ein nur leises Rascheln,

während er sich auskleidete. »Bald bricht der neue Tag an.«

»Und?«

Du erteilst mir deine Befehle, dachte sie, hüpfst mit mir ins Bett, dann verschwindest du. Und Gott helfe mir, ich liebe dich trotzdem, ich begehre dich. Und während das Bett noch warm ist, segelst du längst wieder davon ...

Sie wollte die erotische Anziehungskraft seines nackten Körpers ignorieren, die süße Schwäche in ihren Gliedern nicht spüren, nicht dahinschmelzen, als er ihren Hals küßte und mit seiner Zungenspitze ihr Ohrläppchen liebkoste. Nein, sie durfte nicht nachgeben ...

Doch er umfaßte ihre Schultern, drückte sie aufs Bett, und sie wehrte sich nicht. Hastig schob er das zerfetzte Nachthemd auseinander, um ihre Brüste zu entblößen. Dann beugte er sich herab und nahm eine rosige Knospe in den Mund. Wie aus eigenem Antrieb schlangen sich ihre Finger in sein Haar, und er schob den Saum des Nachthemds nach oben, streichelte ihre Schenkel und flüsterte: »Zieh das verdammte Ding endlich aus!« Ungeduldig zog er ihr das Nachthemd über den Kopf.

»Küß mich, Brent!«

Bereitwillig preßte er seine Lippen auf ihre, und im selben Augenblick hielt sie ihm ihr Messer an die Kehle.

»Was nun, Brent?« fragte sie, als er verblüfft den Kopf hob. »Eine Bewegung, und ich könnte dir die Kehle durchschneiden!« Leise fluchte er, und sie bemühte sich, seinem zornigen Blick standzuhalten. »Wir alle sind verletzlich, Brent, wir alle können sterben. Mein Leben bedeutet mir längst nicht so viel wie deines. Trotzdem setzt du's immer wieder aufs Spiel und fragst nicht einmal, ob ich Verständnis dafür aufbringe.«

»Das ist was anderes, Kendall.«

»Wieso? Sicher, ich bin eine Frau, und du bist viel stärker. Aber jetzt könnte ich dich töten.«

Lächelnd packte er ihr Handgelenk und verdrehte es, bis sie gequält aufschrie und die Waffe losließ. Dann ergriff er das Messer und warf es quer durchs Zimmer. »Jetzt habe ich dich entwaffnet.«

»Nur weil ich nichts dagegen tat.«

»Und du konntest mir die Klinge nur an die Kehle halten, weil ich's gestattet habe. Weil du eine Frau bist, hast du dir das Messer wegnehmen lassen.«

»Mit meinem Geschlecht hat das nichts zu tun. Nur mit meiner Liebe ...«

»Diesen Streit hast du verloren, Kendall.«

»Seit ich dich liebe, kann ich nichts mehr gewinnen«, erwiderte sie seufzend.

»Obwohl du mich liebst, hast du mich mit einem Messer bedroht?« Er küßte sie wieder, fordernd und voller Zorn.

In ihren Augen brannten Tränen, doch sie wehrte sich nicht, und sie konnte seine Wut nicht verstehen. In wildem Verlangen liebte er sie, vereinnahmte nicht nur ihren Körper, sondern auch ihre Seele, und sie gab sich hin, mit gleicher Glut.

Nach der süßen Erfüllung erwachte das Feuer von neuem, doch sie wechselten kein einziges Wort und schlossen nicht Frieden. Zu Mittag schlief Kendall erschöpft ein, einen Arm über Brents Brust gelegt.

Als sie erwachte, schien die Sonne immer noch, aber er war verschwunden. Nichts im Zimmer wies darauf hin, daß er noch vor wenigen Stunden hier gewesen war. Kein Schwert, kein Federhut. Rasch stand sie auf, wusch sich und schlüpfte in ihre Kleider.

Im Garten traf sie Amy an, die gerade Rosen abschnitt. »Wo ist Brent?«

»Nun, meine Liebe«, begann Amy zögernd, »er ist davongesegelt. Bevor er zu Ihnen ging, sprach er mit Harry und Red Fox. Und dann — heute morgen ließen wir Sie beide schlafen. Wo Sie doch so wenig Zeit füreinander finden ... Und Brent hat Ihre Liebe so dringend gebraucht, vor allem in dieser letzten Nacht. Sein Vater wird vermißt, der Bruder ist verwundet und in den Händen der Yankees ...«

»Amy, wovon reden Sie?«

»Soviel ich weiß, mußte Brents Schiff in Richmond repariert werden, bevor er hierherfahren konnte. Diese Zeit nutzte er, um seinen Pa und seinen Bruder zu besuchen, die in Lees Army dienen. Er erlebte die grausige Schlacht von Sharpsburg mit, wo sein Bruder schwer verwundet und von den Yankees gefangengenommen wurde. Und sein Vater verschwand.«

»O Gott!« stöhnte Kendall.

»Harry war mir böse, weil ich Sie über den Verlust der *Rebel's Pride* informierte, noch bevor Brent Ihr Zimmer betrat. Aber ich fand, es wäre Ihr gutes Recht, alles zu erfahren.« Verwirrt schüttelte Amy den Kopf. »Ich verstehe nicht, warum Brent abgereist ist, ohne Ihnen von seiner Familie zu erzählen.«

»Vielleicht verstehe ich's«, flüsterte Kendall und verließ den Garten, um ihre Tränen zu verbergen.

»Kendall ...«

»Schon gut, Amy. Jetzt möchte ich — allein sein.« Kendall rannte zum Strand und sank schluchzend auf die Knie. In tiefster Seele verletzt, war Brent zu ihr gekommen. Und statt ihm zu helfen ... Sie hatte nicht einmal versucht, herauszufinden, was ihn mit so kaltem Zorn erfüllte, und hatte ihn statt dessen bis aufs Blut gereizt. Würde sie ihn für immer verlieren? Bis die Sonne unterging, blieb sie am Strand, dann versiegten ihre Tränen, und sie kehrte müde zur Hütte zurück.

17

Juni 1863, Vicksburg, Mississippi

»Liebste Amy, natürlich weiß ich nicht, ob dieser Brief Sie erreichen wird. Aber ich will darum beten. Hier im Lazarett sind wir zu beschäftigt, um Freundschaften zu schließen. Deshalb hoffe ich, es wird Sie nicht stören, wenn ich Ihnen meine Gedanken anvertraue. Vielleicht verstehen Sie mich. Das wäre mir ein großer Trost. Die Situation spitzt sich mit jedem Tag zu, und es ist grauenhaft, in einer belagerten Stadt zu leben. Das soll kein Vorwurf sein, liebe Amy. Als Sie mir halfen, Florida zu verlassen und Harrys Bruder mir den Posten im Lazarett verschaffte, ahnten wir alle nicht, was mich erwarten würde. Irgendwie fühle ich mich sogar zufrieden. Ich leide mit den Verwundeten, aber ich bin froh, daß ich mich nützlich machen kann. Für mich ist das sehr wichtig. Von morgens bis abends habe ich alle Hände voll zu tun, und das hält mich davon ab, an Brent zu denken, zu weinen, zu grübeln und ...«

In unmittelbarer Nähe explodierte eine Granate, und Kendall zuckte zusammen. Die Feder entglitt ihrer Hand. Ein paar Sekunden lang hielt sie den Atem an. Die Öllampe auf dem Schreibtisch bebte, die Wände schienen zu ächzen.

Dann herrschte wieder Stille, und Kendall seufzte erleichtert. Schon seit über zwei Monaten wurde Vicksburg belagert, und sie versuchte immer noch, sich an den Kriegslärm zu gewöhnen.

Das Lazarett, weit vom Fluß entfernt, war verhältnismäßig sicher, obwohl die Granaten zwei Abteilungen zerstört und die darin untergebrachten Patienten getötet hatten.

Eine Zeitlang lauschte sie noch, aber für diese Nacht hatten die Yankees das Feuer eingestellt. Sie starrte den Brief an, den sie begonnen hatte. Dann zerriß sie ihn in winzige Fetzen.

Es war verrückt, irgend etwas über Brent zu schreiben — auch nur an ihn zu denken. Neun Monate lang hatte sie nichts von ihm gesehen oder gehört. Seit er an jenem Morgen davongesegelt war, ohne sich von ihr zu verabschieden . . .

Natürlich erschienen in den Südstaatenzeitungen häufig Berichte über Captain Brent McClain, den großen Kriegshelden. Angeblich versorgte er ein Fünftel der Rebellentruppen mit Lebensmitteln. Außerdem war er verantwortlich für die Eroberung oder Versenkung von fünfzig Unionsschiffen.

Wo mochte er jetzt sein? Gedankenverloren klopfte sie mit ihrer Feder auf die Tischplatte. War er jemals wieder in die Bucht zurückgekehrt? Interessierte es ihn, wie es ihr ging? Auch Amy hatte sich seit Februar nicht mehr gemeldet.

Nach der letzten Begegnung mit Brent hatte Kendall es nicht mehr ertragen, noch länger bei den Armstrongs zu bleiben. Die *Rebel's Pride* war ihr genommen worden, und Brent würde nie wieder zu ihr kommen. Da sie ihrem Stiefvater mißtraute, hatte sie nicht gewagt, nach Charleston zurückzukehren. Sicher würde er sie sonst zu John Moore bringen, der irgendwo am Mississippi unter Farragut diente. Niemand hatte geglaubt, die Yanks würden die Rebellen an der Westfront zurückschlagen. Am Fluß gelegen, von Bergen umgeben, erschien Vicksburg uneinnehmbar.

Im Februar hatte Kendall beschlossen, Harrys Bruder, David Armstrong, im Lazarett zu helfen. Niemand wäre damals auf den Gedanken gekommen, Vicksburg könnte so hartnäckig belagert werden.

Zumindest niemand im Süden. Aber letzten Endes waren der Mut und die Willensstärke der Konföderierten der Waffengewalt und der zahlenmäßigen Überlegenheit der Unionssoldaten nicht gewachsen.

Seufzend stand Kendall auf, streckte sich und strich über ihren schmerzenden Rücken. Sie war so müde. Trotzdem wurde sie jede Nacht oft stundenlang von ihren Erinnerungen an Brent wach gehalten.

Und wenn sie endlich einschlief, erschien er ihr in bösen oder schönen Träumen.

War es möglich, vor der Liebe zu fliehen? Nein, hatte Red Fox erklärt. Und nun gaben ihm die Zeit und die Distanz recht. Er hatte versucht, sie von der Übersiedlung nach Vicksburg abzuhalten. Wie ein Kind würde sie sich benehmen, hatte er ungeduldig behauptet — so wie damals Brent. Sicher würde sein Freund eines Tages zu ihr zurückkommen. Doch das bezweifelte sie.

Sie vermißte Red Fox, ihren lieben, guten Freund, seine klugen Worte, seine innere Gelassenheit. Und er fehlte ihr, weil er eine greifbare Verbindung zu Brent darstellte.

Doch nun mußte sie den geliebten Mann endlich vergessen, sich in die Arbeit stürzen, bis die Erschöpfung sie überwältigte — bis sie von Träumen verschont wurde.

Von morgens bis abends rackerte sie sich ab. Infolge der Belagerung wurden so viele verwundete Soldaten ins Lazarett gebracht, daß man sich manchmal kaum einen Weg zwischen den Bahren bahnen konnte. Tapfer und verzweifelt versuchte der Konföderiertengeneral John Pemberton, die Stadt zu halten, aber General Grant von der Union war ein entschlossener Mann. Während der langen Wochen erlosch allmählich die Widerstandskraft der Stadtbevölkerung, die unter der mangelnden Versorgung litt. Schließlich wurden sogar Pferde, Hunde und

Katzen geschlachtet, um die hungrigen Menschen zu ernähren.

»Ja?« rief Kendall, als es an der Tür ihres winzigen Zimmers klopfte. Nur zu gern ließ sie sich von ihren düsteren Gedanken ablenken.

»Ich brauche Sie, Kendall! Beim letzten Granatenangriff wurden mehrere Männer getroffen. Gerade werden sie hereingebracht.«

»Natürlich, Dr. Armstrong, ich komme sofort!« Hastig strich sie ihren Rock glatt und schaute mechanisch in den fleckigen Spiegel über dem Waschtisch. Sie hielt kurz inne und strich über ihre eingefallenen Wangen.

Wie gräßlich sie aussah! Unter ihren Augen lagen violette Schatten. Seufzend schob sie eine Haarsträhne in ihr Haarnetz zurück, die sich gelöst hatte. Den Sterbenden war es vermutlich egal, wie sie aussah, solange sie von sanften Händen betreut wurden und Wasser für ihre ausgedörrten Kehlen bekamen.

David Armstrong glich seinem Bruder — ein charakterfester, gütiger Mann, der sich unermüdlich in den Dienst der Konföderation stellte. Mittlerweile stand er Kendall genauso nahe wie Harry und Amy. Sie traf ihn im Flur, wo er seine Ärmel hochkrempelte und zu einem Waschtisch ging. »Drei Amputationen, Kendall.«

Obwohl sie erblaßte, nickte sie tapfer. Diesen Teil ihrer Arbeit haßte sie am meisten. Die Männer schrien und wehrten sich und flehten um Gnade. Doch in den meisten Fällen war es lebensnotwendig, den Soldaten die verletzten Gliedmaßen abzunehmen, um einer gefährlichen Infektion vorzubeugen. »Haben wir Betäubungsmittel?«

»Nein«, erwiderte Dr. Armstrong seufzend. »Kommen Sie.«

Sie wußte, wie wertvoll ihre Hilfe für ihn war. In den Südstaaten konnten nur wenige taugliche Männer für die

Lazarette zur Verfügung gestellt werden, da man sie an den Fronten brauchte. Inzwischen konnte sie ihre Pflichten fast blindlings erfüllen, hielt stets die richtigen chirurgischen Instrumente und das Verbandsmaterial für die Arm- oder Beinstümpfe bereit. Stets fand sie Trostworte für die Patienten und ermutigte sie mit einer freundlichen Geste. Trotzdem fürchtete sie manchmal, in Ohnmacht zu fallen, angesichts des vielen Blutes und der höllischen Qualen.

Dr. Armstrong arbeitete schnell, fachmännisch und methodisch. Endlich wurde der dritte Mann weggebracht, das Echo seiner Schreie verhallte in den Fluren.

»Wissen Sie, was am schlimmsten für mich ist?« fragte der Arzt und legte einen Arm um die Schultern seiner Assistentin. »Der Vogelgesang. Obwohl dieses Gemetzel kein Ende findet, spüren die Vögel nur, wie der Frühling in den Sommer übergeht. Und die Blumen — unentwegt wachsen sie. So ist es nun einmal, Kendall. Das Leben geht immer weiter. Es gibt die Zeit der Saat — und die Zeit der Ernte. Und Sie, meine Liebe«, fügte er lächelnd hinzu, »Sie sollten Seide und Musselin tragen und auf einem Ball mit hübschen jungen Männern flirten. Das hier ist kein Ort für eine vornehme junge Dame.«

Seufzend verdrehte sie die Augen. »Dr. Armstrong, ich weiß nicht, ob ich jemals eine vornehme junge Dame war.«

»Das sind Sie immer noch. Und sehr stark. Sicher werden Sie all das Leid überleben — im Gegensatz zu vielen anderen«, fügte er hinzu und schüttelte traurig den ergrauten Kopf.

»Glauben Sie, wir werden Vicksburg verlieren?« fragte sie tonlos.

»Was ich glaube, spielt keine Rolle. Sehen Sie sich doch um! Wir alle verhungern, die Bürger verkriechen sich in Ruinen, und jeden Tag treffen neue Unionssoldaten ein.

Gewiß, General Pemberton tut sein Bestes. Aber wie lange können bloßfüßige, geschwächte, nur mit Lumpen bekleidete Männer einer wohlgenährten, ausgezeichnet versorgten Übermacht standhalten? Wenn kein Wunder geschieht, wird Vicksburg fallen. So wie der ganze Süden.« Erschrocken unterbrach er sich, als er ihrem entsetzten Blick begegnete. »Hören Sie nicht auf mich, Kendall. Ich bin ein müdes, ausgelaugtes altes Arbeitspferd.« Aufmunternd fuhr er fort: »Morgen bekommen wir Morphium. Wir haben einen Mann über den Fluß geschickt, der sich durch die Unionslinie zu einer Kontaktperson schleichen wird. Und abends treffen wir ihn, wir beide.«

»Morphium«, flüsterte sie, »wie wundervoll!« Dann würden die Männer wenigstens nicht mehr so laut schreien. Welch ein armseliges Glück ...

»Gehen Sie jetzt schlafen, Kendall.«

Der Tag schien kein Ende zu nehmen. Grant bombardierte vom Land, Admiral Porter vom Fluß her. Zusammen mit den verwundeten Soldaten, wurden auch verletzte Zivilisten ins Lazarett gebracht — alte Männer, Frauen, Kinder, die in die Schußlinie geraten waren. Der Anblick dieser Kinder bedrückte Kendall am schmerzlichsten, das ungläubige Grauen in den weit aufgerissenen Augen. Wie sollten sie auch begreifen, warum dieser gräßliche Krieg tobte?

Schließlich verstummte das Feuer. Die Ärzte, die tagsüber geschlafen hatten, traten ihre Nachtschicht an, und Kendall zog sich in ihr kleines Zimmer zurück, um den Gestank des Todes und der Verwesung von ihrem Körper zu waschen.

»Kendall!« rief Dr. Armstrong und klopfte an ihre Tür. »Begleiten Sie mich?«

»Oh ...« Das Morphium! Erst jetzt erinnerte sie sich wieder daran. »Ja, ich komme sofort!« Rasch schlüpfte sie in ihre Unterhose und ein schlichtes Baumwollkleid, dann öffnete sie die Tür.

Dr. Armstrong bot ihr galant den Arm und führte sie durch die Straßen, vorbei an zerstörten Häusern. Wenigstens war die frische Abendluft eine angenehme Abwechslung nach dem Gestank des Todes, der das Lazarett erfüllte.

Am Stadtrand angelangt, hörten sie einen leisen Pfiff und blieben stehen. Ein Junge trat hinter einem Gebüsch hervor. »Doc Armstrong, irgendwas ist schiefgelaufen. Ich sehe das Boot, aber es kommt nicht ans Ufer. Schauen Sie! Da drüben treibt es auf den Wellen. Jetzt — wenn der Mond hinter den Wolken hervorkommt, kann man's deutlich ausmachen. Warum kommt er nicht an Land?«

Mit schmalen Augen starrte Dr. Armstrong auf den Fluß. »Keine Ahnung. Bald wird die Strömung den kleinen Kahn davontragen. Ob Billy das Morphium bekommen hat?«

»Leider kann ich nicht schwimmen, Doc«, klagte der Junge, der höchstens dreizehn Jahre alt sein konnte. »Sonst hätte ich versucht, das Boot zu erreichen.«

»Ich schwimme hin«, verkündete Kendall kurz entschlossen, und Dr. Armstrong starrte sie an, als zweifelte er an ihrem Verstand.

»Unmöglich! Eine Frau darf ich da nicht hinausschikken ...«

»Natürlich dürfen Sie das!« unterbrach sie ihn ärgerlich. »Der Junge kann nicht schwimmen — verzeihen Sie, Sir — Sie sind zu alt dazu. Stellen Sie sich vor, es würde Ihnen etwas zustoßen. Das Lazarett braucht Sie.« Noch während sie sprach, riß sie den Rock vom Oberteil ihres Kleides ab, der sie in die Wassertiefe ziehen würde.

»Wirklich Kendall, wir sollten jemand anderen holen!«

»Dafür fehlt uns die Zeit. Das Boot mit dem Morphium treibt zu den Yanks, und die werden es wohl kaum in Geschenkpapier wickeln und zurückschicken.« Als sie aus den Schuhen schlüpfte, bemerkte sie, daß der Junge sie verblüfft anstarrte. Um die nervöse Spannung zu lockern, schaute sie lächelnd auf ihre Unterhose und das Oberteil ihres Kleides hinab. »Meine Aufmachung entspricht sicher nicht der neuesten Mode im ›Godey's‹. Aber vielleicht ist sie ein geeignetes Badekostüm für Ladies.«

»Kendall ...«, begann Dr. Armstrong unbehaglich zu protestieren. Doch sie hörte ihm nicht mehr zu, rannte durch das Gebüsch zum Ufer und sprang in den Fluß.

Bei Einbruch der Dunkelheit hatte das Wasser abgekühlt, und sie biß die Zähne zusammen. Mit kraftvollen Bewegungen, in gleichmäßigem Rhythmus, schwamm sie zu dem kleinen Ruderboot. Es lag so weit draußen. Beinahe verlor sie ihren Mut. Doch dann dachte sie an die schreienden Männer im Operationsraum und schwamm zielstrebig weiter.

Endlich erreichte sie den Kahn, umklammerte das Dollbord und legte keuchend das Gesicht an den Holzrumpf, um neue Kräfte zu sammeln, ehe sie sich hochzog. Ich hab's geschafft, dachte sie, von freudigem Stolz erfüllt. Ihre Entschlossenheit und ihr Mut würden die Schmerzen so vieler Soldaten lindern ...

Entsetzt schrie sie auf, als ihre Hände von starken Fingern gepackt wurden.

»Kommen Sie nur an Bord, Spion!« rief eine fröhliche Stimme.

»Nein!« kreischte sie in wilder Panik und versuchte, sich loszureißen. Doch sie wurde gnadenlos in den Kahn gezerrt und auf die mittlere Ruderbank gedrückt.

»Verdammt will ich sein, Sergeant. Eine Frau!«

»Da kann ich Ihnen nicht widersprechen, Gefreiter Walker«, erwiderte eine angenehme Stimme.

Verzweifelt starrte Kendall den blauuniformierten Mann an, der im Bug saß, dann wandte sich zu dem anderen im Heck, der ebenfalls einen blauen Rock trug und nun kraftvoll zu rudern begann.

»Warten Sie!« flehte Kendall. »Wir brauchen das Morphium.«

»Welches Morphium?« Verwundert runzelte der Sergeant die Stirn. »In diesem Boot fanden wir kein Morphium, nur Handfeuerwaffen. Wir erbeuteten es von einem Mann, der die Gewehre nach Vicksburg zu schmuggeln versuchte.«

»Aber, ich verstehe nicht ...«, begann Kendall.

»Tut mir leid, Lady, Ihr Freund war kein Philanthrop«, erwiderte der Sergeant lachend. »Vermutlich dachte er, mit Waffen könnte er mehr verdienen als mit Medikamenten. Keine Bange, Ma'am, den Rest des Krieges wird er in einem Unionsgefängnis verbringen.«

In einem Gefängnis ... Erst jetzt wurde ihr bewußt, daß man sie hinter die feindlichen Linien bringen würde. Und sie trug nichts außer ihrer Unterhose und dem Oberteil ihres Kleides. Als sie aufsprang, begann das Boot gefährlich zu schwanken.

Aber ehe sie sich ins Wasser werfen konnte, hielt der Sergeant sie eisern fest und verfrachtete sie wieder auf die mittlere Ruderbank. »Tut mir leid, Ma'am. Sie müssen uns zum Lieutenant begleiten.«

Sobald sie an Land gingen, gaben die Soldaten ihr eine Decke, in die sie sich einwickelte. Dann wurde sie in das Yankee-Lager gebracht, das eine halbe Meile vom Fluß entfernt lag. Ein Zelt reihte sich an das andere, unzählige blauuniformierte Männer saßen um Lagerfeuer herum und blickten von ihrem Abendessen auf, um die kleine Prozession zu beobachten.

Endlich blieben sie vor einem großen Zelt stehen. Der Sergeant trat ein und kam sofort wieder heraus, um seiner Gefangenen die Zeltklappe aufzuhalten. Zögernd ging sie hinein und erschauerte in ihren feuchten Sachen. Triefnaß klebte ihr das Haar am Kopf. Hinter einem zusammenklappbaren Schreibtisch saß ein junger Lieutenant. Höflich stand er auf und verneigte sich. Die goldbraunen Augen wirkten müde und trotzdem wachsam. »Sie sind also unsere Konföderiertenspionin?«

»Keineswegs.« Herausfordernd hielt sie seinem prüfenden Blick stand. »Wir brauchten Morphium, und deshalb bin ich in den Fluß hinausgeschwommen.«

»Aber das Ruderboot war mit Waffen gefüllt.«

»Das habe ich gehört.«

»So? Dann wissen Sie vermutlich auch, daß wir es als Köder benutzten, um die Leute zu ertappen, die sich immer wieder in unsere Reihen schleichen und Waffen stehlen?«

»Nein.«

»Wie heißen Sie, Ma'am?«

»Kendall«, erwiderte sie nach einer kurzen Pause. »Kendall — Armstrong.«

»Haben Sie heute schon etwas gegessen, Miss Armstrong?«

»Ich ...«

»Welch eine dumme Frage! Niemand in Vicksburg hat genug zu essen.« Der Lieutenant eilte an ihr vorbei und öffnete die Zeltklappe. »He, Gefreiter Green! Bringen Sie unserem Rebellengast eine Ration — schnell!«

»Ja, Sir!«

Lächelnd kehrte der junge Mann zu Kendall zurück und zeigte einladend auf einen Klappstuhl, der neben dem Schreibtisch stand. Da ihr nichts anderes übrigblieb, setzte sie sich. »Lieutenant, ich versichere Ihnen — ich bin wirklich keine Spionin. Welche Informationen könnte ich der Konföderation auch beschaffen, die Vicksburg retten würden?«

»Gewiß könnten Sie die Stadt nicht retten, aber ihr

Elend verlängern. Solange immer wieder Waffen nach Vicksburg geschmuggelt werden, geben die Leute ihren Widerstand nicht auf ... Ah, da kommt Ihre Mahlzeit. Guten Appetit!« Am liebsten hätte sie das Essen verächtlich zurückgewiesen, doch das konnte sie nicht. Der Duft des Rindsbratens war zu verlockend. Und Brot, ohne Schimmelflecken! Goldgelbe Maiskörner schwammen in einer Buttersauce.

»Danke«, sagte sie leise und begann, die köstlichen Speisen zu verschlingen.

»Nicht so schnell!« mahnte der Lieutenant, zog eine Flasche unter dem Schreibtisch hervor und stellte sie auf den Tisch. »Nehmen Südstaatenladies hin und wieder einen Schluck Whiskey zu sich?«

»Diese hier schon.«

Eine Zeitlang wühlte er in einer Schublade, bis er ein Glas fand. Dann schenkte er seiner Gefangenen etwas Whiskey ein, den sie in einem Zug trank. Der Alkohol brannte in ihrer Kehle, aber er erwärmte sie. Dann widmete sie sich wieder der besten Mahlzeit, die sie jemals genossen hatte. Dabei nahm sie den forschenden Blick des jungen Offiziers kaum wahr.

»Ich weiß nicht recht, was wir mit Ihnen machen sollen«, gestand er. »Heute nacht werden Sie im Zelt neben meinem schlafen, natürlich streng bewacht. Morgen werden meine Männer irgendwelche Kleider für Sie finden, und ich spreche mit dem General.«

Wortlos nickte sie. Sie glaubte nicht, daß er sie für eine Spionin hielt, und sie hoffte, man würde sie bald freilassen. Nachdem sie die Mahlzeit beendet hatte, führte Green sie in das benachbarte Zelt. Erschöpft sank sie auf ein Feldbett und hüllte sich in rauhe, aber warme Decken. Sie dachte, sie würde kein Auge zutun. Doch erstaunlicherweise schlief sie tief und fest und — traumlos.

Von den Trompeten des Wecksignals aufgeschreckt, lauschte sie den Geräuschen ringsum. Waffen klirrten, Schritte hasteten vorbei. Lieber Gott, betete sie stumm, verhilf mir zur Freiheit, ehe die Yankees erfahren, daß ich die vermißte Frau eines Lieutenants von der Union Navy bin ...

»Miss Armstrong!« Vor dem Zelt erklang die Stimme des jungen Lieutenants. »Ich werfe jetzt ein Kleid zu Ihnen hinein. Bitte, ziehen Sie sich sofort an. Der Gefreite Green wird Sie in mein Zelt führen.«

Dicht neben dem Feldbett landete ein rostrotes Baumwollkleid. Kendall stand auf und begann sich unbehaglich anzukleiden. Irgendwie hatte die Stimme des höflichen jungen Offiziers anders geklungen. Was hatte das zu bedeuten?

Sobald sie das Nachbarzelt betrat, sah sie ihre Vermutung bestätigt, über Nacht könnte sich etwas verändert haben. Zu beiden Seiten des Lieutenants saßen zwei ältere Offiziere. Er erhob sich nicht und bot ihr auch keinen Platz an. Kühl und anklagend blickte er zu ihr auf. »Zu meiner Linken, Madam, sehen Sie Quartiermeister Jordan von der United States Navy. Wie Sie sicher wissen, belagern die Army und die Navy diese Stadt mit vereinten Kräften. Vor kurzem kehrte Quartiermeister Jordan von einem kurzen Ausflug nach Key West zurück. Letzte Nacht sah er Sie in unser Lager kommen und erkannte Sie wieder. Er erklärte, Sie seien an Bord eines Konföderationsschoners gewesen, der ein Unionsschiff versenkt habe. Was sagen Sie zu dieser Anschuldigung, Ma'am?«

»Das bestreite ich natürlich.« Kendall versuchte, in energischem Ton zu sprechen, aber ihre Stimme zitterte.

»Außerdem«, fuhr der Lieutenant fort, »hat er mir mitgeteilt, die Frau, die unsere Schiffe angreift, sei mit einem Offizier von der Union Navy verheiratet. Madam, Sie heißen Kendall Moore, nicht Armstrong.«

Jetzt gab es kein Entrinnen mehr. Sie hatte das Gefühl, der Boden würde ihr unter den Füßen weggezogen, doch das durfte ihr niemand anmerken. Kerzengerade stand sie da. Der Lieutenant schob seinen Stuhl zurück, stand auf und ging zu ihr. »Madam, Sie wurden der Sabotage gegen die Streitkräfte der United States für schuldig befunden. Ein solches Vergehen pflegen wir hart zu bestrafen. Unter normalen Umständen würden wir Sie in ein Kriegsgefangenenlager schicken. Danken Sie dem Himmel, daß Sie mit einem unserer Lieutenants verheiratet sind, Mrs. Moore! Wir werden Sie Ihrem Mann übergeben und ...«

»Nein!« fiel Kendall ihm ins Wort.

»Was?« Der junge Offizier blinzelte verwirrt.

»Nein!« wiederholte sie. »Ich möchte nicht der Obhut meines Mannes übergeben werden.«

»Verstehen Sie denn nicht? Die Alternative wäre ein Kriegsgefangenenlager.«

»Das verstehe ich sehr gut«, erwiderte sie kühl und würdevoll. »Und ich ziehe das Gefängnis vor.«

Eine Zeitlang starrte er sie schweigend an und las unbeugsame Entschlossenheit in den schönen blauen Augen. Schließlich breitete er hilflos die Arme aus, setzte sich wieder hinter den Schreibtisch und unterschrieb ein Dokument. »Das bedrückt mich zutiefst«, gestand er leise. »Niemals hätte ich geglaubt, ich müßte eine Frau zu einem solchen Schicksal verurteilen. Mrs. Moore, würden Sie bitte noch einmal darüber nachdenken? Sicher, Ihr Mann wird Ihnen grollen, aber da Sie vor Gott und der Welt seine Frau sind ...«

»Nein, Lieutenant«, unterbrach sie ihn, »ich will nicht noch einmal darüber nachdenken.«

»Gefreiter Green!« rief er mit scharfer Stimme, ohne Kendall aus den Augen zu lassen.

Sofort erschien der Soldat im Zelt und salutierte. Der

Lieutenant übergab ihm das Dokument. »Arrangieren Sie eine Eskorte. Sergeant Matling soll das Kommando übernehmen und Mrs. Moore nach Chicago bringen, ins Camp Douglas. Dort wird sie bis zum Ende des Krieges festgehalten.«

Camp Douglas ... Schweren Herzen erinnerte Kendall sich an den Ruf, den dieses Gefangenenlager genoß. Ungeziefer, Seuchen und Hunger plagten die armen Menschen, die dort dahinvegetierten. Doch sie preßte ihre zitternden Lippen fest zusammen und zwang sich, das Kinn zu heben. Sogar das Camp Douglas würde sie leichter ertragen als John Moore ...

Dieser Gedanke ermutigte sie, bis sie das Gefängnis vier Tage später erreichte. Nicht einmal die Hölle konnte schlimmer sein als Camp Douglas.

18

Bis zu ihrem letzten Atemzug würde sie den Gestank des Camp Douglas nicht vergessen. Die jungen Soldaten, die Kendalls Eskorte angehörten, hatten sie gewarnt und erklärt, der Kommandant des Kriegsgefangenenlagers sei ein Tyrann und würde alle Rebellen geradezu genüßlich quälen.

Aber die Zustände im Camp genügten schon, um die Insassen zu peinigen. Da bedurfte es keiner zusätzlichen Schikanen.

Beim Anblick der hohen Mauern und primitiven Gebäude hielt Kendall bestürzt den Atem an. Als das Tor aufschwang, sah sie ein paar Gefangene auf einem großen Platz umherschlurfen, magere Gestalten in schmutzigen Lumpen.

Sie wurde ins Büro des Kommandanten geführt, der kaum vom Schreibtisch aufblickte, während er ihre Papiere studierte. »Bringt sie zu den Gefangenen aus Georgia.«

»Sir!« protestierte Green und räusperte sich nervös. »Das ist *Mrs.* Moore.«

»Nachdem sie so versessen drauf war, für ihre Rebellenfreunde zu kämpfen, soll sie jetzt mit ihnen verrotten.« Endlich hob er den Kopf und grinste höhnisch. »Sie zieht diesen Abschaum der Gesellschaft ihres Ehemanns vor, nicht wahr? Nun wird sie merken, wie galant die konföderierten Bastarde sind. Die meisten haben seit über einem Jahr nichts mehr gesehen, was man auch nur annähernd als weibliches Wesen bezeichnen könnte. Warten wir mal ab, ob sie sich in ein paar Tagen immer noch für dieses ritterliche Gesindel begeistert.«

Nicht Green erhielt den Auftrag, Kendall abzuführen,

sondern der Adjutant des Kommandanten. Er ergriff ihren Arm, aber sie schüttelte seine Hand ab und wandte sich zu seinem Vorgesetzten. »Captain ...«, begann sie honigsüß.

»Was wollen Sie?«

Verächtlich spuckte sie auf den Boden. »Lieber lasse ich mich von tausend Rebellen vergewaltigen als von einem einzigen Yankee anfassen.«

»Bringen Sie sie raus, Mann!« fauchte er. »Bald wird sie einen anderen Ton anschlagen.«

Wahrscheinlich, dachte sie wenig später. Sie wurde an einer langen Reihe identischer Gebäude vorbeigeführt. Dann sperrte der Adjutant eine Tür auf und schob Kendall hindurch. Es dauerte eine Weile, bis sich ihre Augen nach dem grellen Sonnenlicht an das Dunkel gewöhnt hatten — bis sie entsetzt zusammenzuckte. Auf engstem Raum waren etwa drei Dutzend Gefangene zusammengepfercht — knochendürr, verdreckt, zerlumpt, unrasiert. Die Toiletteneimer stanken überwältigend. In einer Ecke, unter einem Leck im Dach, hatte sich eine Pfütze gebildet.

Die Männer, die Kendall anstarrten, sahen nicht mehr wie Soldaten der grandiosen Confederate Army aus. Bis zur Unkenntlichkeit zerrissen und verschmutzt, hingen die Uniformen an den hageren Körpern.

Mühsam stand einer auf und wankte zu Kendall. »Verdammt will ich sein! Eine Frau!« Während er um sie herumging, schienen in den glanzlosen Augen neue Lebensgeister zu erwachen.

Sie wich zur Tür zurück, die hinter ihr ins Schloß gefallen und versperrt worden war, lehnte sich dagegen und musterte den Mann, der kaum älter sein konnte als sie selbst. Wäre er nicht so dünn und schmutzig gewesen, hätte er recht gut ausgesehen.

»O Schätzchen!« murmelte er und stemmte seine Hände zu beiden Seiten ihres Kopfes gegen das Holz. »So was

Hübsches mit sanften, weichen Rundungen ist mir schon lange nicht mehr begegnet.«

Als er sie anfassen wollte, verflog ihr Mitleid. Schreiend sank sie zu Boden und schlug die Hände vors Gesicht. »Bitte — nicht ...«

Tiefes Schweigen erfüllte den Raum, nachdem das Echo ihrer Stimme verhallt war. Dann kniete ein anderer Mann neben ihr nieder. Behutsam strich er über ihr Haar, stand auf und wandte sich zu seinen Kameraden — eine stolze Gestalt trotz der Blasen an seinen nackten Füßen und der zerfetzten Uniform.

»Wir sind immer noch Soldaten der Confederate States Army — würdevolle, ritterliche Gentlemen, keine lüsterne, haltlose Bande! Offensichtlich hat die Lady den Feind genauso tapfer bekämpft wie wir. Deshalb ist sie in diesem Höllenloch gelandet. Wir werden den Yankees nicht helfen, dem armen Mädchen noch mehr Leid anzutun. Bis zum bitteren Ende wollen wir uns als echte Kavaliere erweisen.« Er neigte sich zu Kendall hinab, und sie schaute in freundliche braune Augen in einem aschfahlen Gesicht. »Wenn ich mich vorstellen darf, Ma'am — Major Beau Randall von den Zweiundzwanzigsten Georgia Regulars. Viel habe ich nicht zu bieten, aber ich stehe zu Ihren Diensten.«

Vom ersten Tag an hatte Beau Randall bestimmt, wie die Gefangenen der einzigen Frau in ihrer Mitte begegnen sollten. Und ihr gefiel der Gedanke, daß ihre Anwesenheit die trostlose Existenz der Männer vielleicht ein wenig erhellte. Allen dreißig schenkte sie ihre Freundschaft, und sie gaben ihr allmählich den Glauben an den menschlichen Geist zurück.

Wie sie erstaunt feststellte, unterschied sich die weibliche Gefühlswelt gar nicht so sehr von der männlichen. Wehmütig erzählten die Verheirateten von ihren Ehefrauen und Töchtern, die Ledigen von ihren Träumen, ihren Bräuten oder Freundinnen.

Kendalls Gegenwart erinnerte die Gefangenen an ihre Manieren, und das förderte ihren Stolz. Nun erkannten sie wieder, daß sie Männer waren, keine Tiere in einem Käfig.

Aber manchmal glaubte sie, am elenden Lagerleben zu verzweifeln. Die Hälfte ihrer Gefährten litt an der Ruhr oder am Skorbut. Und wegen der spärlichen Essensrationen brachte fast niemand genug Widerstandskraft auf, um sich gegen die Krankheiten zu wehren. Die Todesfälle häuften sich.

Jeden Morgen um sechs ertönte das Wecksignal. Dann mußten sich die Gefangenen im Hof versammeln, die Namen wurden aufgerufen, und keiner wagte, aus der Reihe zu treten. Kranke und Schwache stützten sich auf fürsorgliche Freunde. Jeder Regelverstoß zog eine strenge Strafe nach sich. Wenn man ein unbedachtes Wort aussprach, saß man stundenlang auf ›Morgans Maulesel‹, einem großen Sägebock hinter den Baracken. Zudem drohte allen Unbotmäßigen die Einzelhaft und eine Kürzung der Essensrationen, die sich fatal auswirken konnte.

Wenn der Kommandant von Camp Douglas auch den Ruf eines grausamen Diktators genoß — die meisten Yankees zeigten menschliche Züge. Gezwungenermaßen befolgten sie die Regeln ihres Vorgesetzten, aber es war nicht ihre Brutalität, die das Elend der Gefangenen verursachte, sondern die überfüllten Räume, der Hunger und die Krankheiten.

Nach dem Morgenappell wurden sie in Ruhe gelassen. Manchmal brachten ihnen die netteren Wärter Zeitungen und Post von zu Hause. Kendall stürzte sich begierig auf die Artikel und las sie den wenigen Georgia Regulars vor, die als Analphabeten aufgewachsen waren.

Ende Juli trafen traurige Nachrichten ein. Mit bebender

Stimme verkündete Kendall, Vicksburg sei gefallen. Am 4. Juli hatte Pemberton offiziell vor Grant kapituliert. Schlimmer noch — dieser Tag markierte das Ende einer anderen Schlacht im südlich-zentralen Pennsylvania, nahe einer Kleinstadt namens Gettysburg. Dort war General Lee zurückgedrängt worden. Sowohl die Rebellen als auch die Yankees hatten schwere Verluste erlitten. Ein bitterer Unabhängigkeitstag für beide Nationen . . .

Als Kendall den Zeitungsartikel vorgelesen hatte, zogen sich die Männer schweigend in verschiedene Ecken zurück, suchten Einsamkeit, sofern das in dem kleinen Raum möglich war, und hingen ihren eigenen Gedanken nach.

Kendall saß an einer Wand und lehnte sich dagegen, ihre Arme um die Knie geschlungen. Was in ihr vorging, verstand sie nicht. Sie wollte um die vielen tausend Soldaten trauern, die bei Gettysburg gefallen waren. Doch sie konnte nichts empfinden. Die Tragödie des Krieges schien ihr Herz zu betäuben.

Nach einer Weile setzte sich Beau Randall zu ihr. »Alles in Ordnung?«

Sie nickte.

»Wirklich?« fragte er.

Seufzend schnitt sie eine Grimasse. »Ich fürchte, ich habe Läuse.«

»Wenn Sie keine hätten, wär's ein Wunder.«

Sie erwiderte sein Lächeln, dann runzelte sie die Stirn. »Beau, werden keine Gefangenen mehr ausgetauscht? Oder besteht die Hoffnung, daß wir hier rauskommen?«

»Das bezweifle ich. General Grant befürchtet, wir würden alle wieder an der Front auftauchen und er müßte die gesamte Bevölkerung der Südstaaten töten, um den Krieg zu gewinnen. Natürlich weiß er, wie schrecklich seine eigenen Jungs in unseren Gefängnissen leiden und wie viele sterben werden. Aber er kann seine Reihen auch ohne freigelassene Gefangene auffüllen, im Gegensatz zu Robert E. Lee.«

»Also gibt's keine Hoffnung.«

»Doch, Kendall, die gibt's immer. Viele Yankees hier sind sehr nett. Denen gefällt's gar nicht, uns dahinvegetieren und sterben zu sehen. Ich wette, einige würden sich bestechen lassen — wenn wir nur was hätten, womit wir sie bestechen könnten. Und ich ...«

Beau verstummte, als ein Schlüssel knirschte und die Tür der Baracke aufgesperrt wurde. Neugierig schauten sie den Unionssoldaten an, der hereinkam. »Mrs. Moore!« Sein Blick wanderte über die lethargischen Gefangenen hinweg und blieb an Kendall hängen. »Ein Brief für Sie.«

Verwundert stand sie auf und nahm den Brief entgegen. Der Wachtposten machte auf dem Absatz kehrt, um den Raum wieder zu verlassen.

Nachdem sie sich gesetzt hatte, spähte Beau über ihre Schulter. »Wer hat Ihnen denn geschrieben?«

»Das — das weiß ich nicht«, murmelte sie und riß das Kuvert auf. Beinahe wurde ihr schwindlig, als sie die präzise Handschrift ihres Ehemanns erkannte.

»Die Hölle hat eben erst begonnen. Am 1. September werde ich in Chicago eintreffen, um dich in meine Obhut zu nehmen. Unser gütiger Präsident war entsetzt, als er erfuhr, eine Lady würde im Camp Douglas schmachten. Schließe Mr. Lincoln in deine Gebete ein, Kendall. Dein treuergebener Gemahl, John Moore.«

»Nun, wer hat geschrieben?« fragte Beau noch einmal, als er sah, wie Kendall blaß wurde. Dann nahm er ihr das Papier aus den Fingern und überflog die wenigen Zeilen. »Wie wundervoll! Sie kommen hier heraus!«

Verzweifelt schüttelte sie den Kopf. »Er wird mich töten!«

»Nein, niemand könnte genug Zorn empfinden, um Sie

so grausam zu bestrafen. Sicher wird er Ihre Gefühle verstehen. In diesem Krieg haben Brüder gegen Brüder gekämpft, Söhne gegen ihre leiblichen Väter.«

»Aber John ist kein normaler Mensch. Er kennt die Bedeutung des Wortes ›Barmherzigkeit‹ nicht.« Schluchzend legte sie den Kopf an seine Schulter, und während er besänftigend ihr Haar streichelte, erzählte sie ihm ihre Lebensgeschichte, von der Flucht nach Charleston, von Red Fox und den Indianern — und alles über Brent.

»Brent McClain?« fragte Beau ungläubig, und sie nickte. »Er genießt einen großartigen Ruf. Und nach allem, was Sie mir anvertraut haben, muß er Sie sehr lieben.«

Unter Tränen lachte sie bitter. »O nein, er ist mir davongelaufen.«

»Kendall, er ist ein Navy-Offizier und muß seine Befehle befolgen. Übrigens, im Camp Douglas wird ein McClain gefangengehalten. Lieutenant Stirling McClain.«

»Das muß sein Bruder sein.« Endlich eine gute Nachricht. Offenbar lebte Stirling noch.

»Letztes Jahr wurde er bei Sharpsburg schwer verwundet.«

»Jetzt geht's ihm wieder ganz gut — den Umständen entsprechend«, erklärte Beau und schnitt eine Grimasse. »Wir haben uns ein paarmal unterhalten. Hin und wieder unternehmen die Jungs aus Georgia und Florida gemeinsam einen Rundgang durch den Hof.«

»Es freut mich, daß er genesen ist. Eine — Freundin erzählte mir von seiner Verletzung, und sie erwähnte auch, sein Vater würde vermißt.«

»Vorhin sagten Sie, Brent habe Sie nach seiner Rückkehr aus Sharpsburg verlassen. Wissen Sie denn nicht, was er empfunden haben muß? Er fürchtete, sein Vater und sein Bruder würden sterben. Kein Wunder, daß er Ihnen böse war, nachdem Sie ein so großes Risiko auf sich genommen hatten! Er mußte doch befürchten, Sie auch noch zu verlieren. Und so verließ er Sie, weil er Sie liebt — und weil er Sie nicht daran hindern konnte, neue Abenteuer zu suchen.«

»Sie glauben, er liebt mich? Das erscheint mir sehr zweifelhaft. Seit einem Jahr habe ich nichts von ihm gehört. Wahrscheinlich weiß er gar nicht mehr, wie ich aussehe. Aber jetzt würde mich nicht einmal meine Mutter wiederkennen.« Sie lächelte schmerzlich. »Kein einziges Mal kam er in die Bucht. Und ich stürzte mich nicht in neue Abenteuer, ich arbeitete als Krankenschwester in Vicksburg, und die Yankees brachten mich nur zufällig in ihre Gewalt ... Aber was macht das schon aus?« Müde schloß sie die Augen, an Beaus Schulter gelehnt. »Wenigstens verstehen Sie jetzt, warum John mich töten wird.«

»Geben Sie die Hoffnung nicht auf, Kendall. Irgendwas wird uns einfallen, das verspreche ich.«

Doch er konnte sie nicht ermutigen. Vor ihrem geistigen Auge lag eine trostlose Zukunft. Früher hatte es eine Zeit voller Hoffnung und Glück gegeben. Brent — noch immer liebte sie ihn von ganzem Herzen, aber sie dachte, sie würde ihn nie wiedersehen. »O Beau, ich bin so erschöpft ...«

»Ruhen Sie sich aus.« Er half ihr, sich hinzulegen, und nachdem sie eingeschlafen war, ergriff er John Moores Brief und lieh sich bei einem Mitgefangenen ein Stück Graphit aus. Viel Platz fand er nicht auf dem Papier, und so wählte er die Worte, die er an den Rand kritzelte, sehr sorgfältig aus. Dann tastete er über sein Hemd. In einer winzigen Innentasche steckte ein Goldstück.

Geduldig wartete er auf den Nachtwächter, den freundlichsten Wärter im Camp — einen sechsfachen Vater, der unentwegt Geld brauchte.

Beau hoffte inständig, seine Nachricht würde in die richtigen Hände gelangen. Doch was konnte das schon nützen? Brent McClain war ein guter Captain, aber kein

Zauberer. Wie sollte er Kendall aus einem Unionsgefängnis holen? Sobald die Yankees ihn erkannten, würden sie ihn erschießen.

Florida Keys, 18. August 1863

Der Schoner segelte vor dem Wind, neigte sich zur Steuerbordseite und verschwand hinter der Insel. Als Travis Deland die Stelle erreichte, wo er das Schiff beobachtet hatte, verfluchte er sein Pech.

Nirgends konnte er den Schoner entdecken. Er spürte, daß er in eine Falle tappte. Bedauerlicherweise hatte er keine Gelegenheit gefunden, den Namen des Schiffs zu entziffern, und auch keine Flagge gesehen.

Seufzend runzelte er die Stirn. Die Order war klipp und klar gewesen – halten Sie die Blockadebrecher auf, um jeden Preis.

Wenn der hungernde Süden keinen Nachschub mehr bekam, würde der Norden den Krieg endlich gewinnen. Aber zu viele tollkühne Rebellen schlüpften zwischen den Florida-Inseln an den Unionsschiffen vorbei. Und Florida versorgte die Konföderiertentruppen regelmäßig mit Rindfleisch und Pökelsalz.

»Commander?« rief Lieutenant Hanson, der am Ruder stand.

»Folgen Sie dem Schoner! Schlimmstenfalls werden wir alle umgebracht. Aber wir dürfen den Feind nicht entwischen lassen.« Angespannt blickte Travis zur Inselküste. Den Tag, wo er Brent McClain in die Falle gegangen war, hatte er nicht vergessen.

Sobald sie die Inselspitze umrundeten, sah er den Schoner, und im gleichen Augenblick hörte er ein lautes Knirschen.

Die Decksplanken unter seinen Füßen schwankten, als

der Kiel über ein Korallenriff schabte. Verdammt, nun hatte der Rebell ihn schon wieder in einen Hinterhalt gelockt.

An Bord des Schoners flatterte eine weiße Flagge. Travis blinzelte ins helle Sonnenlicht. Offenbar war der Name des Schiffs übermalt worden. Nur die weiße Fahne war gehißt, sonst keine. Was sollte das bedeuten? Doch keine Kapitulation?

Aufmerksam studierte er die Form des Schiffs, und sein Herz begann, schneller zu schlagen. Das mußte die *Jenni-Lyn* sein, McClains Schoner. »Lassen Sie ein Beiboot ins Wasser!«

»Ja, Sir. Soll ich Sie begleiten?« erkundigte sich Hanson.

»Nein, ich rudere allein hinüber.«

»Sir, Sie könnten sich in Gefahr begeben. Vielleicht ist es ein Kaperschiff.«

Travis lachte trocken. »Jedenfalls ist der Captain dieses Schoners der gefährlichste Mann, den ich kenne, Lieutenant. Aber mir wird er nichts antun. Zumindest nicht in diesem Augenblick.«

Fünfzehn Minuten später stand er Brent McClain gegenüber. Der Rebell trug kein Hemd. Unter seiner bronzebraunen Haut zeichneten sich kraftvolle Muskeln ab. Nur ein paar Fältchen um die grauen Augen verrieten den Tribut, den der Krieg gefordert hatte. Als er seinem Besucher die Hand reichte, gewann Travis den lächerlichen Eindruck, er würde einen alten Freund begrüßen.

»Gehen wir in meine Kabine.« Abrupt wandte Brent sich ab, um seine maßlose Erleichterung zu verbergen. Tagelang hatte er befürchtet, Deland nicht rechtzeitig zu finden.

Am 10. August hatte ihn die Nachricht aus Camp Douglas erreicht. Glücklicherweise war er eben erst nach Richmond zurückgekehrt. O Gott, was wäre geschehen, hätte er sich in London oder auf den Bahamas oder irgendwo im Gulf aufgehalten? Das wollte er sich gar nicht erst vorstellen.

In nur drei Tagen war er von Richmond zu den Keys gesegelt, und auf der ganzen Fahrt hatte er den Atem der Unionssoldaten gespürt. Dann, nach fünf Tagen voller Angst und Sorge, war es ihm endlich gelungen, Travis Deland aufzuspüren und hierherzulocken. Das war erst der Anfang. Er durfte nicht in Panik geraten, alles mußte so reibungslos laufen wie ein Uhrwerk.

Beinahe riß er die Kabinentür aus den Angeln, als er sie öffnete. Er zwang sich zur Ruhe und holte tief Atem. Sobald sie sich am Schreibtisch gegenübersaßen, schob er ein schmutziges, zerknittertes Papier zu Travis hinüber, der John Moores Handschrift sofort erkannte.

Er las den kurzen Brief, dann entzifferte er verwundert die Worte, die jemand anderer an den Rand gekritzelt hatte. »Kendall ist hier. Auch Stirling McC. Situation verzweifelt. Am 1. September kommt Moore. Falls Sie bei den Yankees einen Freund haben, bitten Sie ihn um Hilfe. B. Randall, Camp Douglas.«

»Wann haben Sie diese Nachricht erhalten?« fragte Travis heiser. »Ich hörte, Kendall sei in Vicksburg. Nachdem sich die Stadt ergeben hatte, wurde niemand gefangengenommen.«

»Vermutlich fiel sie den Yankees schon früher in die Hände. Ein Dr. Armstrong erwartete eine geschmuggelte Morphiumfracht und stand mit Kendall am Ufer. Und da sahen sie das Boot im Fluß dahintreiben. Scheinbar war niemand an Bord.« Seufzend fügte Brent hinzu: »Nun, Sie kennen Kendall. Sie schwamm hin, und da wurde sie von zwei Yankee-Soldaten in den Kahn gezogen.«

Die Stirn gerunzelt, starrte Travis den Brief nachdenklich an. »Vielleicht hat John sich geändert. Seit fast einem Jahr habe ich ihn nicht mehr gesehen. Er ist am Mississippi stationiert ...«

Mit einem wütenden Fluch fiel Brent ihm ins Wort. »Wenn er sie jemals zwischen die Finger kriegt, wird er sie töten — das wissen Sie genauso gut wie ich.«

Travis widersprach nicht. »In dieser Nachricht wird erwähnt, daß auch Ihr Bruder im Camp Douglas ist.«

»Ja.«

»Nun, ich weiß nicht, was ich tun kann«, gestand Travis seufzend. »Es mag Sie überraschen, aber Abe Lincoln ist ein freundlicher, gütiger Mann. Als er das Capitol Prison in Washington besuchte, war er entsetzt. Er glaubt sicher, er würde Kendall einen Gefallen erweisen, indem er sie ihrem Ehemann anvertraut. Über John habe ich keine Macht. Ich könnte sie nicht vor ihm schützen ...«

»Das sollen Sie ja auch gar nicht. Nehmen Sie mich fest und bringen Sie mich ins Camp Douglas.«

»Sind Sie verrückt, McClain? Was sollte uns das nützen? Sie wären gefangen, und John würde Kendall einfach mitnehmen.«

»Wie ich da herauskomme, ist *mein* Problem. Bringen Sie mich einfach hin und leihen Sie mir eine Handvoll Goldmünzen. Mein Konföderiertengeld wäre im Camp Douglas wertlos. Um alles Weitere kümmere ich mich. Jetzt begleite ich Sie auf Ihr Schiff. Charlie McPherson wird das Kommando auf der *Jenni-Lyn* übernehmen.«

»McClain, ich befehlige das Fort Taylor nicht. Vielleicht beschließt der Captain, Sie in ein anderes Gefängnis zu schicken.«

Ironisch hob Brent die Brauen. »Soviel ich weiß, versuchen auch manche Yankees, ihren inneren Anstand zu beweisen.«

»Der Captain ist ein ehrenwerter Mann«, entgegnete Travis kühl.

»Dann wird er sicher verstehen, daß Sie mir versprochen haben, mich zu meinem Bruder ins Camp Douglas zu bringen, falls ich kapituliere.«

»Hoffentlich werden Sie unterwegs nicht erschossen.«

Brent schüttelte lachend den Kopf. »Im Gegensatz zu mir scheinen Sie nicht an das Ehrgefühl der Union zu glauben. Verschwinden wir! Viel Zeit haben wir nicht mehr.«

Kendall saß in einer Ecke des Hofs und starrte blicklos die Männer an, die ihren Rundgang absolvierten. Obwohl Beau immer wieder versuchte, sie aufzumuntern, schien sie keine inneren Kräfte mehr zu besitzen. Alles war ihr gleichgültig. Es gab keinen Ausweg, mit jedem Tag rückte Johns Ankunft näher.

So viele Männer waren im Krieg gefallen. *Warum nicht John*? Wenn sie es auch schrecklich fand, einem Menschen den Tod zu wünschen — sie konnte nicht anders. Jedesmal, wenn die Barackentür aufschwang, zuckte sie zusammen.

»Kendall? Verzeihen Sie, aber Sie müssen Mrs. Moore sein.«

Als sie staubige nackte Füße neben sich sah, hob sie verwirrt den Kopf, und ihr Atem stockte. Der hagere Mann hatte dunkles Haar — und seine Augen waren schmerzlich vertraut. Grau ... Nein, blaugrau, aber mit dem gleichen stählernen Glanz ...

»Tut mir leid.« Bestürzt neigte sich Stirling McClain hinab und musterte ihr leichenblasses Gesicht. Auf den ersten Blick erschien sie ihm wie eine Wahnsinnige. Wild zerzaust hing das honigblonde Haar bis zu ihrer Taille hinab, das Kleid war mehrfach zerrissen. Aber trotz der Schmutzflecken auf den hohen Wangenknochen erkannte er Kendalls Schönheit, sah sie in den tiefblauen Augen, in den weichen, vollen Lippen.

»Tut mir leid«, wiederholte er. »Glauben Sie mir, ich wollte Sie wirklich nicht erschrecken. Ich bin Stirling McClain.«

»Das weiß ich«, erwiderte sie leise. »Sie — Sie sehen wie Brent aus.«

»Nein, er sieht wie ich aus. Ich bin älter.« Erfreut beobachtete er, wie ein schwaches Lächeln ihre Lippen umspielte. Dann räusperte er sich. »Major Randall hat mit mir über Sie gesprochen, und er macht sich große Sorgen um Sie, Madam. So wie wir alle. Nun will ich mich bemühen, Sie zur Vernunft zu bringen. Der Major sagt, Sie hätten seit einer Woche kaum etwas gegessen, und er fürchtet, daß Sie sterben möchten. Bitte, Kendall, reißen Sie sich zusammen! Irgendwann wird dieser Krieg sicher zu Ende gehen. Sie werden Menschen finden, die Ihnen helfen. Und — mein Bruder liebt sie sehr.«

»Seit ich ihn zuletzt gesehen habe, ist fast ein Jahr vergangen«, entgegnete sie leise.

»Das ändert nichts an seinen Gefühlen, Kendall. Ich kenne ihn.«

Kannte *sie* ihn? Neue Verzweiflung stieg in ihr auf. Was spielte das schon für eine Rolle? Sie würde ihn nie wiedersehen. Aber Stirling McClain zuliebe bemühte sie sich, noch einmal zu lächeln. »Bitte, sorgen Sie sich nicht um mich. Es — es geht mir gut. Ich habe nur keinen Appetit.« Jetzt versuchte sie zu lachen, aber es klang wie ein Schluchzen. »Das Essen in diesem Camp ist wirklich nicht besonders verlockend.«

»Trotzdem müssen Sie sich stärken«, beharrte Stirling ernsthaft. »Niemand weiß, was die Zukunft ...« Plötzlich unterbrach er sich, hob verwundert die Brauen und starrte zur Mitte des Hofs. Ohne ein weiteres Wort eilte er davon, und sie bemerkte, daß er ein wenig hinkte. Offenbar wollte er einen anderen Gefangenen begrüßen.

Die Augustsonne blendete sie, und sie sah nur eine Gestalt in einer zerschlissenen zimtfarbenen Uniform. Gleichmütig senkte sie den Kopf.

Da fiel ein Schatten über sie, wieder standen zwei Füße

neben ihr. In Stiefeln. War ein Yankee hierhergekommen, um ihr mitzuteilen, John sei eingetroffen? Angstvoll schaute sie auf. Beim Anblick einer Rebellenuniform seufzte sie erleichtert. Der Gefangene wirkte kräftiger als seine Leidensgenossen. Wahrscheinlich hatte man ihn eben erst hierhergebracht ...

»O Gott«, wisperte sie und begann am ganzen Körper zu zittern.

Graue Augen. Stahlgrau, ohne blaue Lichter. Ungläubig betrachtete sie das geliebte Gesicht und blinzelte. Da stand er wirklich und wahrhaftig, in Fleisch und Blut, attraktiv und selbstsicher wie eh und je.

In wie vielen endlosen Nächten hatte sie sich nach ihm gesehnt? Jetzt war er hier ...

Und sie sah aus wie der Tod, abgemagert und schmutzig, aschfahl im Gesicht, mit ungepflegtem Haar.

»Brent?« flüsterte sie. »O nein ...« Schwankend stand sie auf und lehnte sich an die Barackenwand, dann schlug sie weinend die Hände vors Gesicht. »Nein!« rief sie und versuchte, an ihm vorbeizulaufen.

Doch er hielt sie fest und zog sie an sich. »Kendall ...«, murmelte er und sah die Schmutzflecken auf ihren Wangen nicht. Daß der goldene Glanz in ihrem Haar erloschen war, interessierte ihn ebensowenig. Nur eins zählte — er hielt die Frau in den Armen, die er liebte und beinahe verloren hätte. »Kendall!« Zärtlich drückte er ihren Kopf an seine Schulter. »Verzeih mir, meine Liebste, verzeih mir.«

Ein schriller Pfiff erklang, der kurze Rundgang im Hof war beendet.

»Hör mir zu«, bat Brent, schob Kendall von sich und schaute ihr eindringlich in die Augen. »Wir bringen dich hier raus.«

»Wie denn? Das ist unmöglich.«

»Vertraue mir. Jetzt habe ich keine Zeit, dir alles zu erzählen. Ich bin bei der Florida-Kavallerie. Halte dich bereit. Verstehst du?«

Sie nickte. »O Brent, ich liebe dich.«

»Das weiß ich«, antwortete er tief bewegt. »Und ich liebe dich auch. Geh jetzt — bevor man uns zusammen sieht.«

Behutsam stieß er sie in die Richtung der Georgia Regulars-Baracke, dann eilte er zur Florida-Kavallerie. Sie merkte es kaum, als Beau ihren Arm ergriff und sie mit sich zog. Solange Brent in ihrem Blickfeld blieb, schaute sie ihm nach. Schließlich verschwand er hinter einer Tür.

»Jetzt ist er tatsächlich hier«, flüsterte Beau aufgeregt. »Und er hat einen verdammt guten Plan, Kendall. Wir alle werden ihm helfen, Sie zu befreien.«

»Alle?« fragte sie halb benommen und konnte keinen klaren Gedanken fassen.

»Nun, die Florida-Kavallerie und wir. Großer Gott im Himmel, Night Hawk ist ins Camp gekommen. Sein Name ist das Losungswort, Kendall. Halten Sie die Ohren offen.«

Mit bebenden Lippen begann sie zu lächeln. Ja, Night Hawk. Auf diesen Namen würde sie achten — und warten. Tag und Nacht . . .

19

»Night Hawk!« flüsterte ein Yankee-Soldat und betrat die Baracke.

Erst vor kurzem war Kendall eingeschlummert. Die Unterernährung brachte auch Vorteile mit sich. Mühelos versank der geschwächte Körper in tiefem Schlaf, obwohl der Verstand von grausigen Gedanken gequält wurde. Aber sie hörte den Namen und sprang auf.

Der Yankee wandte sich zu Beau. »Nun müssen Sie meinem Schädel einen möglichst kräftigen Schlag verpassen«, sagte er und reichte ihm einen Army-Revolver. »Sonst werde ich vors Kriegsgericht gestellt oder erschossen.«

Grinsend nickte Beau. »Klar, ich werde schon dafür sorgen, daß Sie die Besinnung verlieren. Ist alles vorbereitet?«

»Ja. Schleichen Sie in den Hof. Die Hälfte der Wachtposten wurde schon niedergestreckt und in die alte Lagerhalle gebracht. Den Mann am Tor brauchen Sie nicht zu fürchten, der ist gut bezahlt worden. Aber wir anderen bekommen unser Gold erst, wenn Sie frei sind. Gehen Sie hinaus, einer nach dem anderen, und seien Sie vorsichtig. Falls die falschen Leute alarmiert werden, kriegen wir alle Ärger. Los, Major!«

Mit großen Augen beobachtete Kendall, wie Beau den Revolvergriff auf den Kopf des Yankees schmetterte. Der Mann sank lautlos zu Boden.

»Zuerst wird Kendall die Baracke verlassen«, erklärte Beau den anderen Gefangenen. »Dann folgen wir ihr, einer nach dem anderen. Macht bloß keinen Lärm!«

»Wohin gehen wir?« fragte Kendall.

»Ans andere Ende des Hofs, zu den Särgen.«

»Zu den ...«, begann sie. Doch da öffnete Beau die Tür und schob sie in die Nacht hinaus.

Mühsam unterdrückte sie ihre Panik und hielt nach einem Wachtposten Ausschau, der ihr den Weg versperren könnte, aber sie entdeckte keinen.

Auf leisen Sohlen durchquerte sie den Hof, dann blieb sie erstaunt neben einem Wagen stehen, vor den vier kräftige Pferde gespannt waren. Ringsum stapelten sich Särge.

Plötzlich wurde ihr eine Hand auf den Mund gepreßt. Kalte Angst erfaßte ihr Herz, und sie versuchte zu schreien.

»Ich bin's — Brent«, flüsterte er und ließ sie los. Verwundert betrachtete sie seine blaue Uniform. »Einer von uns muß den Wagen fahren«, fügte er hinzu, als er ihre Verwirrung bemerkte, und zog sie zu den Särgen.

Beim Anblick zweier blaugekleideter Soldaten stieg neue Furcht in ihr auf, und sie blieb stehen. »Das sind nur Stirling und einer seiner Sergeants«, erklärte Brent. »Komm!«

»Hier hinein, schnell!« drängte Stirling und klappte einen Sargdeckel hoch.

»Das — kann ich nicht«, hauchte sie entsetzt.

»Steig rein, Kendall!« befahl Brent.

»Dieses Lager können Sie nur als Leiche verlassen.« Stirling bemühte sich, möglichst leichthin zu sprechen.

Nervös starrte sie in den Schatten der Baracken, wo zwei Männer irgend etwas aufeinanderhäuften — die echten Leichen, die Gefangenen, die im Camp Douglas gestorben waren. »O Gott«, hauchte sie, »wir entweihen unsere eigenen Toten.«

Brent fluchte ungeduldig, aber Stirling versuchte, sie zu besänftigen. »Das waren lauter tapfere Rebellen. Sicher wären sie mit unserem Plan einverstanden. Und nun ...«

»Leg dich endlich in den Sarg, Kendall!« fauchte Brent. »Wir müssen noch zwanzig Georgia Regulars wegbringen.«

Widerstrebend gehorchte sie. Als der Sargdeckel geschlossen wurde, mußte sie die Zähne zusammenbeißen, um nicht zu schreien. Sie glaubte zu ersticken, und ihre Angst wuchs, während der Sarg hochgehoben und in den Wagen geschoben wurde. Offenbar stellten die Männer wenig später einen zweiten neben ihr ab, denn sie spürte eine heftige Erschütterung.

Schrei nicht, ermahnte sie sich. Du darfst nicht in Panik geraten.

Die Pferde setzten sich in Bewegung, dann hielt der Wagen. Vermutlich hatten sie das Tor erreicht. Wie aus weiter Ferne hörte sie Brents Stimme. »Nur tote Rebellen. Wir bringen sie in den Süden. Dort sollen sie beerdigt werden.«

»Öffnet das Tor!« befahl ein Wachtposten. »Ein Leichenwagen fährt hinaus.«

Eine Ewigkeit schien zu verstreichen, bis die Räder weiterrollten. Kendall wurde hin und her geworfen und versuchte, sich gegen das Holz zu stemmen, so gut es ging. Nachdem die Pferde stehengeblieben waren, hörte sie scharrende Geräusche. Die hölzernen Kisten wurden aus dem Wagen geholt.

In ihren Augen brannten Tränen der Erleichterung, als der Deckel über ihrem Körper hochschwang. Brent beugte sich herab und half ihr, aus dem Sarg zu steigen.

»O Brent!«

Er drückte sie nur kurz an sich. Dann schob er sie in die Arme seines Bruders. »Wir müssen sofort weiter.«

An Stirling gelehnt, schaute sie sich um. Mondlicht erhellte einen dichten Wald, und sie erkannte die Georgia Regulars. Hastig befreiten sie die letzten ›Leichen‹ aus den Särgen. Auch ein paar Soldaten aus Stirlings Florida-

Regiment waren dabei, die sie mehrmals im Hof vom Camp Douglas gesehen hatte.

»Wir sind fast fünfzig«, erklärte Brent den Männern, die sich rings um ihn versammelt hatten. »Teilt euch in Gruppen, nicht größer als zehn Mann. Haltet euch an die schmalen Sandstraßen. Seht zu, daß ihr unterwegs ein paar Lebensmittel auftreibt. Leider können wir euch nicht mit Proviant versorgen. Und vergeßt niemals, daß wir uns in feindlichem Gebiet befinden.«

»Gott steh uns allen bei«, murmelte Beau.

»Amen!« antworteten alle wie aus einem Mund, dann bedankten sie sich bei Brent.

»Gehen wir, Kendall«, sagte Stirling.

»Brent ...«

»Später wird er uns einholen. Kommen Sie jetzt!« Er umfaßte ihre Hand, und sie begannen zu laufen. Hinter sich hörte sie die Schritte der Gruppe, die sich Stirling angeschlossen hatte.

Von den Eindringlingen aufgeschreckt, regten sich die Tiere des Waldes. Zweige schlugen gegen Kendalls Arme, immer wieder stolperte sie über Wurzeln und Steine, aber Stirling hielt sie fest. Ein schriller Eulenruf ließ beide zusammenzucken. Unbeirrt eilten sie weiter. Bleiches Mondlicht wies ihnen den Weg.

Schließlich glaubte Kendall, sie würde sterben, wenn sie noch einen einzigen Schritt tun mußte. Ihre Beine schmerzten, als würden zahllose Messer in ihre Waden stechen, und ihre Lungen drohten zu bersten. Keuchend zerrte sie an Stirlings Hand und umklammerte mit ihrem anderen Arm einen Eichenstamm. »Ich kann nicht mehr ...«

»Nur noch ein kleines Stück, Kendall. Ich trage Sie.«

»Nein!« Das wollte sie dem ausgemergelten Mann nicht zumuten. »Ich schaff's schon.«

Und so zwang sie sich weiterzulaufen, bis sie eine große, von dichtem Gebüsch und hohen Bäumen umgebene Lichtung erreichten. In der Mitte stand eine schäbige, verwitterte Hütte. Stirling stieß den Ruf eines Nachtfalken aus. Aus dem Häuschen drang eine leise Antwort.

Als er Kendall die wackeligen Stufen hinaufführte, öffnete sich die Tür. Beau und drei Georgia Regulars begrüßten die Neuankömmlinge.

»Alles in Ordnung, Kendall?« fragte Beau besorgt. »Jake, bringen Sie der Lady etwas Wasser!«

Sofort gehorchte der Gefreite Jacob Turner, eilte zu einer Pumpe an der Wand und füllte einen Schöpflöffel. »Der ist nicht rostig, Madam«, versicherte er.

Gierig trank sie die Hälfte des Wassers, dann reichte sie Stirling den Löffel. »Wo sind wir? Und wo steckt Brent?«

»Er mußte den Wagen zusammen mit vier Florida-Jungs ins Camp Douglas zurückbringen, damit die Yankees nicht mißtrauisch werden«, erklärte Beau. »Übrigens, diese Hütte gehört einem Ihrer Freunde – einem Yank. Mehr wollte Brent nicht verraten. Er hat ein paar Kleider für Sie bereitlegen lassen. Lieutenant McClain«, wandte er sich an Stirling, »ich schlage vor, Sie ziehen diesen Yankee-Rock aus, denn der könnte unliebsame Aufmerksamkeit erregen.«

Stirling nickte und befolgte den Rat. Erst jetzt bemerkte Kendall, daß Beau und seine Freunde die zerfetzten zimtfarbenen Uniformen mit unscheinbarer Zivilkleidung in Braun und Beige vertauscht hatten.

»Dieses Kleid ist für Sie, Kendall«, fuhr Beau fort. »Wir warten draußen, bis Sie sich umgezogen haben.«

Nachdem die Männer den Raum verlassen hatten, ging Kendall neugierig zu dem Kleid, das über einem Schaukelstuhl hing. Es stammte aus ihrer eigenen Garderobe, ein schlichtes Tageskleid aus leichter Baumwolle, hochgeschlossen, mit langen Puffärmeln. Tränen stiegen ihr in die Augen. Das hatte sie oft im Fort Taylor getragen.

Travis — lieber Travis ... Ebenso wie Brent hatte er ein großes Risiko auf sich genommen, um sie zu retten.

»Kendall?« Stirlings sanfte Stimme drang durch die Tür.

»Ich bin gleich fertig«, erwiderte sie und zog sich rasch um. Ein Bad, dachte sie, das wäre himmlisch. Im Camp hatte sie sich an den Schmutz gewöhnt, aber jetzt ...

Jetzt würde sie Brent bald wiedersehen. Und er hatte gesagt, er würde sie lieben, obwohl sie abgemagert und blaß war — und wahrscheinlich wie ein alter Schuh roch.

Doch der Luxus eines Bades mußte warten. Mit flinken Fingern schloß sie die Häkchen ihres Kleides und öffnete die Hüttentür.

In diesem Augenblick erschien Brent mit vier Florida-Kavalleristen auf der Lichtung. Am liebsten wäre sie in seine Arme gesunken. Doch sie wußte, daß sie sich immer noch in einer verzweifelten Lage befanden. Vorerst zählte nur eins — sie mußten überleben.

Er warf ihr einen kurzen Blick zu, dann wandte er sich an Beau. »Haben Sie die Kleidung hier?«

»Ja, da ist auch was für Sie.«

»Gibt's Wasser?«

»Genug für uns alle.«

»Und Lebensmittel?«

»Nichts, was genießbar wäre. Nur ein Stück Rindfleisch voller Würmer.«

»Verdammt«, murmelte Brent und drehte sich zu seinen Begleitern um. »Trinkt etwas Wasser und zieht euch um! Mein Freund hat uns Schuhe versprochen. Stirling, vielleicht findest du irgendwelche Gefäße, in denen wir das Wasser transportieren können. Beeilen wir uns! Je schneller wir von hier wegkommen, desto besser.«

Während der ganzen Nacht setzten sie die Wanderung fort. Brent übernahm die Führung, Beau oder Stirling blieben stets an Kendalls Seite.

Bei Sonnenaufgang erklärte Brent, nun würden sie im kühlen Schatten des Waldes rasten, bis die Dunkelheit hereinbrach. Kendall setzte sich unter eine knorrige Eiche, und Brent nahm neben ihr Platz. Als er sie an sich zog, begann sie plötzlich zu schluchzen. »Was ist los?« fragte er.

»Bitte, rühr mich nicht an — solange ich mich so gräßlich fühle! Du kannst mich nicht lieben, ich bin dünn wie eine Bohnenstange, und mein Gesicht ...«

Zärtlich legte er einen Finger auf ihre Lippen, dann strich er ihr das Haar aus der Stirn. »In meinen Augen war dein Gesicht noch nie schöner. Bald wird die Farbe in deine Wangen zurückkehren. Oh, ich liebe dich so sehr. Ich liebe deinen Mut, deinen Stolz, deine Würde. Und ich wage es nicht, dich um Vergebung zu bitten, weil ich dich so lange allein gelassen habe. Das kann ich mir selber nicht verzeihen. Nachdem ich damals davongesegelt war, dachte ich, irgendwann würde ich dich vergessen. Doch das gelang mir nicht. Ich versuchte zu verstehen, was dich dazu trieb, immer wieder allen Gefahren zu trotzen. Offenbar sind wir uns sehr ähnlich. Ich hatte solche Angst um dich. Mein Vater verschwand inmitten eines Blutbads, mein Bruder wurde schwer verletzt, und ich wünschte mir, du würdest bei den Armstrongs auf mich warten. Dann hätte ich wenigstens gewußt, wofür ich kämpfe, und das ganze Grauen wäre mir etwas sinnvoller erschienen.«

»Und ich fürchtete, du würdest mich nicht mehr lieben — nach allem, was ich dir zugemutet hatte.«

»Du meinst das Messer, mit dem du mich bedroht hast? Klar, ich war wütend, aber deshalb hörte ich nicht auf, dich zu lieben.« Lächelnd drückte er ihren Kopf an seine Schulter. »Auch jetzt schweben wir in großer Gefahr. Und der Weg nach Hause ist weit.«

Nach Hause ... Er sprach von Florida, aber sie protestierte nicht. Jetzt war Charleston nicht mehr ihre Heimat, es gehörte zu einem anderen Leben. Ebenso wie New York. Und Vicksburg war nur eine Zuflucht gewesen. »Welchen Weg nehmen wir?«

»Durch Illinois nach Süden, dann folgen wir der Kentucky-Tennessee-Grenzstraße bis nach Virginia. Mittlerweile hält die Union den Großteil von Kentucky besetzt, aber die Leute sympathisieren immer noch mit der Konföderation. Trotzdem ist es riskant. Wir werden fast immer zu Fuß gehen und uns von den Hauptstraßen fernhalten müssen. Eins darfst du nicht vergessen, Kendall — wer immer dir begegnet, könnte dich für eine Rebellin halten und den Yankee-Behörden übergeben.«

Zu Fuß — von Illinois nach Virginia. Wie sollten sie das jemals schaffen? Aber hatte sie nicht ebenso bezweifelt, sie könnte niemals aus dem Camp Douglas fliehen? »Hat Travis dich ins Gefangenenlager gebracht?«

Zögernd bestätigte er: »Ja, inmitten der Keys lockten wir ihn in eine Bucht. Dort übergab ich Charlie mein Schiff und begleitete Travis ins Fort Davis. Ich mußte mich gefangennehmen lassen.«

Ihr zuliebe hatte er sein Schiff und seine Männer verlassen. »O Brent, vielen Dank.« Inbrünstig drückte sie seine Hand an die Lippen.

»Ich mußte doch zu dir kommen«, flüsterte er ihr ins Ohr, »weil ich dich liebe.«

»O Brent, du solltest mich nicht im Arm halten. Womöglich bekommst du Läuse.«

»Sogar mit Läusen liebe ich dich«, erwiderte er lachend. »Hör zu weinen auf. Bald besorge ich dir ein Stück Seife, dann wirst du das Ungeziefer los. Wenn es dunkel wird, machen wir uns wieder auf den Weg. Wir müssen uns beeilen. Wenn John Moore herausfindet, was geschehen ist, wird er uns von der halben Illinois-Miliz suchen lassen.«

John — wie fern er ihren Gedanken und Gefühlen war ... Und doch hatte sie seinetwegen beinahe ihren Lebenswillen verloren. Jetzt war sie glücklich, inmitten von Krieg und Blutvergießen — obwohl sie schmutzig und halb verhungert in einem Wald lag, der zum Unionsgebiet gehörte. Doch die Sonnenwärme war ihr noch nie so angenehm erschienen. Was immer die nächsten Tage auch bringen mochten — die Erinnerung an diesen Augenblick, in Brents tröstlicher Nähe, konnte ihr niemand nehmen.

»Deine Freiheit verdanken wir Deland«, bemerkte er.

»Das weiß ich. Bitte, du mußt Freundschaft mit ihm schließen, wenn der Krieg vorbei ist.«

»Natürlich. Schlaf jetzt.«

Gehorsam schloß sie die Augen. Es gab so vieles, was sie ihm sagen wollte — wie leid es ihr tat, daß sein Vater vermißt wurde, und wie froh sie war, weil sein Bruder genesen war. Außerdem hätte sie sich gern nach Harry und Amy Armstrong erkundigt, nach Red Fox, den Seminolen und Mikasukis.

Doch sie war todmüde, und sie mußte neue Kräfte sammeln, um die Flucht zu bewältigen. Sie durften keine Zeit verschwenden, in keine Falle tappen, die John ihnen womöglich stellte.

Bald würde sich eine Gelegenheit ergeben, über alles zu reden — und vielleicht brachen neue Zeiten an, in denen man wieder von einer schöneren Zukunft träumen konnte.

Brent hatte einen anstrengenden Marschplan aufgestellt, auf den jeder Konföderationsgeneral stolz gewesen wäre. Jeden Tag mußten sie mindestens zwanzig Meilen zurücklegen, denn es war lebenswichtig, das Unionsgebiet, insbesondere Illinois, so schnell wie möglich zu verlassen. Um Städten, Farmen und Dörfern auszuweichen, nahmen sie große Umwege in Kauf.

Jeden Morgen schlief Kendall erschöpft ein, und abends kam sie nur mühsam auf die Beine. Doch ihre Muskelkraft schien mit jedem Tag zu wachsen. Sie fanden kaum etwas zu essen, denn sie wagten nicht, die Farmer zu bestehlen.

Da sie nur wenig Munition besaßen, wollten sie keine Patronen für die Jagd verschwenden. Brent hatte von Red Fox gelernt, aus Zweigen und Steinen Pfeil und Bogen herzustellen. Damit erlegte er kleine Tiere, die sie über einem Lagerfeuer brieten. Doch dieses Fleisch reichte bei weitem nicht aus, um die ganze Gruppe zu sättigen.

Immerhin boten die zahlreichen Bäche genug Trinkwasser. Fast täglich genoß Kendall ein Bad in den klaren Wellen, und sie war froh, daß Brent nicht in ihre Nähe kam, weil sie sich ihres mageren Körpers schämte.

Auf der Reise hatte sich eine seltsame Beziehung zwischen ihnen entwickelt. Sie waren Freunde, kein Liebespaar. Während der nächtlichen Wanderungen sprach er kaum mit ihr. Aber wenn sie tagsüber schliefen, hielt er sie in den Armen.

Seine Zurückhaltung beunruhigte sie ein wenig, ebenso seine Freundlichkeit. Sie wollte nicht bemitleidet, sondern leidenschaftlich geliebt werden. Andererseits — wäre sie überhaupt noch fähig, sein heißes Verlangen zu erwidern? Der Krieg hatte so viele Narben in ihrer Seele hinterlassen.

Als sie Illinois endlich verließen, ging der Sommer in den Herbst über. Jubelnd passierten sie an einem Oktobertag die Staatsgrenze. Beau und seine Georgia Regulars stießen ohrenbetäubende Rebellenschreie aus. Stirling erinnerte sie daran, daß Kentucky größtenteils von der Union besetzt war. Deshalb würde es keine Rolle spielen, mit wem die Bevölkerung sympathisierte.

Nachsichtig duldete Brent die kleine improvisierte Feier, an der er sich nicht beteiligte. Statt dessen lehnte er an einem Baum und schaute den anderen zu. Nach einer Weile schlug er vor: »Gentlemen, wir sollten uns erst freuen, wenn wir Tennessee erreicht haben. Bald ist es soweit.«

Aber nichts konnte die allgemeine Freude trüben. Endlich lag Illinois hinter ihnen. Und es kam ihnen so vor, als hätten sie einen Sieg errungen. Sicher würden die Yankees im ganzen Staat nach den Flüchtlingen suchen.

Am Ende des zweiten Nachmittags in Kentucky wurde Kendall von leisen Stimmen geweckt und merkte, das Brent nicht mehr neben ihr lag. Verwirrt richtete sie sich auf und sah ihn mit Beau reden.

Als sie zu den beiden hinüberging, hörte sie Beau sagen: »Glauben Sie mir, Brent, sie ist eine alte Farmersfrau und lebt ganz allein, eine eingefleischte Rebellin.«

»Wie können Sie das wissen?« fragte Brent skeptisch.

»Nun, was kann sie uns schon anhaben, wenn sie keine Rebellin ist? Neun Mann und eine junge Frau gegen eine alte Vettel! Sie hat uns eine anständige Mahlzeit angeboten — frisch gebackenes Brot, Gemüse, Schinken und Grütze und Bohnen ...«

Beaus Stimme klang so sehnsüchtig, daß Brent lachen mußte. »Ihren herzhaften Appetit kann ich Ihnen nicht verübeln, Major. Also gut. Rasten wir auf der Farm dieser alten Frau. Aber wir müssen Wachtposten aufstellen.«

»Was gibt's denn?« fragte Kendall.

»Beau ging auf Nahrungssuche, und da traf er eine alte Frau in einem Maisfeld. Sie lud uns alle zum Sonntagsdinner ein. Ich weiß nicht, ob ich das erlauben soll, aber ...«

Beinahe glaubte Kendall die gute Hausmannskost zu riechen. Sie schlang ihre Arme um Brents Hals und flehte: »Was könnte uns eine alte Frau schaden? Oh, bitte ...«

»Dieses Argument hat der Major bereits angeführt. An

der Farm fließt ein Bach vorbei. Sie hat uns auch ein Stück Seife angeboten. Also steht unser Programm für Sonntag abend fest.«

»Seife — welch ein Luxus! Worauf warten wir?« rief Kendall. »Ich wecke die anderen.«

Wenig später führte Beau die Gruppe durch ein Maisfeld zu einem alten Haus. Die Tür schwang auf, und eine große schlanke Frau mit eisengrauem Haar hieß ihre Gäste lächelnd willkommen. »Freut mich, Sie wiederzusehen, Beau. Sind das Ihre Freunde?«

»Ja, Ma'am. Ich hab' Sie ja gewarnt, es sind sehr viele.«

»Je mehr, um so besser! Ich freue mich über Gesellschaft. Treten Sie doch ein. Den ganzen Tag habe ich gekocht und gebacken.«

»Das ist wirklich nett von Ihnen, Ma'am.«

»Ich bin Hannah Hunt, junger Mann.«

Als Beau die Namen seiner Begleiter nannte, nickte sie allen freundlich zu.

Bevor Beau das Haus betrat, drehte er sich um.

»Tanner und Marshall, Sie beide halten zuerst Wache. Hudson und Lowell lösen Sie dann später ab.«

Verlockende Düfte stiegen in Kendalls Nase. Aber als sie hinter Beau die Eingangstreppe hinaufstieg, wurde sie von einem sechsten Sinn veranlaßt, sich umzudrehen. Verwundert beobachtete sie, wie Brent das Haus anstarrte. »Was ist denn los?«

»Keine Ahnung«, erwiderte er und zuckte die Achseln. »Vielleicht bin ich nur ein bißchen nervös.«

»Nur keine Bange, Captain.« Bill Tanner, einer von Beaus Georgia Regulars, wandte sich zu ihm. »Der Sergeant und ich werden Augen und Ohren offenhalten.«

»Daran zweifle ich nicht.« Brent legte einen Arm um Kendalls Schultern. »Wollen wir essen gehen?«

»O ja!« stimmte sie freudestrahlend zu.

Bald saßen sie mit den anderen an einem großen Tisch

in der Küche. Kendall erbot sich, der Hausherrin zu helfen, aber Hannah Hunt forderte sie auf, sitzen zu bleiben. Große Platten mit Schinken in Sahnesauce wurden herumgereicht, und alle begannen heißhungrig zu essen.

»Früher mußte ich zehn Farmarbeiter durchfüttern«, erzählte Hannah. »Bis sie alle zur Army gingen. Ein paar Yanks, ein paar Rebellen. Jetzt stapfen die Soldaten durch meine Felder und rauben mich aus. Erst diese Südstaatengeneräle, Kirby-Smith und Braxton Bragg. Alles was sie zwischen die Finger kriegten, stahlen sie für ihre Männer. Und jetzt, wo die Unionssoldaten wieder da sind ...« Plötzlich unterbrach sie sich. »Du lieber Gott, da rede ich in einem fort, wo ich doch einen großen Blaubeerkuchen gebacken habe ...«

Kendall brachte keinen Bissen mehr hinunter, weil sie zuviel Schinken, Brot und Gemüse gegessen hatte. Aber sie wollte die Gefühle der alten Frau nicht verletzen, und so nahm sie ein Stück Kuchen. Heimlich bugsierte sie es auf den Teller des Sergeants, der neben ihr saß. Er grinste, zwinkerte ihr zu und verspeiste das Geschenk mit sichtlichem Genuß.

Stuhlbeine schabten über den Boden, und sie sah, wie Brent aufstand, um den Tisch herumging und etwas in Hannahs Ohr flüsterte. Sofort erhob sie sich und nahm etwas aus einem Schrank, das sie ihm reichte.

Dann kam er zu Kendall. »Gehen wir spazieren.« Lächelnd zog er sie auf die Beine und führte sie aus dem Haus. Draußen trafen sie Tanner und Marshall. »Bald werden Hudson und Lowell Sie beide ablösen.«

»Sehr gut, Captain«, rief Bill Tanner. »Diese nette Mrs. Hunt hat uns ein Stück Kuchen gebracht.«

»Ja, und Tanner hat alles in sich reingestopft«, klagte Jo Marshall. »Nicht mal ein paar Krümel ließ er mir übrig.«

»Weil du gesagt hast, du willst erst nach dem Schinken ein Stück Kuchen essen«, verteidigte sich Bill.

Kendall nickte ihnen lachend zu, und freute sich, weil sie nach der leidvollen Gefangenschaft endlich wieder scherzen konnten.

»Wohin gehen Sie, Captain?« fragte Tanner.

»Oh, wir wollen nur durch den Wald wandern und den Sonnenuntergang zur Abwechslung mal mit vollem Magen genießen«, erwiderte Brent.

Hand in Hand schlenderte er mit Kendall zwischen den Kiefern dahin. Schon nach wenigen Schritten erreichten sie einen plätschernden Bach, in dem sich rotgoldene Sonnenstrahlen spiegelten.

»O Brent, wie schön«, flüsterte Kendall, ließ seine Hand los und eilte zum Ufer. Sie kniete nieder, schöpfte mit beiden Händen kühles Wasser und erfrischte ihr Gesicht.

»Wie wär's mit einem Bad im Abendrot, Liebste?« Brent setzte sich zu ihr und zog ein Stück Seife aus der Tasche.

»Aber — es ist zu kalt. Wir werden uns eine Lungenentzündung holen.«

»Keine Bange, ich wärme dich.« Unbehaglich wich sie seinem Blick aus, aber er legte einen Finger unter ihr Kinn und zwang sie, ihn anzuschauen. »Kendall, ich wollte dir Zeit geben, dich von allem zu erholen, was du durchgemacht hast. Genug Zeit, mich wieder kennenzulernen und mir zu vertrauen. Aber nun solltest du endlich Mitleid mit mir haben. Ich werde noch wahnsinnig, wenn ich jede Nacht neben dir schlafe.«

»Brent, ich — ich habe Angst«, wisperte sie.

»Wovor denn?« Zärtlich zog er sie an sich.

»Nichts kann dir etwas anhaben. Was immer auch geschieht, deine Kraft bleibt ungebrochen. Und ich? Wie kann ich dir jetzt noch gefallen? So schwach und dünn — so ungepflegt ...«

»Schau dir doch meinen wild wuchernden Bart an«,

entgegnete er und begann, die Häkchen am Rückenteil ihres Kleides zu öffnen.

Als sie ihn daran hindern wollte, schob er ihre Hände energisch beiseite. »So, wie wir aussehen, dürften wir uns alle beide nicht in einem eleganten Salon zeigen.«

»Brent, bitte ...«

»Du bist schön.«

»O nein! Jede Rippe könntest du zählen.«

»Darauf freue ich mich schon. Glaub mir Kendall, ich begehre dich so sehr, daß ich kaum noch an was anderes zu denken vermag. Wenn ich tagsüber an deiner Seite gehe, vergesse ich, wo ich bin und welches Ziel ich erreichen will, weil ich dich beobachte und mich entsinne, wie es war, deinen nackten Körper zu spüren, deine Brüste mit meinen Lippen zu berühren. Liebste, es ist wie ein Fieber, ein wilder Hunger. Spürst du's nicht auch?«

O ja, seine Nähe und seine Worte entzündeten das Feuer, das so lange geschlummert hatte. Doch ihre Angst verflog nicht, und sie fürchtete, sie würde ihn enttäuschen, sie hätte die Fähigkeit verloren, ihn glücklich zu machen. »In meinen bösen Träumen höre ich immer noch die Schreie der Männer im Camp Douglas, ich sehe das Elend, den Schmutz, und ich weiß nichts mehr von schönen, guten Dingen ...«

»Ich werde dir helfen, dich wieder dran zu erinnern«, versprach er, sprang auf und zog sie hoch. Ungeduldig streifte er das Kleid von ihren Schultern, und es fiel zu Boden. Nachdem er sich ausgezogen hatte, half er ihr aus den Schuhen und der fadenscheinigen Unterhose. Zitternd legte sie den Kopf an seine Schulter, als er sie auf die Arme nahm und langsam in den klaren Bach watete.

»Es ist zu kalt«, protestierte sie.

»Nein, die Sonne hat das Wasser erwärmt.« Er stellte sie in die sanft glucksenden Wellen, und sie erschauerte.

Aber Brent drückte sie an sich, und da fröstelte sie nicht mehr.

Köstlicher Seifenduft stieg ihr in die Nase, während er sie fürsorglich wusch.

Sie war immer noch zu dünn, doch die Körperformen hatten nichts von ihrer vollkommenen Schönheit verloren. Jetzt kam es Brent beinahe so vor, als hätte ein Maler die Konturen noch deutlicher gezeichnet. Seine Hände umfaßten ihre Brüste, und sie stöhnte leise. Wachsende Leidenschaft verdunkelte ihre indigoblauen Augen. Langsam glitten seine Finger über ihre Rippen, die er tatsächlich zählen konnte. Ihre schmale Taille konnte er mit seinen Händen umfassen, doch die sanft geschwungenen Hüften erschienen ihm fast unverändert.

Atemlos spürte sie seine Erregung und preßte sich noch fester an ihn.

»Erinnerst du dich jetzt?« flüsterte er heiser. »An die Sehnsucht, die süße Qual, die Erlösung?«

Ja, sie erinnerte sich. Aber es war keine Erinnerung mehr, es war die Hitze des Augenblicks, eine verzehrende Begierde, eine zitternde Schwäche.

Leise schrie er auf, als sie ihn intim zu streicheln begann. Dann hob er sie wieder hoch, trug sie zur Grasböschung, und sie liebten sich halb am Ufer, halb im Wasser. Unfähig, seine heftige Leidenschaft zu kontrollieren, strebte Brent dem Höhepunkt entgegen. Trotzdem spürte er die bebende Erfüllung, die er Kendall schenkte. Um ihn noch tiefer in sich aufzunehmen, schlang sie die Beine um seine Schenkel, hob seinem drängenden Rhythmus die Hüften entgegen.

Es war hemmungslos und schön, eine Explosion aus Sonnenstrahlen in der Abenddämmerung ...

Danach lagen sie zufrieden nebeneinander, bis er spürte, wie sie erschauerte. »Ziehen wir uns an«, schlug er vor.

»Nein, erst will ich mir noch die Haare waschen. Und dann . . .«

»Und dann?«

»Dann mußt du mich noch einmal lieben. Bis wir daheim eintreffen, werden wir nur selten allein sein.«

Lachend erhob er sich und zog sie auf die Beine. »Also ist es mir gelungen, deine Erinnerung aufzufrischen.«

»O ja.« Glücklich schlang sie die Arme um seinen Hals. »Ich liebe dich so sehr.« Nach einem zärtlichen Kuß riß sie sich los und rannte ins Wasser.

Er folgte ihr, half ihr fürsorglich, die Haare zu waschen, und dann liebten sie sich wieder — diesmal ganz langsam und voller Hingabe. Die Glut der Leidenschaft wärmte sie unter dem herbstlichen Mond. Hell brannte das Feuer der Liebe im nächtlichen Dunkel.

»Wenn wir jetzt nicht zurückgehen, holen wir uns tatsächlich eine Lungenentzündung«, seufzte Brent.

Nur widerstrebend stand Kendall auf und ließ sich das Kleid über den Kopf streifen. Nachdem sie seinen Uniformrock zugeknöpft hatte, lehnte sie sich an ihn. Einen Arm um ihre Schultern gelegt, führte er sie durch die schwarzen Schatten des Waldes.

Versonnen lächelte Kendall vor sich hin. Der Gedanke an diesen schöne Zwischenspiel würde ihr helfen, die Strapazen der Reise zu ertragen.

Doch dann würde das Wunder des Abends von einem Schmerzensschrei zerstört. »O Gott! Gott im Himmel! Hilfe!« Hastige Schritte näherten sich. »Brent? Wo sind Sie? Kommen Sie, schnell!«

»Ja, ich komme!« rief Brent.

Hand in Hand rannten sie zwischen den Kiefern hindurch.

20

Beinahe stießen sie mit Jo Marshall zusammen, als sie aus dem Wald stürmten. »Irgendwas stimmt nicht mit Tanner, Captain. Jetzt ist der Major bei ihm. Und ein paar andere Jungs fühlen sich auch sehr schlecht.«

Schreiend lag Tanner auf der Eingangstreppe des Farmhauses und krümmte sich. Brent ließ Kendalls Hand los und kniete neben ihm nieder. »O Gott, Tanner ...«, begann er und versuchte, die krampfhaft zuckenden Glieder festzuhalten.

Der Mann stieß einen letzten Schrei aus, dann rührte er sich nicht mehr. Entsetzt starrten Brent und Beau den Toten an, dann schloß der Major mit der Hand die glasigen Augen.

»Was zum Teufel ...« Neues Geschrei, das aus dem Haus drang, unterbrach Beaus Fluch. Er lief ins Wohnzimmer, gefolgt von Brent, Marshall und Kendall.

Bestürzt beugte sich Stirling McClain über Lowell und Hudson, die sich am Boden wanden. Beide zeigten die gleichen Symptome wie Tanner. »Lowell, sprechen Sie doch! Was tut Ihnen denn weh?«

»Mein Bauch ... Als würde eine Granate explodieren ... Heiliger Himmel ...« Blut quoll aus seinem Mund, dann erstarrte er.

Beau, Stirling und Brent schauten sich entsetzt an, suchten vergeblich nach einer Erklärung. Plötzlich rannte der Major in die Küche.

Auf dem Tisch standen immer noch Teller mit Essensresten. Zwei Kavalleristen saßen reglos da, die Köpfe auf die Holzplatte gelegt.

Auch Brent, sein Bruder und Kendall eilten in die Küche. Stirling untersuchte das Brot, roch an einem Stück Schinken.

»Verdammt, der Kuchen! Brent, Beau — habt ihr was von dem Blaubeerkuchen gegessen?«

»Nein«, erwiderten sie wie aus einem Mund.

»Kendall?«

»Nein.«

»Jo?«

»Nein, Sir.«

Brent fand einen Teller mit Kuchenkrümel und zerriebt einige Blaubeeren zwischen den Fingern. »Gift! Diese Frau hat uns giftige Beeren serviert. Wo zum Teufel steckt sie, Beau?«

»Keine Ahnung. Sie kochte Kaffee, und ich döste gerade im Wohnzimmer, als Tanner zu schreien anfing.«

»Und du, Stirling?«

»Ich saß bei Beau. Aber ich hörte die Hintertür ins Schloß fallen.«

»Wahrscheinlich sucht sie Unionssoldaten. Gehen wir!«

Sie liefen an Kendall vorbei und ließen sie mit den Toten allein, die monatelang ihre Familie gewesen waren.

»Wartet!« rief sie. Angstvoll erinnerte sie sich an die zornigen Mienen der drei Männer. Würden sie Mrs. Hunt umbringen? Kendall rannte ihnen nach.

In ihrer Hast stolperte sie über Tanners Leiche und stürzte. Erschrocken wich sie vor ihm zurück. Fünf Soldaten hatten einen qualvollen Tod erlitten. Doch sie durfte Brent und den anderen nicht erlauben, mörderische Rache an einer alten Frau zu üben. »Wartet!« schrie sie wieder, sprang auf und lief hinter ihnen her.

Im Mondlicht sah sie Mrs. Hunt auf einer mageren grauen Stute über das Maisfeld reiten. Brent, Beau und Stirling versuchten, sie in die Enge zu treiben und ihr den Weg abzuschneiden. Taumelnd bahnte sich Kendall einen Weg zwischen den Stauden und hörte die alte Frau kreischen: »Sie alle verdienen den Tod! Weil Sie diesen Krieg heraufbeschworen haben! Sie und Ihre Sklaverei.«

»Nie in seinem Leben hat Bill Tanner einen Sklaven besessen«, entgegnete Jo Marshall. Tränen rannen über sein Gesicht. »Großer Gott, wie konnten Sie so was tun?« Mit aller Kraft zerrte er an ihrem Bein. Inzwischen hatte Kendall ihn eingeholt.

»Nein!« schrie sie und warf sich gegen seinen Rücken. Beide fielen zu Boden, und in Kendalls Ohren gellte Brents Fluch, vermischt mit dumpfen Hufschlägen. Offenbar war Hannah Hunt entkommen.

»Fangt sie ein!« befahl Stirling.

»Verdammt, Mrs. Moore, was ist los mit Ihnen?« schimpfte Jo, sprang auf und starrte auf sie herab.

Brent zog sie auf die Beine, packte ihre Schultern und schüttelte sie. »Was hast du getan?« fauchte er.

»Es — es wäre Mord gewesen«, stammelte sie.

»Bist du blind? Hast du nicht gesehen, wie diese Männer gestorben sind? Nun wird sie uns, die Überlebenden, an die Yankees verraten. Du Närrin! Man hätte dich in einen Käfig sperren müssen, als dieser Krieg ausbrach. Was glaubst du, was die Yankees mit dir machen würden, wenn du ihre Freunde vergiftet hättest? Das war vorsätzlicher, kaltblütiger Mord! Am liebsten würde ich ...«

»Mich schlagen?« Nun geriet auch Kendall in Wut. »Nur zu! Aber erspar mir deine Lektionen! Ihr führt euch auf wie ein Lynchmob. Du kannst das Gesetz nicht in deine eigenen Hände nehmen.«

»Und was schlägst du statt dessen vor? Sollen wir einen Yankee-Richter holen. Kendall, du hast mit diesen Männern zusammen im Gefängnis gesessen. Monatelang waren sie deine treuen Freunde.«

»Brent, du mußt mich nicht daran erinnern, wie schrecklich ...«

»Jetzt sollten wir schleunigst verschwinden«, fiel Beau

ihr ins Wort. Keuchend rannte er zu ihnen. »Die alte Hexe ist uns entwischt. Wenn wir uns nicht beeilen, haben wir bald ein ganzes Regiment am Hals.«

Brent stieß Kendall so kraftvoll von sich, daß sie gegen seinen Bruder prallte. Um sie zu stützen, legte Stirling einen Arm um ihre Taille. Aber sie spürte deutlich seinen Zorn. Er grollte ihr genauso erbittert wie die anderen.

»Ja, Sie haben recht, Beau«, stimmte Brent zu. »Bringen wir uns in Sicherheit.«

»Vorher müssen wir die Toten begraben.« Jo Marshall schämte sich der Tränen nicht, die über sein junges Gesicht rollten, und Brent legte eine Hand auf seinen Arm.

»Leider fehlt uns dafür die Zeit, Marshall. Diese sechs Männer waren gute, tapfere Soldaten. Sicher würden sie verstehen, daß wir uns retten müssen.« Brent ergriff Kendalls Hand und riß sie von Stirling weg. »Hoffentlich hast du neue Kräfte gesammelt. In dieser Nacht mußt du so schnell wie der Wind laufen.«

Sie gab keine Antwort und musterte die Männer der Reihe nach. In allen Augenpaaren las sie kalte Abneigung. Nicht einmal Beau zeigte Mitgefühl. Trotzdem bereute sie nicht, was sie getan hatte. Es war ihre Pflicht gewesen, einen Mord zu verhindern.

Irgendwann würde eine Zeit anbrechen, wo man wieder ein normales Leben führen konnte. Und dann würde auch die Menschlichkeit zurückkehren. Doch man konnte nur auf eine bessere Zukunft hoffen, wenn es viele Männer wie Brent und Beau und Travis gab — und wie Abraham Lincoln, der Unionspräsident, der mit allen Soldaten litt, die auf seinen Schlachtfeldern fielen, der es nicht dulden wollte, daß Frauen in Kriegsgefangenenlagern schmachteten.

Leise schrie sie auf, als Brent sie durch das Maisfeld zerrte. Liebte er sie nicht mehr? Hatte sie überhaupt noch einen Freund auf dieser Welt?

Stirling rannte vor seinem Bruder her. »Bevor wir fliehen, müssen wir Tanners Colt und Lowells Karabiner aus dem Haus holen. Vielleicht werden wir die Waffen brauchen.«

»Ja. Am besten laufen wir in den Wald und waten durch den Bach, falls sie Hunde auf uns hetzen. Die würden am Ufer die Witterung verlieren. Und dann überqueren wir die Grenze von Tennessee. Hoffentlich treffen wir dort ein Rebellenregiment.«

Kendall wartete vor der Tür, als sie die Waffen holten. Wenig später stürmten sie zum Bach und wateten hindurch. Während Brent sie gnadenlos hinter sich herzog, schloß sie die Augen. Wie konnte er nur so grausam sein, nachdem er sie eine halbe Stunde zuvor noch liebevoll umarmt hatte?

In der langen Nacht wechselten die fünf Flüchtlinge kaum ein Wort miteinander. Bei Tagesanbruch versteckten sie sich in einer Höhle. Erschöpft sanken sie zu Boden. Diesmal schlief Kendall allein. Brent lag weit von ihr entfernt.

Beau, Stirling und sogar Jo schienen ihr allmählich zu verzeihen. Zumindest benahmen sie sich höflich.

An dem Abend, wo sie Tennessee erreichten, fiel der erste Schnee dieses Winters. Der Major legte seinen Arm um Kendalls Schultern und wärmte sie. Aber Brent strafte sie immer noch mit kaltem Zorn.

Das schlechte Wetter verlangsamte die Flucht, und sie fanden kaum etwas zu essen. Doch diese Unannehmlichkeiten bedrückten Kendall nicht so sehr wie ihr seelischer Kummer. Vielleicht hätte sie Brent um Vergebung bitten und erklären sollen, sie besitze das Herz einer Frau. Doch das brachte sie nicht über sich. Sie glaubte immer noch, daß sie richtig gehandelt hatte, daß *er* sich entschuldigen müßte.

Obwohl sie die Grenze überquert hatten, machten sie immer noch einen weiten Bogen um alle Farmhäuser, bahnten sich einen mühsamen Weg über Berge und durch Täler — fest entschlossen, erst in einer größeren Stadt zu rasten.

In einer verlassenen Hütte fanden sie zwei Paar fast neue Stiefel, etwas Mehl und einen Nähkorb. Kendall fertigte warme Umhänge aus Vorhängen und Bettdecken an, die sie ebenfalls entwendet hatten, und besetzte sie mit Hasenfell. Trotzdem froren sie in der bitteren Kälte, sobald sie sich wieder auf den Weg machten.

Als sie sich am Weihnachtstag schlafen legte, kam Brent endlich zu ihr. Seine Hand berührte ihre Schulter, und sie zuckte zusammen. Instinktiv versteifte sie sich und musterte ihn mißtrauisch.

»Pst!« Er legte einen Finger auf seine Lippen, mit der anderen Hand zeigte er auf die schlafenden Männer, die sich neben einem kleinen Lagerfeuer zusammengerollt hatten. Dann half er ihr aufzustehen und zog sie tiefer in die Höhle hinein, in der sie Unterschlupf gefunden hatten.

Sie wollte etwas sagen, doch er verschloß ihr die Lippen mit einem glühenden Kuß. Später wunderte sie sich, weil sie sich so leicht verführen ließ. Aber seine Zärtlichkeiten, seine ungeduldigen Hände, die ihr die Kleider vom Körper streiften, verscheuchten alle klaren Gedanken.

Das Gefühl, seine nackte Haut an ihrer zu spüren, wirkte berauschend. Und ihr Herz sagte ihr, er sei zu ihr gekommen, um ihre Verzeihung zu erbitten. Nur zu gern vergab sie ihm und hieß sein Verlangen willkommen.

Als er in sie eindrang, glaubte sie, nun wäre sie ein Teil von ihm. Beglückt ließ sie sich zum Gipfel höchster Lust emportragen und schenkte auch ihm die Erfüllung, die er so heiß ersehnt hatte.

Danach lagen sie nebeneinander, in ihre Umhänge gewickelt, und Kendall schmiegte ihre Wange an Brents Brust. »Endlich hast du eingesehen, daß ich recht hatte. Für mich war es einfach gräßlich ...«

»Was?« unterbrach er sie.

Da hob sie den Kopf und schaute ihn mit großen unschuldigen Augen an. »Nun, ich akzeptiere deine Entschuldigung ...«

»Welche Entschuldigung? Du hättest uns alle umbringen können. Jedesmal, wenn ich daran denke, gerate ich in Wut. Also solltest du dieses Thema nicht mehr erwähnen.«

»Wenn du mir immer noch böse bist, warum hast du mich dann geliebt?«

Seine rauchgrauen Augen verengten sich. »Weil gewisse Bedürfnisse nichts mit weiblicher Dummheit zu tun haben.«

Erbost hob sie eine Hand, um ihn zu ohrfeigen, aber er hielt ihren Arm fest — allerdings nicht schnell genug, um zu verhindern, daß ihre Fingernägel ihm die Wange zerkratzten.

»Fordere mich nicht heraus«, warnte er sie.

»In einem Punkt muß ich dir recht geben — ich bin wirklich dumm, weil ich mich immer wieder von dir betören lasse. Wäre ich nicht so albern, hätte ich mich niemals in dich verliebt.«

Seufzend schüttelte er den Kopf. »Hören wir doch auf zu streiten! Du bist nicht dumm, und ich finde deinen Mut bewundernswert. Aber gewisse Ereignisse in diesem Krieg kannst du nicht ändern. Die alte Frau hat fünf Männer ermordet. Durch deine Schuld entkam sie, und das brachte uns alle in große Gefahr.

Wahrscheinlich hätte man mich aufgehängt oder erschossen, und du wärst John Moore ausgeliefert worden. Nun werde ich dich sobald wie möglich in Sicherheit bringen. Und wenn du fliehst, werde ich dich finden, das schwöre ich dir.«

»Moment mal«, protestierte sie ärgerlich, »das ist unfair. *Du* warst es, der damals davongesegelt ist und mich bei den Armstrongs zurückgelassen hat. Nur deshalb ging ich nach Vicksburg.«

»Ich bin nicht weggelaufen, ich mußte in den Krieg ziehen. Dazu bist *du* nicht verpflichtet. Bald werde ich wieder das Kommando meines Schiffs übernehmen. Stirling kehrt zur Army von Nord-Virginia zurück. Auch Beau und Jo wollen sich ihrem Regiment anschließen.«

»Und ich soll in meinem Käfig sitzen, wie ein braves Mädchen?« fragte sie bissig.

»Genau, meine Liebe.«

»Brent . . .«

»Wirst du denn niemals auf mich hören?« Ungeduldig stand er auf und begann sich anzuziehen.

Auch Kendall schlüpfte in ihr Kleid. »O Brent . . .«

»Ich liebe dich«, unterbrach er sie.

Tränen stiegen ihr in die Augen. »Wie kannst du mich lieben und mich so schrecklich behandeln?«

Lächelnd zog er sie an sich. »Eines Tages werden wir über das alles diskutieren. Aber nicht jetzt. Nun müssen wir erst mal überleben. Gehen wir schlafen.«

Keine einzige der offenen Fragen war geklärt worden, und das störte Kendall. Sie öffnete den Mund, doch sie schloß ihn wieder. Natürlich hatte er recht. Im Augenblick kam es nur darauf an, daß sie am Leben blieben.

Sie legten sich zu den anderen neben das Lagerfeuer, und Kendalls steifer Körper entspannte sich erst, nachdem sie eingeschlafen war. Instinktiv schmiegte sie ihren Rücken an Brents Brust.

In dieser Nacht entdeckten sie mehrere Lagerfeuer in der Ferne. Offenbar näherten sie sich einem Soldatentrupp.

Brent und Stirling schlichen als Späher voraus, kehrten bald zurück und verkündeten freudestrahlend, sie hätten ein Rebellenregiment gefunden. Wie schön, daß sie gerade jetzt zu Weihnachten Gesinnungsgenossen erreicht hatten ... Die Soldaten teilten ihre kargen Essensrationen mit ihnen und rings um die Flammen erklangen Weihnachtslieder.

Viel besser als die Flüchtlinge sahen die Rebellen auch nicht aus. Einige besaßen keine Schuhe mehr und hatten ihre Füße mit Stoffetzen umwunden, die meisten Uniformen waren zerrissen. Manche Männer trugen sogar blaue, den Yankees entwendete Röcke.

Kendall saß an Brents Seite und nippte an ihrem dünnen Kaffee. Allzulange währte ihre Festesfreude nicht. Bedrückt hörte sie, wie jemand erzählte, die Hälfte des Trupps sei an der Ruhr erkrankt. Im letzten Monat waren vierundzwanzig Mann an einer Fieberepidemie gestorben.

Plötzlich wußte sie, daß die Südstaaten den Krieg verlieren würden. Und in den Augen der Soldaten las sie die gleiche Gewißheit. Bis zum bitteren Ende würden sie kämpfen, doch sie standen bereits mit dem Rücken zur Wand.

»Kendall, hörst du nicht?«

»Was ist los, Brent?« fragte sie verwirrt.

»Morgen fährt ein Wagen nach Osten. Ein paar Amputierte und andere Verwundete werden nach Richmond gebracht. Dort soll sich ein neuer Trupp formieren, um die Stadt notfalls zu verteidigen. Die Leute wollen dich mitnehmen und du könntest dich um die Verletzten kümmern.«

»Das tue ich sehr gern, aber du ...«

»Im Wagen ist nur für dich Platz. Ich gehe mit unseren Freunden weiter. Leider sind die Soldaten nicht einmal imstande, uns ein Pferd zu überlassen. Nun, wir müssen Virginia trotzdem bald erreichen.«

»Ich ...«

»Kendall, du fährst mit den Rebellen nach Richmond. Mittlerweile ist die Stadt nicht mehr gefährdet. Präsident Davis' Frau ist in sein Haus zurückgekehrt. Schon seit Jahren ist sie mit mir befreundet, und sie wird dich bereitwillig aufnehmen. Du wirst bei ihr bleiben, bis ich herausgefunden habe, wohin Charlie die *Jenni-Lyn* gebracht hat.«

»Und dann?«

»Dann hole ich dich nach Hause, wenn es möglich ist.«

»Wo ist unser Zuhause, Brent?«

Diese Frage stimmte ihn nachdenklich. South Seas existierte nicht mehr. Jedenfalls lag die Heimat weiter südlich als Tennessee. »Bei Amy«, antwortete er müde. »Bitte, Kendall, ich bin zu erschöpft, um mit dir zu streiten.«

»Aber ich streite ja gar nicht«, erwiderte sie und seufzte leise. »Ich habe nur gefragt.«

Als sie später in dem kleinen Zelt lagen, das man ihnen zur Verfügung gestellt hatte, schnitt sie das Thema nicht mehr an. Sie war froh, vor der Trennung noch einmal sein Nähe zu spüren, seine Liebe. In diesen traurigen Kriegsjahren gehörte es einfach zum Leben, immer wieder Abschied zu nehmen.

Am Morgen begleitete er sie zum Wagen und stieg mit ihr hinein. Sie fand einen Platz zwischen zwei alten Corporals. »Warte in Richmond auf mich, Kendall«, flüsterte er und neigte sich zu ihr hinab. »Genau dort, wo ich dich hinschicke.«

»Wo sollte ich denn sonst bleiben, Brent?« fragte sie lächelnd.

»Bei dir kann man nie wissen, und das bereitet mir immer wieder Sorgen.«

»Keine Bange, ich warte auf dich. Das verspreche ich dir.«

Eine Peitsche knallte. Langsam setzte sich das Gespann in Bewegung. Brents warmer Atem streifte Kendalls Ohr, als er beteuerte: »Ich liebe dich.« Als er sich aufrichtete, sah er Tränen in ihren Augen schimmern. »Obwohl du so eine verdammt dumme Frau bist«, fügte er grinsend hinzu.

Auch sie versuchte, noch einmal zu lächeln, aber das mißlang ihr. »Und ich liebe dich, obwohl du ein unverschämter Kerl bist.«

Nach einem letzten Kuß sprang er aus dem Wagen und schaute ihm nach, bis er unter der hellen Morgensonne verschwand. Die verheißungsvollen Gefühle, die er in Kendalls schönen blauen Augen gelesen hatte, erleichterten ihm die Trennung ein wenig.

21

Mai 1864

Brent kam nicht sofort nach Richmond, und Kendall war etwas verbittert, aber nicht sonderlich überrascht. Inzwischen kannte sie ihn sehr gut. Als der Rebellengeheimdienst vor einem Plan der Yankees warnte, von Jacksonville aus landeinwärts vorzudringen und die Hauptstadt Floridas zu erobern, erschien es ihr nur natürlich, daß Captain McClain sein Schiff verließ, um mit Stirlings Regiment zu kämpfen.

Eines Tages las sie einen Zeitungsbericht über den Rebellensieg bei Olustee, und um Brents willen freute sie sich. Tallahassee war gerettet worden. Begierig verschlang sie seine Briefe. Sie teilte das Schicksal vieler Frauen in der Konföderation. Manche hatten ihre Männer seit Kriegsbeginn nicht mehr gesehen — und einige würden sie nie wiedersehen.

Wie Brent versprochen hatte, war sie von Varina Davis, der First Lady der konföderierten Staaten, sehr freundlich aufgenommen worden. Am ersten Abend hatte sie ein ausgedehntes heißes Bad genossen, köstlichen Fisch gegessen, vor dem Kaminfeuer gesessen und edlen Cognac getrunken. Varina verschaffte ihr hübsche Zimmer in einem nahe gelegenen alten Gasthaus und lud sie oft zum Dinner oder zum Tee ein, um sie über die Kriegsereignisse und Captain McClains Aktivitäten zu informieren.

Nur zu gern freundete sich Kendall mit ihr an. Sie bewunderte die würdevolle First Lady des Südens. Während des Krieges hatte Varina ihren kleinen Sohn verloren, der von einem Balkon gestürzt war. Diese Tragödie erinnerte Kendall schmerzlich an ein anderes Kind, das in diesem grausamen Krieg den Tod gefunden hatte — Red Fox' Sohn Hadjo. Aber Varina gestattete sich nicht, in ihrer Trauer zu versinken. Sie mußte ihre übrigen Kinder großziehen, die Kendall bald in ihr Herz schloß.

Wie sehr sehnte sie sich nach einem eigenen Kind ... Doch die Mutterschaft blieb ihr vorerst verwehrt. Sie war immer noch mit John Moore verheiratet — und die Geliebte eines anderen Mannes.

Oft leistete sie der Wirtin des Gasthauses Gesellschaft, einer verwitweten Mutter zweier Töchter. Ein Mädchen war fünf, das andere vierzehn Jahre alt. Fast täglich saßen sie alle beisammen, lasen, nähten oder spielten. Kendall träumte von einem eigenen Familienleben. Würde ihr dieses Glück jemals beschieden sein, an Brents Seite?

Von Varina erfuhr sie, die Bewohner von Richmond würden Mrs. Moore keineswegs verachten, sondern als Heldin feiern. Ihrer Heimat zuliebe war sie vor ihrem Yankee-Ehemann geflohen, hatte ein Unionsschiff gekapert und in den Dienst des Konföderation gestellt. Und dann war sie bei dem tapferen Versuch, Medikamente für das Lazarett in Vicksburg zu beschaffen, vom Feind gefangengenommen worden. Beinahe wurde sie als legendäre Gestalt betrachtet. Daß sie den berühmten, allseits vergötterten Captain McClain liebte, verlieh ihrer Geschichte zusätzliche Romantik. Vor allem die jungen Damen in Richmond schwärmten für Kendall.

Ihr selbst erschien das wie eine bittere Ironie, denn sie wußte, in welch einer prekären Lage sie sich befand. Auf beiden Seiten waren viele tausend gute, anständige Männer gefallen, und John Moore lebte immer noch. In der Union galt sie als Spionin. Und obwohl sie es in dieser Stadt nicht auszusprechen wagte — sie zweifelte nicht an der endgültigen Niederlage des Südens. Bald würde der Norden auch in Richmond die Macht übernehmen ...

Sollte sie ihre Flucht planen? Sie kannte John. Eines Tages würde er sie aufspüren, und wenn es Jahre dauern mochte. Vielleicht konnte sie nach Europa fliehen. Aber sie mußte auf Brent warten, der bis zum bitteren Ende kämpfen würde.

So arbeitete sie im Lazarett von Richmond, um ihre Tage auszufüllen, und litt mit den Verwundeten. Der Anblick des Blutes und der schmerzverzerrten Gesichter störte sie nicht mehr, denn der Krieg hatte sie abgehärtet, und in Vicksburg war sie um einige Erfahrungen reicher geworden. Von allen Ärzten wurde sie als tüchtige Assistentin willkommen geheißen. Mittlerweile erbleichte sie nicht einmal mehr, wenn sie infizierte Wunden voller Würmer sah. Bei keiner einzigen Amputation fiel sie in Ohnmacht.

Die harte Arbeit zerrte an ihren Kräften, doch der Trost, den sie den Patienten spendete, stärkte ihre Seele. Manchmal schaute sie in vertraute Gesichter. Einige Männer, die sie von Charleston her kannte, wurden ins Lazarett gebracht.

Wenn sie ihnen half, die Schmerzen linderte und Briefe für sie schrieb, gewann sie beinahe den Eindruck, ihr früheres Leben würde zurückkehren. Die älteren Männer sprachen von Kendalls Vater, die jüngeren erinnerten sich wehmütig an Barbecues, Jagden und Bälle.

Ende März gab ihr Varina Davis einen Brief von Brent, den er Ende Februar geschrieben hatte. Zwischen den Zeilen las sie, wie stolz er war, weil er den Rebellen geholfen hatte, die Yankees bei der Schlacht von Olustee aus dem Landesinneren Floridas zu vertreiben. Er erklärte, zusammen mit Stirling würde er versuchen, unbemerkt in Jacksonville einzudringen und seine Schwester Jennifer zu besuchen. Danach wollte er nach Richmond kommen. Stirling hoffte, seine Frau und seinen Sohn zu sehen, zum erstenmal seit dem Winter 1861. Ende April mußte er zu Jeb Stuarts Kavallerie zurückkehren, und Brent erwartete im April oder Mai die *Jenni-Lyn* — mit der Charlie McPherson nach England gesegelt war, um Nachschub zu holen — in einem Konföderationshafen anzutreffen. Es war ein eher sachlicher Brief, aber mit den Worten ›In Liebe, Brent‹ unterzeichnet, die Kendalls Herz erwärmten und ihr neue Kraft gaben.

Trotzdem — irgend etwas an dem Schreiben störte sie. Was es war, erkannte sie erst einige Wochen später, als sie im Lazarett von Richmond ein weiteres vertrautes Gesicht entdeckte. Sie füllte gerade für einen fiebernden Patienten einen Becher mit Wasser, da zupfte jemand an ihrem Rock. Verwundert drehte sie sich um und starrte in die braunen Augen ihres Schwagers.

»Gene! Gene McIntosh! Mein Gott, wie geht's dir eigentlich?«

»Ganz gut. Letzte Woche schloß ich mich einem Spähtrupp an, und eine Yankee-Patrouille feuerte mir eine Kugel in die Schulter. Die konnten die Quacksalber mühelos rausschneiden. Kendall, wir haben uns jahrelang Sorgen um dich gemacht. In jedem Brief schreibt Lolly, sie würde dich allabendlich in ihre Gebete einschließen.«

Seufzend senkte sie den Kopf. »O Gene, ich hätte Mutter und Lolly schreiben sollen, aber ich fürchtete, mein Stiefvater würde irgendeine Intrige aushecken . . .«

»Aber er ist doch tot«, unterbrach er sie erstaunt.

»Ist er im Krieg gefallen?«

»Nein, er erstickte, weil er versuchte, sein ganzes Rindfleisch zu verschlingen, bevor unsere Army ihn darum bitten konnte.«

Kendall wußte, daß sie sich nicht über den Tod eines Menschen freuen durfte. Doch sie konnte eine gewisse Genugtuung nicht unterdrücken, nachdem George Clayton seine gerechte Strafe erhalten hatte. »Wie geht's Lolly und meiner Mutter? Hast du sie gesehen?«

»Vor Weihnachten hatte ich Urlaub. Weißt du noch gar nicht, daß du Tante bist? Letzten Sommer bekamen Lolly und ich eine bildhübsche Tochter, mit blauen Augen und goldblonden Haaren.«

»Wie wundervoll! Und sind sie alle gesund?«

»O ja. Aber manchmal sorge ich mich um sie. Angeblich wollen die Yankees South Carolina dem Erdboden gleichmachen, weil sie glauben, wir hätten den Krieg angefangen.«

»Mein Gott ...«

»Reg dich nicht auf, Kendall. Wir haben die besten Generäle und Soldaten der Welt. Niemals werden die Yankees einen Fuß in unser Charleston setzen.«

Doch, dachte sie, aber sie behielt ihre Meinung für sich.

»Warum kommst du nicht nach Hause und besuchst deine Familie, Kendall?«

Bei dieser Frage merkte sie, warum Brents Brief ihr Kummer bereitete. Gewiß, er liebte sie, aber sein Bruder und seine Schwester bedeuteten ihm sehr viel. Und sie hatte ihre Mutter nicht mehr gesehen, seit Charleston von der Union abgefallen war. »Bald werde ich sie besuchen, Gene.«

Lächelnd küßte sie ihren Schwager auf die Stirn, dann eilte sie zum Chefarzt und bat ihn um einen kurzen Urlaub.

Kurz nach Kendalls Ankunft in Charleston erfuhr Lolly vom Tod ihres Mannes.

Zwei Stunden lang feierten die Schwestern ihr Wiedersehen.

Dann erschien ein Soldat mit einem Brief von Genes Kommandanten, der Lolly mitteilte, Lieutenant McIntosh sei an einer Infektion gestorben.

Kendall tat ihr Bestes, um der jungen Witwe über den ersten bitteren Schmerz hinwegzuhelfen. Statt fröhliche Tage mit der Schwester und der hübschen kleinen Nichte zu verbringen, mußte sie die schluchzende Lolly stützen, als Gene mit allen militärischen Ehren im Familiengrab bestattet wurde.

Zu Kendalls Bestürzung lag die Mutter mit einer schweren Erkältung im Bett. Als sie ihre älteste Tochter nach so langer Zeit wiedersah, vergoß sie Freudentränen.

»Ma macht mir Sorgen«, gestand Lolly und versuchte, ihre Tränen zu trocknen, während sie das Baby stillte, das seinen Vater niemals sehen würde. »Immer wieder erkältet sie sich. Sie besitzt keine Widerstandskraft. Auch ich habe das Gefühl, ich könnte jeden Augenblick zusammenbrechen. Wie soll ich sie pflegen und zwei Plantagen verwalten? Bleib doch hier, Kendall! Eines Tages wird Cresthaven dir gehören.«

»Tut mir leid, aber ich muß nach Richmond zurückfahren. Ich besorge dir eine Pflegerin für Mutter und zwei tüchtige Verwalter.«

Sie hielt Wort. In der nächsten Woche fand sie eine nette Krankenschwester, eine freigelassene Sklavin, und zwei Kriegsinvalide, die sich um die Plantagen kümmern würden. Beim Abschied erklärte sie besorgt: »Lolly, in Charleston seid ihr nicht sicher, wenn ...«

»Wenn die Yankees den Krieg gewinnen?«

»Ja.«

»Was schlägst du vor?« fragte Lolly tonlos.

»Ich glaube, ich kenne einen Ort, wo euch nichts zustoßen kann, und ich gebe dir sobald wie möglich Bescheid.«

»Seit dem Kriegsbeginn haben wir nichts von dir gehört, Kendall. Und wenn du ›bald‹ sagst ...«

»Das ist unfair! Wo du doch weißt, warum ich nicht nach Charleston kommen konnte!«

»Du hättest mir wenigstens schreiben können. Bist du mir böse, weil du meinetwegen an John Moore verkauft wurdest?«

»Um Himmels willen, nein!« rief Kendall erschrocken. »Natürlich hielt ich es für meine Pflicht, dich vor Matt Worton zu bewahren. Ich war älter und stärker als du.«

»Stark bin ich noch immer nicht«, seufzte Lolly. »Niemals hätte ich die Tragödien verkraftet, die du erdulden mußtest. Die Ehe mit John, das Kriegsgefangenenlager, die Flucht . . . Oh, ich kann es kaum erwarten, deinen Captain McClain kennenzulernen. Ihr beide habt ständig für Gesprächsstoff gesorgt.«

»Wenn ich nicht schleunigst nach Richmond zurückkehre, wird's ›uns beide‹ nicht mehr geben.«

Die Mutter weinte, als Kendall sich von ihr verabschiedete, aber die Gewißheit, ihre ältere Tochter würde für die Familie sorgen, tröstete sie.

Innig umarmten sich die beiden Schwestern. Dann küßte Kendall das Baby.

»Welch eine Ironie, daß Gene gestorben ist — und nicht John!« flüsterte Lolly.

»Ja, das ist wirklich eine Ironie. Bald sehen wir uns wieder, meine Liebe.«

In Gedanken bei ihrer Familie, nahm Kendall während der Zugfahrt kaum etwas von ihrer Umgebung wahr. Sie bemerkte nicht einmal die nervösen Soldaten, die an mehreren Stellen entlang der Strecke postiert waren.

Daß irgend etwas nicht stimmte, wurde ihr erst bewußt, als sie im Gasthaus hörte, Varina Davis habe sie zu erreichen versucht. Hastig machte sie sich frisch, dann eilte sie zur First Lady der Konföderation. Ein schwarzer Butler begrüßte sie und führte sie ins Musikzimmer seiner Herrin. Während sie wartete, trank sie eine Tasse Pfefferminztee.

»O Kendall, meine Liebe!« Lächelnd trat Varina ein. Ihre Stimme klang sanft und kultiviert, so wie immer. Daran würde sich auch nie etwas ändern, ganz gleichgültig, ob sie über das Wetter sprach oder verkündete, soeben sei Richmond von den Yankees erobert worden. Sie war eine sehr schöne, elegante, würdevolle Frau.

»Was ist los, Varina?« fragte Kendall und ging ihr entgegen.

»Leider muß ich die Stadt wieder verlassen. Dieser gräßliche General Grant rückt immer näher. Und nun habe ich Ihnen etwas mitzuteilen, was Sie sicher bekümmern wird. Während Ihrer Abwesenheit war Captain McClain hier. Er hatte gehofft, Sie anzutreffen und sein Schiff wieder zu übernehmen. Aber Lieutenant McPherson ist noch nicht mit der *Jenni-Lyn* zurückgekehrt. Er wurde nach London geschickt. Oh, wenn die Briten uns doch endlich unterstützen würden! Captain McClain hat sich wieder der Einheit seines Bruders angeschlossen. Deshalb ist es wohl am besten, wenn Sie Richmond gemeinsam mit mir verlassen.«

»O nein!« Kendall war blaß geworden. »Um Himmels willen, Brent war hier — und ich nicht ...«

»Regen Sie sich nicht auf, meine Liebe, er war im Lazarett und erfuhr, Sie würden Ihre Familie in Charleston besuchen.«

»Aber — ich habe ihm versprochen, in dieser Stadt auf ihn zu warten.«

»Kendall, wir befinden uns mitten im Krieg. Sicher hat der Captain Ihre Beweggründe verstanden.«

Heftig schüttelte Kendall den Kopf.

»Ich muß ihn finden. Wissen Sie, wo er sich jetzt aufhält?«

»Er ritt nach Norden, um zu General Lees Army zu stoßen. Aber Sie können ihm nicht folgen. Überall wimmelt es von Feinden.«

»Trotzdem — ich muß zu ihm. Bitte, Varina, helfen Sie mir!«

»Nun, wenn Ihr Entschluß feststeht ... Darüber wird sich Präsident Davis gar nicht freuen. Aber wenn demnächst ein Kurier aufbricht, werde ich's irgendwie ermöglichen, daß Sie ihn begleiten dürfen. Machen Sie sich auf eine beschwerliche Fahrt ohne Ruhepausen gefaßt. Die Briefe meines Mannes müssen General Lee auf schnellstem Weg erreichen.«

»Glauben Sie mir, Varina, an mühsame Reisen bin ich gewöhnt.«

Kendall und Captain Melbourne, der Bote, dem die Korrespondenz zwischen dem Südstaatenpräsidenten und seinem obersten General anvertraut wurde, erreichten zwei Tage später das Army-Camp. Wieder einmal wurde sie mit erbärmlichen, hungernden Soldaten konfrontiert. Doch ihre größte Sorge galt Brent.

Lässig lehnte er an einem grasenden Rotschimmel, trank Kaffee aus einem Blechbecher und belauschte die Gespräche ringsum. Seit der letzten Begegnung hatte er sich verändert. Der Bart und der Schnurrbart waren sorgfältig gestutzt, die Haare modisch geschnitten. Obwohl er eine ebenso schäbige Uniform trug wie die anderen Soldaten, wirkte er immer noch wie der perfekte arrogante Südstaatenoffizier.

Sie wollte seinen Namen rufen. Aber die Stimme gehorchte ihr nicht. Plötzlich stieß einer der Männer, der sie entdeckt hatte, einen bewundernden Pfiff aus, und Brent wandte sich zu Kendall. Ihr Herz drohte stehenzubleiben, während sie erwartete, in seinen Augen Zorn und Ablehnung zu lesen.

Zu ihrer Verwunderung lächelte er. Mit langen Schritten rannte er zu ihr, umarmte sie und schlang seine Finger in ihre honigblonden Locken. Sein leidenschaftlicher

Kuß trieb ihr Tränen in die Augen. Für einen glücklichen Moment vergaß sie den Krieg, die Erde und den Himmel.

»Kendall«, flüsterte er. »Was machst du denn hier?«

»Ich — ich mußte dich sehen, wo ich doch versprochen hatte, in Richmond zu bleiben ...«

»Bald werden wir Grants Army gegenüberstehen.«

»Aber ich ...«

»Warte!« Lächelnd zeigte er auf die Rebellen, die neugierig zu ihnen hinüberstarrten. »Suchen wir uns ein Plätzchen, wo wir ungestört reden können.«

Jemand räusperte sich, dann lachte er.

»Nicht weit von hier findest du eine kleine Taverne, Bruderherz. In diesem Camp hat eine Lady nichts verloren.«

Kendall drehte sich um. »O Stirling!« rief sie erfreut und fiel ihm um den Hals. Grinsend wirbelte er sie im Kreis herum und ignorierte Brents gerunzelte Stirn. »Wie hübsch du aussiehst! Sicher glauben die armen Soldaten, ein Engel wäre ihnen erschienen. Brent, du mußt sie von hier wegbringen.«

»Natürlich, aber ...«

»Das werde ich mit Stuart regeln. Verdammt, du gehörst zur Navy und mußt nicht mit uns kämpfen.«

»Im Morgengrauen bin ich wieder da«, versprach Brent. Dann bemerkte er, daß sie immer noch die ungeteilte Aufmerksamkeit der Rebellen genossen und ergriff Kendalls Hand. »Meine Liebe, das sind die Jungs von der Zweiten Florida-Kavallerie. Jungs, darf ich euch Kendall Moore vorstellen? Sag ihnen guten Tag, Darling, und verabschiede dich gleich wieder.«

Als die Männer jubelten, errötete sie, aber Brent half ihr sofort aus der Verlegenheit, setzte sie auf den Rotschimmel und stieg hinter ihr auf.

In schnellem Trab ritten sie aus dem Camp. Ein paarmal wurden sie aufgehalten, aber er teilte den Wachtposten mit, er würde eine Dame in Sicherheit bringen, und sie durften passieren.

Vor einer heruntergekommenen Taverne band er das Pferd fest, dann hob er Kendall aus dem Sattel und führte sie ins Haus. Besorgt erkundigte sich der Wirt nach dem neuesten Stand der Dinge, und Brent belog ihn nicht. »Bald wird eine große Schlacht stattfinden, Sir, ganz in der Nähe.«

»Sie sind doch kein Deserteur, Captain?«

»Nein. Ich verbringe nur ein paar Stunden mit meiner — Frau. Dann kehre ich an die Front zurück.«

Der Mann führte seine Gäste in ein schäbiges Zimmer, und Brent nahm Kendall in die Arme. »Tut mit sehr leid, daß ich dir nichts Besseres bieten kann als das hier.«

»Oh, ich habe schon mehrere Nächte in Höhlen verbracht, wenn ich dich daran erinnern darf. Hier gefällt es mir sehr gut — solange du bei mir bist.«

»Natürlich, ich bin bei dir.«

»Varina Davis erzählte mir, du hättest mich in Richmond gesucht. Bitte, verzeih mir! Ich weiß, ich habe versprochen, auf dich zu warten, aber ich dachte, vorerst würdest du nicht kommen ...«

»Das alles kannst du mir später sagen — viel später.« Seine Lippen wanderten über ihren Hals, und sie klammerte sich voller Verlangen an ihn.

»Später«, stimmte sie zu, »viel später ...«

Längst war die Sonne untergegangen, und der Mond schien ins Zimmer, als sie zu sprechen begannen. Glücklich und zufrieden lagen sie nebeneinander im Bett, und Kendall strich liebevoll über Brents nackte Brust.

»Wirklich, ich freue mich, daß du hier bist«, versicherte er, »aber du hättest nicht hierherfahren dürfen. Morgen werden wir gegen Grant kämpfen, und wir sind bedauerlicherweise in der Unterzahl.«

»An dieser Schlacht mußt du nicht teilnehmen. Bitte, Brent, ich habe Angst ...«

Er schwieg eine Weile, dann erklärte er: »Mindestens ein dutzendmal wollte ich dich erwürgen. Aber während der letzten Monate fand ich Zeit, um über einige Dinge nachzudenken. In gewisser Weise war ich unfair. Ich liebe dich von ganzem Herzen, Kendall, und ich habe versucht, dich zu verstehen. Gegen deine innere Kraft und deine Willensstärke bin ich machtlos. Ich kann nur hoffen, es wird mir eines Tages gelingen, dich ein bißchen zu zähmen. Wie auch immer — morgen muß ich kämpfen. Die Konföderation braucht jeden verfügbaren Mann.«

Krampfhaft schluckte sie ihre Tränen hinunter. »Warum ausgerechnet *dich*? Es gibt keinen Grund ...«

»Doch. Es gibt den Süden, dich und mich ...«

»Der Süden ist bereits verloren.«

»Sag das nicht!« stieß er hervor.

»Es stimmt, und du weißt es. Das wußtest du schon an dem Tag, wo sich South Carolina von der Union lossagte. Damals war *ich's*, die von einer schönen Zukunft träumte.«

»Jetzt weiß ich nur, daß ich morgen kämpfen muß. Unser Durchhaltevermögen und unser Kampfgeist — das ist alles, was wir besitzen.« Um ihr eindringlich in die Augen zu schauen, stützte er sich auf einen Ellbogen. »Nicht immer können wir das Richtige vom Falschen unterscheiden, weil unsere Welt nicht schwarz und weiß ist. Dazwischen liegen viele graue Nuancen. Aber wir müssen tun, was wir für richtig halten. Obwohl du verheiratet bist, ist unsere Liebe schön und gut — ganz egal, wohin sie uns führen wird. Damals in Kentucky ist die alte Frau durch deine Schuld entkommen. Dadurch brachtest du uns alle in Gefahr. Aber du hast getan, was dir richtig erschien. Jetzt begreife ich das. O Kendall, bis zu meinem letzten Atemzug wirst du meine Nerven strapazieren.«

»Brent!«

»Trotzdem liebe ich dich, weil du stolz und entschlossen bist. Kein Mann wird dich jemals ändern, nicht einmal ich. Und nun bitte ich dich, auch *meinen* Stolz zu verstehen. Morgen werde ich kämpfen. Und du mußt mir etwas versprechen.«

»Was?« fragte sie verzweifelt.

»Fahr so schnell wie möglich zu Harold und Amy. In Richmond wärst du nicht mehr sicher.« Sie wollte protestieren, aber er verschloß ihr mit einem zärtlichen Kuß den Mund. »Sobald wie möglich komme ich dorthin. Nun, versprichst du's mir?«

Weil ihre Stimme versagte, nickte sie nur, aber er gab sich damit zufrieden. Er schien auch zu verstehen, warum sie weinte, während sie sich wieder liebten. Nachdem die Leidenschaft erloschen war, küßte er die Tränen von ihren Wangen.

»Bald sehen wir uns wieder, Kendall, das schwöre ich dir.« Diese letzten geflüsterten Worte begleiteten sie in den Schlaf.

Als sie im Morgengrauen erwachte, lag Brent nicht mehr neben ihr. In der Ferne begannen die Kanonen zu donnern.

Noch nie hatte Brent etwas so Schreckliches erlebt wie die Wilderness Campaign. Seine Einheit gehörte zu den ersten, die bei Tagesanbruch losritten. In der klaren Morgenluft hörte er Vögel zwitschern. Der Wald wirkte still und friedlich.

Doch dann gerieten sie in einen Kugelhagel, der zur Linken zwischen den Bäumen abgefeuert wurde. Voller Panik bäumten sich die Pferde auf, die Soldaten sprangen aus den Sätteln und gingen auf der anderen Straßenseite in Deckung.

Wenig später explodierten die ersten Kanonen. Stirling

befahl seinen Männern den Rückzug, und Brent wollte ihnen folgen.

Doch da entdeckte er Billy Christian, den kleinen Trommler aus Tallahassee. Eigentlich durften keine Jungen am Krieg teilnehmen. Aber der verwaiste Billy war seinem einzigen Verwandten, dem alten Onkel Josh, zu dieser Einheit gefolgt und nach dessen Tod dabeigeblieben. In der nächsten Woche sollte er seinen dreizehnten Geburtstag feiern.

Und nun hatte ihn eine Kugel ins Bein getroffen.

Weinend lag der Junge inmitten zahlloser Leichen, wiehernder Pferde, brennender Bäume und dichter Rauchschwaden.

Geduckt rannte Brent zu ihm. Vor seinen Füßen schlug ein Geschoß in den Boden, und er spürte die Glut der fliegenden Funken im Gesicht. Endlich erreichte er Billy, der in schmerzverzerrt anstarrte. »Captain, ich wette, von jetzt an kämpfen Sie lieber auf dem Meer«, versuchte er zu scherzen.

Dann schrie er gepeinigt, als Brent das Hosenbein über der Wunde abriß und stramm ums Knie wickelte.

Wahrscheinlich würde Billy das Bein verlieren, aber hoffentlich mit dem Leben davonkommen. »Captain, verschwinden Sie!« flüsterte er. »Bald wird der ganze Wald in die Luft gehen.«

Brent hob ihn hoch und kniff die brennenden Augen zusammen, als er sich mühsam einen Weg durch den schwarzen Pulverrauch bahnte. Offenbar waren sie allein im Wald. Allein in der Hölle.

Taumelnd eilte er weiter. Hinter ihm zerbarst ein Baum und stürzte um. Brent beschleunigte seine Schritte. Nun glaubte er, Hufschläge zu hören. Einige Sekunden später entdeckte er tatsächlich ein Pferd, auf dem ein Soldat mit zerschossenem Arm und ein zweiter mit einer Bauchwunde saßen.

Als sie Brent und den Jungen entdeckten, zügelten sie den verängstigten Hengst. »Nehmen Sie das Pferd, Captain!« rief der Mann mit dem Bauchschuß, das Gesicht vor Schmerzen verzerrt.

»Nein, mir fehlt nichts.«

»Dann geben Sie uns wenigstens den Jungen! Den kann dieser alte Gaul gerade noch verkraften.«

»Gut. Bringen Sie ihn möglichst schnell von hier weg.«

»Aye, Captain.« Der Mann salutierte, und Brent setzte Billy auf den Pferderücken.

Der dürre, von Flöhen zerbissene Hengst sah nicht so aus, als würde er sich noch lange auf den Beinen halten. Aber einer der Soldaten drückte ihm die Fersen in die Flanken, und das Tier trabte erstaunlich schnell davon. Brent eilte hinterher. Im stickigen Rauch konnte er kaum atmen.

Bald verschwanden die Reiter aus seinem Blickfeld, und er verlor die Orientierung. Dicht hinter ihm ging ein Baum in Flammen auf, ein schwerer Ast traf ihn am Kopf. Die feurige Glut verwandelte sich in schwarze Schatten voller Sterne. Verzweifelt kämpfte er gegen seine Ohnmacht an, aber er brach hilflos zusammen.

Ich lebe noch, dachte er nach ein paar Minuten. Oder ich bin tot und in der Hölle. Die Hitze war unerträglich. Als er den Kopf hob, verlor er erneut das Bewußtsein.

Irgendwann kam er wieder zu sich. Ich darf nicht sterben, überlegte er. Kendall wartet auf mich ... Immer wieder flüsterte er ihren Namen.

Und dann neigte sich jemand über ihn, und er sah langes Haar. Kendall?

Nein, dieses Haar war grau. Blinzelnd schaute er ins Gesicht einer alten Frau. »Ma'am, ich muß sofort weg von hier ...«

»Sie sind halbtot, Sir.«

Da versuchte er zu grinsen. »Nur halb?«

Sie lächelte. Einmal war sie jung gewesen. Vielleicht kurz vor dem Krieg.

Nun verschwand ihr Gesicht, und sie umfaßte seine Fußknöchel. Langsam schleifte sie ihn über den Boden.

Kendall ... Er hatte versprochen, er würde ihr folgen, zu Harold und Amy. O Gott, er liebte sie so sehr. Ihretwegen würde er am Leben bleiben. Ringsum schien der brennende Wald zu schreien. Und dann verebbten die Hitze und der Schmerz, die Welt versank in sanftem Grau.

Zu Mittag rückte die Schlacht bedrohlich nahe an die Taverne heran, und Kendall floh mit den anderen Zivilisten in den Keller. Bald wurden die ersten verwundeten Rebellen in den Schankraum gebracht.

Kendall ertrug es nicht länger, untätig im Keller zu sitzen. Sie eilte nach oben, und die Soldaten starrten sie verwundert an. Doch sie protestierten nicht, sobald sie erkannten, daß sie sich nützlich machen wollte. Geschickt bandagierte sie verletzte Gliedmaßen und versorgte die Soldaten, die ihre verwundeten Kameraden hierhergebracht hatten, mit Wasser, ehe sie an die Front zurückkehrten.

Wie sie von den Männer erfuhr, hielt Jeb Stuarts Kavallerie tapfer die Stellung. Seltsamerweise verstummten die Kanonen. Wenig später hörte Kendall, keine Seite würde es wagen, die schwere Artillerie einzusetzen, da man im Qualm des brennenden Waldes nicht sehen könne, ob man Freund oder Feind beschoß. Jetzt wurde nur noch mit Handfeuerwaffen gekämpft.

Bei Einbruch der Dunkelheit verstummten die Schüsse. Müde Kavalleristen kamen in die Taverne, um sich ein wenig zu erholen. Inständig hoffte Kendall, sie würde Brent sehen.

Als sie die Uniformen der Zweiten Florida-Kavallerie

erkannte, schlug ihr Herz schneller. Doch sie hielt vergeblich nach dem geliebten Mann Ausschau. Nur Stirling kam zu ihr. »Um Himmels willen, Kendall, Sie sind immer noch hier! Sie müssen möglichst schnell verschwinden. Am besten fahren Sie mit dem Lazarettwagen nach Richmond.«

»Wo ist Brent?«

»Das — weiß ich nicht«, antwortete er zögernd.

»Aber er hat doch zusammen mit Ihnen gekämpft. Was ist passiert? Ich muß ihn suchen ...«

Beschwörend schaute er ihr in die Augen und umfaßte ihre Schultern. »Ringsum brennen die Wälder. Auf beiden Seiten sterben die Männer nicht nur an ihren Schußwunden. Viele verbrennen bei lebendigem Leib. Im dichten Rauch weiß man nicht, ob man Freund oder Feind gegenübersteht.«

»Trotzdem gehe ich hinaus«, erwiderte sie und riß sich los. »Vielleicht liegt er irgendwo da draußen im Sterben ...« Sie stürmte aus dem Haus und hörte seine Schritte, die ihr folgten. Aber das kümmerte sie nicht.

Zwischen den brennenden Bäumen blieb sie stehen und hustete. Stirling hatte recht. In den schwarzroten Schwaden konnte sie kaum ihre Hand vor den Augen sehen. »Brent!« schrie sie und wartete vergeblich auf eine Antwort.

Plötzlich ächzte eine mächtige Eiche, zerbarst in den Flammen, dicke Äste stürzten herab. Erschrocken sprang Kendall zur Seite und stolperte über einen Mann, der am Boden lag.

Eine Hand umklammerte ihren Fußknöchel. »Helfen Sie mir, Lady, seien Sie barmherzig!« Sie starrte in ein schmerzverzerrtes, rußgeschwärztes junges Gesicht über einer blauen Uniform. »Jesus Christus, erschießen Sie mich wenigstens! Lassen Sie mich nicht verbrennen!«

»Können Sie sich an mir festhalten?«

»Ja, aber mein Bein ist ganz zerschossen.«

Sie bückte sich, legte einen Arm um die Taille des Mannes, und als sie ihn mit sich schleifte, stöhnte er gequält.

»Gott segne Sie, Ma'am, sie sind eine Heilige.«

»Eine Rebellin«, entgegnete sie trocken.

»Eine heilige Rebellin ...«

Allmählich lösten sich die Rauchwolken auf, und Kendall sah Gestalten umhereilen, geisterhafte Schatten in einer Höllennacht. »Helfen Sie mir!« rief sie, und ein Mann kam zu ihr. Zu ihrer Bestürzung sah sie, daß auch er eine blaue Uniform trug.

»Lady, Sie müssen verschwinden«, mahnte er und nahm ihr den verletzten Mann ab. »Bald wird sich der Wald in ein Flammenmeer verwandeln.«

»Ich — ich suche jemanden.«

Der Yankee zögerte. »Einen Rebellen?«

»Ja.« Orangerotes Licht erhellte die Nacht, immer höher loderte das Feuer empor.

»Hier kommen Sie nicht weiter, Ma'am, und in dieser Richtung werden Sie auch niemanden finden, der noch am Leben ist. Kommen Sie mit mir. Ich bringe Sie zu Lieutenant Bauer.«

Willenlos ließ sie sich davonführen. Nun war alles unwichtig geworden. In diesem Inferno hatte sie Brent verloren, für immer.

Zusammen mit zwanzig Mann, die teilweise Verwundete trugen, gingen sie im Zickzack um die Brandstellen herum.

Endlich erreichten sie ein Camp im Norden des Waldes. Der Yankee brachte Kendall in ein Zelt, das als Hauptquartier fungierte. Ein müder alter Mann in einer versengten blauen Uniform musterte sie. »Da haben wir eine hübsche Rebellin gefunden, Lieutenant Bauer«, erklärte der Soldat. »Was sollen wir mit ihr machen?«

Der Lieutenant schaute sie mitfühlend an. Sicher sah

sie elend aus, voller Ruß, das Haar zerzaust, mit hängenden Schultern. »Wie sind Sie bloß in diese Hölle auf Erden geraten?« Verwundert schüttelte er den Kopf. »Nun, das spielt jetzt keine Rolle«, fuhr er fort und wandte sich zu dem Soldaten. »Wenn die Lady eine Rebellin ist, werden wir sie zu ihren Leuten zurückschicken.«

»Danke, Sir«, flüsterte sie. Seine Freundlichkeit trieb ihr Tränen in die Augen.

Von zwei Yankees begleitet, ritt sie zu den Linien der Rebellen und wurde einem Abgesandten von Robert E. Lee übergeben. Doch sie bekam den General nicht zu Gesicht. Jeb Stuart war tödlich verwundet worden, und Lee saß bei seinem Freund.

Immer noch zu benommen, um die Ereignisse in ihrer Umgebung wahrzunehmen, stand sie schwankend vor einem Lagerfeuer, während ihr Schicksal von flüsternden Offizieren entschieden wurde. Dann spürte sie eine Hand auf ihrer Schulter. Stirling nahm sie liebevoll in die Arme. »Gott sei Dank, Kendall, Sie sind wohlbehalten zurückgekehrt. Gleich wird der Wagen mit ein paar Verwundeten nach Richmond abfahren.« Besorgt schaute er in ihre leblosen Augen. »Sie müssen die Soldaten begleiten.«

»Das kann ich nicht.«

»Sie helfen Brent nicht, wenn Sie noch einmal zu den Yankees laufen — oder im Wald verbrennen. Natürlich bleiben wir in Verbindung. Wenn Sie meinen Bruder wirklich lieben, retten sie sich. Kehren sie sobald wie möglich nach Florida zurück.« Nach einer kurzen Pause fügte er leise hinzu: »Vielleicht tragen Sie sein Kind unter dem Herzen.«

Daran zweifelte sie, doch das erwähnte sie nicht. In all den Monaten hätte sie längst ein Baby empfangen müssen. Sogar das war ihr verwehrt worden.

»Bitte, steigen Sie in den Wagen, Kendall.«

Sie nickte. »Aber ich bleibe in Richmond und warte dort.«

»Also gut«, stimmte er zu, obwohl er protestieren wollte. »Bald melde ich mich.«

Er hielt sein Wort. Jeden Monat bekam sie mindestens einen Brief. Brent war nicht gefunden worden, aber Stirling weigerte sich, an den Tod seines Bruders zu glauben.

Auch Kendall hoffte inständig, Brent würde noch leben. Stirling schrieb ihr immer wieder, sie müsse Richmond endlich verlassen. Doch sie blieb in der Stadt. Charlie McPherson wollte sie auf der *Jenni-Lyn* zu den Armstrongs bringen. Nicht einmal ihm gelang es jedoch, sie umzustimmen. »In zwei Monaten bin ich wieder da«, erklärte er. »Und dann nehme ich Sie mit. Das wäre auch der Wunsch des Captains.«

Statt einer Antwort lächelte sie nur. Solange Brent verschwunden blieb, würde sie sich nicht von der Stelle rühren.

Der Oktober begann, und Brent zählte nach wie vor zu den Vermißten. Wie versprochen, stand Charlie erneut vor Kendalls Tür.

Entschlossen schüttelte sie den Kopf. »Es hat keinen Sinn. Bevor ich nicht erfahre, was mit Brent geschehen ist . . .«

Überrascht verstummte sie, als ein Mann vorbeiging, der in ihrem eleganten Salon fehl am Platz wirkte. »Red Fox«, flüsterte sie.

Behutsam nahm er sie in seine starken Arme und schaute sie mit unergründlichen Augen an. »Sie kommen mit uns, Kendall. Und Night Hawk wird Sie in der Bucht aufsuchen, sobald er eine Möglichkeit findet.«

»Aber . . .«

»Ich kenne meinen Freund. Deshalb bringe ich Sie, seine Frau, an den Ort, wo er Sie anzutreffen wünscht.«

Während sie an seiner breiten Brust lehnte, erinnerte sie sich an Brents Worte. Er hatte versprochen, er würde in die Bucht kommen. Dort mußte sie auf ihn warten. Mit jedem Tag spitzte sich die Situation in Richmond zu. Die Yankees begannen, die Stadt zu umzingeln.

»Gut, ich begleite Sie, Red Fox.«

Mühelos durchbrachen sie die Blockade außerhalb von Richmond. Charlie war ein guter Schüler seines Captains gewesen. Während der Schiffsreise suchte Kendall immer wieder Red Fox' Gesellschaft.

Eines Nachts unter einem samtigen Sternenhimmel kehrte er ihr den Rücken.

»Kendall Moore, ich liebe Night Hawk, und ich spüre, daß er lebt. Doch ich bin ein Mann aus Fleisch und Blut, und Sie sind eine schöne Frau. Auch Sie liebe ich. In aller Unschuld kommen Sie zu mir. Aber Sie führen mich in Versuchung. Und ich möchte meinen Bruder nicht betrügen.«

Verwirrt starrte sie ihn an. Er war einsam, ebenso wie sie. Hätte es keinen Brent McClain gegeben, würde sie Red Fox lieben — einen Mann, dessen Charakter sie rückhaltlos bewunderte. Doch sie konnte ihm nur schwesterliche Gefühle entgegenbringen.

Und beide liebten Brent. Beide hofften auf seine Rückkehr.

»Tut mir leid«, erwiderte sie leise und wollte davongehen, aber er hielt ihre Hand fest.

»Nein, bleiben Sie hier. Er ist mein Bruder, Sie sind meine Schwester. Was ich für Sie empfinde, darf unsere Freundschaft nicht beeinträchtigen.«

»Natürlich nicht«, stimmte sie zu und erkannte die tiefe Weisheit in seinen braunen Augen.

Im November erreichten sie die Bucht. Als das neue Jahr begann, verschlechterte sich die Situation der Südstaaten zusehends. Sherman steckte praktisch ganz Georgia in Brand und zerstörte alles, was man nicht davontragen konnte.

In wachsender Sorge dachte Kendall an ihre Familie. Als Charlie im Februar die Armstrongs besuchte, bat sie ihn, ihre Mutter, ihre Schwester und ihre Nichte hierherzubringen.

An einem windigen Märztag trafen Lolly und ihre Tochter in der Bucht ein. Kendall erfuhr, die Mutter sei Ende Januar gestorben. Vielleicht war das gut so. Die schwache Frau hätte es nicht verkraftet, den Untergang des Südens mitzuerleben.

Rührend kümmerte sich Amy um die kleine Eugenia. Nur deshalb brauchte das Kind nicht unter der Trauer seiner Mutter und seiner Tante zu leiden. Harry richtete eine alte Hütte auf seinem Grund und Boden her. Dort verbrachte Lolly den Großteil ihrer Zeit, still und in sich gekehrt.

Im ganzen Süden brachen die Telegrafen- und Bahnverbindungen zusammen. Nur selten drangen Neuigkeiten in die Bucht. Als Charlie Ende März davonsegelte, fragte sich Kendall, ob sie ihn jemals wiedersehen würde.

Der Frühling begann. Trotz des leuchtend blauen Himmels verstrichen die Tage in trostlosem Grau.

22

Frühling 1865

Jeden Tag wanderte Kendall zum Strand. Sie wußte, daß die anderen sie bemitleideten und nicht verstanden, warum sie immer noch auf Brent wartete. Aber ein Leben ohne Hoffnung wäre unerträglich.

Während die Monate verstrichen, sagte ihr der Verstand, ein Wiedersehen sei immer unwahrscheinlicher. Doch ihr Herz glaubte daran, und eine innere Stimme flüsterte ihr zu: Brent ist unbesiegbar, und er wird zurückkommen.

Sie versuchte, sich vernünftig zu verhalten, arbeitete mit Amy im Garten, übernahm einen Großteil der Hausarbeit, nähte und flickte. Aber sie wußte, wie sehr sich die Freundin um sie sorgte.

Da Amy nicht mehr an Brents Tod zweifelte, glaubte sie, es würde Kendall schaden, wenn sie sich an die Vergangenheit und sinnlose Hoffnungen klammerte. Lolly wußte wenig zu sagen, hielt die Hütte in Ordnung, die Harry für sie hergerichtet hatte, und kümmerte sich um ihr Baby.

Nur Red Fox schien zu verstehen, was in Kendall vorging. Er besuchte sie sehr oft, und seine Einladungen in die Glades nahm sie immer wieder dankbar an. Wenn sie mit ihm zusammen war, fühlte sie sich Brent nahe, denn die beiden Blutsbrüder hatten einander sehr geliebt.

Die Arme um die Knie geschlungen, saß sie am Strand und starrte aufs Meer.

Die Aprilsonne spiegelte sich im Wasser, eine sanfte Brise zerzauste Kendalls Haar. Ringsum herrschte friedliche Stille, nur vom Rauschen der Brandung, von raschelnden Palmblättern und Vogelstimmen durchbrochen.

Plötzlich fühlte sie noch etwas anderes. Sie hörte nichts, nahm nur eine Bewegung wahr. Lächelnd schüttelte sie den Kopf. »Red Fox, Sie müssen mich nicht heimlich beobachten. Eigentlich sollten Sie mich gut genug kennen, um zu wissen, daß ich nicht ins Wasser gehen und mich ertränken werde.«

Keine Antwort. Ein seltsamer Schauer rann ihr über den Rücken. Langsam drehte sie sich um, und ihr Herz begann, wie rasend zu schlagen. Sie staunte nicht, denn sie hatte immer gewußt, daß er noch lebte. Da stand er in seiner zerschlissenen zimtfarbenen Uniform, die grauen Augen voller Sehnsucht.

»Brent ...«, flüsterte sie, sprang auf, warf sich in seine Arme und lachte und weinte vor Freude. Eine Zeitlang hielten sie einander schweigend fest, und Kendall genoß es, seine Kraft zu fühlen, seine Liebe. Dann blickte sie auf. »Wo bist du gewesen? Warum hast du nicht geschrieben? Nach der Wilderness Campaign war ich halb verrückt vor Angst ...«

»Ich habe dir eine Nachricht geschickt«, erwiderte er und berührte das seidige Haar an ihrer Schläfe. »Aber offenbar sind zu viele Telegrafendrähte zusammengebrochen.«

»O Brent, was ist geschehen?«

»Ich wurde im brennenden Wald verletzt. Tagelang lag ich da, dann fand mich eine alte Frau und brachte mich in ihr Haus. Später erzählte sie mir, es habe eine halbe Ewigkeit gedauert, bis ich aus meinem Fieberwahn erwacht sei. Ich war so schwach, daß ich zunächst nur wenige zusammenhängende Worte hervorbrachte. Erst im August konnte ich aufstehen, und im November fuhr ich nach Richmond. Da versuchte ich, dich zu verständigen, aber Charlie erzählte mir vor kurzem, die Nachricht habe dich nie erreicht.«

»Jetzt spielt das keine Rolle mehr«, erwiderte sie und preßte ihr Gesicht an seinen Hals. »Du bist wieder da. Ich wußte immer, du würdest zurückkommen ...« Ihre Stimme erstarb, als sie spürte, wie er sich versteifte. Verwirrt hob sie den Kopf. »Was bedrückt dich, Brent?«

»Noch ist der Krieg nicht vorbei.«

Sie starrte ihn ungläubig an. Dann riß sie sich los und trat zurück. »Nein! Du wirst nicht wieder davonsegeln. Brent, der Krieg ist beendet. Nur wenige Nachrichten dringen hierher, meistens mit Verspätung. Aber jeder weiß doch, daß es vorüber ist. Sherman hat Georgia vernichtend geschlagen, Atlanta und Columbia wurden niedergebrannt, und Lees Army existiert praktisch nicht mehr.«

»Erzähl mir nichts von Lees Army! Gerade habe ich die Soldaten verlassen. Sie kämpfen immer noch. Im Westen steht Kirby-Smith an der Front. Jetzt ist es wichtiger denn je, die Männer mit Nachschub zu versorgen.«

»Nein! Das erlaube ich dir nicht! Und womit willst du segeln? Charlie steuert die *Jenni-Lyn* zu den Bahamas.«

»Nun, ich kam auf der *Rebel's Pride* hierher.«

Auf *ihrem* Schiff? »Nein!« Mit beiden Fäusten trommelte sie gegen seine Brust. »Du bleibst hier!«

Energisch hielt er ihre Handgelenke fest. »Kendall, ich fuhr in diese Bucht, weil ich dich wiedersehen wollte — und ganz sicher nicht, um mich von einer Xanthippe herumkommandieren zu lassen.«

»Warum nicht? Du hast mir über vier Jahre lang Befehle erteilt.« Wütend riß sie sich los und hob wieder ihre Fäuste.

Da packte er sie und warf sich mit ihr in den weichen Sand. »Kendall, wenn ich meine Order nicht befolgte, wäre ich ein Deserteur. Diesen Krieg müssen wir gewinnen. Was soll denn sonst aus uns werden? Soviel ich weiß, ist John Moore immer noch am Leben. Falls die Yankees siegen, findest du kein Gericht, das deine Scheidung aussprechen würde. Unser Schicksal hängt von der Konföderation ab.«

»Und wenn ich mich niemals scheiden lassen könnte – das kümmert mich nicht! Brent, bitte! Fahren wir nach England oder zu den Bahamas!«

»Du weißt, daß das unmöglich ist.«

»Gar nichts weiß ich!« Tränen brannten in ihren Augen. Verzweifelt wand sie sich unter dem Gewicht seines Körpers. Doch damit erreichte sie nur, daß die beiden obersten Knöpfe ihres Kleids absprangen und ihre elfenbeinweißen Brüste entblößt wurden. Als sie sah, wie eine wachsende Leidenschaft seine Augen verdunkelten, stockte ihr Atem. Noch vor wenigen Minuten war sie so glücklich gewesen, hätte sich dem geliebten Mann nur zu gern hingegeben. Auch jetzt drohten ihre Sinne Verrat an ihr zu üben, trotz ihres heftigen Zorns. »Brent, wage es bloß nicht ...«

Ohne zu zögern, wagte er es. Begierig preßte er seine Lippen auf ihre, seine Zunge erforschte ihren Mund. Und Kendalls Verlangen war stärker als ihre Willenskraft. Hin und her gerissen zwischen Wut und Lust, erwiderte sie den Kuß und verfluchte ihre Schwäche. Sie konnte ihm einfach nichts verweigern.

Zärtlich glitten seine Hände über ihre Brüste und schürten die Glut. Dann richtete er sich auf, um ihr das Kleid über den Kopf zu ziehen und die Unterhose hinabzustreifen. Entzückt betrachtete er ihren nackten Körper. Ihre weiblichen Formen hatten die verführerischen Rundungen zurückgewonnen. Ungeduldig stand er auf. Sie beobachtete, wie er sich auskleidete, bewunderte die breite, muskulöse Brust, die schmalen Hüften. Wie sehr sie ihn liebte! Wenn er sie wieder verließ und womöglich in den Tod segelte, wäre ihr Leben sinnlos ...

»Nein!« Plötzlich sprang sie auf und stürmte zwischen die Büsche.

»Verdammt, Kendall!« Schon nach wenigen Schritten holte er sie ein und umschlang ihre Taille. Sie sanken auf ein duftendes Bett aus Gras und Blättern. Als sie sich erbittert wehrte, hielt er sie eisern fest.

»O Brent, ich lasse dich nicht sterben!«

»Glaub mir, ich sterbe nicht.«

»Bitte, bleib bei mir! In diesen letzten Monaten habe ich mühsam gelernt, ohne dich weiterzuleben. Und jetzt, wo du endlich hier bist, willst du mich gleich wieder verlassen. Das ertrage ich nicht ...«

Doch dann konnte sie nicht mehr protestieren. Sie legte die Arme um seinen Hals. In wilder Leidenschaft suchten ihre Lippen seinen Mund. Ihre Worte waren eine Lüge gewesen. Niemals hatte sie gelernt, ohne ihn zu leben. Und nun begehrte sie ihn, während die warme Sonne auf sie herabschien und die weichen Blätter ihre Haut liebkosten, wollte ihm alles geben und alles nehmen. »Brent ...«

»Meine süße Kendall! Tag und Nacht habe ich von dir geträumt.« Sein Knie schob ihre Beine auseinander, und er hob ihre Hüften hoch, um kraftvoll in sie einzudringen. Leise schrie sie auf, rief schluchzend seinen Namen. Heiße Wellen durchströmten ihren Körper. In vollen Zügen genoß sie das überwältigende Glück, das er ihr schenkte, spürte seinen starken, bebenden Körper, die Sonne, den Frühlingswind, die warme Erde, die Hitze in ihrem eigenen Blut ...

Allmählich hörte die Welt auf, sich zu drehen, die Erinnerung an den tiefen Kummer kehrte zurück. Abrupt befreite sich Kendall aus Brents Armen und rannte zum Strand zurück.

»Sei doch vernünftig, Kendall«, bat Brent.

»Das bin ich. Keine Bange, ich werde nicht splitternackt davonlaufen. Ich ziehe mich nur an.«

»Heute abend werde ich in Ruhe über alles reden. Ich segle nicht sofort los, erst in drei Tagen ...«

»Jetzt muß ich erst einmal allein sein ...« Sie kleidete sich an, und beim Anblick seiner zimtfarbenen Uniform brach sie in Tränen aus. Wütend packte sie den Rock und schleuderte ihn ins Wasser. Doch die Brandung spülte ihn ans Ufer zurück.

Einige Stunden lang wanderte sie ziellos umher. Sie wollte nachdenken. Aber ihr Gehirn war wie betäubt. Nur ein einziger Gedanke kreiste unentwegt hinter ihrer Stirn. Irgendwie mußte sie Brent zurückhalten.

Schließlich setzte sie sich an der Flußmündung, wo die *Rebel's Pride* ankerte, in den Sand. Sollte sie davonsegeln und den Schoner irgendwo verstecken? Doch da müßte sie erst einmal die Besatzung für ihren Plan gewinnen ...

Plötzlich begann ihr Herz schmerzhaft gegen die Rippen zu hämmern. Ein zweites Schiff näherte sich der Bucht, mit flatterndem Sternenbanner. Sie stand auf und kniff die Augen zusammen. Nein, sie hatte sich nicht getäuscht. Es war tatsächlich die Unionsflagge.

So schnell ihre Beine sie trugen, rannte sie zum Haus der Armstrongs. Amy arbeitete im Garten und blickte glückstrahlend auf. »Ist das nicht wundervoll, Kendall? Oh, Sie hatten völlig recht, als Sie die Hoffnung auf Brents Rückkehr niemals aufgaben. Wo steckt er denn?«

»Ist er nicht hier?«

»Nein, er sucht Sie.«

»O Gott, Amy, ein Unionsschiff segelt hierher!«

Erschrocken ließ Amy die Blumen fallen, die sie soeben abgeschnitten hatte. »Kendall, Sie müssen verschwinden! Nehmen Sie das Ruderboot, fahren Sie den Fluß hinauf! Beeilen Sie sich!«

»Wenn es John ist ...«, flüsterte Kendall. Beinahe wurde ihr schwarz vor Augen, und Amy gab ihr einen Stoß.

»Gehen Sie!«

»Erst muß ich Lolly und das Baby holen. Nur der Himmel weiß, was John ihnen antun würde, um sich an mir zu rächen.«

»Laufen Sie zum Boot! Ich schicke Lolly und Eugenia zu ihnen. Verbergen Sie sich irgendwo im Sumpf. Dort kennen Sie sich aus. Und wagen Sie sich nicht hervor, bis einer von uns zu Ihnen kommt.«

»Aber die Yankees ...«

»Die werden uns in Ruhe lassen. Wir besitzen nichts, was sie interessieren würde. Rasch, gehen Sie ins Haus und packen Sie ein paar Vorräte zusammen! Inzwischen hole ich Ihre Schwester.«

Kendall biß sich auf die Lippen. Ohne Brent wollte sie nicht fliehen, aber ihr blieb nichts anderes übrig. Wenn er sie in Sicherheit wußte, würde er sein eigenes Leben nicht riskieren.

Sie rannte in die Hütte, füllte eine Blechflasche mit Trinkwasser, stopfte Brot, Obst und geräuchertes Fleisch in einen Ranzen.

Vergeblich hoffte sie, Brent würde zurückkehren. Sie lief zum Fluß, warf ihr Gepäck ins Ruderboot und sprang hinein. Wenig später kletterte auch Lolly in den Kahn, die schreiende Eugenia im Arm.

Wortlos begann Kendall zu rudern. Erst nach der ersten Flußbiegung brach sie ihr Schweigen, an einer Stelle, wo sie vor den Blicken der Yankees geschützt war. »Tut mir leid, Lolly«, seufzte sie und steuerte das Boot in einen schmalen Wasserarm. »Ich dachte, bei den Armstrongs wärt ihr sicher, und John würde mich niemals hier aufspüren. O Gott, er ist so rachsüchtig. Ich weiß nicht, wozu er fähig wäre.«

»Beruhige dich, Kendall. Du hast geglaubt, es wäre am

besten, uns hierherzuholen. Wie solltest du ahnen, was geschehen würde?«

Mit aller Kraft ruderte Kendall weiter. »Da oben finden wir ein Wäldchen, dort verstecken wir uns. Nur die Indianer kennen diesen Ort.«

»Ich vertraue dir voll und ganz«, beteuerte Lolly lächelnd.

»Vertrau mir lieber nicht! Offenbar beschwöre ich immer nur Katastrophen herauf.«

»Unsinn! Ich habe deinen Captain kennengelernt. Bestimmt wird er uns bald folgen.«

Bei Einbruch der Dunkelheit erreichten sie das Wäldchen. Während Lolly ihr Tochter daran hinderte, Blätter zu pflücken und in den Mund zu stopfen, baute Kendall einen Unterschlupf aus Zweigen und entzündete ein kleines Feuer, das sie vor der kühlen Frühlingsnacht schützen würde. »Ich weiß, man könnte die Flammen sehen, aber sie halten Schlangen und Insekten ab.«

»Eigentlich würde ich lieber einer Klapperschlange begegnen als einem Yankee«, erwiderte Lolly, »aber tu, was du für richtig hältst.«

Das Baby schlummerte im Arm seiner Mutter. Doch die beiden Schwestern gönnten sich keine Ruhe. Stundenlang redeten sie. Seltsamerweise war es jetzt Lolly, die innere Kraft bewies, und Kendall gestand ihr alles, was sie bedrückte — ihre leidenschaftliche Liebe zu Brent, die ihren Willen lähmte, so daß sie nicht gegen ihn zu kämpfen vermochte.

»Einen Mann, der für seine Ideale eintritt, kannst du nicht ändern«, erklärte Lolly. »Hör auf, mit ihm zu streiten, und bete lieber um sein Leben.« Lächelnd fügte sie hinzu: »Was für ein Wiedersehen muß das gewesen sein! Schau doch dein Kleid an!«

Das Blut stieg in Kendalls Wangen, als sie auf ihren Ausschnitt hinabblickte, wo die beiden Knöpfe fehlten.

»Nun ist der Augenblick der Entscheidung gekommen. Einer der beiden Männer wird dich für sich beanspruchen — John oder Brent.« Diese Worte jagten Kendall einen eisigen Schauer über den Rücken. Dann bemerkte sie, wie ihre Schwester ins Gebüsch spähte und entsetzt den Atem anhielt. »Da ist ein Indianer . . .«

»Red Fox«, flüsterte Kendall erfreut, rannte zu ihm und warf sich in seine Arme.

»Was tun Sie hier?«

»Die — die Yankees sind gekommen. Und Brent . . .«

»Ich weiß, er ist auf der *Rebel's Pride* zurückgekehrt. Heute nachmittag besuchte er mich. Und jetzt ist er auf dem Weg zur Flußmündung.«

»Ist er allein?« fragte sie bestürzt. Er wird geradewegs in eine Falle tappen. »Oh, mein Gott, ich muß ihn finden!«

»Sie warten hier, Kendall«, entgegnete Red Fox energisch. »Überlassen Sie es mir, Brent zu helfen.« Sein Blick schweifte an ihr vorbei.

»Wer ist diese Frau?«

»Meine Schwester.«

»Gut, sie soll bei Ihnen bleiben. Hier, nehmen Sie mein Messer. Sie verstehen damit umzugehen.«

»Ja . . .« Noch ehe das Echo ihrer Stimme verklang, war er verschwunden.

»Ein Indianer!« rief Lolly. »Wie kannst du einem Wilden trauen?«

»So darfst du ihn nicht nennen. Warum ich ihm traue? Das ist eine lange Geschichte.«

»Erzähl sie mir. Irgendwie müssen wir uns von dieser schrecklichen Angst ablenken.«

Sie redeten die ganze Nacht.

Und als der Morgen graute, schliefen sie noch immer nicht.

Am Nachmittag spielte Kendall mit Eugenia, warf Steine in einen Blechbecher und zeigte ihr, wie man sie ratternd auf den Boden schütten konnte. Immer wieder bewunderte sie die Schönheit des kleinen Mädchens, die himmelblauen Augen, das weizenblonde Haar, das ihre Nichte von Lolly geerbt hatte.

»Eines Tages wirst du eine wundervolle Mutter abgeben, Kendall«, meinte ihre Schwester liebevoll.

»Ich glaube, ich kann keine Kinder bekommen«, erwiderte Kendall betont gleichmütig.

»Weil du schon so oft mit deinem Captain geschlafen hast und noch nicht schwanger geworden bist? Sei nicht albern! Wenn ihr immer zusammen seid, wirst du bald die Freuden der Mutterschaft genießen.«

»Falls ich ihn überhaupt jemals wiedersehe«, wisperte Kendall.

Darauf gab Lolly keine Antwort.

Wieder brach die Nacht herein, und Kendall entfachte ein Feuer.

Lolly schlief ein, das Baby im Arm, aber ihre Schwester konnte kein Auge zutun. Sie suchte trockenes Brennholz, und als ein Zweig knackte, erstarrte sie. Irgend jemand stand ganz in ihrer Nähe.

Sie hob den Kopf — und starrte in John Moores Gesicht. Der Krieg hatte ihn nicht verändert, seine kalten Augen erschienen ihr so grausam wie eh und je. Abgrundtiefer Haß verdrängte ihre Angst, als sie sich an den Tag erinnerte, an dem seine Soldaten die Seminolen niedergemetzelt hatten.

»Kendall!« Seine Stimme klang so freundlich, als würde er sie zum Tee besuchen. »Die ganze Zeit wußte ich, daß ich dich eines Tages finden würde.« Ihre Stimme versagte, und sie wich zurück, aber er folgte ihr. »Oder dachtest du, ich würde dich vergessen? Dann kennst du mich schlecht. Endlich sind wir wieder vereint. Welch ein segensreicher Tag! Du wirst mich begleiten. Nach der langen Trennung haben wir viel nachzuholen.«

Nie wieder konnte sie mit ihm leben, nach allem, was sie durchgemacht hatte! »Warum willst du mich mitnehmen?« würgte sie hervor.

Er war immer noch ein attraktiver Mann. Hätte er eine Frau gefunden, die ihn lieben könnte, wäre er vielleicht glücklich geworden. Sie wollte ihn bedauern, den unglückseligen Menschen, den sein verletzter Stolz in ein Monstrum verwandelt hatte. Doch zwischen ihnen lagen zu viele unverzeihliche Dinge.

»Warum?« entgegnete er lächelnd. »Keine Ahnung, Kendall. Nur eins weiß ich — seit ich dich zum erstenmal sah, wollte ich dich haben, und ich hoffte, du würdest mich heilen. Nie ist mir eine schönere Frau begegnet. Für dich hätte ich jede Summe bezahlt. Du warst auch nicht gerade billig. Aber du hast mich von Anfang an gehaßt. So wie all diese Angeber, die jetzt ihre bittere Niederlage erleben. Die grandiosen Soldaten der Konföderation! Statt mich zu kurieren, hast du ein zweites Messer in mein Herz gestoßen, Kendall. Aber seit unserer letzten Begegnung ist einiges anders geworden. Die Zeit kann viele Wunden und Gebrechen heilen. Und so bin auch ich von meinem Leiden genesen.« Sein Blick fiel auf die schlafende Lolly und ihr Kind. »Das ist doch nicht dein Balg?«

»Nein, meine Nichte.«

»Nun, die kleine ist blond — wie du und deine Schwester. Auch dein Rebell hat — oder hatte helles Haar.«

»Wovon redest du?« flüsterte sie angstvoll und spähte über seine Schulter hinweg. War er allein gekommen?

»Ah, nun lese ich wachsende Furcht in deinen schönen blauen Augen. Das freut mich. Nein, ich habe den berüchtigten Captain McClain nicht gesehen — noch nicht. Endlich ist der Krieg vorbei. Euer General Lee kapitulierte vor Grant, Jeff Davis floh aus Richmond, und Floridas loyaler Rebell, Gouverneur Milton, beging Selbstmord.«

Voller Genugtuung beobachtete er ihr Entsetzen. »Dein südliches Paradies liegt in Schutt und Asche. Und wenn meine Männer Captain McClain nicht finden und töten, werde *ich* ihn aufspüren. Mit der Zeit wirst du ihn vergessen. In New Orleans traf ich viele bezaubernde Südstaatenschönheiten. Erstaunlich, wie bereitwillig sie sich mit den Unionssoldaten amüsierten! Nun, sie wußten eben, daß nur *wir* genug Geld besaßen, um Seidenstrümpfe zu kaufen. Aber auch nachdem ich geheilt und wieder ein ganzer Mann war, begehrte ich immer nur dich, Kendall. Dich mit deiner Arroganz, deiner Leidenschaft und deinem Zorn, sogar mit deinem Haß. Nie wolltest du in meine Arme sinken. Doch das wird sich ändern. Du stehst in meiner Schuld, teure Gemahlin. Und ich werde dafür sorgen, daß du alles andere vergißt.«

»Niemals! Großer Gott, John, ich wollte dich nicht heiraten. Trotzdem begann ich dich erst zu hassen, als ich deine Grausamkeit kennenlernte. Vielleicht hast du dich geändert, aber ich werde mich stets an die Vergangenheit erinnern. Nicht weit von hier hast du unschuldige Frauen und Kinder abschlachten lassen. Das werde ich dir nie verzeihen. Und ob wir den Krieg verloren haben oder nicht, ich liebe Brent McClain.«

»Das spielt keine Rolle. Ich habe dich wiedergefunden, und du wirst mich begleiten. Jetzt.«

»Nein!« fauchte sie.

»An Bord meines Schiffs warten zwanzig gutbewaffnete Männer. Jeden Augenblick werden sie mir folgen. Mich kannst du nicht bekämpfen, Kendall. Du bist meine Frau — und eine besiegte Konföderierte, eine Spionin, eine entflohene Gefangene. Das Gesetz ist auf meiner Seite.«

Niemals ... Red Fox hatte ihr sein Messer gegeben und ihr schon vor langer Zeit beigebracht, damit zu kämpfen.

Wenn sie es aus dem Riemen zog, den sie um ihre Wade geschlungen hatte ...

Demütig lächelnd sank sie auf die Knie, als wollte sie nur bekunden, daß sie sich nicht von der Stelle rühren würde. Dann griff sie blitzschnell unter ihren Rock und zückte das Messer.

Aber John war schneller. Ehe sie es verhindern konnte, kauerte er neben der schlafenden Lolly und hielt ihr sein eigenes Messer an die Kehle. »Wirf deine Waffe hierher!« befahl er.

Krampfhaft schluckte Kendall. »Du würdest sie nicht erstechen, John, verdammt, nicht einmal du ...«

»Wirf das Messer zu mir! Sofort!«

Wie weit würde er gehen? Sie wagte nicht, das zu erproben, und schleuderte die Waffe vor seine Füße. Die Augen voller Tränen, senkte sie den Kopf.

Er lächelte voller Genugtuung und steckte ihr Messer ein. Dann stand er auf und kam zu ihr.

Seine eigene Klinge schimmerte im Feuerschein. Unsanft zog er sie auf die Beine. Die Messerspitze berührte ihren Hals, glitt langsam in die Vertiefung zwischen ihren Brüsten hinab und löste einen Knopf an ihrem Kleid. »Ich sollte dir eine Wunde zufügen, eine Narbe, die dich stets an deine Sünden erinnern und dich davon abhalten wird, deinen Körper noch einmal vor einem anderen Liebhaber zu entblößen ...«

Entschlossen biß sie die Zähne zusammen, konnte aber einen leisen Schmerzensschrei nicht unterdrücken, als der Stahl ihre Haut aufritzte. Blutstropfen quollen hervor. In wachsender Panik erkannte sie, daß sie ihm hilflos ausgeliefert war — allein, mit einer erschöpften, schlafenden Frau und einem Baby. »Nein, John ...«

»Du mußt für alles bezahlen, Kendall. Das weißt du. Geh in die Knie, so wie dein kostbares, sterbendes Land! Jetzt! Flehe mich an, dich zu schonen!«

Wie seine eiskalten Augen verrieten, würde es keine Rolle spielen, was sie tat. Zweimal hatte sie ihn verschmäht, um einen anderen Mann und ein Yankee-Gefängnis vorzuziehen. Nun mußte sie dafür büßen.

Sie blieb stehen. Tränen verschleierten ihr den Blick, und sie sah nur verschwommen, wie ein blauuniformierter Mann sein Ruderboot zwischen ihrem eigenen und jenem anderen vertäute, in dem John hierhergefahren war.

Keiner dieser Soldaten würde ihr helfen. Sicher glaubten sie ebenso wie Lieutenant Moore, die Rebellin hätte ihre Strafe verdient.

Plötzlich rief John in wildem Zorn: »So wahr mir Gott helfe, ich würde nicht zögern, dich zu töten!« Die Stahlspitze bohrte sich noch tiefer in ihr Fleisch, und sie schrie angstvoll auf. Die Bitte um Gnade erstarb jedoch auf ihren Lippen, als sie sah, wie sich sein Blick trübte. Das Messer fiel ihm aus der Hand.

Langsam sank er vornüber und stieß Kendall beinahe um. Ein Messergriff ragte aus seinem Rücken. Und hinter ihm stand der Mann in der blauen Uniform, das Gesicht von Kummer und Sorge verzerrt.

Nachdem Travis Deland sich vergewissert hatte, daß Kendall nur leicht verletzt war, kniete er neben John nieder. Seine Schultern bebten, verzweifelt ballte er die Hände.

Ein schriller Schrei zerriß die Stille des Waldes, eine schemenhafte Gestalt schoß an Kendall vorbei und stürzte sich auf Travis. »Verdammter Yankee! Lassen sie meine Schwester in Ruhe. Ich töte Sie, mit bloßen Händen!«

»Warte doch, Lolly!« rief Kendall. Zu spät.

Lolly und Travis wälzten sich am Boden, und die zarte, schwache Frau bewies erstaunlichen Kampfgeist. Alles, was der Krieg ihr angetan hatte, ihre ganze Wut und Trauer, ließ sie jetzt an Travis aus.

Galanterweise tat er ihr nicht weh und verteidigte sich

nur — keine leichte Aufgabe. Schließlich packte er ihre Schultern und schüttelte sie, als wollte er ihr Vernunft einbleuen.

»Hört auf, alle beide!« Kendall warf sich zwischen die beiden und versuchte, sie auseinanderzubringen. Doch da wurde ihr Handgelenk gepackt und kraftvolle Finger zogen sie auf die Beine. Diesen Griff kannte sie nur zu gut. Brent.

Offenbar glaubte er, Travis hätte die Schwestern angegriffen. Denn im nächsten Augenblick rollten die beiden Männer ineinander verkeilt über den Boden.

»Gott sei Dank!« kreischte Lolly. »Töten Sie ihn, McClain! Töten Sie den Yank!«

»Nein!« schrie Kendall. Aus den Augenwinkeln sah sie Red Fox, der den Kampf reglos beobachtete. »Red Fox! Halten Sie Brent zurück! Travis hat mich gerettet!«

Gleichmütig zuckte er die Achseln. »Die beiden werden sich schon nicht umbringen.«

»Verdammt!« fluchte sie. »Travis! Brent! Hört endlich auf!«

Doch die Fäuste flogen in unverminderter Angriffslust weiter. Schließlich rannte Kendall zum Ufer, fand in einem der Boote einen Eimer und füllte ihn mit kaltem Wasser. Das goß sie den beiden Kämpfern über die Köpfe. Prustend ließen sie einander los und starrten sich ungläubig an.

»Halt dich da raus, Kendall!« zischte Brent. »Großer Gott, der Mann ist über dich und deine Schwester hergefallen . . .«

»Den Teufel habe ich getan«, protestierte Travis.

»Ich verdanke ihm mein Leben, und jetzt willst du ihn zu Brei schlagen, Brent!« fauchte Kendall.

»Du mußt mich nicht verteidigen«, protestierte Travis indigniert. »Glaub mir, ich kann für mich allein kämpfen.«

»Ja, das kannst du«, mischte sich eine scharfe Stimme hinter Kendalls Rücken ein. Sie wollte sich umdrehen, doch das konnte sie nicht. Eine blutige Hand packte ihre Taille und wieder spürte sie eine Klinge an der Kehle. Sie vermochte kaum zu schlucken.

John! In der allgemeinen Aufregung hatten sie ihn vergessen — und außerdem für tot gehalten. Großer Gott, würde der Mann denn niemals sterben?

Schweigend standen Brent und Travis auf. Lolly versteckte sich hinter den beiden. Red Fox rührte sich nicht.

»Elende Bastarde«, zischte John und starrte Travis an.

»Lassen Sie Kendall sofort los«, befahl Brent und trat einen Schritt vor.

»Ah, der tollkühne Captain McClain!« spottete John. »Der große Verführer, der die Frauen anderer Männer betört! Nun, Sir, meine wird nicht mehr viel wert sein, wenn ich mit ihr fertig bin. So oder so, sie gehört mir, Sie gottverdammter Rebell! Und jetzt wird sie mir nach Hause folgen.«

Das Messer zitterte in seiner Hand, und Kendall wagte kaum zu atmen.

»John, um Himmels willen, laß sie los«, rief Travis. »Ich bin es, der ...«

»Oh, mein bester Freund! Der Mann, der mich in den Rücken stach! Mit dir rechne ich später ab, Travis. Jetzt genießt Kendall meine ungeteilte Aufmerksamkeit. Ich werde sie nur töten, wenn ihr mich dazu zwingt. Also haltet euch von mir fern! Ich nehme sie für immer in meine liebevolle Obhut. Schauen Sie sich Ihre Geliebte gut an, Rebell! So wie jetzt wird sie nie mehr aussehen. Vielleicht dürfen Sie sie eines Tages noch einmal betrachten. Wenn wir uns alle in der Hölle wiedertreffen.« Im Rückwärtsgang näherte er sich dem Wasserrand und zog Kendall mit sich.

Blitzschnell sprang Brent hinterher, riß ihn von Kendall

weg, schleuderte den großen Mann mühelos zu Boden und warf sich auf ihn.

John brüllte vor Wut und versuchte ihm das Messer in die Brust zu stoßen, aber Brent verdrehte ihm das Handgelenk, bis die Klinge davonflog. Dann rammte er eine Faust ins Gesicht seines Gegners und hob sie noch einmal.

»Nein, Brent«, rief Kendall entsetzt. Wie oft hatte sie John den Tod gewünscht ... Aber sie würde es nicht ertragen, wenn der geliebte Mann ihn ermordete. »Er ist bewußtlos — und ungefährlich. Brent . . .«

In diesem Augenblick fühlte sie sich genauso elend wie an jenem Tag, wo er der Giftmörderin gefolgt war. Vielleicht hatte John den Tod genauso verdient wie die alte Frau. Aber Brent durfte nicht Selbstjustiz üben.

Er starrte sie an, und eine Ewigkeit schien zu verstreichen. Grabesstille erfüllte den Wald. Sogar der Wind hielt den Atem an. Und dann wußte sie, daß Brent ihre Gedanken erriet. Seufzend stand er auf und berührte ihre Wange. »O Gott, wie ich dich liebe . . .« Einen Arm um ihre Taille gelegt, wollte er sie von dem Mann wegführen, der ihnen beiden soviel Leid zugefügt hatte.

Doch dann hörten sie ein Keuchen und drehten sich um. John hatte sich aufgerichtet und tastete nach seinem Messer. Zwischen seinen geschwollenen Lippen quoll Blut hervor.

Wen er töten wollte, Kendall oder Brent, sollten sie niemals erfahren. Er erreichte die Waffe nicht. Red Fox ging langsam an Lolly und Travis, Brent und Kendall vorbei, kniete nieder und zog seine Klinge aus dem Herz der Leiche. Dann stieß er noch einmal zu.

»Der erste Stich war für Apolka, meine Frau, mein Leben. Der zweite für meinen Sohn, mein Fleisch und Blut.«

Langsam erhob er sich, und Brent ging zu Travis. »Verzeihen Sie mir, Deland. Und nun verschwinden Sie aus unserer Domäne, bevor ...«

»Das ist nicht unsere Domäne, Brent«, fiel Kendall ihm ins Wort. »Endlich hat der Krieg ein Ende gefunden.«

Verwirrt runzelte er die Stirn und schüttelte den Kopf. »Was ...«

»General Lee hat kapituliert. Bitte, sag es ihm, Travis! Du mußt ihn überzeugen.«

Feierlich nickte Travis. »Es stimmt, McClain, das schwöre ich. Am 10. April hat Lee im Gerichtsgebäude von Appomattox kapituliert.«

Brent holte tief Atem. »Nein, noch ist es nicht vorbei. Lee ist nicht der einzige General. Im Westen kämpft Kirby-Smith immer noch. Verdammt, es kann nicht vorbei sein, nach so vielen Jahren, soviel Blut ...«

»Zuviel Blut«, flüsterte Kendall. »Bitte, Brent, es ist vorbei.«

Eine Zeitlang erfüllte tiefe Stille den Wald. Dann begann Lollys Baby zu weinen. Mit schweren Schritten ging Brent zu den Booten. Offenbar wollte er nichts und niemanden mehr sehen.

»McClain!« rief Travis ihm nach. »Ich bin ermächtigt, alle Rebellen zu begnadigen, die ihre Waffen strecken!«

Nur für ein paar Sekunden blieb Brent stehen, dann ging er weiter.

Kendall wollte ihm nachlaufen, aber Red Fox hielt ihren Arm fest. »Lassen Sie ihn eine Weile allein. Er liebt Sie, und er wäre für Sie gestorben. Bald wird er für Sie leben. Aber er muß erst einmal akzeptieren lernen, daß der Kampf vorbei ist.«

Schweren Herzens sah sie Brent davonrudern. Lolly hob ihr schreiendes Baby auf und wandte sich feindselig an Travis. »Nun, Yank, was haben Ihre Freunde in unserer Siedlung angerichtet?«

»Nichts«, fuhr er sie an. »Ich sagte doch, der Krieg ist

vorbei, und ich habe meinen Männern den Rückzug befohlen.«

»Erst ein Indianer, dann ein Yankee ...« Seufzend trug Lolly ihr Kind zum Boot der Armstrongs. »Fahren wir nach Hause, Kendall — falls der Yankee die Wahrheit erzählt, besitzen wir immer noch ein Heim.«

»Natürlich ist das die Wahrheit«, stieß Travis hervor, starrte sie wütend an und vergaß die Höflichkeit, der er sonst allen Frauen erwies.

»Kommst du, Kendall?« fragte Lolly.

»Noch nicht«, erwiderte Kendall leise. Sie mußte erst Travis helfen, John zu begraben.

»Dann bin ich wohl dem Indianer ausgeliefert«, stöhnte Lolly, und Red Fox lachte.

»Nehmen Sie sich in acht vor dem Wilden, goldene Frau! Aber Ihrer Schwester zuliebe werde ich Sie nach Hause bringen.«

Kendall beobachtete, wie die beiden in Johns Boot stiegen. Dann wandte sie sich zu Travis. »Du hast mir das Leben gerettet, und ich weiß, wie teuer es dich zu stehen kam.«

»Schon vor langer Zeit hätte John sterben müssen. In all den Jahren hat er nicht wirklich gelebt. Aber früher war er mein Freund, und ich hoffe, nun wird er endlich Frieden finden.«

»Ja, das hoffe ich auch.« Mit Hilfe eines Ruders und des Wassereimers hoben sie ein Grab aus und bestatteten John und mit ihm die Vergangenheit. Auf der Rückfahrt zur Siedlung sprachen sie von der Zukunft.

Wie erwartet fand sie Brent am Strand. Er starrte aufs Meer hinaus. Obwohl er ihre Schritte hörte, drehte er sich nicht zu ihr um. Sie setzte sich zu ihm und legte den Kopf auf seine Schulter. Mit leiser Stimme brach sie das Schweigen. »Ich liebe dich.«

Endlich zog er sie an sich. »Der Süden ist verloren, Kendall, und der Krieg war umsonst. Nun haben wir nichts mehr.«

Da nahm sie sein Gesicht in beide Hände und schaute ihm eindringlich in die Augen. »Alles haben wir, Brent.«

»Was besitze ich denn? South Seas existiert nicht mehr, und ich habe keinen Cent, nur wertloses Konföderationsgeld.«

»Dieses Land gibt es immer noch, und wir werden uns ein neues Zuhause aufbauen. Sicher, wir haben den Krieg verloren, aber auch sehr viel gewonnen, denn wir sind immer noch beisammen. Und ich liebe dich. Ich brauche dich.« Beschwörend drückte sie seine Hand an ihre Brust. »Gott sei Dank, es ist vorbei. Nun beginnt ein neues Leben.«

Schluchzend lehnte sie sich an ihn. Würde er die Niederlage akzeptieren — oder nach Westen gehen, um mit den restlichen Rebellen zu kämpfen? »Ich kann dir nichts bieten, Kendall«, erwiderte er und streichelte geistesabwesend ihr Haar. »Kein Zuhause. Und ich weiß nicht einmal, wo die *Jenni-Lyn* ist.«

»Bevor ich dich fand, hatte ich gar nichts. Nun können wir uns hier ein neues Heim bauen. Travis sagte, um diese abgeschiedene Bucht würden sich die Yankees nicht kümmern.« Zögernd fügte sie hinzu: »Er würde gern einen Hafen an dieser Küste anlegen lassen und eine Werft gründen. Wenn du ihm hilfst ...«

»Willst du mir etwa vorschlagen, mit einem Yankee Geschäfte zu machen?« unterbrach er sie erbost.

»Nein«, antwortete sie würdevoll, »ich bitte dich nur, das Angebot eines Mannes in Betracht zu ziehen, der während des ganzen Krieges unser Freund war.«

Sie spürte, wie er sich versteifte und dann entspannte. Forschend schaute sie in seine Augen. Nach einer Weile lächelte er und umfaßte ihr Kinn. »Gut, ich werde darüber nachdenken.«

»O Brent«, rief sie glücklich und küßte ihn. Zunächst blieben seine Lippen kühl und passiv. Doch dann erwachte seine Leidenschaft, er umarmte sie und erwiderte den Kuß.

»Meine kleine Rebellin, ich liebe dich. Und vielleicht bin ich gar nicht so arm wie ich dachte, denn solange ich dich habe, bleiben mir die Schönheit und der Mut des Südens erhalten.«

Zärtlich strich sie über seine Wange. »Travis hat mir noch ein Angebot gemacht.«

»So?« fragte er mißtrauisch.

»Er möchte uns an Bord seines Schiffes trauen. Als Captain ist er dazu ermächtigt.«

Da brach er in Gelächter aus, und sie wußte, daß sie diesen privaten Kampf gewonnen hatte. Gewiß, es würde einige Zeit dauern, das Land wiederaufzubauen und den seelischen Kummer zu bewältigen. Doch sie hatten endlich Frieden gefunden.

»Klingt sehr gut«, murmelte er und drückte sie an sich.

»Wenn du willst, können wir noch heute abend heiraten.«

»Einverstanden. Aber vorher möchte ich noch mit meiner Braut im Mondschein liegen, nur eine Stunde lang.«

Lächelnd nickte sie. Diese Zeit würden sie brauchen. Eine Stunde, in der die Wunden zu heilen begannen ...

Noch vor Mitternacht war Brent ein verheirateter Mann. Rebellen und Yankees besuchten die Hochzeit, von beiden Kommandanten zu friedlichem Miteinander aufgefordert. Und so mischten sich an Bord des Unionsschiffs zerschlissene zimtfarbene Uniformen unter die blauen.

Es fiel den Männern nicht leicht. Die Yankees gaben

den Rebellen die Schuld am jahrelangen leidvollen Krieg, die einstigen Konföderierten wollten die Niederlage nicht akzeptieren. Aber als ein Rebell und die Witwe eines Yankees den Bund fürs Leben schlossen, beruhigten sich die Gemüter. Nach der kurzen Zeremonie begannen die Feinde sogar, sich mit Brandy zuzuprosten, miteinander zu sprechen, eine gemeinsame Zukunft zu planen.

Hand in Hand wanderten Brent und Kendall aufs Deck hinaus. An ihren Mann geschmiegt, zeigte sie zur Flußmündung. »Schau doch!«

Sanft schaukelte die *Rebel's Pride* in der leichten Strömung, majestätisch ragten die Masten in den Nachthimmel hinauf, so als wollte der Schoner dem Süden bedeuten, der Krieg sei nicht wirklich verloren. Ehre und Stolz blieben erhalten. Sie würden den neuen Anfang erleichtern.

Brent schien Kendalls Gedanken zu teilen, denn er flüsterte ihr zu: »Dieses Schiff werde ich behalten.«

[illegible] die Sand [illegible] [illegible] [illegible] Kon-
die einstigen Konföderierten weigerten die Niederlage nicht [illegible] Abschied und Rebell und die Wege einer [illegible] [illegible] Bund nur [illegible] [illegible] [illegible] [illegible]. Nach der kurzen Zeremonie begannen die Feinde [illegible], sich mit Bianca zu [illegible], miteinander zu sprechen, eine gemeinsame Zukunft zu planen.

Hand in Hand wanderten Brent und Kendall [illegible] [illegible]. An ihren [illegible] [illegible], zeigte sie zur [illegible] [illegible] [illegible].

[illegible] die Erde. [illegible] in der [illegible] [illegible] [illegible] [illegible] Marten in den Nachthimmel [illegible] [illegible] dem Süden beide [illegible] der Krieg [illegible] nicht wirklich verloren. Ihre und Stolz [illegible] erhalten. Sie würden den neuen Anfang [illegible]tern.

Brent [illegible] Kendall. [illegible] [illegible]. Dann [illegible] [illegible] »Dieses Stück werde ich behalten.«

EPILOG

Dezember 1865

Die Nacht war dunkel, das Wetter kalt und feucht. In Charleston herrschte keine Weihnachtsfreude. Die Stadt litt unter den Gesetzen der Rekonstruktion, der Neuordnung der politischen Verhältnisse nach dem Sezessionskrieg. Hier hatte sich der erste Staat von der Union losgesagt, hier waren die ersten Schüsse gefallen.

Verzweifelt trotzten die Bewohner den Einschränkungen, die seit dem Mord an Lincoln noch verschärft wurden, und begannen ein neues Leben.

Einer dieser Männer stand auf der Battery, die starken, von harter Arbeit aufgerauhten Hände in den Taschen seines Gehrocks. Er war ein Südstaatler, und das würde er immer bleiben. Doch er hatte den Verlust des Krieges überwunden. Nun leistete er seinen Beitrag zum Wiederaufbau. Wehmütige Gedanken an die glanzvolle Vergangenheit plagten ihn, aber er war fest entschlossen, die Zukunft mitzugestalten.

Grübelnd blickte er aufs nächtliche Meer. Hier hatten der Krieg und auch die Niederlage angefangen — und alles, was in seinem Leben gut und schön war. Würde Kendall jemals verstehen, wieviel Kraft sie ihm gab? Sie hielt ihn für unbesiegbar. Das war er nicht. Als er sich seiner Verzweiflung beinahe unterworfen hätte, war sie an seine Seite geeilt, um ihm neuen Lebensmut zu schenken und ihn an seine Ideale zu erinnern — Ehre und Stolz.

Über der Battery wehte eine kalte Brise. Warum blieb er hier oben stehen, statt seine Kabine auf der *Rebel's Pride* aufzusuchen? Ein Schluck Brandy würde ihn wärmen.

Plötzlich sah er eine Bewegung am Nordende des Walls. Dort stand eine Frau. Die Lichter des Hafens und der Mondschein zeichneten ihre Silhouette nach. Lächelnd eilte Brent zu ihr, und sie schaute ihn an. Wie unglaublich schön sie ist, dachte er zum tausendstenmal und blickte liebevoll in ihre mitternachtsblauen Augen. »Was machst du hier?« Er legte einen Arm um ihre Schultern und führte sie zu seinem Schiff hinab.

»Ach, ich weiß nicht, Brent ... Vielleicht wollte ich nachdenken. Charleston hat sich so schrecklich verändert.«

»Nun, schmerzhafte Wunden brauchen Zeit, um zu heilen, Kendall.«

»Ja, ich weiß. Ich wünschte nur, Lolly hätte nicht beschlossen, hierher zurückzukehren.«

»Das war ihr gutes Recht. Wie geht es ihr?«

»Sie ist verbittert — und wütend, weil sie es Travis verdankt, daß sie ihr Haus behalten darf. Natürlich liebe ich sie, aber an seiner Stelle würde ich sie zum Teufel schicken.«

»Kendall!«

»Oh, sie benimmt sich einfach unmöglich. Ständig faucht sie ihn an wie eine zornige Katze.«

»Sie ist eben deine Schwester.«

»Was soll das nun wieder heißen?«

»Nichts, Liebste«, entgegnete er lachend. »Aber die beiden sind erwachsene Menschen und müssen ihre Probleme selber lösen.« Als sie das Schiffsdeck erreichten, blieb er stehen und ergriff Kendalls Hände. »Hast du mir sonst noch etwas zu mitzuteilen?«

»Wie meinst du das?« fragte sie in unschuldigem Ton und senkte die Wimpern.

»Hör auf zu kokettieren, und gib mir eine Antwort!«

»Im Juli«, flüsterte sie freudestrahlend.

»Im Juli?«

»Ja, Dr. Lassiter sagt, das Baby würde Ende Juli ...«

Sie konnte nicht weitersprechen, denn er hob sie hoch und wirbelte sie im Kreis herum.

Atemlos klammerte sie sich an ihn. »Was ist denn los mit dir?«

»Endlich werde ich Vater! Das wußte ich zwar schon, aber ich finde es wundervoll, daß der Doktor meine Vermutung bestätigt.«

Überglücklich trug er seine Frau in die Kabine, legte sie in die Koje und eilte zur Tür.

»Wohin gehst du?«

»Ich lasse die Segel setzen. Und dann will ich meine schwangere Gemahlin lieben.«

»Deshalb muß die *Rebel's Pride* nicht auslaufen.«

»Vielleicht bin ich abergläubisch, aber eine Liebesnacht im Hafen von Charleston würde mir mißfallen.«

»O Brent ...«, protestierte sie.

Ehe sie weitersprechen konnte, verschwand er. Wenige Minuten später kehrte er zurück, schloß die Tür und stand in Sekundenschnelle nackt vor ihr. Dann zog er sie auf die Beine und begann sie auszuziehen.

»Hast du's wirklich so eilig?« fragte sie lachend.

»Allerdings. Bald segeln wir los, und gegen eine Liebesnacht auf offener See habe ich nichts einzuwenden.«

»Ich auch nicht, Captain«, seufzte Kendall glücklich.